流行

語文

與

語文教學整合的新視野

Languages

Education

本書內容涵蓋電影、廣告、文化、現代詩及網路地圖等流行語文領域,將其與語文教學作跨領域的多元整合,論題新穎、見解獨到。

周慶華・主編

東大語文教育叢書出版理念

　　只要有教育，就一定會有語文教育；而有語文教育，也勢必要有語文教育研究來檢視它的成效和推動它的進程。因此，從事語文教育的研究，也就成了關心語文教育的人所可以內化的使命和當作終身的志業。

　　臺東大學語文教育研究所從 2002 年設立以來，一直以結合現代語文教學的理論及實務、發展多媒體語文教學、培養專業語文教育人才、提供在職教師語文教育進修和開拓未來語文教育產業等為發展重點，已經累積不少成果，今後仍會朝這個方向繼續努力，以便為語文教育開啟更多元的管道以及探索帶領風潮的更新的可能性。

　　先前本所已經策畫過「東大詩叢」和「東大學術」兩個書系，專門出版臺東大學師生及校友的詩集和臺東大學語文教育研究所研究生的學位論文，頗受好評。現在再策畫「東大語文教育叢書」新書系，結集出版臺東大學語文教育研究所舉辦的學術研討會和研究生論文發表會的論文，以饗同好，期望經由出版流通，而有助於外界對語文教育的重視和一起來經營語文教育研究的園地。

　　如果說語是指口說語而文是指書面語，那麼語文二者就是涵蓋一切所能指陳和內蘊的對象。緣此，語文教育就是一切教育的統稱而可以統包一切教育；它既是「語文的教育」，又是「以語文來教育」。在這種情況下，語文教育研究也就廣及各個語文教育的領域。本叢書無慮就是這樣定位的，大家不妨試著來賞鑑本叢書所嘗試「無限拓寬」的視野。

　　由於這套叢書的出版，經費由學校提供，以及學者們貢獻精心的研究成果，才能順利呈現在大家面前；以至從理想面的連結立場來說，這套叢書也是一個眾因緣合成的結晶，可以為它喝采！而末了，寧可當語文教育研究是一種「未竟的志業」，有人心「曷興乎來」再共襄盛舉！

臺東大學語文教育研究所

目　次

女性時尚雜誌廣告所建構的
精品消費文化

——以《柯夢波丹》為例

許晏綾
國立臺東大學語文教育研究所

摘　要

　　人類生來就具有喜歡打扮自己的天性，普遍來說又以女性較喜歡以衣服，飾品配件和提包鞋子等來妝點自己，讓自己看起來與眾不同，更美麗而有自信。然而，在十九世紀以降，因工業革命促使人類生活漸漸在食物上不虞匱乏，便會開始尋求精神物質上其他的滿足，於是各式各樣的能滿足人類高度慾望的華美商品應運而生。

　　二十一世紀的今日社會是資訊爆炸的年代，訊息來源十分多元化，而雜誌仍扮演傳遞資訊的重要角色。女性時尚雜誌透過大量的圖文搭配創造出夢幻的景象，說服女性臣服於這些奢華名牌及時尚流行；雜誌中的生活品味單元，在文字篇章裡也蘊含商品宣傳，使廣告植入於文本之中讓讀者接受於無形。認知語言學家認為語言不僅僅表

現於其外在形式，所以品牌及符號不斷以美麗的姿態出現，創造出一種時尚語言，告訴讀者認知並接受，進而影響其消費行為。

關鍵詞：時尚雜誌、奢華、流行、符號、時尚語言、消費行為

一、精品對人所產生的心理影響

（一）從心理層面來看人對精品的想望

　　古人說：「飽暖思淫慾。」在人類歷史上，從來都是以追求生存最基本的滿足為主，如食物和遮風蔽雨的棲身處。隨著十八、十九世紀以來，到近年戰爭的逐漸止歇和科技長足的進步，我們身處的世界是一個供大於求的社會，一旦人們基本要求的滿足逐漸獲物質上擔保後，消費行為的意義或文化觀點就成為先決要件，且人們更加關注商品所蘊含的各種意義，而不只是商品在功能的使用是否能夠滿足基本或「真實」的需求。（Don Slater，2003：234）譬如衣著變得不只是能保暖蔽體而是追求華貴新穎，要表現自己的獨特性，最好能展現不同凡人的卓越消費力。經濟學家 Thorstein Veblen 提出了一個「炫耀性消費」（Conspicuous consumption）的名詞，所謂炫耀性消費，指的是富裕的上層階級透過對物品的超出實用和生存所必需的浪費性、奢侈性和鋪張浪費，向他人炫耀和展示自己的金錢財力和社會地位，以及這種地位所帶來的榮耀、聲望和名譽。（MBA 智庫百科，2009）這說明了人在物質充裕條件下的炫耀心理，想藉著物品來宣稱自己的地位和品味。

　　這樣子的消費行為本質幾乎都和「奢侈」的概念糾結在一起。這些具有雄厚金錢實力的所謂「上流社會」的人，為了與一般普羅大眾有所區隔，他們在許多方面都想表現出自己能擁有的是珍貴稀少而品味獨到的，於是做工精巧華麗炫目的眾多精品則應運而生，用質高價昂的商品包裝得高高在上來滿足這些人的虛榮心。一個手工的 Hermès 凱莉包（柏金包）拿在手上，表示擁有者花得起二萬美元來購買非生

活必需品的手提包，而且要能拿到這個提包還得先預約個一至二年才
能收到產品，會去訂購這個款式的人真是非常懂得精品也是眼光非常
獨到；以上這個提包背後蘊含這麼多訊息，拿著凱莉包的人想來是能
昂首闊步，走路有風了。

（二）消費者愛上的是商品還是符號

　　人類的溝通是多方面的，語言和文字是很重要的溝通方式之一，
但若是非同一語言文字的使用族群卻也變得毫無溝通能力。而符號較
之語言就變得比較能夠跨越不同國家的隔閡，例如心型表示愛、情感，
同時伸出食指和中指比出 V 型的手勢表示勝利，看到「卍」我們便能
聯想到佛教……等等諸如此類的標記，他們都有著共同約定俗成或者
是被大眾所熟知認同的意涵。符號學將所有文化元素都當作語言的要
素來看待，而它們所使用的工具則是由語言系統和文本分析發展而
來。一文化的元素，包括消費商品與場合都被隱喻視為可閱讀的文本
（而較少被當作可以被說出的論述）。我們可以透過把這些文本當作某
種由類語言系統，與象徵譯碼所擷取而來的特殊符號組織來理解他
們。文本所以具有意義，或者被賦予意義，都有賴於其元素提供和予
它們意義的象徵系統。（Don Slater，2003：242）然而，在商品身上我
們也看到了精品商以這樣的方式操作著，他們以商品作為載體來宣揚
鞏固自己的地位；例如象徵永恆愛情的鑽石，我們能很快聯想到以六
爪鑽石戒臺造型搭配著藍盒白鍛帶姿態出現的 Tiffany；有人說「她最
近購買一個頂級的牛皮手提包。」我想大部分人會立刻聯想到 Louis
Vuitton。這樣的符號概念，既鮮明又深刻的建構在消費大眾的心裡。
　　消費主義學者 Waters 曾在書中寫道：「在消費文化內，品項的消費
具有符號性的價值，這超越了淺薄的物質性價值」，而當「有權有勢的
團體……鼓勵消費者去『追尋』超過他們的『需求』之際」便油然而生
（Don Slater，2003：234 引）。廣告很擅長利用意象把符號給價值化，

做成一個完美的包裝來大幅提升商品本身的價值銷售給消費者。「商品價值具有兩重性，其一是『物品價值』，是由商品的品質和功能塑造出來的價值；其二可稱為『符號價值』，是商品的形象和消費者感性體會的品牌『符號價值』。也有學者說，商品由物的價值和『符號價值』兩部分構成，消費由物的消費和符號消費兩部分組成。」（張瑋真，2009）

　　一種物品成為消費的對象，並非它是有功能的或是商業的產品，而是因為它已被建構成符號，這就是 Jean Baudrillard 所主張的「一個真正的消費理論並不是奠基在需求理論上，而是在意義化理論上」。換言句話說，消費者對商品符號意義的重視程度遠高於基本功能的需求。（陳坤宏，2005：64）

二、精品廣告創造的夢幻意象

（一）時尚潮流／盲從模仿

　　流行文化是個人個性和社會群體心理結構縱橫交錯匯合而成的思潮的產物。（高宣揚，2002：421）而人們心態想追求大家都認同的流行，如品牌、花紋、款式……等，但又想與眾不同的心態是矛盾的；因為太特立獨行會招致別人異樣的眼光，認為這樣不在所謂的「時尚潮流」之中，而太配合時下的潮流，又顯得過於俗氣、盲從、沒有主見。所以研究個人心理與社會心理相互關係的許多社會心理學家，都注意到流行文化中的個人心理特質：它們一方面具有其自身的獨立性和個別性，但另一方面又深受其所處的社會心理環境的強烈影響。面對著社會環境及其社會心理因素，每人既要儘量保持其個人尊嚴（personal esteem）、個性的獨特性及優異性，又要儘可能適應、調整同社會心理結構的整體關係。（高宣揚，2002：422）

　　馬克思主義方法是用來解析語文現象或語文形式在的事物受制於唯物觀念及其階級意識的事實。（周慶華，2004：116）既然時尚和頂級精品是象徵著高消費力上流社會的符號，對於想要藉著這些外在物品為自己建構一個也等同和上層社會同階級的意象，於是一般大眾也嚮往擁有這樣的頂級商品。聰明的精品資本商也嗅到了普羅大眾這樣的心態，於是他們開始製作周邊容易入手的商品，但就像手提包一樣，賣弄意味更強：從包包裡拿出一條香奈兒的口紅，瞬間給人富有與高雅的印象。（Dana Thomas，2008：22）所以廣告裡出現的影像，有時形塑高不可攀的高貴夢幻場景，有時卻會用親切甜美的形象來告訴消費者——你也可以這樣走入上流社會！所以雜誌中對於商品的描寫及其出現的型態，是為資本主義創造物品對人類生活的階級性，於是這些潮流精品成為了上層社會一部分的表層代表，下層社會企圖藉由模仿上層的服裝符碼與行為方式，來提升自己的社會地立。（John Storey，2001：54）

（二）女性雜誌中廣告對消費者的召喚

　　臺灣社會從二十世紀八〇年代開始因經濟蓬勃發展，民眾的消費能力大幅度提高，消費的主軸已不再是傳統基本的吃飽穿暖，而是轉移到精神層次方面的追求。臺灣女性的教育程度因舊時代重男輕女觀念漸漸被揚棄而提升，加上女性主義抬頭，那些告訴女性應該勤儉樸素的教條被狠狠批鬥，不斷有廣告在向女性們宣揚要愛自己，由實用取向到近年的奢華戀物。在這樣的轉變過程中，女性雜誌扮演很重要的角色；大量的高價精品及商標品牌廣告不停對人們灌輸所謂時尚流行，而這些符號建構了消費者的意識。

　　書局及坊間租書店許多介紹流行、美食、時裝、手錶、提包……各類雜誌琳瑯滿目，這些介紹著如何買，怎樣才叫做流行時尚的書籍，文字中沒有任何的強迫性，雜誌中的商品也多半是非必要的奢侈品，

如名牌提包、名牌服裝、彩妝、飾品、珠寶……等，在商品的外觀打上一個特定商標和精緻包裝，便讓它搖身一變成了價值不斐高單價精品。這些價格不是非常親民的商品，常常能令女性消費者趨之若鶩買起來毫不手軟。其中消費者對於精品嚮往的心態，以及廣告商品和文案修辭則是共同激盪而產生如此大的召喚魔力。廣告的內文通常是最不能吸引消費者注意的部分。然而，由於它的字小空間大，也是最有餘地可以說服消費者的地方。它與標題的配合要天衣無縫才好。標題中引起注意的，必須在內文中，順勢發展下去，讓消費者的興趣及好奇得以滿足。（楊中芳，1992：311）

當女性在購物時面對眾多的商品，每一件都各有特色；而該怎麼做選擇，那些曾經閱讀過的女性時尚雜誌便會以聖經的姿態跳出來，彷彿在你身後告訴你該怎麼買——今年流行什麼款式？買什麼牌子比較好？要怎麼搭？買了什麼是 in，穿了什麼變成 out！時尚雜誌想要告訴我們什麼，而讀者又從裡面所接收到的訊息又是什麼？我們腦海中被建構的所謂時尚，究竟是自己心中的想法，抑或是整個社會，或可以說是資本主義財團一起形塑成的現象，這點在消費者的心中可能從來沒想過，也可能不想去分辨。

（三）精品和女性之間的關係

如前文所提過，大部分極端性的的消費行為被稱為是「炫耀性消費」。炫耀性消費的標準對女性美的典範生了一種扭曲作用。比如女性的嬌弱細緻蔚為風尚，因為如此才能向全世界宣告，休閒階級無法從事生產勞動。於是女人被矮化成為「替代性消費」（vicarious consumption）的象徵。女人比僕人好不了多少，其任務無非是公開展示主人的經濟實力。就像 Veblen 所說，「她既無用又花錢，所以她的價值就在於證明你的財力雄厚」。女人學會服膺這個標準，男人則學會把服從這個標準的女人視為典型的美女。（John Storey，2001：51）

　　女權主義抬頭的今日社會，女性變得自主且較早期社會更處於能經濟獨立的情況，所以女性消費者就逃離了家父長式家庭和社區的道德監控，城市的街道、都會熙來攘往的人群以及商店本身就宛如一個不設防的空間，這是一個沒有規範的天地，處處都充斥著刺激、幻想、慾望和永難消彌的需求。相信許多人都看過著名的美國影集《慾望城市》（Sex and the city），劇中四位多金貌美的女性各有特色，她們不論在職場上在感情上都個性鮮明敢愛敢恨，日子過得十分精采，她們的生活方式令許多年輕的上班族女性們羨慕不已；尤其劇中人的行頭更容易吸引女性，這一集女主角凱莉拿了哪一款包包？那一集米蘭達穿了哪一個牌子的外套，完全能夠造成轟動的話題。

　　即便《柯夢波丹》雜誌內容取向為傾盡心力使女性主體獲得認同，但現今臺灣的女性仍深受父權意識社會操控，有人認為在廣告中女性角色仍被設定為「受觀看」的物質化客體；荷蘭媒體理論家 Hermes, Joke 提倡從一個「後現代女性主義立場」的觀點出發，讀者是意義的生產者，而非媒體制度的文化冤大頭。同時我們賦予媒體文本的地方意義與特定意義，以及在這個充斥著媒體形象與文本的社會裡，個人在多面相的生活當中所抱持的各種不同的認同。（John Storey，2001：164）

三、雜誌廣告中圖與文激盪的火花

（一）廣告和雜誌的關係

　　廣告是將有關一項商品的資訊，由負責生產或提供這項商品的機構（通稱廣告主），來把它傳遞給一群消費者。（楊中芳，1992：15）時尚雜誌中一定有大量的圖以及照片，並帶著文字的說明，有些是詳盡的商品介紹和設計理念，有些則是簡短的標出品牌和售價，有的則

會在一旁以說故事的方式來為照片加上一連串的故事性，引起讀者更進一步的聯想或將商品美好化。而消費的感情愉悅、夢幻與渴望，這些問題都將變成為消費文化的幻想以及特定的消費基地，進而產生身體感官直接得到刺激與美學的愉悅感。（陳坤宏，2005：101）

廣告是人類資訊交流的產物。人類有互通資訊的需要，廣告便隨之產生出來。廣告的早期意思為「通知別人某件事，以引起他人的注意」。現代廣告涵義廣而多元，由推銷商品、服裝、影響輿論到宣傳政治思想，無一絕對定義。（張榮顯，1998）毫無疑問的，文案撰寫在商業廣告中佔了一個舉足輕重的角色，優秀的廣告詞往往修辭多方，而能達到「促銷」的效果，也顯現出修辭法的驚人效益。（何永清，1998）在資訊來源多元而豐富的現代社會，人們接收訊息的方式已經由閱讀變成了瀏覽，於是篇幅過長的廣告詞往往不太容易令人一眼看完，廣告商們要如何能在短時間或在極小的版面，在眾多的商品中吸引消費者的目光進而使人們認知並購買就成了首要的課題。

話語要如何能說得動聽，令人記憶深刻甚而完全打動人心，除了本身的故事性和真實性以外，便是需要靠修辭來作為輔助，使其不僅說得好還要說得巧。商業廣告是為大眾傳播媒體的經濟主要命脈，舉凡電視、廣播、雜誌業者的收入來源，都是要靠廣告時段和版面的銷售；要如何能在這資訊爆炸的時代裡，用最短的時效最小的版面及最經濟的預算來達到商業主想要造成的廣告效果，這的確深切的考驗著廣告文案撰寫人的智慧。一個好的出色的廣告，不一定單單只有圖片意象的表現，如果加上畫龍點睛式的標語，便讓產品立刻在消費者的心中烙下深深的印象。

（二）精品廣告圖文實例

香奈兒（Chanel）的創始人可哥・香奈兒（Coco Chanel）女士是影響當代尚時文化甚鉅的一位傳奇代表性人物，她的名言——當必需

品滿足不了人類，名牌就成為必需品。（Dana Thomas，2008：16引）於是在近一個多世紀以來，因工業革命致使經濟快速成長物資供過於求，讓那些富豪們為了凸顯自己的與眾不同，開始用名牌精品來宣示自己的地位。

廣告是一切商業傳播媒體的經濟命脈，對雜誌而言當然也是，時尚雜誌的廣告所鎖定的客群是擁有高消費能力或是嚮往能擁有這些象徵高貴的商品的人們。手提包對於女性來說是非常重要的配件，相對於那些愛車如癡的男性，喜歡用高級進口車，譬如雙 B 品牌或是頂級跑車來彰顯自己的品味和財力；那麼女性用來代表自己身分地位的東西就非包包莫屬。精品提包所以能讓大眾認知它的存在，必須要有精巧的做工，獨有的特色和話題性，以及大量的廣告，想當然耳必定會有昂貴的售價。

手提包的平均價格是成本的十到十二倍，LV 手提包則高達十三倍，而且從未減價。（Dana Thomas，2008：22）舉個例來說：LV 的長青商品水桶包（Noè）在法國的定價為歐元 € 685 元，換算為新臺幣約 31,000 元，那麼其成本才大約歐元 € 53 元，折合新臺幣才大約新臺幣 2,400 元！很驚人的利潤不是嗎？但仍有那麼多人（包括男性）願意掏出大把大把的鈔票來購買。他們所買的不在於商品的實用性，而是這個品牌讓人們把它和頂級高貴聯想在一起。

以下列舉幾個大眾熟知的國際精品品牌在《柯夢波丹》雜誌中的廣告，來分析其廣告的特性：

Gucci 古馳──1906 年創辦人 Guccio Gucci 開始以自己的名字在義大利佛羅倫斯製作皮件。1921 年，Guccio Gucci 在佛羅倫斯開辦了店面，專注於質料與工藝技術的提升，並首創了將名字當成 logo 印在商品上，成為最早的經典 logo 設計，使得 Gucci 迅速的在 50～60 年代間，成為了財富與奢華的象徵。（Wikipedia，2010）

1. 女性精品手提包廣告

2009 年 Gucci 的提包廣告，利用整頁大塊的圖像，很大氣的凸顯出品牌並將其商標置於頁中，讓人一眼就知道它的存在。模特兒們在照片中衣著華麗站在自然的環境中創造出差異性很大的突兀感，而畫面最大塊的部分就是主要的廣告商品，讓人無法忽視，這是比較典型式的凸顯主題型的廣告。

2. 女性精品服裝廣告以故事型態展現

雜誌中，後半部常有服裝系列單元，以某種主題為系列主軸，例如季節、單寧牛仔、龐克搖滾、恬靜淑女、狂野浪漫……等等，圖旁邊的文並沒有對於各項商品的描述，而是以說故事的方式來呈現，且圖中並非是單一品牌的服裝飾品，而是由各家知名品牌（如：Bally、MiuMiu、LV、Loewe、Fendi、Chanel……等）的商品搭配而拍攝的美麗照片，這樣的手法可以讓讀者比較不感受到廣告的強勢壓迫，而藉由圖片和短文來引導女性對圖片作更進一步的延伸閱讀來產生置入性行銷。

女模們時而驕傲時而愉悅的神情，再搭配上文字的敘述，都在向讀者們宣示著穿上名牌服飾的優越感。女性雜誌的內容的確時常充滿著——「說是要以女性享主導權的歡愉，但內容談的卻是如何討好男性」的這種矛盾。

（三）精品廣告與名人代言

我們所接觸到的許多商品，可能是日用品、藥品、電器、甚至是活動……等，常常會請明星或名人來當代言人。代言人是一個寬泛的概念。統括來說，它是指為企業或組織的營利性或公益性目標而進行資訊傳播服務的特殊人員。代言人可以存在於商業領域，如眾多公司

企業廣告中的名人；也可以出現於政府組織的活動中。如果我們再細化到商業行銷領域，那麼代言人可以分為企業代言人、品牌代言人和產品代言人三類，它們是一種包含與被包含關係。不同類型（範疇）的代言人自有其不同的職能與要求，具體到企業品牌塑造層面，我們的行銷及廣告人員所必需通曉的就是品牌代言人了。品牌代言人的職能包括各種媒介宣傳，傳播品牌資訊，擴大品牌知名度、認知度等，參與公關及促銷，與受眾近距離的資訊溝通，並促成購買行為的發生，建樹品牌美譽與忠誠。

品牌個性與代言人個性的吻合是品牌傳播效果優化的關鍵。如前所述，代言人個性千差萬別，或沉穩老練、或青春活潑、或溫文爾雅、或粗獷樸實。人的個性是在現實社會中塑造而成的，不同的個性折射著不同的人文精神和個體價值；品牌個性也產生於社會，它是整個市場價值肌體上的一個細胞，是企業經營理念和文化的無形縮影。品牌個性欲復歸社會於市場，獲取立足市場的能量，就必須找到與之匹配的符號載體，這個載體就是品牌代言人。只有品牌個性與代言人個性準確對接，才會產生傳播識別的同一性，有效地樹立和強化該品牌在公眾中的獨特位置。（MBA 智庫百科，2009）

高價位的精品當然也要有非常具知名度的人來當代言人，或者是明星們在出席各場合時，廠商願意免費出借提供高價的服飾或珠寶使其配戴，目的在於提高知名度，魚幫水，水幫魚，共同創造奪取媒體版面的話題性。

有二幅廣告是象徵頂級精品的法國知名品牌 Louis vuitton 分別在2009 年和 2008 年重金聘請流行歌手作為年度代言人所拍攝的廣告，他們一貫的廣告手法就是利用大篇幅的頁面，給人一個震撼的視覺感受，他們的品牌 LOGO 常刻意收在一個不起眼的角落或是甚至沒有掛上 LOGO，而眼尖的消費者一眼就能認出他們那再熟悉不過的 LV monogram 花紋；他們品牌結合那特殊的形象是顯而易見的。

2009 年 Louis Vuitton 請流行樂壇的不敗女神瑪丹娜（Madonna）作為代言人，彷彿就是在告訴大家——「音樂界的頂級人物也愛 LV，大家何不快點臣服於它？」而 2008 年 LV 的代言人——珍妮佛・洛佩茲（Jennifer Lopez），她在影像中高高地坐在男模的肩頭上，一手狠狠地壓制著他的頭，另一手提著 LV 的包包，強勢地象徵著女權高漲，她擁有名貴的提包也將男人踩在腳下。

時下雜誌很流行用藝人們在街上的剪影搭配他們想說的故事，譬如八卦雜誌會在明星們不雅觀或出糗的照片旁加上毒舌的批評；而時尚雜誌則會將重點放在明星們的衣著和配件上，標出品牌和說明特色來達到廣告的目的。

藉著這些明星們以居家的形態出現，圖片想要告訴人們：「名牌包也可以是很隨性的使用搭配的！」然而，這些賈姬包或蟒蛇皮包的價錢動輒十數萬，卻是一點都不像這些女星的笑容那樣的親切動人。電影《購物狂的異想世界》的海報，劇中女主角飾演一個戀物成癮的雜誌編輯，寧可花光了積蓄刷爆信用卡或使用欺騙的手段，也要買下她心愛的精品，片中經過一連串的轉折後女主角體悟了這些東西只是身外之物，但她活靈活現的表現出一般女性在購物時所曾經面臨過的掙扎，以及在擁有這些東西後帶來的快感（當然也包括收到帳單時的萬分懊惱）；在商業操作上而言，這部電影就結合了許多精品名牌的「不經意」曝光，也順勢將片中的商品推向熱賣潮流。

（四）彩妝與香氛透過文字傳達

香水和彩妝對於人們來說是一種非生活必需品，但在精品圈中，香水和彩妝都佔有一席堅固不可動搖的地位，原因是在於以前的農業勞工社會連溫飽都成了問題，若能有多餘的金錢來購買這樣無形的奢侈品是一種上流社會才享有的能力；上個世紀工業社會以降，人們的消費結構改變，讓大家願意去消費非民生必需品，而香水則成了奢華品

牌的敲門磚，滿足了無法購買精品店內昂貴商品的普羅大眾擁有一小件名牌的夢想，此外也為品牌帶來實質利潤。（Dana Thomas，2008：22）

以 CHANEL 綠色的 Chance 香水廣告為例：

味道是難以用文字或圖像就能清楚表達的一種感覺，即便自己親身體驗也很難用言語說個準確，所以平面廣告能傳達的僅有這款香水帶來的香氛氣息和其想傳達的意念，像這類只能意會不能言傳的商品，靠的就是廣告的手法來吸引消費者的注意進而在腦中產生印象，接著下次看到商品時會願意走近它，情況好的話就會買下它！廣告用一個年輕女孩很輕盈的跳躍著，臉上散發愉悅的神情，藉以告訴消費者，只要將這樣的香水灑在身上便能擁有這般猶如徜徉在夏日戀情中的好心情。

以 2009 年 6 月號的《柯夢波丹》雜誌廣告為例（No.221：31），右下角為依序介紹商品的文字，其中一段「柯夢認為和他使用同一款香水是再性感不過的事，讓曖昧難辨的香氛緊緊圍繞著你們、在空氣中進行無形的『肌膚之親』……」，當時正值炎熱 6 月夏日季節，香水用這樣的文字把味道清淡中性的古龍水這樣形容著，想必在戀愛中的女子應該會買下來當情人節禮物，一瓶給情人一瓶給自己，讓他們共同沐浴在相同的味道裡；這時香水廣告策略完全成功，誰曉得它是什麼味道？

嬌鮮欲滴的紅唇是女人象徵性感的一個很重要的部分，蒼白而乾裂的薄唇使女人看起來顯得疲憊病態。《柯夢波丹》雜誌 No.221 第 26頁正中央是一支名為「絕・色・光・禁忌之吻」的唇蜜，廣告詞「唇妝的一種妝效已無法滿足女人對美的貪心慾望，想要唇膏的持久顯色，又想擁有唇蜜的閃耀光澤？……打造像麗芙泰勒般光亮紅潤的迷人笑靨」。其中就強調著它能夠集合二種不同性質唇彩的優勢讓女生美麗一整天，加上了名人的代言加持，消費者看了自己會產生一種認知——用了廣告商品後，你也可以像她一樣迷人自信地笑喔！

四、結論

　　毫無疑問的，人類對美的事物總是會嚮往和追求。心理學家 James Hillman 曾說道：「美是『諸神碰觸我們的感官、感動人心、並吸引我們投入生命』的方式」。Hillman 並未說明美是什麼，卻暗示了美如何讓人融入世界。美並非偶然、瑣碎、無足輕重；相反地，它位居核心，攪動我們的心靈和敏感的身體，以它的直接和愉悅吸引我們投入生命（J.Ruth Gendler，2008：13）。對於美的追求，人們讓物品除了本身的實用之外再加入了美的元素，具備這二項的東西之外再加上能代表高貴非凡的記號／符號，讓大家心醉神馳在這樣迷幻似的共同認知。時尚雜誌不斷地推陳出新，告訴消費者有什麼新品上市，本季有什麼新款，因為「改變」與「創新」便是時尚所具備兩特質。（川村由仁夜，2009：24）

　　Baudrillard 曾說：「消費……是一種生產的活動」。Baudrillard 給我們最有力的圖像之一，是將消費視為「社會勞動」。（Tim Dent，2009：40）單就這個較簡單的層面來說，其實對於精品的消費，也是能創造新的社會價值；能做這些高消費行為的金字塔頂端客層，購買高單價商品，一併帶動製造業、原物料、生產者、經營者、銷售人員、百貨業、廣告業……等等一連串與之有關的產業；又藉由精品所創造出來的美好場域，普羅大眾也可以藉由擁有一些（或一件）精品，來滿足對於上層社會的想望。例如我們看到一個紮起馬尾臉上戴著大大 Christian Dior 太陽眼鏡，手上挽著大黑色 miumiu 包包的年輕女子，這樣行頭很高貴的打扮但她的身分很可能只是個月薪三萬元的平凡上班族。對於有限度的追求美麗和自信是被容許的，在東方氣化觀文化型底下的女性，過去的舊時代社會裡太受壓抑，古人說：「女子無才便是德」。但這樣的舊規訓於現在社會已完全不適用；現代社會的女性獨

立自主擁有照顧自己的能力，充滿自信且不失原本天生俱來的柔媚氣質的女性更是迷人，姑且無論精品和敗金是否真的劃上等號，能重視自己珍愛自己的人，就是一種美麗。

參考文獻

川村由仁夜（2009），《時尚學》（陳逸如譯），臺北：立緒。

互聯網（2008），〈詹妮弗‧洛佩茲——LV 代言人〉，網址：http://www.pp168.com/sywk/2008/0918/article_24056.html，檢索日期：2009.11.13。

何永清（1998），〈廣告詞的修辭析賞〉，《中國語文月刊》，497，59。

周慶華（2004），《語文研究法》，臺北：洪葉。

高宣揚（2002），《流行文化社會學》，臺北：揚智。

陳坤宏（2005），《消費文化理論》，臺北：揚智。

陳學明（1996），《文化工業》，臺北：揚智。

張瑋真（2009），〈時尚消費心理——符號消費〉，網址：http://el.mdu.edu.tw/datacos/09423012022B/第十二週符號消費.ppt，檢索日期：2009.11.12。

張榮顯（1998），〈廣告修辭研究初探〉，《中華傳播學會 1998 年年會論文》。

楊中芳（1992），《廣告的心理原理》，臺北：遠流。

Dana Thomas（2008），《廉價的奢華》（陳芝儀譯），臺北：時報。

Don Slater（2003），《消費文化與現代性》（林祐聖、葉欣怡譯），臺北：弘智。

John Storey（1998），《文化消費與日常生活》（張君玫譯），臺北：巨流。

J-PWarnier（2003），《文化全球化》（吳德錫譯），臺北：麥田。

J.Ruth Gendler（2008），《關於美之必要》（楊雅婷譯），臺北：天下。

《柯夢波丹》第 221 期，臺北：華克。

MBA 智庫百科（2009），〈品牌代言人（Brand Spokesperson）〉，網址：http://wiki.mbalib.com/wiki/%E5%BD%A2%E8%B1%A1%E4%BB%A3%E8%A8%80%E4%BA%BA，檢索日期：2009.01.13。

MBA 智庫百科（2010），〈炫耀性消費（Conspicuous Consumption）〉，網址：http://wiki.mbalib.com/zh-tw/%E7%82%AB%E8%80%80%E6%80%A7%E6%B6%88%E8%B4%B9，檢索日期：2010.05.08。

Pasi Falk & Colin Campbell（2003），《血拼經驗》（陳冠廷譯），臺北：旭昇。

Robert H. Frank（2000），《奢華狂潮——為何瘋狂消費買不到你的滿足？》（席玉蘋譯），臺北：智庫。

Tim Dent（2009），《物質文化》（龔永慧譯），臺北：書林。

Wikipedia〈Gucci〉，網址：http://zh.wikipedia.org/zh-tw/GUCCI，檢索日期：2010.01.12。

色彩詞的文化審美性及
其在語文教學上的應用

——以新詩為例

謝欣怡

國立臺東大學語文教育研究所

摘　要

　　色彩對現代人來說就像語言一般，具有普遍性，它能夠象徵一個地區的文化特色或一個人的心理狀態。而每一種色彩的組合也都有其獨特的魅力與韻味，都為不同民族所喜愛和欣賞。在現存的三大世界觀文化系統中，西方民族受創造觀型文化的支配影響，比較熱中色彩詞的研究，對於色彩的分類細膩且豐富，蘊涵著崇高的審美性。而漢語民族因為氣化觀型文化的影響，認為萬物是自然氣化而成，表現在色彩上則是含糊不敏銳的，有著優美和諧的審美。中西方在色彩使用上的偏好及差異，也可從其文學作品中窺知。而透過中西方文學作品的賞析，或許可以思索如何在新詩教學中教導學生使用色彩詞，豐富詩的美感及意象。

關鍵詞：色彩詞、文化審美、語文教學、創造觀型文化、氣化觀型文化

一、意在「顏」外──從色彩到色彩詞

　　自古以來，人類所處的環境，就是一個色彩豐富的世界。繽紛多彩的自然界常因環境的變遷、季節的遞嬗而顯露出不同的面貌，也展現出複雜的色彩。雖然人們無法時常「有意識」地去體會環繞在周圍的色彩，但意識中都存在著對於色彩的想法或觀感，在「需要」它時能適時地「有意識」或「無意識」表現出來。早在遠古時代，人類就懂得利用色彩去充實生活或達成某些目的（如記錄事物、宗教信仰、美感裝飾、藝術等）。雖然目前出土的文物有限，但我們大致可以從中窺知原始初民已經和色彩建立了初步的關係。

　　隨著科技的進步、文明的發展，人類對於色彩的認知漸趨複雜多元，他們會運用各種科學方法去開發色彩、改良色料，並將它們使用在繪畫、建築、服飾、工藝……等方面，以應付現實生活中的各種需求。在日新月異的現代，任何事物都不斷求新求變，因此人們更能接收到各式各樣的色彩資源；尤其是身處超鏈結網絡時代的我們，可以藉著電腦、書籍、電視等傳播媒體，迅速地將這些真實的影像傳達到我們的雙眼，讓我們能確切去感受世界的五彩繽紛。既然色彩對於我們的生活是如此地密不可分，那麼我們應該如何去掌握、運用這些色彩，來創新、豐富我們所處的自然界，則是當前應重視的一項問題。

　　不論是繪畫、建築、服飾、或是園藝等方面，我們都能看見人們對於色彩的創意和美感展現，但這些色彩表現卻有可能因為時間的流逝而褪色或毀損。例如屋宇的雕樑畫棟、服飾的染料、牆壁或紙帛上的繪畫……等，都會因時間的久遠而破損毀壞，無法一直以最原始的面貌呈現出來。因此，唯有倚賴生動、鮮明的文字語言來表達與記錄，才能永續流傳。而這些用來標記色彩的文字元號就稱為「色彩詞（顏色詞）」。面對多采多姿的世界，我們用眼睛去感受、用心靈去品味、

也用文字表達出來。色彩詞的使用，既為我們描繪出「千種柔光／把樹林照得一帶翡翠／鼓風機／把春天碎餘的綠意／和穀皮塵屑／吹向下風／任金黃的瀉落／灑出滿場的歡呼／灑出金黃的路／向市街的中央」（馬悅然、奚密、向陽主編，2001：314）的婉約美景，也揭示了「你們從不安的睡眠中／驚醒。揉眼。側耳／聽，同時／目睹火紅的岩漿噴洩流竄且／迅速掩蓋家園。」（簡政珍主編，2003：445）這一讓人怵目驚心的景象。又如在成語中的「青紅皂白」、「是非黑白」，青、紅與皂（黑）、白是互為對比色，這種色彩間鮮明的對照使人們的內心也產生了是非善惡的感受。因此，色彩詞的使用，不僅精細地刻畫出自然界的萬物，也蘊涵著深刻的人生哲理。

此外，中西方在色彩詞的使用偏好上也有所不同。大體而言，西方民族受創造觀型文化的支配影響，對於色彩的分類較為細膩豐富，蘊涵著崇高的審美性。而漢語民族因為氣化觀型文化的影響，認為萬物是自然氣化而成，表現在色彩上則是含糊不敏銳的，有著優美和諧的審美。中西方在色彩使用上的偏好及差異，也可從其文學作品中窺知。而透過中西方文學作品的賞析，或許可以思索如何在新詩教學中教導學生使用色彩詞，豐富詩的美感及意象。

二、中西方對於色彩詞的重要研究

在國內的研究中，李紅印的《現代漢語顏色詞語義分析》一書從構詞系統來看漢語色彩詞的構成方式。漢語色彩詞的構詞可分為「單音單純色彩詞」和「複音合成色彩詞」。單音單純色彩詞為基本的色彩詞，如紅、白、黃、黑、綠、藍、紫、灰……等。複音合成色彩詞又分別有「複音複合詞」和「複音派生詞」兩種。複音複合詞分有以下五類：（一）表程度／性狀語素＋表色語素（如深紅、嫩紅、鮮紅……等）；（二）表色語素＋表色語素（如赤紅、紫紅、橙黃……等）；（三）

表物語素＋表色語素（如血紅、火紅、桃紅……等）;（四）表物語素
＋色（如茶色、米色、咖啡色……等）;（五）表色語素＋色（如紅色、
黃色、白色……等）。複音派生詞則是由單音單純色彩詞作詞根加後綴
所構成的,如紅鮮鮮、白生生、黃澄澄、黑壓壓、綠油油、藍盈盈……
等。（李紅印,2007：49～53）

　　王聚元在〈色彩詞的構詞方式及描寫功能〉一文中則是將色彩詞
的構詞分成單音節詞和多音節詞,而多音節詞包含：並列式（如赤紅、
朱紅等）、偏正式（如蔚藍、深紅等）、重疊式（如黃澄澄、灰濛濛等）、
短語式（如紫中帶亮、半紫半黃等）四種。（王聚元,1998）高承志則
是把色彩詞分類為：單純式、替代式、雜揉式（二色雜揉,如紫黑）、
限制式（前一語素為地名或程度副詞,對後一色相加以限制,如印度
紅、通紅）、修飾式、複合式、取喻式（前一語素為喻體,後一語素表
色相,如猩紅）、重疊式、貶抑式（用於口語,含有貶抑,如「黃不搭
拉」）等。（高承志,1994）林凡瑞、趙連續在〈色彩詞及其分類〉中除
了高承志所歸納的九種,還增加了並列式一類。（林凡瑞、趙連續2003）

　　李堯在〈漢語色彩詞衍生法之探究〉一文中認為漢語色彩詞經歷
從依附實物名詞,到抽象為獨立表色的過程後,在已有的單音節色彩
詞的基礎上,從簡單到複雜衍生的方法大致有七種：（一）借物法：直
接借用某事物的名稱帶上「色」來表示顏色;（二）比況法：用表示色
彩的事物名詞修飾單音節色彩詞的方法;（三）組合法：用兩個單音節
色彩詞組合而成的方法;（四）修飾法：有程度、性狀、顏料產地或年
號、動詞等四種詞根的修飾;（五）通感法：利用聽覺、味覺、視覺、
觸覺等感覺與視覺的流動而衍生出新的色彩詞;（六）重疊法：單音節
色彩詞自身重疊或帶重疊的後加成分,以構成新色彩詞;（七）外來
法：用意譯、音譯、音譯兼意譯等方式引進國外色彩詞的方法。（李堯,
2004）而吳進在〈文學語言中的顏色詞〉一文中則將色彩詞常用的語
言手段分成：比況的手段、通感的手段、詞性活用的手段、擬人的手
段、拈連的手段和超常搭配的手段等。（吳進,1999）

霍松林、黃永武認為有些名詞雖然在文中沒有被明確的標示出來，但是該詞本身的色彩是鮮明的，如雪、草、夜……等字，雖然在字面上沒有色彩詞的出現，但透過聯想或想像，仍可將其視為具有色彩視覺意象的詞彙，這類詞彙稱為「隱色詞」。隱色詞在字面上，色彩是隱藏起來的，但這些詞彙搭配著「色」字出現，便也當作色彩詞來使用，如雪色、草色、夜色……等。相對的在字面上就帶有顏色的詞彙稱為「顯色詞」。（黃永武，1993：25；霍松林，1993）此外，葉軍還提出了「含彩詞語」的概念，含彩詞語就是詞組中含有色彩詞素卻不表示色彩概念的詞語。（葉軍，1999）

另外，高建新在〈色彩詞的抒情造景功能〉一文中提出了色彩詞的運用具個性化特徵的觀點，從詩歌發展的歷程可以得知色彩詞的運用已非簡單的描摹與外部再現，而是逐漸走向表現強烈的主觀情緒及內心深處的微妙顫動。色彩不只是客觀的物質存在，而是一種充滿主觀性、能動性的情緒元素。（高建新，1994）周延雲在〈文藝作品中色彩詞的言語義初論〉中也提到色彩詞有模糊性、主觀性和變動性等特點，並且認為色彩詞所代表的是具有這種色彩的客觀事物、或是能表達某種特定情感以及具有臨時的象徵意義。（周延雲 1994）

潘峰在〈現代漢語基本顏色詞的超常組合〉一文中分析了色彩詞超常組合的構詞方式，也揭示了其新奇的語義內容。例如可以透過借代手法的運用，實現色彩語義的轉換，從而獲得新的語義內容；或是用色彩詞的象徵意義來使語義產生變異；以及利用語義的多層轉換，賦予色彩詞新的語義內容。（潘峰，2006）加曉昕則是將色彩詞的超常定語分為：挪移式、聚合式、擴充式三種，並指出這些超常定語的修辭效果主要表現在：淺層資訊的累加、深層情感的迸發、陌生感和審美豐腴度的凸顯，並且伴隨著多種修辭法的運用。（加曉昕，2008）

胡霖則認為色彩詞在違常搭配中蘊涵著特別的隱喻修辭手法。所謂的「色彩詞違常搭配」是指色彩詞原本的主要功能是描繪事物的顏

色，也就是摹色。如「綠色的葉子」、「金黃的稻子」，這是一種慣用的搭配組合。但有些語句組合雖符合語法，卻超出了詞語之間的語義內容和邏輯常規，例如「綠色的思念」、「黑色的幽默」，使得色彩詞在詞組中成為修飾語或被修飾語，並且具有某種隱喻性。而胡霖將這色彩詞的隱喻分類有：拈連式隱喻、移就式隱喻、通感式隱喻、借代式隱喻等四種。（胡霖，2006）

此外，葉軍在〈論色彩詞在語用中的兩種主要功能〉一文中提出了色彩詞的語用功能表現在兩方面：一是色彩詞具有表現客觀色彩的功能，稱為敷彩功能；二是色彩詞具有傳達認識主體主觀感受的功能，稱為表情功能。（葉軍，2001）而李玉芝除了色彩詞的敷彩功能和表情功能，還另外提出文化象徵功能與修辭功能（對比襯托、誇張、比喻、象徵等）。（李玉芝，2008）白靜野則認為在色彩詞的語用上，主要有四種特色：再現事物的特徵、表現時間的延續、表現畫面的空間距離、烘托氣氛傳達作者的情感。（白靜野，1997）

在語法方面，章康美認為色彩詞的語法特點主要表現在：（一）色彩詞的名稱多樣（同色異名、以物冠名）；（二）可以用程度副詞、時間副詞、名詞、形容詞來修飾；（三）有的色彩詞也可用來修飾色彩詞；（四）部分色彩詞可以重疊。此外，他還將色彩詞所附加的形象意義歸納有：象徵義、借代義、比喻義、情感義等五類。（章康美，2004）

關於色彩詞的釋義，葉軍分析了《現代漢語辭典》、《漢語大辭典》、《色彩描寫辭典》、《中國顏色名稱》這四部辭書，認為色彩詞釋義通常採用以下幾種方式：以物釋色、以色釋色、說明釋色和描寫釋色。（葉軍，2003）

此外，姚小平考察了漢語基本色彩詞的發展，得出自殷代至清末漢語基本色彩詞的演變史，如表1所示：

表 1　漢語基本色彩詞發展階段

1.殷商	2.周秦	3.魏晉南北朝	4.唐宋至近代	5.現代
幽〔黑〕	玄、黑〔黑〕	黑〔黑〕	黑〔黑〕	黑〔黑〕
白〔白〕	白〔白〕	白〔白〕	白〔白〕	白〔白〕
赤〔紅〕	赤〔紅〕	赤、紅〔紅〕	紅〔紅〕	紅〔紅〕
黃〔黃〕	黃〔黃〕	黃〔黃〕	黃〔黃〕	黃〔黃〕
青〔綠／藍〕	青〔綠／藍〕	青〔綠／藍〕	青〔綠／藍〕	綠〔綠〕
	綠〔綠〕	綠〔綠〕	綠〔綠〕	藍〔藍〕
	紫〔紫〕	紫〔紫〕	藍〔藍〕	紫〔紫〕
	紅〔粉紅〕	紅〔粉紅〕	紫〔紫〕	灰〔灰〕
		灰〔灰〕	灰〔灰〕	棕、褐〔棕〕
			褐〔棕〕	橙〔橙〕

（引自姚小平，1988）

　　姚小平的整理分析勾勒出漢語基本色彩詞的全貌，有助於後人瞭解漢語色彩詞的產生與發展過程。（姚小平，1988）

　　呂清夫在《色名系統比較研究》一書中則著重色名的比較研究，他從古代色名的調查統計作起。呂清夫認為色名系統是由古代色名演化而來，歷史悠久的色名，其使用頻率通常越高。而藉由這些調查，他希望能建立一套具有普遍性的中文色名，並且期待有很高的使用頻率。（呂清夫，1994）

　　曾啟雄在《中國失落的色彩》一書中認為漢字的色彩詞彙在初期發展是以單字為主，爾後逐漸有雙字、三字、四字、五字等組合形態。在字義表達方面，是先由一個字對應一個意義這種單一明確的意義表現而逐漸往複雜、多義的方向發展，讓漢字的色彩表達呈現出混亂的情形。（曾啟雄，2004）

　　至於相關國外的色彩詞分析，主要有以下的研究成果。萊昂斯（J.Lyons）認為要確定一個色彩詞的意義，就必須聯繫整個色彩詞系統來作進行。換句話說，我們倘若想知道一個色彩詞指的是什麼，就要在整個色彩詞詞彙語義系統中確定它不是什麼。例如說某人「穿了一雙白鞋子」，這句話就蘊涵著對「穿了一雙紅（綠、黃、藍……）鞋

子」的否定。因此，色彩詞就構成了一個具有「不相容關係」的詞彙組合。此外，色彩詞還可以根據「上下位關係」來進行切分，如 red（紅色）包含的色彩領域又可分為 crimson（緋紅色、深紅色）、vermilion（鮮紅色、朱紅色）等更為具體的詞組，而使 red 和 crimson、vermilion 形成了一種上下位的語義關係。（J.Lyons，1968：400～481）

　　柏林（Berlin）和凱（Kay）在 1969 年出版了《基本顏色詞：其普遍性和演變》（Basic Color Terms：Their Universality and Evolution）一部著作，對於色彩詞的研究主要有以下兩點發現：（一）有十一個基本色彩詞（白、黑、紅、綠、黃、藍、棕、紫、粉紅、橙和灰）構成了所有語言色彩詞系統的普遍基礎；（二）這十一個色彩詞在不同的語言階段出現時有著嚴格的演變順序。（李紅印，2007：11～12）朱文俊在《人類語言學論題研究》中以文字的方式來解釋說明這十一種色彩詞的排列順序：

（一）所有語言都包含「黑色」和「白色」。

（二）若某一語言有三個顏色詞，其中會有「紅色」。

（三）若某一語言有四個顏色詞，其中會有「綠色」或有「黃色」，而不是二者都有。

（四）若某一語言有五個顏色詞，其中會有「綠色」或有「黃色」。

（五）若某一語言有六個顏色詞，其中會有「藍色」。

（六）若某一語言有七個顏色詞，其中會有「棕色」。

（七）若某一語言有八個顏色詞，其中會有「紫色」、「粉色」、「橙色」、「灰色」中的一個或它們中的一種調和色。（朱文俊，2000：286）

　　由柏林和凱的研究結果可以知道色彩被人為劃分時並非毫無規則地相互差異著，其中還存在著一些普遍的現象。不過，他們的理論受到爾後一些學者的批評，例如其所發現的基本色彩詞演變的七個階段與一些語言的實際情況有出入，把色彩詞的意義與所指物和人的視覺

生理構造簡單地等同起來，卻忽略了色彩詞的語言特性和特定社會文化因素的作用等。（李紅印，2007：13）

麥克內伊爾（N.B.McNeill）在〈Colour and colour terminology〉一文中認為色彩詞是人類把對自然的感知結構化而成為一個系統，色彩詞主要是因為自然資源和外部世界中色彩的可用性、以及人類視覺的生理結構而產生的符號。因此，不同的文化會使色彩詞的結構有所差異，而且色彩詞與其使用的地區或民族，也和實際生活中的功能和使用頻率有很大的關係。此外，色彩詞的豐富性會隨著其地區或文化的需要，而變得更豐富多樣。（N.B.McNeill，1972）

康克林（Conklin）則認為色彩詞就是把「非色彩意義（noncolorific meanings）」結合進來並作為其核心所稱指的某一部分。因此，我們必須要能概要地描寫色彩範疇系統的存在，也就是在語言系統內能被我們的色彩所指稱的結構內容並且和所要描寫的顏色資訊和其他特定的範疇作結合，才能理解色彩詞的詞語結構。例如就「黑色」而言，其色彩所指為「黑色」，而它的範疇有「黑、紫、藍、深灰、深綠及各種深色調和混合色」、在其他的特定範疇上則有「暗、不褪色的、去不掉」等非色彩的意義。（A.J.Lucy，1997：331）

羅馬尼亞學者比杜—弗倫恰努（A.Bidu-Vrănceanu）對於羅馬尼亞語的色彩詞系統則作了全面性的研究。他在其專著《顏色名稱體系：結構語義學方法研究》（Systématique des noms de couleurs:Recherche de méthode en sémantique structurale）一書中，有以下幾點研究：（一）從構詞方式將色彩詞分為「單一顏色名稱類」和「派生顏色名稱類」、「直接指稱色彩」的色彩詞和「間接指稱色彩」的色彩詞、「絕對色彩辨別」色彩詞和「非絕對（或近似）色彩辨別」的色彩詞；（二）確定形容詞性色彩詞出現的語境（context），就是組合模式：（S）Aj，S 為色彩詞所修飾的體詞，Aj 為形容詞性的顏色詞，並且在書中針對色彩詞與所修飾的體詞的關係，進行了很詳細的分類；（三）分析色彩詞的組合效率（組合能力）以及組合的相容性和不相容性；（四）在組合分析中，

比杜—弗倫恰努還注意到顏色名稱和名詞組合時的詞義「孳生」、色彩義消失、中和、轉義等，且大部分的顏色名稱不能與表抽象的名詞作組合。（李紅印，2007：21～27）

維日比茨柯（A.Wierzbicka）從認知語言學的角度，把色彩詞的詞義構成成分區分為四種類型：直覺成分（an ostensive component）、「顏色」成分（a "color" component）、否定（排他性）〔成分 a negative（exclusive）component〕和原型成分（a prototypical component or components）。（A.Wierzbicka，1990）

以上是關於中西方色彩詞的重要研究。在分析這些中西方的文獻時，我們可以覺知到中西方在研究色彩詞時所切入的面向與深入度頗有差異。中方現有的色彩詞研究，多是描寫語言現象，很少針對文化或語言學來作全面且深入的分析，解釋的層面也往往浮於表面，並且多是參考或援引西方的研究。反觀西方對於色彩詞多能有邏輯且系統性的分析與演繹，甚至觀察出色彩詞中的非色彩意義。而中西方在色彩詞的研究上會有這樣的差別，主要是由於中方的氣化觀型文化和西方的創造觀型文化內蘊的世界觀所支配影響，才會在研究中表露出這樣的差異：

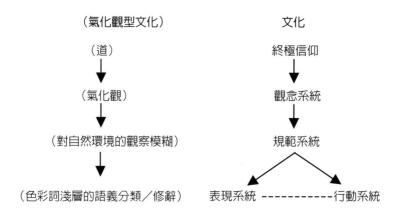

表2　中方色彩詞的文化次系統位階

（文化五個次系統關係圖，引自周慶華，2007：184）

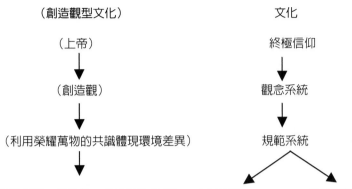

表 3　西方色彩詞的文化次系統位階

（文化五個次系統關係圖，引自周慶華，2007：184）

　　由表 2 中可知，中方受到氣化觀型文化的影響，其所信仰的化生觀因為氣的混沌虯結，使得在色彩詞的研究上沒辦法像西方那樣敏銳而有邏輯性的作統整分析，只能在形式上作分類，或著重於修辭，或援引西方研究來補足中方的理論，無法清楚透視整個漢民族所流露出的色彩世界觀或文化觀，只能含糊帶過。反觀西方由於創造觀型文化所支配，秉著上帝造物的美意，所以能細膩且敏銳地觀察萬物，並且嘗試以上帝的視角總括性的觀察自然界中色彩與文化的差異，以朝媲美上帝的目標邁進（詳見表 3）。以下我除了對漢語色彩詞在文學作品中的構詞形態做一探討，也試著從文化審美的角度來作另一種面向的解析。

三、漢語色彩詞的構詞形態

　　「色彩詞」在意象的構成上，最容易給人具體的感受。因此，在視覺效果中屬於較搶眼的一環，綜觀前人的研究，我將漢語色彩詞在文學作品中的運用作一形式上的區分。

（一）單色詞

由一個單字構成的色彩詞。如：

我的手握住如針的我的存在／穿過被島上人民的手磨圓磨亮的／「黃」鈕釦，用力刺入（簡政珍主編，1998：263）

月光撩住脖頸／一帶濕寒泛「白」泛「黑」沿髮根向下（簡政珍主編，1998：263）

另外，將一些名詞借用為色彩詞的借用詞，在形式上也屬於此類型。如：

我在「琥珀」的時間裡凝結自己（馬悅然、奚密、向陽主編，2001：489）

千種柔光／把竹林照得一帶「翡翠」（馬悅然、奚密、向陽主編，2001：314）

（二）重疊詞

單字重疊或合成重疊均屬於重疊詞。如：

我追上去，四處奔尋，一直到「白白」的粉筆屑落滿了講臺上。（馬悅然、奚密、向陽主編，2001：421）

而後「綠綠」的草原，移轉為荒原（馬悅然、奚密、向陽主編，2001：334）

誰／把大地的樣稿校對得「紅紅綠綠」？（馬悅然、奚密、向陽主編，2001：565）

（三）合成詞

由兩個色彩所合成的色彩詞。如：

啊，他的釣竿是七彩的弓／瞄向每一尾從潛意識飛出的「黑白」的魚（馬悅然、奚密、向陽主編，2001：491）

是在「黑白」糾纏不清／左右混淆難分的時候（簡政珍主編，1998：153）

此外，將名物詞和色彩字連用所構成的色彩詞也屬於合成詞。如：

「鵝黃」，凝固在一首詩上（馬悅然、奚密、向陽主編，2001：622）

當雪的「銀白」融解為水的透明（馬悅然、奚密、向陽主編，2001：611）

（四）修飾詞

在一個色彩字（詞）上加一個修飾字，便可以構成許多新的色彩詞，使原本的色彩字（詞）產生不同的色度與情態。如：

「蔚藍」的天空，而秋是深的更深了（馬悅然、奚密、向陽主編，2001：520）

我在「暗綠」的黑板上寫了一隻字「獸」，加上注音「ㄕㄡˋ」，轉身面向全班的小學生，開始教這個字。（馬悅然、奚密、向陽主編，2001：421）

（五）詞組

兩個具個別意義的字詞相結合而成一個新詞者，就稱為詞組。如：

哀求天下「黃雨」／哀求你，離開時回頭（馬悅然、奚密、向陽主編，2001：638）

像在「黑夜」的雲海上航行／從視窗瞥見另一架飛機內一對亮著的眼睛（馬悅然、奚密、向陽主編，2001：626）

一切溫香、蜂蝶和昔日，都要／隨風飄散。除非拒絕「綠葉」掩護（馬悅然、奚密、向陽主編，2001：519）

為何摩托車／時常要誤解「紅綠燈」的心情？（簡政珍主編，1998：129）

（六）複合詞

單色詞、合成詞、修飾詞底下加「色」字，就可以成為一用法不能分開的複合詞。如：

在「暗綠色」的地毯／溶化成完美的形狀（馬悅然、奚密、向陽主編，2001：627）

是猶豫著／要走的方向／還是恐懼／那隨時會衝來的「黑色」車輛？（馬悅然、奚密、向陽主編，2001：620）

有時候，砲彈越過一座山頭，將山坡種滿一朵朵火花，四濺的硝塵沾汙了「金黃色」的田園（馬悅然、奚密、向陽主編，2001：604）

那「杏仁色」的雙臂應由宦官來守衛／小小的髻兒啊清朝人為他心碎（馬悅然、奚密、向陽主編，2001：278）

（七）鑲疊詞

在一個色彩字下加二個疊字，便可以構成鑲疊型的色彩詞。如：

「黑沁沁」的山林禿了／邁向外面世界的石板路劇了（馬悅然、奚密、向陽主編，2001：456）

這一排「綠油油」的闊葉樹又在／等候我躺下慢慢命名（馬悅然、奚密、向陽主編，2001：354）

當妳清醒的時刻／佇立在「灰茫茫」的坡道（簡政珍主編，1998：435）

（八）轉化詞

色彩詞大都屬形容詞或副詞的性質，但隨著其在句中所處位置的不同，也會轉變為動詞或名詞。如：

> 自從她唯一的親人，當水手的阿兄漂赴異國／杳無音訊，一幌十三年，她流落酒影燈「綠」的港都。（馬悅然、奚密、向陽主編，2001：529）

> 祇那一夜人須髮盡「白」，我／失落在路旁的朝代間，充滿了不合時宜的胸懷……（馬悅然、奚密、向陽主編，2001：500）

> 我們馳行在／撲撲的新生南路上／尋覓著／思夢著／迷茫中你我熟識的展「紅」與垂「綠」（馬悅然、奚密、向陽主編，2001：320）

四、中西方色彩詞的使用差異及其文化觀

色彩詞的使用可以使詩中的意象更加鮮明、生動，也能讓讀者具體可感。而透過色彩詞，不僅能達成意象物性的描述，也可傳達出作者內心的感受，並且能間接反映出這個地區或民族的文化。以下我選擇了中西方幾本詩合集來統計分析中西方在色彩詞上的使用差異，而礙於時間與能力所及，只能先選取部分合集作一分析，姑且「據以信之」。

（一）色彩詞在中方新詩中的使用情形

我以《二十世紀臺灣詩選》、《爾雅詩選》、《新世代詩人精選集》等書為例，以成分分析的方式，先將中方色彩詞的使用情形作一區分：

表4　中方色彩詞的使用情形

色系	色彩詞	明度		彩度		光澤	出現次數
		明	暗	高	低		
紅色系	紅色	+		+			103
	橙色	+		+			2
	粉色				+		2
	橘色	+		+			1
	赤色	+		+			5
	緋色	+		+			1
	赭色	+		+			1
	桃色	+		+			2
	橙紅色	+		+			1
	血紅色			+			4
	杏仁色				+		1
	灰紅色		+		+	-		1
	緋紅色	+		+			1
	金紅色	+		+		+	1
	朱紅色	+		+			3
	橙赤色	+		+			1
	草莓色	+		+			1
	赭紅色	+		+			2
	猩紅色	+		+			1
	海紅色	+		+			1
	桃紅色	+		+			2
	嬰兒色	+			+		1
	粉紅色	+			+		2
	薔薇色	+		+			2

	殷紅色		+			1
	深紅色		+			1
黃色系	黃色	+		+		49
	梨色	+		+		1
	棕色				+	1
	褐色		+		+	4
	金色	+		+	+	13
	米色	+			+	1
	焦黃色		+			1
	琥珀色		+			1
	鵝黃色				+	1
	金黃色	+		+	+	8
	土黃色	+				1
	栗子色					1
	黃褐色		+		+	1
	褐黃色		+			1
	暗褐色		+		+	1
	赭褐色					1
	焦茶色		+		+	1
	檸檬黃色				+	1
綠色系	綠色					47
	青色					21
	翠色					1
	草色					1
	暗綠色		+		+	-	3
	枯草色				+	1
	朽草色				+	1
	亞麻綠色				+	1
	青銅色		+		+	2
	翡翠色		+			1
	銅綠色		+		+	2
	橄欖色		+		+	1
	青綠色		+		+	1
	墨綠色		+		+	3

藍色系	藍色		+		+		61
	青色		+		+		24
	蔚藍色		+		+		2
	湛藍色		+		+		1
	杏藍色		+		+		1
	水藍色		+		+		1
	黑青色		+		+		2
	皂藍色		+		+		1
	蒼青色		+		+		1
	黑藍色		+		+		1
	靛藍色		+		+		1
	孔雀藍色		+		+		1
	寶石藍色		+		+		1
紫色系	紫色		+				21
	紫羅蘭色		+				1
黑色系	黑色		+				171
	黛色		+				1
	墨色		+				4
	玄色		+				1
	鯖魚色		+				1
	褐黑色		+		+	-	1
	紫墨色		+		+		1
白色系	白色	+					229
	銀色	+			+	+	10
	雪色	+					1
	雪白色	+			+		4
	灰白色	+			+		2
	乳白色	+			+		2
	狼牙色	+			+		1
	粉白色	+			+		1
灰色系	灰色		+		+		35
	銀灰色		+		+		2
	青灰色		+		+		1
	鐵灰色		+		+		1
	棕灰色		+		+		1

經由表4，我們可以得知，在暖色系中，「紅色」有103次、「橙色」2次、「橘色」1次、「赤色」5次、「緋色」1次、「赭色」1次、「桃色」2次、「橙紅色」1次、「血紅色」4次、「緋紅色」1次、「金紅色」1次、「朱紅色」3次、「橙赤色」1次、「草莓色」1次、「赭紅色」2次、「猩紅色」1次、「海紅色」1次、「桃紅色」2次、「薔薇色」2次、「殷紅色」1次、「深紅色」1次、「黃色」49次、「梨色」1次、「金色」13次、「焦黃色」1次、「琥珀色」1次、「金黃色」8次、「土黃色」1次，「黑色」171次、「黛色」1次、「墨色」4次、「玄色」1次、「鯖魚色」1次、「褐黑色」1次、「紫墨色」1次、「紫色」21次、「紫羅蘭色」1次，共計413次。

在寒色系或輕寒色系中，「粉色」2次、「杏仁色」1次、「灰紅色」1次、「嬰兒色」1次、「粉紅色」2次、「棕色」1次、「褐色」4次、「米色」1次、「鵝黃色」1次、「栗子色」1次、「黃褐色」1次、「褐黃色」1次、「暗褐色」1次、「赭褐色」1次、焦茶色1次、「檸檬黃」1次、、「藍色」61次、「青色（藍）」24次、「蔚藍色」2次、「湛藍色」1次、「杏藍色」1次、「水藍色」1次、「黑青色」2次、「皂藍色」1次、「蒼青色」1次、「黑藍色」1次、「靛藍色」1次、「孔雀藍色」1次、「寶石藍色」1次、「白色」229次、「銀色」10次、「雪色」1次、「雪白色」4次、「灰白色」2次、「乳白色」2次、「狼牙色」1次、「粉白色」1次、「綠色」47次、「青色（綠）」21次、「翠色」1次、「暗綠色」3次、「枯草色」1次、「朽草色」1次、「亞麻綠色」1次、「青銅色」2次、「翡翠色」1次、「銅綠色」2次、「橄欖色」1次、「青綠色」1次、「墨綠色」3次、「灰色」35次、「銀灰色」2次、「青灰色」1次、「鐵灰色」1次、「棕灰色」1次，共計495次。

經由這些比較分析，可以知道中方受到氣化觀型文化的影響，除了在建築、繪畫、園藝、服飾等方面顯示出偏愛寒色系或輕寒色系的喜好，在文學中也有同樣的投影，反映出漢民族嚮往淡泊寧靜的心境。此外，從作品中可以發現有許多色彩詞的使用都是受到西方的影響，而在文學作品中活絡起來（如草莓色、杏仁色、薔薇色、鵝黃色⋯⋯

等），這些外來的色彩詞間接豐富了漢語的色彩詞，也縮小了漢語民族在暖色系和寒色系（輕寒色系）使用上的偏好差距。

（二）西方色彩詞在自由詩中的使用情形

我以《美國詩歌研究》、《當秋光越過邊境》、《英詩漢譯集》、《讓盛宴開始》、《未盡的春雨珠光》、《情詩，我的愛情靈藥》等書為例，也以成分分析的方式，將西方色彩詞在自由詩中的使用情形作一區分。如下：

表 5　西方色彩詞的使用情形

色系	色彩詞	明度		彩度		光澤	出現次數
		明	暗	高	低		
紅色系	紅色（red）	+		+			36
	橙色（orange）	+		+			6
	粉色（pink）				+		1
	玫瑰紅色（rosy-red）	+		+			1
	紫紅色（claret）			+			1
	玫瑰酒紅色（rosy wine）		+	+			1
	火紅色（fiery）	+		+			1
	玫瑰色（rose）			+			3
	葡萄酒紅色（wine-red）		+	+			1
	血紅色（blood-red）			+			5
	微紅色（ruddy）				+		1
	緋紅色（crimson）	+		+			6
	朱紅色（verminlion）	+		+			2
	猩紅色（scarlet）	+		+			4
	珊瑚色（coral）	+		+			1
	玫瑰色（rose）			+			1
	玫瑰色（rosy）			+			1

	紫紅色（plum）		+	+			1
	深紅色（dark red）		+				2
黃色系	黃色（yellow）	+		+			18
	褐色（brown）		+				14
	金色（gold）	+		+		+	24
	金色的（golden）	+		+		+	17
	卡其色（khaki）						1
	灰黃色（sallow）						1
	琥珀色（amber）		+				1
	橙黃色（saffron）	+		+			3
	金黃色（blonde）	+		+		+	4
	玫瑰黃色（rose-yellow）	+		+			1
	赤褐色（russet）						1
	灰褐色（gray-brown）		+		+		4
	深褐色（dark brown）		+		+		1
	深褐色（deep brown）		+		+		1
綠色系	綠色（green）						23
	蘋果綠色（apple green）	+					1
	暗綠色（dark green）		+		+	-	1
藍色系	藍色（blue）		+	+			19
	天空藍（air-blue）						1
	天空藍色（sky blue）						1
	灰藍色（grey-blue）		+		+		2
	風信子色（紫藍色）（hyacinth）						1
	天藍色（azure）						1
紫色系	紫色（purple）		+	+			10
	紫羅蘭色（violet）		+	+			2

色系	色彩詞					
黑色系	黑色（black）		+			87
	黑色（pitchblack）		+			1
	烏黑色（ebony）		+			2
	藍黑色（blueblack）		+			2
白色系	白色（white）	+				47
	銀色（silver）	+			+	4
	銀色的（silvery）	+			+	1
	雪色（snowy）	+				1
	雪白色 （snow-white）	+				2
	綿羊白色 （lamb white）	+				1
	灰白色（pale）	+		+		16
	牛奶白色 （milk-white）	+				1
	乳白色 （cream-white）	+				1
	象牙白色（ivory）	+				2
	玫瑰白色 （rose-white）	+				1
灰色系	灰色（gray）		+	+		11
	灰色（grey）		+	+		7

　　經由表 5，我們可以得知，在暖色系中，「紅色」有 36 次、「橙色」6 次、「玫瑰紅色」1 次、「紫紅色」1 次、「玫瑰酒紅色」1 次、「火紅色」1 次、「玫瑰色」3 次、「葡萄酒紅色」1 次、「血紅色」5 次、「緋紅色」6 次、「朱紅色」2 次、「猩紅色」4 次、「珊瑚色」1 次、「玫瑰色」1 次、「紫紅色」1 次、「深紅色」2 次、「黃色」18 次、「金色」24 次、「金色的」17 次、「卡其色」1 次、「琥珀色」1 次、「橙黃色」3 次、「金黃色」4 次、「玫瑰黃色」1 次、「赤褐色」1 次、「紫」10 次、「紫羅蘭色」2 次、「黑色（black）」87 次、「黑色（pitchblack）」1 次、「烏黑色」2 次、「藍黑色」2 次，共計 246 次。

在寒色或輕寒色系中,「粉色」1次、「微紅色」1次、「褐色」14次、「灰褐色」4次、「深褐色」1次、「深褐色」1次、「綠色」23次、「蘋果綠」1次、「暗綠色」1次、「藍色」19次、「天空藍」1次、「天空藍色」1次、「灰藍色」2次、「風信子色(紫藍色)」1次、「天藍色」1次、「白色」47次、「銀色」4次、「銀色的」1次、「雪色」1次、「雪白色」2次、「綿羊白色」1次、「灰白色」16次、「牛奶白色」1次、「乳白色」1次、「象牙白」2次、「玫瑰白色」1次、「灰色(gray)」11次、「灰色(grey)」7次,共計167次。

經由這些比較分析,我們可以知道西方受到創造觀型文化的影響,尊崇上帝造物的崇高秩序,偏愛色彩明亮的暖色系,而這喜好除了表現在園藝、建築等方面,也顯現在文學作品裡。從統計的數據中,我們可以得知西方的詩歌使用了許多暖色系的色彩詞,使詩歌充滿鮮明的意象,也經由此方式來歌頌上帝所創造的豐富多彩的世界。

(三)中西方色彩詞在使用上的偏好與差異

詩與畫一樣,都具有「塗敷色彩」的共通點,因此,不同的文化,就會創作出不同色彩效果的文學作品。從文本的分析中,我嘗試歸類出中西方詩歌色彩詞在使用上的差異性,有以下兩點:

1. 中方偏好寒色系或輕寒色系的色彩詞,西方偏好暖色系的色彩詞

色彩的寒暖性,在詩中的運用,除了造成冷熱的感覺之外,同時也能象徵作者內心的感受以及景物的悲喜。從文本的分析中,我們可以得知中方的詩歌由於受到氣化觀型文化的影響,所以運用了較多的寒色系(藍、綠、白)或輕寒色系(淡黃、粉紅)的色彩詞,這也使得文學作品常給人一種淒涼、孤獨的惆悵、以及淡泊寧靜的感覺。相較於中方,西方的詩歌由於創造觀型文化的影響,大量使用了暖色系

（金、紅、黃）的色彩詞，希望藉由鮮豔的色彩，歌頌上帝所造的萬物，而詩中也常讓人有歡樂、熱鬧、活潑的氛圍。

此外，從圖表的分析中，我們知道中方詩歌暖色系色彩詞有 45%、寒色系或輕寒色系的色彩詞是 55%（參見圖 1）；而西方詩歌的暖色系色彩詞的百分比是是 60%、寒色系或輕寒色系色彩詞是 40%（參見圖2）。中方在色彩詞的使用上雖然偏向寒色系，但寒暖色彩詞的使用對比上卻不及西方明顯，這應該是因為中西文化交流的影響，西方的文化思想引進了中方，使得中方在大量接收西方文化的情形下，產生了「中不中、西不西」的情況，或許這也是國人值得深思的一項問題。

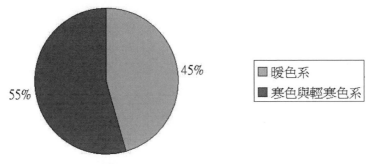

圖 1　中方色彩詞的使用百分比

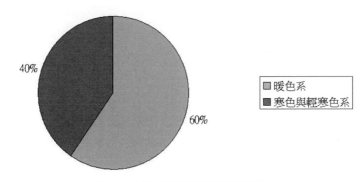

圖 2　西方色彩詞的使用百分比

2.中方偏好彩度低的色彩詞，西方偏好彩度高的色彩詞

　　色彩詞的明度與彩度，不但讓詩有了層次感，也可以給讀者有輕快或沈重的感覺。從文本的分析中，我們可以得知中方的詩歌使用了許多彩度低的色彩詞（綠、藍、灰等），給人一種簡淡素樸的感受；西方詩歌則運用了許多彩度高的色彩詞（黃、紅、金等），使得詩濃豔而明快。比較值得一提的是，西方的詩歌使用了很多的「金色」這個色調。「金色」（暖色系）、「銀色」（寒色系）是很特別的色彩詞，因為這兩個色彩不僅是帶有色彩的物性，更具有光澤的質感，以視覺的反應而言，色和光是最容易被吸引的。（邱靖雅，1999：33）因此，西方的詩歌中，大量使用了「金色」這個暖色系的色彩詞，不僅增加了色彩的變化，更使得詩句閃閃發光，充滿著榮耀上帝以及鮮豔的基調。

五、色彩詞在語文教學上的應用

　　在詩中適時的加入色彩詞，可以深化詩的意涵。經由對詩集中色彩詞使用的統計分析，我們可以發現色彩詞是在詩中擔任視覺意象效果呈現的大將，幾乎每一首詩都會出現色彩詞，且有些詩的色彩詞還不只一個，可見在進行文學創作時，色彩詞的使用對於作品的優劣有極大的關鍵。若能在作品中妥善地運用色彩詞，將能提升作品的文學美感及意境。而色彩詞要如何應用在語文教學中，我提出了以下幾點建議：

　　1.教導學生正確地認識色彩詞的本義與文化義

　　　　不同的色彩詞有不同的含意，不同的民族對於同一個色彩詞也有不同的詮釋，這是文化背景差異使然。因此，在語文教學中，可以向學生介紹基本色系的色彩詞本義，例如「紅色」代表吉祥、給人溫暖、興奮的感覺，「白色」有死亡、不吉利等含意，讓學生在創作時不會誤用。此外，我們也可引申出色

彩詞的文化義，讓學生瞭解到不同的民族對於顏色解釋的差異性，例如「紅色」在漢民族通常是比較正面的解釋，但在西方卻有「危險」的含意；而「白色」在漢民族有時會有比較貶義的用法，但是在西方文化中，卻有著「純潔」的意涵。透過這些不同的文化義比較，可以讓學生更深入瞭解色彩詞，也才能正確地使用在文學創作中。

2.教導學生色彩詞的構詞系統

　　漢語色彩詞是現今漢語詞彙系統中詞彙成員豐富、系統性強的詞彙聚合，其構成情況可以從色彩詞的數量、構詞手段及詞義內容的豐富性、基本顏色詞的構成以及構詞系統等方面得到反映。（李紅印，2007：42）色彩詞的構詞系統可以表示為：

表 6　漢語色彩詞的構詞系統

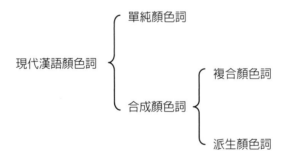

（轉引自李紅印，2007：50）

　　目前漢語色彩詞的構詞系統已能有許多豐富的延伸，而關於色彩詞的構詞系統分類也已在前文提到，在此就不多贅述。因此，若能根據色彩詞的構詞系統來教導學生認識漢語色彩詞的構成，以及如何衍生出更多的派生或複合色彩詞，在文學創作上必然有很大的幫助。

3. 色彩詞的使用可以展現出作者內心的情緒感受，也可以給讀者不同的情感反應。我們可以從下列表格窺知色彩詞的象徵涵義：

表 7　色彩詞的象徵涵義

	顏色	淺 ──────────────────────▶ 深				
情緒	黑色系	烏	玄	墨 黛	青	黑
	白色系	白 素				
興奮 ── 冷靜	紅色系	紅	丹	赤	朱	
	黃色系	黃	褐			
	綠色系	綠	碧 青 翠	蒼		
	藍色系	碧	青	藍		
	情緒	輕快 ──────────────────────▶ 沉重				

（邱靖雅，1999：38）

　　藉由色彩詞的聯想義及象徵義，我們可以教導學生欣賞作品中的色彩基調、以及如何在文學作品中使用色彩詞的隱喻，增加作品優美、崇高或悲壯之感。

4. 語文成品的生產就是透過描述、詮釋、和評價及其衍生或分化的再現、重組、添補和新創等手段或隱或顯的跟接受者對話，進而直接或間接的參與了「推移變遷」或「改造修飾」世界的行列。（周慶華，2001：29～33）因此，我們也可以藉著分析文本，教導學生去體會在不同文體以及不同的文化觀型中，中西方色彩詞在使用上的不同，讓學生對於色彩意涵的文化差異和色彩詞的隱喻有正確的認知，接著才能進一步地在文學創作中進行詮釋或運用。

六、結語

　　藉由分析中西方詩歌中色彩詞的使用差異，我們得知了在文化差異下色彩詞的使用偏好，對於教學上也給予一些建議。然而，除此之外，近代由於西方文化的入侵，導致中方文化無法彰顯，漸漸被西方融合。有些人自覺到這個問題，因此大力提倡「本土化設計」，不管是在藝術或是在文學中，都希望能發展出中國人應有的風格。但是「本土化設計」的意義應不僅止於表面上的形態或是色彩的仿古，更重要的應在於內涵的深入探討。當文化意識深植於心時，自然就能展現出中方風格的創作，而非淪落「中不中、西不西」的下場。我想，這也是當代文藝工作者應該思考的盲點。

參考文獻

尤克強（2005），《當秋光越過邊境》，臺北：愛詩社。

尤克強（2007），《未盡的春雨珠光》，臺北：愛詩社。

王聚元（1998），〈色彩詞的構詞方式及描寫功能〉，《教育科學論壇》第 2 期，
　　25～26。

白靜野（1997），〈談色彩語言的表現作用〉，《寫作》第 12 期，21～22。

加曉昕（2008），〈超常定語和色彩詞配置途徑及修辭效果〉，《電影評介》第 8
　　期，101～107。

朱文俊（2000），《人類語言學論題研究》，北京：北京語文文化大學。

李堯（2004），〈漢語色彩詞衍生法之探究〉，《揚州大學學報》第 5 期，62～64。

李玉芝（2008），〈色彩詞的文化功能淺析〉，《電影文學》第 2 期，98～99。

李正栓（2007），《美國詩歌研究》，北京：北京大學。

李紅印（2007），《現代漢語顏色詞語義分析》，北京：商務。

吳進（1999），〈文學語言中的顏色詞〉，《修辭學習》第 3 期，29～30。

呂清夫（1994），《色名系統比較研究》，臺北：漢文。

非馬編譯（1999），《讓盛宴開始》，臺北：書林。

邱靖雅（1999），《唐詩視覺意象語言的呈現──以顏色詞為分析對象》，國立
　　清華大學語言學研究所碩士論文。

林凡瑞、趙連續（2003），〈色彩詞及其分類〉，《語文天地》第 11 期，21～22。

周延雲（1994），〈文藝作品中色彩詞的言語義初論〉，《東方論壇》第 3 期，
　　44～49。

周慶華（2001），《作文指導》，臺北：五南。

周慶華（2007），《語文教學方法》，臺北：里仁。

胡霖（2006），〈定中式違常搭配中色彩詞的隱喻性〉，《信陽農業高等專科學
　　報》第 3 期，83～85。

姚小平（1988），〈基本顏色詞理論述評——兼論漢語基本顏色詞的演變史〉，《外語教學與研究》第 1 期，19～28。

馬悅然、悉密、向陽主編（2001），《二十世紀臺灣詩選》，臺北：麥田。

高承志（1994），〈色彩詞摭談〉，《語文教學通訊》第 3 期，48。

高建新（1994），〈色彩詞的抒情造境功能〉，《語文學刊》第 6 期，39～41。

章康美（2004），〈色彩詞探析〉，《職大學報》第 3 期，110～111。

陳義芝（2000），《爾雅詩選》，臺北：爾雅。

曾啟雄（2004），《中國失落的色彩》，臺北：耶魯。

葉軍（1999），〈含彩詞語與色彩詞〉，《山東大學學報》第 3 期，90～93。

葉軍（2001），〈論色彩詞在語用中的兩種主要功能〉，《修辭學習》第 2 期，32～33。

葉軍（2003），〈談色彩詞詞典的收詞和釋義〉，《辭書研究》第 3 期，25～31。

黃永武（1993），《詩與美》，臺北：洪範。

黃晨淳（2004），《情詩，我的愛情靈藥》，臺北：好讀。

楊牧編譯（2007），《英詩漢譯集》，臺北：洪範。

潘峰（2006），〈現代漢語基本顏色詞的超常組合〉，《黃岡師範學院學報》第 5 期，60～65

霍松林（1993），〈論詩的設色〉，《江海學刊》第五期，147～150。

簡政珍主編（1998），《新世代詩人精選集》，臺北：書林。

A.J.Lucy（露西）（1997），《The linguistics of "color". In Hardin ,L. C. and L. Maffi（ed.）　Color categories in thought and language》，Cambridge：Cambridge University Press。

A.Wierzbicka（維日比茨柯）（1990），〈The meaning of color terms:semantics, culture,and cognition〉，《Cognitive Linguistics》第 1 期，99～150。

J.Lyons（萊昂斯）（1968），《Introduction to Theoretical Lingustics》，Cambridge：Cambridge University Press。

N.B.McNeill（麥克內伊爾）（1972），〈Colour and colour terminology〉，《Journal of Linguistics》第 8 期，21～33。

網路地圖中的文學性

黃詩惠
國立臺東大學語文教育研究所

摘　要

　　網路地圖在這個資訊爆炸、網路發展快速的時代裡，早已不可或缺。有別於傳統紙張地圖的範圍狹小平面化，網路地圖不僅是含括全球各地街道巷弄的此類向量地圖，還提供衛星地圖以及地形視圖供大眾參考利用。且其功能也不斷推陳出新，由早期的一般分類搜尋，直至現今一清二楚的街景地圖都可點閱查詢。

　　拜網路地圖分門別類歸納可快速搜尋的強大功能之賜，正好可利用此特點，以一個非使用工具書的心態與角度，研究網路地圖中的各種文學性，尋找隱含在其中的象徵、事件、意識形態……讓無語的網路地圖自行呈現意象來說明，配合各式各樣的網路地圖，尤以專題地圖，例如：交通地圖、行政區地圖、教育地圖等等，而其研究結果也可說是使用一種特別的驗證法檢驗實際社會情勢，就如同原先既有的、客觀的認知或想法，藉由研究得到了更充分也更有力量的認定。

關鍵詞：網路地圖、文學性、象徵、意識形態、意象

一、前言

地圖的產生，是由人類在最開始測量長度、距離時，無論是使用目測抑或是步測，只要是在日常生活的行動範圍可及之處的地形或地表物體，都以某種地圖的形式刻印在腦海中了。爾後將所見所聞之人、事、物（森林、野生動物、村落等等）繪畫在一個區域範圍之內，表示兩個或兩個以上的地方呈現的相對位置，就形成了簡單的「地圖」。因此可以說，地圖應該是為了生活所需而出現的，而不一定是文明社會下的產物。

目前所知最早的世界地圖，是巴比倫的黏土板世界地圖。估計其為西元前五百年左右的作品，以幾何圖形反映了當時的「世界之形象」。他所描繪的範圍，主要是以巴比倫為中心的美索不達米亞一帶，還有四周的海洋以及海洋外側的陸地，以及穹頂狀的天空覆蓋著平坦廣闊的大地。這種「大地的形象」也同樣為古希臘人所繼承。（海野一隆著，王妙發譯，2002：17）

最早提出「地球是圓的」這一命題的，是著名幾何學家畢達哥拉斯（前六世紀）。他從宗教信念出發，認為大地既然是上帝的創造物，那它就應該是幾何學上最完美的形狀：球形。最早把經緯用於地圖的，是測算了地球周長的愛拉托司涅斯（約前 273～前 192）。在他的地圖裡，經、緯線垂直相交，並從當時的一些著名地方通過，因而不等距。一舉提高了古代西方地圖水準的，是亞歷山大的天文學家托勒密。他提出的正距圓錐圖法（經線方向的距離得以正確表現）和托勒密第二圖法（用圓弧表示經線的圓錐圖法），採用了世界各地近八千個地點的經緯度數值，以求圖形的精密度。（海野一隆著，王妙發譯，2002：22）

簡略說明地圖發展史：

（一）古代

1.上古：

大約始於西元前 10 世紀至西元 3 世紀，社會背景不同，使得地圖展現不同功能。

（1）中國

夏商周時期：奴隸制度社會，但經濟繁榮已有交易行為。

戰國時期：紛亂的戰況，使地圖成為重要情報。

西漢時期：民族交融，記載田賦、戶口。

魏晉南北朝：斐秀的製圖六體，領先當代地圖思想。

（2）西洋

羅馬希臘時期：基督教未興，科學發達，一切著重真實。

托勒密：發展出地圖投影及經緯度的地圖思想。

2.中古：大約西元 4～14 世紀

（1）中國

科學計測：在兩晉時斐秀發展出奠基在數學上的「製圖六體」，以「計裏畫方」方法繪製地圖，一直沿用至明末清初。

山水畫：紛亂的南北朝燒毀不少地圖，緊接著的圖志與圖紀更使地圖淪為附庸。元明兩朝，發展已趨成熟的山水畫遂逐漸與地圖合而為一，雖精確度不高，但因具觀賞價值，足足沿用了一千多年。

（2）西洋

T-O map：政教合一與關閉自守的思想，使得歐洲地理知識呈現長期的停滯與倒退。地圖雖怪誕，但流露出當代對空間的想像，而清晰的構圖則將繪畫提升到裝飾水準。直到十字軍東征後，才使歐洲人眼界大開，地圖才又出現轉機。

　　回教世界：歐洲科學衰退後，乃被穆罕默德創建於西元 622 的西亞世界所取代。此回教世界不只團結了分散的阿拉伯部族，並吸收古希臘和印度學問，商人因常往來於亞、歐間從事貿易，且連年征戰與朝聖，使回教世界成為東西方交流樞紐。

3.近古：大約西元 15～18 世紀

（1）中國

　　鄭和下西洋：奉明成祖之命七下西洋尋找惠帝，開近代航海技術中的星象定位、鉛錘測深及海圖定泊的先河。並利用方位對照法將地物──繪製於航海圖上，而在圖上標出航線與牽星數據無疑也是一項創舉。然受限於版面，令部分圖幅失真，為其缺憾。

　　利瑪竇：於明末到中國傳教也傳入西方製圖之法，一改中國人「天圓地方」的古老思想，也打破中國人長久以來的製圖成規。

（2）西洋

　　哥倫布地理大發現：打破了羅馬時代以來，希臘對歐洲的描述，原欲尋找遠東，卻連續發現了西半球。

　　麥卡托：創立圓柱投影法。此種地圖經緯線互相垂直，且以赤道為縮尺正確的標準緯線，在緯度六十度處的經距已較實際大上一倍。至今低緯的航海圖仍採用它。

（二）近代：19 至 20 世紀 50 年代

　　主題地圖：透過底圖所提供的區域，運用符號來表示一種或數種自然與社會現象的地圖。主要在傳達與分佈結構特性有關的地理概念，又可分成定性與定量兩種主題。出現於 18 世紀，但在 19 世紀才正式嶄露頭角。

　　暈瀸圖：利用細線符號來表示地形之地形圖。

（三）現代：60 年代以後

遙感探測（Remote Sensing）：利用地表所接受的太陽輻射能、紅外線或微波等，反射在感測器上，再轉換為訊號，並透過傳輸與接收裝置，加以校正、增強濾波等處理的分析和製圖的技術系統。

地理資訊系統（Geographic Information System）：具有貯存、刪改、分析、展示等且同時具有圖形與屬性資料的資訊系統。（高中教師在職進修網站，2010）

由以上大略可知地圖的發展。地圖發展至 20 世紀 60 年代以後，因為科技進步的關係，使用多種精密儀器與技術製成了現今幾乎零誤差的世界地圖。然而，藉由科技儲存在電腦中，顯示在螢幕上的所有地圖，可謂虛擬地圖，也就是雖然我們都可以用肉眼看見，但是卻無法觸摸到，並且當電源關閉之後，或不再使用某地圖軟體時，這些地圖就消失無影無蹤了。因此，或許可以說電腦螢幕上顯示的、硬碟裡面儲存的種種地圖檔案，甚至是地球的經緯線座標等等，都屬於虛擬地圖。

本文所以選擇研究網路地圖，是因為隨著全球網路的快速發展，上網或是經過購買、下載就能看到各式各樣的地圖，我們一方面運用這些網路地圖認識地理環境；另一方面可以把分散在各地的資訊經由整合之後，再利用網路上傳、交流和全世界分享。這樣一個方法可說是新一代地理資訊交流的重要管道。再者，在網路地圖發展之後，早已不僅止於「觀看」地圖，現今已有多種技術、程式可以讓網路地圖的使用者自由查詢、搜尋或是點選欲知、欲前往的地點。例如遊客想到臺東旅遊，利用搜尋關鍵字「飯店」、「小吃」等等，就可得知臺東哪些地方有飯店和周邊有什麼小吃，如此不僅省下時間尋找，也可事先安排行程、路線。

　　透過類似上述的方式，本文將以文獻探討的方法為基準，研究地圖上使用的符號及其意象、隱藏的事件和應用等等。研究方法將會兼採文學理論、地圖學以及修辭學等資源。所謂文學理論，就是需要感性領受的部分，不妨由理性思辨來試著提升它的層次；而正在理性思辨的地方，也不妨由感性領受來強化它的敏銳度，終而形成一個可能超越理性和感性各據一方的辯證局面。（周慶華，2004：3）地圖學是研究地圖發展的過程，說明地圖是依據嚴謹的數學法則，將地表上的自然景觀和人文景觀，透過科學和美學的綜合編繪方法，用適當的符號，縮繪在平面上的圖形，以表達出地景在質或量上的區域差異，空間組織，及時間上的流變。（潘桂成，2005：4-5）修辭學則是研究在不同的語境下，如何調整語文表意的方法，設計語文優美的形式，使精確而生動地表達出說者或作者的意象，期能引起讀者的共鳴的一種藝術。（黃慶萱，2009：12）希望經由這幾種研究方式，可以達到預期的目的。

二、漫遊網路地圖

　　從古至今，人類將行走過一點一滴的足跡繪製成圖，也就是最原始的地圖，慢慢地瞭解周遭生活環境的空間，進而累積對這個世界的認識。隨著地理空間的概念與知識逐漸增加，及繪圖製作技術的進步，使呈現的地圖準確度日漸提升，而科技的發展則使地圖擁有多樣化的面貌。在研究人類製作地圖的繪製史，猶如觀賞了一部從無到有的人類探索世界史。

　　各式各樣的羅盤、丁字規、四分儀和經緯儀演進，比起今天的電腦、攝影機、多光譜掃描機、衛星和全球定位系統等，彷彿是舊石器時代的產物。地圖繪製者的眼光不再侷限於肉眼所見，觀測點已從桅桿瞭望臺、山巔和飛機，拉高到繞地球運行的衛星上。震波探測器

揭開了地表之下的面貌；影像雷達的微波無線電訊號碰到地表後，反彈回來，就可得知地表的起伏輪廓與紋理；微波訊號同時也可以穿透濃密的叢林，甚至穿透終日籠罩金星的雲層，描繪出金星的地貌。太空梭的雷達系統還發現深埋在埃及沙漠底下的古水道，引導考古學家找到遠古人類的遺址。結合聲納和雷達則可以描繪出海床的地形，將佔有地表大部分面積的海底地形呈現在地圖上。（陳二紅等編，2001：7）

　　傳統紙張地圖記載著地表上的各種地理現象及其位置與範圍，隨著網路科技發展迅速，近幾年來網路上許多應用逐日普遍，再加上網路寬頻的發達，在網路上傳送檔案的速度越來越快，使得網路地圖的應用層面也更加廣泛。目前已經有許多網站提供使用者便利的網路地圖，使得網路地圖比紙張地圖更容易取得。也因為網路地理資訊技術的提升，越來越多對地理環境有興趣的專家建立了各類專業的網路地圖，加上網頁的操作介面日益便利，讓這些網路地圖逐漸融入日常生活中，潛移默化地改變著人們的生活方式。使用網路地圖的優勢是取得方便並且操作簡易，大部分可以免費使用，不必負擔任何費用。電腦具有龐大的記憶容量，可儲存地圖所有的內容，包括人文、地區和自然環境等資料，而且資料都經過處理，使用方便，初學電腦的人也能輕易查詢。（陳二紅等編，2001：7）

　　依照圖資與使用者之間的互動方式把網路上的地圖作分類，可分為靜態式與互動式兩種類型。靜態式的網路地圖主要運用網路資源，把地圖放置在網路上，讓使用者觀賞瀏覽。靜態式網路地圖比較屬於單方向的圖資流通，但由於近年來電腦網路資訊普及，地圖繪製變得容易，因此在網路上可蒐集到的地圖來源非常多，而且主題多采多姿，可以依照自己的需求去搜尋。互動式的網路地圖除了提供一般性的地圖資訊之外，也允許使用者自行查詢地理資訊，並且可擁有其他客製化功能，例如路徑查詢、視角調整、增加圖徵等。（張春蘭等，2009）

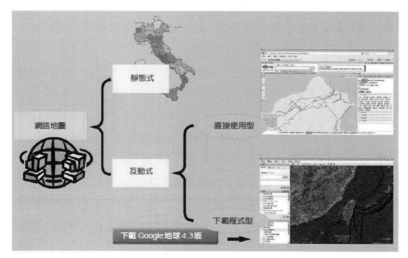

圖 1　靜態式與互動式的網路地圖

（資料來源：張春蘭等，2009）

　　依照使用方式，互動式網路地圖又可細分為兩類：直接使用型與下載程式型兩類。直接使用型是使用者在網站上可直接使用的網路地圖，例如「你的地圖網」（UrMap）與「Google 地圖」（Google Maps）都屬於這類型的網路地圖。下載程式型則因軟體功能較複雜，使用者需要下載軟體後安裝執行，也需要在網路環境中才可使用，並且對電腦硬體有基本需求，「Google 地球」（Google Earth）就屬於這類型的網路地圖。互動式網路地圖功能較多，加上所承載的資訊量十分龐大，我們可依照自己的需求調整地圖內容，並運用靈活的方式來認識地圖知識及地理環境。網路地圖除了可利用網路免費軟體增加資訊的可用性，接受單向的地圖資訊外，更可藉由互動式網路地圖中著重的網路社群資源分享的功能，使每個人都成為主動建立地圖上最新資訊的人，互相分享地方的訊息。而且不是只限於當地，而是全球地理資訊分享，可說是 web 2.0 時代的世界性地理交流。（張春蘭等，2009）

　　「你的地圖網」（UrMap）網站算是現今臺灣最熱門的網路地圖網站之一，是國內非常具有發展潛力的 web 2.0 網站。「你的地圖網」地圖範圍以臺灣為主，可展示向量式的地圖與網格式的衛星影像，以及結合兩種格式的衛星地圖等三種版本。圖層之間可相互切換，提供一般地圖路線，或查看詳細的地物影像，可讓使用者理解這兩種不同地圖格式的功能與用途，並從中認識各樣的地理環境。很多網路地圖提供的功能跟我們的日常生活息息相關，例如在「你的地圖網」首頁的搜尋欄，可輸入地址、地標關鍵字（如夢時代）、道路名稱、經緯度（經度在前、緯度在後）等查詢位置，搜尋結果就會在地圖頁面上出現，並設有位置總覽，可瞭解查詢地圖的所在位置。「你的地圖網」還提供距離量測及道路導航的功能，對於日常生活十分便利。「你的地圖網」除了提供網路使用者免費且簡易方便的地圖查詢服務外，更與各種民生網路服務結合，可以找到吃喝玩樂的資訊。近來也出現了網路地圖與部落格結合的地圖日記，使用者可以依日期寫日記，同時記錄當時的地理資訊，讓我們查閱某地資訊時多了一項新的選擇。（張春蘭等，2009）

　　美國 Google 公司提供的「Google 地圖」與「Google 地球」，都有中文操作介面，圖資範圍包含全球，使用便利。「Google 地圖」和「你的地圖網」操作介面與功能相似，並多了地形圖層，可在地圖、衛星等圖層間任意切換。「Google 地圖」也提供了搜尋、路徑量測、路徑導航等功能，並且包含了許多生活機能資訊。不過以上這些功能主要以歐美國家為主，在臺灣的部分比較不齊全。譬如進入美國的區域，會多了「路況」、「街景視圖」的資訊，可以看到不同地方的道路訊息，和即時的道路壅塞程度、施工、車禍發生情況等，還可以經由「街景視圖」看到實際的道路景觀！「Google 地球」圖層多，功能強大。要使用「Google 地球」，必須到「Google 地球」首頁（http://earth.google.com/intl/zh-TW/）下載軟體安裝在個人電腦上之後才可使用。「Google 地球」與「Google 地圖」都有 panoramio 相片與維基百科，

勾選後隨著地圖的縮放視野所見的範圍，會出現已註記的相片或百科的資訊。也就是說，可以觀賞他人在世界任何一個角落拍攝的照片，也可同步瀏覽維基百科中關於某一地方的資訊，還可以把自己的註記放上 Google 提供的網路空間，向全世界的人分享自己的地圖資訊！（張春蘭等，2009）

三、網路地圖與文學性

傳統的地圖是笛卡兒世界的產物。地圖被視為是真實世界按照一定比例的再現。地圖是傳遞訊息的媒介，而訊息與真實世界之間有著一對一的對應關係。「溝通」指的是將訊息從繪圖者經地圖到閱讀者做機械式的轉換。一個好的地圖繪製者能夠很忠實、沒有扭曲地將真實世界利用地圖來傳達。（畢恆達，2006：45）近代人對於物質世界的掌握，最顯著的表現就是在藉科學方法理解物質空間方面。過去五百年來，我們繪製出整個陸地空間的詳圖，大陸、冰山、海底都逃不過地圖繪製者的眼睛。近一百年中，我們也繪製出月球地圖以及金星和火星的大部分地形圖。我們對於物質空間的理解已經超越地球的範圍，及宇宙的最遙遠點。（Margaret Wertheim 著，薛絢譯，1999：15）

現在的網路空間早已不只是資料空間了。許多線上的活動並不是資訊取向的。多位評論家已經指出，網路空間的首要用途不是蒐集資訊，而是社會互動與溝通。（Margaret Wertheim 著，薛絢譯，1999：185）說穿了網路空間是種物理學上的科技副產品，例如矽晶片、光纖、液晶顯示螢幕、電子通訊衛星，到網際網路上所使用的電力都是。這算是一種電子的「思想的實體」。在純粹物理主義的宇宙觀之下，人心中一些非物質層面的東西流離失所，只能到網路空間抒發。簡單來說，網路空間已經成為一個揮灑想像力的空間，變成表

達「自我」心智思維的新天地。（Margaret Wertheim 著，薛絢譯，1999：186）

由於文學的本體只是一個抽象的理念或觀念（而理念或觀念可以界定為模型，由概念所反映），它要體現在具體的形式中才能成為一個可辨別的類，所以有關它的界定又不能不暫且跟文學的現象一起處理，而有所謂只具「知識形式」的文學以及能夠提供「知識內容」的文學的本體和文學的現象的細微分界。根據這個前提，可以重新將文學界定為：

> 針對某些對象進行敘事或抒情，而將所要表達的思想情感曲為表達或間接表達。（周慶華，2004：96）

所謂某些對象，是指人事物等；而曲為表達或間接表達，是指以比喻、象徵等手法來造成有如藝術品那樣將素材予以額外加工美化的效果；至於思想情感，則指以語言形式存在的知覺和感覺。在這個界定中，「針對某些對象進行敘事或抒情」和「將所要表達的思想情感曲為表達或間接表達」在語意上是互相蘊含的（也就是敘事或抒情已經表明了是在曲為表達或間接表達思想情感；而曲為表達或間接表達思想情感也就等於是在敘事或抒情），為了能夠「達意」才把它們分列連說。這樣我們就可以有效的將文學區別於直接表達思想情感的哲學或科學（當中哲學可以把它界定為是人直接在表達對宇宙人生的原理的看法；而科學也可以把它界定為是人直接在表達對事物的狀態的看法，它們所見的思想情感的流露都是不加修飾的），而使它在相對上獨立為一大類。（周慶華，2004：96）

話說回來，要將網路地圖和文學性扯上關係，這勢必得從某一個地區的地圖進行深入的瞭解，研究其歷史、地理、人文的變化與推測其發展，進而全盤皆知。這一系列的前因後果，相信都能由最終顯示在螢幕上的網路地圖自行使用地圖語言來說明。例如臺灣堡圖影像檢

索網站提供了在日據時代繪製的臺灣堡圖，「Google 地圖」裡面的小工具，也提供堡圖古今對照的查詢功能。照高雄港現在的衛星照片與一百多年前的堡圖，可看見過去打狗港只是哨船頭一帶的小港口，再對照現今高雄港的衛星影像，可看出港區發展的巨大差異。（張春蘭等，2009）

四、網路地圖中的意象應用

「地圖是依據嚴謹的數學法則，將地表上之自然景觀和人文景觀，透過科學和美學之綜合編繪方法，用適當的符號縮繪在平面上之圖形，以表達出地景在質或量上之區域差異、空間組織及時間上之流變。」由此定義，可知「地圖符號」為表示地圖內容的基本手段。地圖符號乃地圖的語言，且是圖形的語言；地圖符號把製圖者所要說的話顯露出來，又把讀者所要知的話傳納進去。製圖者對環境地理資訊的「識覺」抽象化為「概念」，再價值化為各種意象性的「符號」，以表達地理資訊的特殊性質。（潘桂成，2005：199）

物以類聚，種以群分，在編繪定性地圖前，第一步的預備工作是把所搜集得來的地理資料依據其「性質」而分類（classification），並以此分類的結果作為「定性」地圖的「主題資料」。（潘桂成，2005：200）定性點的地圖符號可分成五大類：

（一）幾何符號（geometric symbols）

幾何符號指用幾何圖案構成的符號，通常是圓形、三角形、方形、菱形、星形與十字形等，但由此等基本幾何符號發展出來的幾何符號便很多了。幾何符號為極端抽象的符號，使用時必須詳加區別。在某些主題地圖上，一些幾何符號已經約定俗成，應該當作常識而隨俗使

用，例如在測量地圖或地形圖上的天文墩為★，三角點為△，地標為⊕；行政地圖上之國都為■，省會為◎，鄉鎮為○等。因製圖者和讀者在這方面已有共識。（潘桂成，2005：200-202）

（二）圖畫符號（pictorial symbols）

圖畫符號指用簡化的象形圖畫作為定性點地圖符號，讓讀圖者可以用看圖會意的方式去瞭解地理資訊的性質。這種圖畫符號用於兒童用或世俗性目的的民眾用地圖上是合適的，因這種直接表達式的象形圖畫符號，就等於上古初民社會的象形文字，為重要的思想溝通的工具。又如生活用的地圖，也應利用圖畫地圖符號，以增強讀圖者對該地圖的「生活體驗」。

近年臺灣提倡「鄉土教育」，其意念應該落實在「地理生活化」的層面上，使人從「鄉土地裡教育」而認識他們的「生活空間」，進而愛護他們的「生活環境」。在這方面，應從社會上的最「基層」做起。所謂社會的最「基層」，指知識水準較低的民眾，而最重要的是初入學的「幼年學童」；圖畫符號所製成的地圖，對他們而言，更有親切感。（潘桂成，2005：203-205）

（三）意象符號（associate symbols）

意象符號是指一種介乎抽象性的幾何符號和象形性的圖畫符號之間的地圖符號，其主要特徵是可以聯想出符號所隱含的意義，等於中國文字的會意字或指事字。一般而言，這類意象性的地圖符號可以依製圖者的特殊要求而「聯想創製」、獨出心裁，以使地理資訊的特質得到充分的表達；而「圖例」的記註不可忽略，因為製圖者「有意」而讀圖者卻未必「知心」，二者不能溝通，則所成的地圖便失去了其媒介的價值。（潘桂成，2005：205-206）

（四）文字元號（lettering symbols）

文字元號指直接用文字或文字代號來表達地理資訊所在的位置，例如「煤」、「玉米」等表示煤和玉米的產地，然而這種方法僅宜用於極不精確的略圖。懶人或許喜歡這種文字元號，因其可省去圖例，但其缺點甚多，如：定位不明確、易與地圖上之其他記註混淆不清、閱讀困難等。（潘桂成，2005：206）

（五）顏色符號（colored symbols）

顏色符號指上述的各種地圖符號再配上不同的顏色，使定性點之應用更為簡易和有效。原則上，定性點符號之使用，以符號之形狀為優先考量，不同顏色則為輔助性質。廣言之，顏色符號的概念也可以用於單色地圖上，我們可以利用不同的線條或網點，使原有的定性點符號產生多樣性的表達效果。（潘桂成，2005：207）

然而，為結合文學性，在此地圖的意象，也許需要從文學的角度來進行界定。「意象語」（imagery）是「由高度畫感的詞語所激發的意象或心象」，它可以說是抒情文學的第一構成要素，捨棄了它，一切的情感便無法予以客觀化、具象化，所以文學作品表情達意的所以成功，端賴鮮明的意象語言，刻劃出栩栩如生的情境，引發讀者無盡的審美聯想。（黃仲珊等編，1998：129）路易士（C.D.Lewis）於《詩歌印象》（The Poetic Image）一書中宣稱說：一個意象「是一張由文字所組成的照片」，甚且「一首詩本身就是一個由多重的形象所構成的意象。」（C.D.Lewis，1984：18）以及「在所有的詩歌當中，意象是不變的事物，而且每一首詩自身就是一個意象。」（同上，17）既然一首詩自身都能成為一個意象，何況原本就是圖示的地圖？同理，每幅地圖也可說是本身就蘊含了意象。詩人藉由文字意象修辭來對客體世界比興物

色（周慶華、王萬象、許文獻、簡齊儒、董恕明、須文蔚著，2009：34），而地圖繪製者則直接使用圖像、圖例作為修辭或隱含其中而成為地圖中的意象。

以資訊傳達的全面性、及時性和國際性而言，文字遠不及圖案、圖形有效。（王妙發，2002：6）所以倘若是想要快速尋找到目的地，地圖搭配圖示是一個能夠快速尋找的好方法。即便我們沒有要特定搜尋某個目的，只是想要觀察某個環境裡面的生活機能，在地圖上顯示出來的便利商店、學校、公車站等等的地標，都可以幫助我們迅速瞭解該地的生活結構，進而融入或加快適應的時間。

以下以 Google 地圖中使用的幾種符號來觀察其意象：

表 1　Google 地圖符號意象（改寫自 Google，2010）

類別	google 符號	意象
各級學校		大人手牽孩子，帶領孩子往某個方向或目標前進的樣貌，可看成傳遞訊息或教導，意謂傳承，也就是教育。因此，使用在各級學校的符號。
政府機關		使用國旗飄揚的形狀，代表該處為政府相關辦公室所在。
公車站		圖樣是大客車的正面，有大片玻璃和大燈及輪胎，有等待載客及下客的的感覺，明顯是為公車站。
公園		公園為都市或城市中規劃過的綠地，底色綠色表示有草皮或小小的灌木叢，而一大顆的樹顯示為此地必定有長年生的樹種且為一群，才構成公園的條件。某些旅遊地點倘若是盛產綠色植物並以其為觀光條件，也會使用此符號，例如陽明山海芋。
山		以地勢來說高於平地，高度不等，看起來有大有小，綠色是由許多的樹木集結生長而成，而形狀因為高低不等造成群山環繞的感覺，通常會標示在該處山脈的至高點。
機場		明顯是飛機的縮圖，飛機為交通工具的一種，班次地點都不如其他大眾運輸來的多，但因為時程快也有其

		必要性，所以在重要城市或偏遠地區都設有機場，在地圖上也可看見機場佔地比起其他運輸工具大很多。
量販店		例如家樂福、愛買等等，圖的意象是一個購物袋，由於量販店非一般零售，採買量相對比較大，在使用推車購物結帳後會裝入購物袋帶走，因此使用了此符號。而購物袋上的彎曲可以視為購物後滿足欲望或生活所需，產生微笑。
醫院		紅十字的精神是「博愛、人道、志願服務」（中華民國紅十字會，2007），向來都是以助人為主，很符合醫院救助病患的形象。而紅色有警示的意味，醫院通常設有急診處，在地圖上便很快可以找到需要的醫院。另外，紅十字就圖形而言，在西方的宗教中是常見的符號，在臺東地區的西方宗教相關醫院是使用此符號，非宗教的醫院則使用下方的圖示，一個人躺在床上，就是躺在病床上無法自由行動，或被限制住，也許這也可以解釋為此醫院設立的病床位比較多，在此醫院大部分是以住院為主。但無論是使用哪一個圖示，都可以清楚明瞭該圖意思。

　　一個物品可能是個人或文化價值的具體展現，以豐富人生的意義，指引人生的方向。（畢恆達，2006：25）物品可以持久。它們可以穿越時間與空間連結序列的社會互動，並且給予稍縱即逝的喜悅與痛苦一個具體的展現。但是「過去」的意義並非獨自存在。我們不能離開現在以走進過去。我們不斷地根據我們現在的處境以及對未來的期望，來選擇並重新詮釋我們的過去。所以物品也並非被動地重現過去所發生的事情，而是為現實開啟了可能性。（同上，28）一個具象的物品，如照片或禮物，可以讓人憶起過去的經驗或與親友的連結。當「他人」不在身邊的時後，他可以攜帶此物品，以維繫他們之間的關係。（同上，31）同樣的道理，我們可以將此概念延伸應用到網路地圖上的符號，利用符號的意象來表達此符號所顯現的意念。

五、網路地圖中的事件隱含

符號的功能簡單明瞭，可以是書面或視覺語言的一部分，是立即相關的簡單訊息；象徵則是視覺圖像或標誌背後潛在意義，代表宇宙真理的深層指標。比方說，火同時可象徵太陽及我們周圍的雄性力量，而春天的花朵代表重生和新生命。

當我們用象徵的角度來看事物時，生命顯得豐富又有意義許多了。很早以前，象徵就與宇宙、繁殖、死亡與新生有關，並隨著精神分析理論的出現，根據精神或心理上的需求，再由這些理論來分析想法與事物。比如說，暗影可視為內心缺乏安全感。當許多童話故事被拿來分析時，比如小紅帽的故事，會與長大成人、遭遇阻礙等有所關聯。然而，故事大部分古老和原始的象徵與萬物的關係，就如同人類與宇宙的關係一樣息息相關。除了誕生、重生和季節變化這些最基本的意象之外，有些象徵是普遍被認知的，比如說圓圈、飛行中的鳥；而鳥代表的是靈魂上升到天堂，其他有名的野獸幾千年來也不斷出現在藝術中，表明了這些象徵的相關特質。藝術上的象徵，是用來解釋畫面的一種視覺語言。然而，因為我們無法瞭解大部分在文藝復興藝術中使用的意象，所以很難去辨別其中真正的含義。（Miranda Bruce-Mitford & Philip Wilkinson 著，李時芬等譯，2009：6-7）

攝影師以影像盡情模擬自然和現實，我們是透過他們的靈犀之眼，在那暫停的瞬間看見一個世界，同時也感受到存有的真實。無論是錄影、拍照、繪畫或文字書寫都涉及到作者對時間、地方、經驗與記憶的剪裁融合，他們對「景、風、心、色」等境象有所取捨，因而將時間空間化、空間時間化以及現實時空化。創作者藉由景物的符號來交流訊息，他們將經驗與記憶中的風景顯露出來，可說是「空間感」和「自我感」的展現，其中都寄寓著深刻的歷史意義。（周慶華等，2009：37）

　　景物、經驗和地圖的表現息息相關，地圖繪製者將其經歷投射、融入於圖示當中，藉此抽象化了所要表達的，轉為具體可見並有意味的符號，讓讀者及使用者可以自己的經驗和想像加以解讀。儘管物象在時空裡會有所改變，不盡相同，但印象中的景物或物品，是可經由我們的經驗或記憶得到驗證的。既然地圖使用簡潔且明瞭的圖案，有其象徵或隱喻的內涵存在，便可以進一步引起審美想像。

　　地圖繪製者建立了地圖審美的想像空間，這些圖像及圖形引領我們神遊進入地圖夢境幻想之中，在歷史的軌跡中尋找生命的意義。

　　如果把網路地圖當做一項藝術品來看待，那麼我們便可以用藝術的角度觀看網路地圖在藝術中的審美位置。倘若撇開藝術的可能的實用性（如建築可供居住或園林可供休憩或工藝可供器使或書法可供傳意之類）而純就藝術的藝術性來說，那麼我們就可以說藝術是一般審美的典範。這種典範，是從「表現」的特徵來定位的。換句話說，它一開始就是為了表演呈現而額外加工的，所以審美自然就以它為模本。（周慶華，2007a：134）藝術的表演呈現性所營造的美感特徵，在不同的文化系統自然會有所差異；而這種差異如果也發生在同一個文化系統中（不論是緣於內變還是緣於外鑠或是緣於其他因素造成），那麼我們就可以「典範的轉移」來看待。（同上，136）

　　一位人文地理學家根據文本詮釋的理論，提出詮釋地圖的準則：

1. 意義來自於文本本身，而非外部的投射。

2. 詮釋者有責任與文本建立和諧而熟悉的關係。

3. 說明文本對今日的我們有何意義。

4. 操作詮釋的循環。循環的層次包括，文本與其自身部分的關係，文本與語言的關係文本與文化脈絡的關係，作者與其所處世界的關係。

5. 尋求適當的假說，以使隱晦不清的現象得以說明並達成合理的理解。（畢恆達，2006：46）

圖 2　臺灣老地圖

（資料來源：Kees Zandvliet 著，江樹生譯，1997：6）

　　這是 16 世紀時的臺灣古地圖。16 世紀前地圖均被描繪為三塊分開的島嶼。（Kees Zandvliet 著，江樹生譯，1997）看著這張臺灣古地圖，懷疑當年的臺灣是否究竟長這個樣子，但也忍不住好奇，原來 16 世紀時的臺灣沒有連在一塊兒，形狀一點也不像蕃薯，而且西部及北部沿海有許多小離島，可以推測是當時地殼尚未隆起或是海埔新生地尚未形成，那時候的人生活可能多數都是靠捕魚維生的吧！

　　現今使用方便又快速的網路地圖，看到的是即使範圍非常狹小，但每一地的開發、規劃都非常明確的標示出來。

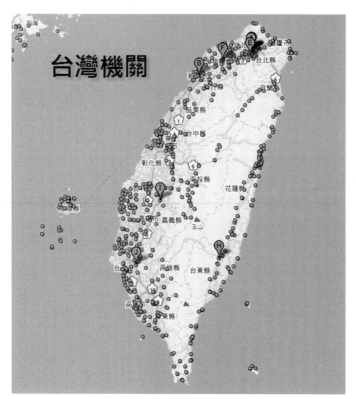

圖 3　臺灣行政機關分佈圖

（資料來源：Google，2010）

　　這張圖是使用 Google 地圖搜尋「機關」一詞所出現的分佈圖。每
一個小紅點都是臺灣大大小小的行政機構，由分佈來看，西北部、西
南部、西邊中間布滿了數不清的紅點，顯示出西邊的發展比起東部好
資源也比較多，也因為西部有許多的人口，才能有足夠的人力來處理
這些機關內的事務。就西部而言，偏北的苗栗及中間的彰化的紅點很
少，苗栗縣內大部分是山區，也許不易居住所以人口的外流嚴重，相
對的需要的機關就不多。

那彰化上有臺中下有雲林，臺中是熱鬧又繁榮發達的地區，而雲林則是農業崢嶸之處，也許是機關設立處都往臺中、雲林聚集去了。再來看看東部，政府機關大部分是沿著設立在臺9（山線）或臺11（海線）沿線，因為這是在東部最主要的兩條道路，居民或遊客們依賴這兩條道路與外縣市聯絡及往來，政府是為國民服務的，想當然機關辦事處也要方便民眾才是。而離島的澎湖、小琉球、綠島和蘭嶼也各有機關。但尤其澎湖機關設立之多，猜測是因為澎湖景色優美，海洋產業和海上休閒活動發達，成為觀光勝地遊客多，於是需要較多的機關處理當地行政，又或許澎湖只是最大的離島人口多，所以機關比較多如此罷了。沒有一個社會的夢想是無中生有的。每個文化假想的未來，以及其心目中的盼望，一定會反映所處的時代和社會既有的現狀。（Margaret Wertheim 著，薛絢譯，1999：4）不論詮釋主體如何的在現實中尋求突破口，他都會把他的影響或支配企圖「留給」眾人去感受而完成詮釋活動最終儀式。相仿地，要「鼓勵」詮釋主體尋求新變的途徑，那麼也得「引導」他進入現實情境去接受洗禮或考驗，並且努力設法為自己取得較為有利的位置。（周慶華，2003：199-201；2009：185-186）

六、相關研究成果在語文教育上的應用

語文教學是一門範圍廣泛且複雜的學科，同時也是提升人文素養的重要基石。其所涉及到的不只是培育學生聽、說、讀、寫的各項語文基本能力，同時在語文教學的一系列過程中，還要薰陶學生的審美情趣、開拓知識視野、提升文化素養、健全思想品德，從而使整個人的素質達到昇華的階段。（王珩等，2008：1）

語文教學方法的課題，有一個「仲介性」或「居間性」的項目是「通貫」於各種語文經驗的教學中，可以稱為「基礎性」的語文教學

方法。它包括讀／說／寫／作等細項的教學方法；而以現有基層的制式教育為準據（教育部，2003），則有閱讀教學方法、聆聽教學方法、說話教學方法、注音符號教學方法、識字與寫字教學方法和寫作教學方法等詳分情形（可以依性質相仿的合併為閱讀教學方法、聆聽與說話教學方法、注音符號與識字及寫字教學方法和寫作教學方法）。（周慶華，2007b：47）網路地圖倘若要和語文教育結合，可以應用上述的閱讀教學方法、聆聽與說話教學方法和寫作教學方法這三種搭配教學。

首先是閱讀教學方法，同樣是為了便於教學各種語文經驗；同時它在安排教學活動時通常都要讓閱讀教學本身居於「核心」地位（其他幾項才能「環繞」它而一體成形）。最基本的課題，「閱讀教學如何可能」一詞設定為具有三種意涵：

（一）閱讀／教學：閱讀就是教學（假想受教者），教學就是閱讀。

（二）閱讀→教學：先閱讀後教學。

（三）閱讀←教學：為了教學一併去閱讀。

在現實中無妨優先採用第二種意涵（當然也可以相容其他兩種意涵）。由於閱讀教學可以設定在「先閱讀後教學」的層次，所以它就有「下指導棋」或「先覺覺後覺」的意味。也就是說，這是自己先有本事而後再去教人閱讀。（周慶華，2007b：47-48）套用在網路地圖的教學方面，可以先使用一張或多張普通地圖，讓學生先自行閱讀、觀察地圖中的有何規範與其審美或是地圖中的傳知。最基本的就是從本身的經驗出發，設想學習者的狀況，然後按部就班的去引導學習者重歷自己的閱讀過程。這個理路，可以稱為「經驗的異己再現」。（同上，48）

在語文教學的過程，聆聽和說話教學其實是跟閱讀教學一起進行而無從截然分開的。閱讀教學的本身必定會有講解、對談和朗誦等關聯「聆聽」和「說話」的事實，透過教學來「強化」學習者聆聽和說話的能力，一樣是要他們為習得各種語文知識；而它既然跟閱讀教學

「一體成形」，在閱讀教學還要略有所「分化」時，自然就形成了下列
這樣一個圖示：

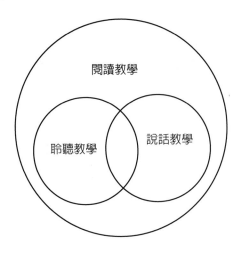

圖 4　閱讀／聆聽／說話教學關係圖

（資料來源：周慶華，2007b：60）

　　聆聽教學的方法，大致上就是循著全面關連探索語文經驗的模
式展演它的力度，從而讓語言經驗的傳授因為有它的仲介而顯得「緊
張刺激」。此外，聆聽在另一種境界上還可以相應於美聲的「精神療
效」，不妨一併教學以見審美和宗教規範的「綜合」成效。（周慶華，
2007b：63）在人類的世界裡，「說話」甚至於比食衣住行還更為重要，
成功的溝通，使你左右逢源；動人的表達，使你的理想抱負被多數
人接受，被人類所期盼，進而帶給人類幸福。（何三本，1997：9）所
以在上述閱讀地圖時，便可一邊進行說話練習與聆聽他人分享。說
話就是將閱讀地圖時的所有心得，無論是意象、事件或是隱含、隱
喻，經由說話的練習，可以逐次抓住所要表達的重心、主軸，讓他
人清楚知道自己要傳達的意思是什麼。同時在教學、分享經驗的過

程中，也能練習專心、仔細聆聽他人說話的重點在何處，並且學習尊重他人。

　　至於寫作教學，相對的重要許多，因為它有「高標」的現實和理想的需求，比其他教學複雜和艱難許多。寫作可以參與文化的創造以及能夠冀望現世的成就有益於另一世的榮光，是使寫作成為一種志業的依據；相同的，寫作教學也是以可以間接促成這種參與文化的創造及相關榮光的延續的實踐而自我提升為一種志業。從實際的經驗出發，寫作在整體上可以比擬為工廠的系統化生產；這種系統化生產，由原料／題材的輸入，經過製造／寫作的轉換，而有產品／作品的輸出。這所輸出的產品／作品，還可以有改造／蛻化的二度轉換，而造成新產品／綜合藝術品的二度輸出的事實。此外，閱讀本身要能夠持續不輟，大致上也得轉為寫作而以「學以致用」或「學有所得」的成就感面世才有所保障。（周慶華，2007b：92-96）當網路地圖應用到寫作時，可以某一處的地圖作為地點、背景來發展故事或小說，就可成為看圖說故事、寫心得的課程；或是結合近幾年熱門的鄉土教學，以家鄉的地圖作為基礎研究其歷史或地理發展。蘊含以上，也許是強化語文知識不錯的選擇之一。

七、結語

　　地圖就是圖形之一種，有時本來就是圖畫。就像圖畫難以用言語置換一樣，地圖也只是訴諸視覺，但其內涵卻可以遠遠超過語言所能表現的範圍。（王妙發，2002：6）每張地圖都是經過妥協、省略和詮釋後的產物。雪域大學（Syracuse University）的地理學家馬克·莫莫尼爾就說：「即使一份好地圖，也說了一些小謊言。」（陳二紅等編，2001）而地圖這一詞，倘若是要嚴格分類的話，應該有陸圖、海圖、世界地圖、國土圖、行政用圖及旅行用圖等等，各自的應用目的、

表現內容都各不相同，因而討論時也難以一言以蔽之。(王妙發，2002：7)

　　然而，就像如蟄所言，「世界上唯一百看不厭的圖就是地圖」(如蟄，2001)，我也頗有同感。地圖帶給人一種夢想，徜徉在地圖裡悠遊想像旅行的自由，即便是時間未到還無法出門旅行，又或者是距離太遙遠未能馬上實現，待在這個平面卻能在腦海中產生無限的立體空間和影像幻想的國度裏面，無異是種怡然自得的快樂。旅行裡隱藏了一個秘密——經由空間的轉換來認識自己。(畢恆達，2006：陳文玲序 V)

　　人具有時間性，而變化是人類現象的固有本質。人們總是重新解釋過去，為現在找尋意義，並將自己向可能的未來開放。一個與個人過去有關的物的意義，可以是豐富了人對於自我或所處世界的理解，維持個人生命的連續性，或幫助人從現在的種種壓力與煩惱中得到紓解；同時，它也可能阻礙人們現在的正常運作。

　　物的意義不停地改變，有時則是未定的，而其可能性決定於人們未來的可能性。(畢恆達，2006：36)換句話說，改變我們每日生活空間的行動本身，就是在賦予自己一個界定自我的機會。我們習於用視覺來觀看環境，卻又對環境視而不見。回憶和空間是相互依存的關係，空間「凝結」記憶、區隔記憶。(同上，陳文玲序 VII)也許我們的諸多回憶都是存放在不同的空間裡頭，每一次，一箱空間一箱空間的慢慢尋找、品嚐。

　　地圖就是利益的再現，人們不需要遮遮掩掩。(同上，陳文玲序 VIII)在全球化的影響下，我們認識的生活區域已經不再是封閉的地理環境，而是受到全球不同經濟、文化、自然環境的交流和影響，因此世界性地理環境議題，都可能對我們的生活產生直接或間接的影響。包括了全球暖化議題、三峽大壩的生態影響等等。讓我們從臺灣的居住地開始，理解臺灣在世界中的位置，接著從臺灣出發，認識全球。希望大家能夠善用網路地圖，多認識居住的地理環境。也希望使用者能運用網路地圖，讓自己更瞭解臺灣、認識世界，並且提升網路地圖在

生活中的實用性。讓網路地圖不僅在地理學中應用，更可以在日常生活中成為不可或缺的好幫手。（張春蘭等，2009）尤其是對網路地圖的文學性的審美，可以開啟大家另一個視野，從而強化了它的功能性和附加價值。

參考文獻

Google（2010），〈Google 地圖〉，網址：http://maps.google.com.tw/maps?hl=zh-TW&tab=wl，點閱日期：2010.05.10。

Kees Zandvliet 著，江樹生譯（1997），《臺灣老地圖》，臺北：漢聲。

Lewis,C.D.（1984），*The Poetic Image:The Creative Power of the Visual Word*,Los Angeles:Jeremy P. Tarcher,Inc.

Margaret Wertheim 著，薛絢譯（2000），《空間地圖》，臺北：商務。

Miranda Bruce-Mitford & Philip Wilkinson 著，李時芬等譯（2009），《符號與象徵》，臺北：時報。

王珩等（2008），《國語文教學理論與應用》，臺北：洪葉。

中華民國紅十字會總會，網址：http://web.redcross.org.tw/history.aspx，點閱日期：2009.05.25。

何三本（1997），《說話教學研究》，臺北：五南。

如蟄（2001.6.29），〈離奇的臺灣地圖〉，《中國時報》22 版。

周慶華（2003），《閱讀社會學》，臺北：揚智。

周慶華（2004），《文學理論》，臺北：五南。

周慶華（2007a），《走訪哲學後花園》，臺北：三民。

周慶華（2007b），《語文教學方法》，臺北：里仁。

周慶華（2009），《文學詮釋學》，臺北：里仁。

周慶華等（2009），《新詩寫作》，臺北：秀威。

海野一隆著，王妙發譯（2002），《地圖的文化史》，香港：中華。

高中教師在職進修網站（2010），〈地圖學的發展歷史〉，網址：http://www2.pccu.edu.tw/CRUCTE/Hs-geography/html/map/map.htm，點閱日期：2010.5.10。

陳二紅等編（2001），《地圖革命》，臺北：大地地理。

教育部（2003），《國民中小學九年一貫課程綱要：語文學習領域》，臺北：教育部。

張春蘭等（2009），〈利用網路地圖認識地理環境〉，《科學發展》第 439
　　期，7、7-8、8、10、9、13。

畢恆達（2006），《空間就是權力》，臺北：心靈工坊。

黃仲珊等編（1998），《書林簡明語言與修辭學詞典》，臺北：書林。

黃慶萱（2009），《修辭學》，臺北：三民。

潘桂成（2005），《地圖學原理》，臺北：三民。

文人怪癖與文學創作的關係探討

陳雅音
國立臺東大學語文教育研究所

摘　要

　　文章豐富人類的心靈生活，陶性情冶，更可藉此抒發心中想法，尤其歷史上許多文學家的作品更讓人傳誦再三，使人類在文化歷史的洪流中，展現不平凡的光彩。而這些如此優美的篇章，是這些文人在怎樣的情緒狀態下迸發產生，這些瑰麗璀燦的不朽作品對後世人類都造成了一定的影響力，在感官中也有不同的感觸與新思維，所以可以透過對文人的癖好和其文學創作的相關性，從中探究文人不同於以往我們所熟知的面貌；而文人癖好的類型又有哪些？在這些癖好中與文人創作的關係又如何？這些都有待耙梳解說。此外，還可以一併探討相關行為在語文教育上的應用。

關鍵詞：文人、怪癖、文學創作、語文教育

一、前言

　　文學藝術是人類生命中不可或缺的一部分，來自於這些文人作家嘔心瀝血的一段生命的產出，是他們的骨和肉及心靈的一個象徵。本文探討這些曠世鉅著產生的幕後推手──作者的一些荒誕不羈的行徑和其作品是有否某些的關連性。但是我們要知道，文學家的行為大多是放蕩的，他們不像一般偽君子，專門講究外表虛偽的禮儀。他們的放蕩，並不是不道德的事，只是真性情真態度的自然流露罷了。（鄭慧文，1986：21）

　　《世說新語‧雅量》有個關於癖好的著名故事：「祖士少好財，阮遙集好屐，並恆自經營，同是一累，而未判其得失。人有詣祖，見料視財物；客至，屏當未盡，餘兩小簏著背後，傾身障之，意未能平。或有詣阮，見自吹火蠟屐，因嘆曰：『未知一生當箸幾量屐！』神色閑暢。於是勝負始分。」（饒宗頤，1969：273）人們何以覺得阮孚勝過祖約？原來魏晉時代崇尚率真、曠達的性情，提倡不為外物所累，不為世譽所牽。在他們看來，好財好屐這兩種嗜好本身並無高下之別，關鍵在於嗜好者是否處之泰然。阮孚能做到這點，所以他比祖約強。（揚帆，陳文新，1995：73-74）我們常常會讚美一個人有度量，乃是指這個人不會因為別人一時的不當行為，而從此改觀，完全地否定他。但上述故事，並不是狹窄地記述度量而已，還包括了人的開闊、豁達胸襟，以及人性中的率真自然面和忠厚之心，種種人性曠達的氣度，都是一種「雅量」。

　　又如袁枚他的癖好甚多。據〈所好軒記〉一文的羅列「袁子好味，好色，好葺屋，好遊，好友，好花竹泉石，好圭璋彝尊，名人字畫，有好書」，對這些嗜好，他「供認」不諱，處之泰然，與阮孚不相上下。（揚帆，陳文新，1995：73-74）

每個人都有特別喜愛的東西，只要得之有道，無傷大雅，就沒有所謂的高下之分、可不可以之別。祖約的好財，阮孚的好屐，都是個人愛好之事，其他人無從過問，畢竟那是他們自個兒的事情。然而，祖約似乎一味認為自己的嗜好過於俗氣卑下，不願他人發現，因此就顯得心裡不安；相較之下，阮孚對於自己的興趣執著，且能泰然處之，不在乎別人的看法，其心態就健康、率真許多。興趣是每個人的生活情趣之一，只要不妨害他人，不以非法手段來取得，又何必羞於見人？

二、文人的怪癖行為

怪就是異，唐代釋玄應《一切經音義》說：「凡奇異非常皆曰怪。」怪本身是指自然界和社會出現的反常現象。妖也就是怪：「天反時為災，地反物為妖。」（《左傳·宣公十五年》）。

自古怪異就有兩類，一是災變、一是祥瑞。而環繞災變和祥瑞的不同之處，文化的許多要素漸次展開，成為中國古代文化的兩大重要本題。從天命和人為的不同側重解釋怪異的由來，也成為中國古代基本哲學傾向的分水嶺。（林在勇，2005：21-26）

古人崇神敬神畏神，對於無法解釋的現象便附會於鬼神之說，這與我們的生活息息相關，也是作為道德上的一種無形的約束力量。先人造字，用偏旁隱喻：「癖」是一種病態，與「癖」沾上邊，便使人廢寢忘食、金錢散盡也在所不惜。古代的文人對癖好十分地看中，不僅將它視作不可或缺的標誌，更是一種高格調的「風流情趣」。（林在勇，2005：21-26）

古人論癖好，等同於現代人談愛好。自古文人多詩癖，有了苦悶無處訴，便在詩中發洩一番，因而為後人留下了無數傑出作品。詩仙李白「鬥酒詩百篇」，詩魔白居易自稱「癖在書章」等，都是顯著例子。中國著名散文大家張中行在其著作《順生論》中提道：「一個人惟其有

癖才能顯示其人的率真，甚至超常。」由此看來，癖好是個性的展現，沒有癖好，便顯得不夠生動；有了一種癖好，也就有了看世界的獨特眼光，甚至有了屬於自己的特別世界。（孫凱欣，2008）

晚明散文家張岱的《五異人傳》曾提出：「人無癖不可與交，以其無深情也。人無癖不可交，以其無真氣也。」五異人或癖於錢，或癖於酒，或癖於氣，或癖於土木，或癖於書史，所癖雖異，而一往深情則同，都足以成為異人或名士。張岱與魏晉人一樣，認為癖好本身無所謂等級差別，比如據《晉書‧杜預傳》，杜預曾說王濟有馬癖，和嶠有錢癖，他本人有《左傳》癖。（陳文新，1995：74）

我們應尊重這些人的行為，更不應視之為不正常，或顛或狂，文人少了那份狂妄不羈的性格，就無法開創那些千古不朽的文章。

三、文人的怪癖類型

文人的種種怪癖不可勝數，茲以分門別類如下：

（一）嗜酒癖

因為政治的不如意，因此時人只好拿酒來忘懷世事。中國人歷來都相信酒是消憂的東西，曹操曾稱道酒的功德：「何以解憂？惟有杜康。」不過「酒味甘辛，大熱有毒，雖可忘憂，然能作疾，所謂腐腸爛胃潰髓蒸骨。」（〈大飲翁酒經〉）因而古人飲酒，不過「托於趨藥，以逃世網」罷了。三國時吳的大中大夫鄭泉是個酒徒，他只想每天有五百斛船裝滿美酒就行。他臨死的時候說：「我死了以後把我埋入土中，不要裝棺材，好讓骨頭化成泥土，用它製酒壺，我就很高興了。」（姜伯純，1986：32）說明自己退隱的志向，以及生活的遭遇而養成的放蕩不羈的性格是萬難改變的，和對方外世界的憧憬。

1.五柳先生陶淵明

陶淵明因政治時事的刺激,終於使他縱情詩酒。於是他對親友說:「我只想做個小官,能夠喝醉酒就好了。」這是被當局人聽到,就叫他去做彭澤令。他到了縣裡,就實行他的計畫,把縣裡所有公田。都種秫穀(就是黏稻,可以釀酒)。他對人說:「只要常醉在酒裡,我就什麼都滿足了。」從此他天天喝酒,無論相識的不相識的,只要有人肯請他喝酒,他總是要去的;而且每次喝酒,必定喝的大醉才回,所以他一天到晚,總是醉醺醺的。他本來不想再見權貴,但是為了酒,終於也違反了他的初志。當時州刺史王弘,很想見他,他總託疾不見,對人說「我現在不想做大官,還要王公來看我幹嗎?」

王弘沒辦法,只好叫人伺候他的出入。有一天知道他要到盧山去,就差龐通之備酒在半途相邀,自己等在後面。果然他坐籃輿來了,陶淵明一聽到有酒,便一杯一杯的喝起來了,他本想去盧山,現在見了酒也不想去,兩人談談笑笑,竟歡宴終日。(鄭慧文,1986,63)

2.劉伶以酒為名

漢末魏晉是中國政治言論最不自由的時候,因統治者之所以得到統治權的,都是以權詐之術得來的,所以最怕別人議論他們的行為。以致像劉伶一類的人便不得不「嘗乘鹿車,攜一壺酒,使人荷鍤而隨之,謂曰:『死便埋我。』連生命都看的很輕了」(姜伯純,1986:40)。劉伶更是一個十足的酒徒,《世說新語・任誕》記載:「劉伶病酒甚渴,從婦求酒。婦捐酒毀器,涕泣諫曰:『君飲太過,非攝生之道,必宜斷之!』伶曰:「甚善、我不能自禁,惟當祝鬼神自誓斷之耳,便可具酒肉。」婦曰:「敬聞命。」供酒肉於神前,請伶祝誓。伶跪而祝曰:「天生劉伶,以酒為名,一飲一斛,五斗解酲。婦人之言,慎不可聽。』便引酒禦肉,隗然已醉矣。」

劉伶常縱酒放達，或脫衣裸形在屋中。人見譏之，伶曰：「我以天地為棟宇，屋室為昆褌衣，諸君何為入我褌中！」其放浪形骸，可見一斑。（饒宗頤，1969：550-551）

3.酒中仙李白

任何撰述李白生年，都離不開酒，因此又有李白酒醉，水中撈月而亡的說法。李白有半個胡人的血統，或許也因為如此，所以他才有接觸番文的環境，也才有千杯不醉的能耐。

李白的酒並非只表現在傳說中，就《唐詩三百首》中的作品而言，許多李白的作品談到酒的不少，而且意境也可取，可見他對酒的偏好，是一個不爭的事實。

李白不但是位謫仙詩人，也是位如假包換的酒仙，他高興的時候要喝酒，失意的時候要喝酒，相聚的時候要喝酒，別離的時候更要喝酒，無時無刻他都活在酒的世界。但是他的酒中世界是清醒的，是高雅的，套一句現代化，那就是「酒品很高」。（大師，2006）

（二）戀物癖

1.愛鵝成癖王羲之

王羲之聽說有一位獨居的老太婆，養了一隻很會叫的鵝，因為鵝頸的伸屈盡致，可悟書法，他便要人去跟這老太婆情商，要購買這隻鵝，老太婆堅持不肯出讓，王羲之無法，想去看看這隻鵝。那老太婆聽說王羲之要來，而家中太窮無物招待，不成敬意，便將鵝宰了待客。王羲之專程是去看鵝的，結果所看到的只是一碗鵝肉，只有廢然而返。

> 那時山陰有一道士，也養了一群羽毛很美的白鵝，被王羲之在無意中見到了，於是徘徊不忍離去，堅請道士轉讓給他。可是

道士不肯，除非王羲之替他抄一部道德經。為了要得到這群
鵝，王羲之欣然應命，從上午一直寫到下午才寫完，帶了一群
白鵝歸去。唐代的大詩人李白曾有詩詠此事：「右軍本清真，
瀟灑在風塵。山陰遇羽客，愛此好鵝賓。掃素寫道經，筆精妙
入神。書罷籠鵝去，何曾別主人。」（方時雨，1986：15）

2.不可一日無竹王徽之

魏晉時代的「竹林七賢」，以喜歡在竹林中聚會而聞名。著名書法
家王羲之的兒子王徽之，據說有一段「何可一日無君」，就是不可一日
無竹的佳話。（見《晉書・王徽之傳》）宋代詩人蘇軾的〈於潛僧綠筠
軒〉詩，對於自己愛竹的癖好作了誇張的表現：「可使食無肉，不可居
無竹。無肉令人瘦，無竹令人俗。人瘦尚可肥，士俗不可醫。旁人笑
此言，似高還似癡。若對此君仍大嚼，世間那有揚州鶴。」蘇軾詩以
竹的堅節中直，喻人之節，理應守份有節，為人中直不曲，擇善固持，
不為世俗所移，不為強權所屈。以人瘦尚可肥，俗士不可醫，言及不
恥世俗。人在世間不如意十常八九，豈能事事盡如人意。如果還是慾
望很多，心慾無限，乞望揚州鶴來騎，那是不可能的，因為世間根本
沒有揚州鶴。竹以它瀟灑的姿態，被看作是不同流俗的高雅之士的象
徵。其他還有宋代理學家周濂溪的〈愛蓮說〉，便是表達這種見解的有
名之作。（邵毅平，2005：84）

3.收藏癖李清照

李清照和其夫除了詩、詞唱和外，便是收集和研究古代的金石美
術。那時稍有一些錢，便到各處買名人書畫碑帖，以及古董之類，因
此在書房裡，總是堆滿了書畫古器，夫妻倆坐在屋裡烹茶喝，指著堆
積的書史，說出某一件在某一部書裡、在某一卷裡、第幾頁和第幾行，
以說對與否來賭喝茶的先後。（王序，1974：207）

4.戀財癖王戎

儉吝成癖的王戎,有一種奇矯的行為,那就是極端的吝嗇,他雖貴為司徒,卻是極端的儉約,因為怕花錢,所以衣著很樸素,也很少出門,專以貯蓄財富為平生樂事。其財富沒有人能比的過他,但他卻每日和老妻忙碌財富的積聚,年過六十,還時時在燈火下用算盤算著自己的財產。所謂「王戎儉吝。其從子婚,與一單衣,後更索之」、「王戎有好李,賣之恐人得其種,恆鑽其核」就是明證。(張振華,1993:166)王戎的嗜財如命,藉此以表示對政治的漠視。難怪當時的人要以此為他的「膏肓之疾」了。但是《世說新語・儉嗇篇》引的《晉陽秋》卻說:「戎多殖財賄,常若不足,或謂戎固以此自晦也。」這就不知孰是孰非了。(姜伯純,1986:237)

(三)狎妓癖

1.風流詩人杜牧

風流詩人杜牧在政治場上,一直鬱鬱不得志,看著從兄杜悰一路飛黃騰達,難免心中憤憤不平。這與他後來的縱情詩酒,浪漫好色有很大關係。

杜牧生性風流,生得又非常漂亮,這樣的一個人,處於這樣的一種心情下,又住在當時全國最繁華的揚州,在這樣的地方,他便流連青樓,迷戀女色,成了一位典型的風流浪子,過著偎紅倚綠的生活。從揚州回京後,他做了監察御史,因為有病,分司於東都洛陽。那時司徒李願,正住在那裡,家裡養了許多歌妓,都十分美麗,在洛陽可稱第一。有一次,李願大開筵席,宴請一般高流名士,因為杜牧是監察御史,所以不敢請他。但他原是極想去看看的,便轉託別人,代為致意,因此李願只好請他。

他早知道這許多歌妓之中，要算紫雲最美，既到那裡，便問李願道：「那一個是紫雲？」李願用手指點，他看了許久，便道：「果然名不虛傳，你應當送給我吧！」於是他一面飲酒，一面做詩，一起興，竟旁若無人。（鄭惠文，1986：140）

風月場上的杜牧也有失意的時候。民間有這樣一個傳說故事：有一次，杜牧到湖州去遊玩，湖州刺史在水上搭戲臺，讓杜牧一覽戲子的風采，杜牧看上了其中一個十多歲的小戲子，與其母相約過十年來娶。十四年過後，杜牧來當湖州刺史，發現女子已嫁三年，生有兩個小孩，杜牧大為感歎，寫了一首詩〈歎花〉，抒發尋花不遇的惆悵懊喪之情。

詩歌是這樣寫的：「自恨尋芳到已遲，不須惆悵怨芳時。如今風擺花狼籍，綠葉成陰子滿枝。」首句自歎，歎尋春賞花已遲，以至春盡花謝，流露出一種自怨自艾、懊悔莫及的心情。次句自解，表示對春暮花謝不用惆悵，無須嗟怨，其實是無可奈何之語。後兩句寫自然界的風風雨雨使鮮花凋零，紅芳褪盡，綠葉成蔭，結子滿枝，碩果纍纍，春天早就過去了，更像秋天的景象。

詩句似乎純客觀寫景，其實蘊含詩人深深惋惜的感情。花謝花開，綠樹成蔭，結子滿枝隱喻妙齡少女結婚生子，人老珠黃，青春不再，和十多年前的光華亮麗、熠熠生輝相比，怎不令詩人感慨萬千，追悔莫及。時間和杜牧開了一個玩笑，詩人有不老的心，卻再也找不回那張姿容俏麗的面龐。（徐昌才，2005）

2.唯美詩人李商隱

李商隱非常有名的七律〈錦瑟〉詩：「錦瑟無端五十絃，一絃一柱思華年。莊生曉夢迷蝴蝶，望帝春心託杜鵑。滄海月明珠有淚，藍田日暖玉生煙。此情可待成追憶，只是當時已惘然。」千餘年來這些美麗卻令人費解的詩，不知困惑了多少人。李商隱所以要用晦澀的語句和冷僻的古典，並非好賣弄自己的才華，而是有難言的苦衷，因為他戀愛的對象並非一般的尋常女性，乃是當時道觀中的女道士和皇宮中

的宮女。一旦和這些身分特殊的人相戀為人所知道，不但不見容於當時的社會，甚至會招致殺身之禍。和李商隱發生戀愛史的女道士是華陽觀中的女道士，這些出身宮廷的女道士不但身分高貴，而且大多通曉文墨，好與文人雅士交遊，其中有很多根本就是因為耐不住宮中的寂寞，藉出家修行為名，出來尋求慰藉的。所以李商隱最初透過永道士的介紹，認識了宋華陽，那時宋華陽有兩位姊妹已經跟永道士來往得極親密。不料良辰美景，幻如泡影，他與宋華陽的戀情並沒有維持多久，兩人就失和了，宋華陽竟移情別戀，也跟她的姐妹一樣愛上了永道士。李商隱只有調侃地在〈寄永道士〉一詩中吟道：「共上雲山獨下遲，陽臺白道細如絲。君今併倚三珠樹，不記人間落葉時！」

李商隱所以會和宮嬪發生情愫，可以說是由道士介紹而來的。當時道觀與宮廷時有往來，外人也往往藉宮中設壇祭醮的機會混入宮中。李商隱便是化裝成道士後，跟著他的道士朋友混進宮中的，最初只不過是好奇心所驅使而已，結果卻無意中認識了宮中的歌姬非鸞、輕鳳兩姊妹，一見如故，相逢恨晚，從此以後便經常以曲江附近的行宮作為幽會的地點。後來飛鸞、輕鳳兩姐妹因為宮廷鬥爭被捲進去，結果畏罪投水而死。事發時，李商隱護花無力，愛莫能助，死訊傳來後，他只有痛苦的寫出〈無題〉詩：「相見時難別亦難，東風無力百花殘。春蠶到死絲方盡，蠟炬成灰淚始乾。曉鏡但愁雲鬢改，夜吟應覺月光寒。蓬萊此去無多路，青鳥殷勤為探看。」

他在中國文學史上所以重要，是他對後世影響深遠，宋初楊億、劉子儀等人，就是師取李商隱的風格，做了《西崑酬唱集》，產生了「西崑體」，而他也成了西崑體的祖師。雖然曾有許多人批評他的詩多言情，有失風人之旨，但卻是源遠流長的。（鄭慧文，1986：148）

3.花間詞人溫庭筠

溫庭筠為人直爽，不憚權貴，而且行為十分放蕩，專寫極香豔的歌曲。他和貴公子裴諴、令狐滈等終日飲酒打牌，嫖妓過日。因此

屢次考進士，都不能及第。但他卻有喜歡在試場中替人作「槍手」的怪脾氣，而他所替別人做的應制，竟然一一考取。（鄭慧文，1986：149）他雖生的奇醜無比，卻是一個詩酒風流的浪漫人物，常與優伶妓女來往。他曾與妓女柔卿往來，一往情深，後來柔卿脫籍，與他同居；當時他的詩友段成式還寫了詩來「嘲飛卿」，戲諷他。（同上，149、151）

4.江南才子唐伯虎

唐伯虎三十一歲出獄後，心情抑鬱，既堅辭不去浙江當小小吏，又不好意思回家，就索性帶著隨身僅剩的幾兩碎銀遠遊廬山、洞庭，盤桓一年有餘，雖感「近鄉情更怯」，最後也不得不回歸故里。此後又氣又累，大病一場，科舉已經全然無望。唐伯虎在窮愁潦倒之餘，開始賣文賣畫為生，並且性情大變，狎妓聚飲，無所不為。〈一年歌〉：「一年三百六十日，春夏秋冬各九十……古人有言亦達哉，勸人秉燭夜遊來。春宵一刻千金價，我道千金買不回。」〈江南四季歌〉：「江南人住神仙地，雪月風花分四季……寸韭餅，千金果，鰲群鵝掌山羊脯。侍兒烘酒暖銀壺，小婢歌蘭欲罷舞。黑貂裘，紅氍毹，不知蓑笠漁翁苦？」可以為證。（山中人，2010）

5.格律大師周邦彥

周邦彥從小就相當浪漫，行為不大檢點，鄰裏人都看輕他。然而，他卻「博涉百家之書」，寫出極好的文章。他的詞，因為專寫纏綿的閨情，因此當代一些名妓都愛唱他的作品。於是他便愈加疏放不羈和柳永一樣，陶醉在胭脂粉堆裡。他是一位精通音律的天才，所以在大晟府（整理古代歌曲的機構）任上貢獻頗多，憑著自居音樂主管的地位，全力於審音調律的工作，使宋詞自他以後達到詞律嚴謹的標準。（鄭慧文，1986：171）

6.關漢卿

關漢卿他說他吃喝嫖賭，樣樣都通，即使打落他的牙，打歪他的嘴，甚至打斷手腳，他依然樂此不彼，唯一能阻止他不上妓院的，是一命嗚呼！（鄭慧文，1986：192）

（四）潔癖／汗癖

1.潔癖白居易

洗澡在中國古代稱為沐浴，「沐」字是指洗頭髮，「浴」字是指洗身體。而且有時候被認為是一件很隆重的事。一般說來，中國古人是不常洗澡的，這可能與氣候、水源、貧富、生活習性有關，甚至於也有古人認為洗澡會損傷元氣。

但洗澡本身卻是一件很令人舒服的事。唐人呂溫〈河中城南姚家浴後贈主人〉說：「新浴振輕衣，滿堂寒月色。主人有美酒，況是曾相識。」在有月亮的晚上，於朋友家中洗過澡之後，穿著輕便的衣服，與朋友共飲美酒，其心情當然舒暢無比。

唐人白居易〈新沐浴〉也談到沐浴後飲酒的樂趣。他說：「形適外無羌，心恬內無憂。夜來新沐浴，肌髮舒且柔。寬裁夾烏帽，厚絮長白裘。裘溫裹我足，帽暖覆我頭。先進酒一盃，次舉粥一甌。半酣半飽時，四體春悠悠……」另外，白居易也有過晚上在寺廟附近池潭洗澡的經驗。例如〈香山寺石樓潭夜浴〉說：「炎光晝方熾，暑氣宵彌毒。搖扇風甚微，褰裳汗霢霂。起向月中行，來就潭上浴。平石為浴牀，窪石為浴斛。絺巾薄露頂，草履輕乘足。清涼詠而歸，歸上石樓宿。」在炎熱的夏夜，雖然搖扇驅暑，但是仍然全身流汗，因此白居易到池潭中洗澡，以石頭為浴床、浴斛，然後帶著清涼的感覺，唱著歌回去睡覺，令他相當愉快。

白居易〈沐浴〉說：「經年不沐浴，塵垢滿肌膚。今朝一澡濯，衰瘦頗有餘。老色頭鬢白，病形支體虛。衣寬有賸帶，髮少不勝梳。自問今年幾，春秋四十初。四十已如此，七十復何如？」這首詩反映出白居易真的是很久沒有洗澡了，因此終於有機會洗澡時，脫光衣服看到自己逐漸衰老的身體，想到四十歲已是如此光景，到七十歲又會是如何？不禁感嘆起來。

但是也有少數古人非常喜歡洗澡，例如《宋史》〈蒲宗孟傳〉說：「（蒲）宗孟趣尚嚴整，而性侈汏……常日盥潔，有小洗面、大洗面、小濯足、大濯足，小大澡浴之別，每用婢子數人，一浴至湯五斛。」像這種人似乎又洗澡洗得太過了。（蔣武雄，2009）

2.潔癖倪雲林

明代大畫家倪雲林個性狷介，好潔成癖，加上家財富有，所以建築許多幽靜高雅的房舍作為住所，歷史上有名的清閟閣就是。閣裡藏書很多，還有鼎銅器名琴以及歷朝的法書名畫。倪雲林的愛潔成癖，很像宋代的米元章，同時他對這位前代大書畫家的品學非常崇拜，特地建造一所精舍，刻了米元章的像，供奉於此，名叫「海岳翁書畫宣齋」。關於他愛潔成癖的個性，有許多故事傳說：相傳他每天早上洗臉時，都要換水幾次，每天戴的帽子和穿的衣服，都要拂拭幾十次，軒齋外的梧桐樹和假石山，也都常常洗滌，恐沾染塵埃。為了要保持庭院那一片碧綠的苺苔，如果花謝了，掉在上面，只許用長竿縛針挑取，或用黏黐取出，不使綠苔賤壞。（方時雨，1986：87）

據《雲林遺事》記載：有一次，雲林留客住宿，夜聞客人咳嗽，翌晨就命僕人仔細檢查有沒有痰涎吐出。僕偽稱痰吐在桐葉上了，雲林馬上叫人把梧桐樹洗淨，並把著痰的桐葉剪下，丟到老遠的地方。雲林還時常叫僕人去七寶泉汲水，用前桶的水烹茶，用後桶的水洗腳。人家問他是什麼緣故，他說：後桶的水恐為挑者屁薰，所以只宜洗腳。

　　《雲林遺事》還記載了一段他有趣的故事：雲林鄙視那些附庸風雅的人，所以得罪被關，他在獄中，每遇獄卒送飯，必叫高舉過眉，獄卒問他為什麼，他說：「恐怕涎沫濺到飯裡」。獄卒大怒，把他鎖在廁所旁邊，後經過許多人說情，才得以釋放。（方時雨，1986：89）

3.汙癖王安石

　　宋代主持熙寧變法的王安石，可說是一位道道地地不常洗澡的人。據宋人葉夢得《石林燕語》說：「王荊公（王安石）性不善緣飾，經歲不洗沐，衣服雖敝，亦不浣濯。與吳沖卿同為群牧判官，韓持國在館中，三數人尤厚善，無日不過從，因相約，每一兩月，即相率洗沐。」王安石經年不洗澡，幸好有朋友相約每隔一兩個月洗一次，否則不知要等到什麼時候。由於王安石不常洗澡，因此沈括《夢溪筆談》說：「公（王安石）面黧黑，門人憂之，以問醫。醫曰：『此垢汙，非疾也。』進澡豆令公頮面。公曰：『天生黑於予，澡豆其如予何？』」可見王安石確實是個經年不洗沐的人，以致於黑垢滿面，醫生給他澡豆，要他洗臉，竟然也不接受。（蔣武雄，2009）

4.戀睡范堯夫

　　有些人會以睡覺作為摒退客人來訪的辦法。宋人釋惠洪《冷齋夜話》說：「范堯夫謫居永州，閉門，人稀識，面客苦，欲見者或出，則問寒暄而已，僅掃榻奠枕，於是揖客，解帶對臥，良久，鼻息如雷霆，客自度未可起，亦熟睡，睡覺常及暮而去。」此段軼事在宋人徐度《卻掃編》有類似的記載：「范忠宣謫居永州，客至必見之，對設兩榻，多自稱老病，不能久坐，徑就枕，亦授客一枕，使與己對臥數語之外，往往鼻息如雷，客待其覺，有至終日迄不得交一談者。」這種以睡覺來應付不想與客人多談的待客之道，雖然不太合於人情，但是我想直至現代，還是有人採用此種方法來摒退客人吧！

睡覺固然重要，可是由於每個人生活習性不一樣，因此有些人平常睡得少，精神卻仍然很飽滿。不過也有些人生平愛睡覺，即使睡了一整天，還是覺得不夠。宋人蘇軾《東坡志林》說：「有二措大相與言志，一云：『我平生不足惟飯與睡耳，他日得志，當喫飽飯了便睡，睡了又喫飯。』一云：『我則異於是，當喫了又喫，何暇復睡耶？』吾來廬山，聞馬道士善睡，於睡中得妙。然吾觀之，終不如彼措大得喫飯三昧也。」這兩位窮士人說的倒是真心話，因為對吃與睡的喜好乃是人之常情，難怪他們準備在得志後，要好好來享受一番。至於這位馬道士從睡覺中獲得妙悟，也是相當難得。（蔣武雄，2009）

（五）其他類

1.（瘋茶）歐陽修的茶詩茶文

宋代茶風盛行，達官貴人、文人雅士無不講究品茶之道，歐陽修也不例外，精通茶道，並留下了很多詠茶的詩文，還為蔡襄的《茶錄》作了後序。

「吾年向老世味薄，所好未衰惟飲茶。」這是北宋文學家，唐宋八大家之一的歐陽修晚年時寫下的詩句，在感歎宦海沉浮的同事，也表達了自己一生嗜茶的癖好。歐陽修一生，仕途前後四十一年，起起伏伏，但其操守始終如一，就像好茶的品格一樣，不會動搖。（曉晨，2005）

2.顧愷之喜啖甘蔗

顧愷之喜歡吃甘蔗，但據說他吃甘蔗，總是先從梢頭吃起，慢慢吃到老的一頭。人家見他這種吃法，不免奇怪，問他為什麼如此。顧愷之回答：「這樣可以漸入佳境（越吃越好吃）。」因為甘蔗的嫩梢味道不太甜，越到老頭就越甜，先從梢頭吃起，可以越吃越覺得甜起來；如果倒轉來，那就會越吃越感到甜而無味了。這是愷之率真的一面。

《世說新語‧巧藝篇》記載說：愷之有一次將自己得意傑作用盒裝好，寄存在桓玄家中。因恐人家開盒取走畫，於是貼了標籤封住盒口。這桓玄是個貪好書畫的人，凡有佳書名畫無不希望盡歸己有，於是暗中揭開盒子的底板，將畫取出，復將底板修好，盒面標籤則原封不動。後來，顧愷之發覺畫已失去，雖然明知是桓玄弄的玄虛，但又不敢揭穿其事，於是說：「妙畫通靈，變化而去，如人之登仙。」由此看來，他這種故作癡獃的表現，不正是他聰明機智的地方嗎？（方時雨，1986：39）

3.王勃腹稿

王勃寫文章有一個怪脾氣，就是寫作從不打草稿，下筆之前，預先磨墨數升，然後飲酒，醉後擁被高臥，醒來時立即揮筆疾書，頃刻成篇，不改一字，當時人稱之為「腹稿」。（鄭惠文，1986：87）

4.李賀騎驢覓詩

中唐詩人中，李賀的詩風是最奇特的一個，同時無論在外貌或性情方面他也是相當奇特脫俗的。他長的異常纖瘦，但清拔而不文弱；通眉，長指爪；寫字特別快，能苦吟；性孤冷，落落不與人和；神經敏銳，多愁善感，看到一石一瓦，幾乎無不為之愁泣。

他受到政治仕途上的嚴重打擊，使他心情萬分愁鬱。他曾說：「我生二十不得意，一新愁謝如枯蘭。」說明一個絕世天才的寂寞悲涼。從此他的生活方式改變了，《新唐書》說：「賀每旦日出，騎弱馬，從小奚奴，背古錦囊。遇所得，書頭囊中，末始先立題然後為詩，如他人牽合課程者，及暮歸，足成之。非大醉弔喪，日率如此。」他受到政治仕途上的嚴重打擊，使他心情萬分愁鬱，每天騎著驢子，教一個小廝背著一個行囊，四處遊山玩水，吟詩作詞。一路上觸景生情寫了一句便往背囊一丟，愈行愈多，觸景愈多，生情也愈多，背囊中積存的詩句也愈多。回家後加以整理，就成了極好的作品。他又精於音律，

所作的樂府詩，教坊裡的樂工都給配上曲譜，叫歌女唱歌。他曾做過奉禮協律郎，但仍是終日騎驢外出尋覓詩句不輟，除了喝醉或是遇到喪事，從不間斷。（鄭惠文，1986：136）

5.茨威格／普拉絲自殺

世界文壇中，一個流亡作家死於異國，由異國政府為他舉行國殤，史蒂芬·茨威格是 20 世紀享有最多讀者、歷經兩次世界大戰、一個慘遭納粹迫害的猶太作家。1942 年 2 月太平洋戰爭正式爆發，茨威格眼見和平已經絕望，決定「以自己的身軀反對戰爭，以自己的生命維護和平」。在來不及看到二次大戰反法西斯主義鬥爭的最後勝利，於 1942 年 2 月 23 日，與妻子一起相擁服藥自殺。（宋國城，2010：81）

希薇亞·普拉絲出生於 1932 年的美國麻省，是美麗與實力兼具的才女；但父親在她仍是小女孩便過世的殘忍事實，使希薇亞因此事自溺於憂鬱，也多次因自殺事件而往返於醫院之間，更因欲治療身心困擾而接受電擊，成為她終其一生難以自拔的傷痛，為她悲劇性的的人生更增添了不安。婚後的她為了扮演好妻子的角色犧牲了自己的文采與未來。但婚姻的失敗給了普拉絲致命的打擊，她決定與先生分居，帶著兩個孩子遷居倫敦，在艱苦中繼續創作。在 1963 年 2 月 11 日，在一個潮濕而寒冷的夜晚，在自宅內吞食煤氣自殺身亡。（宋國城，2010：200）

中國詩人在生活中的節奏是悠閒的，能從不同角度來享受睡眠，從中發現種種樂趣，並形諸於美妙的詩歌，包括睡眠的樂趣，如蘇軾《春夜》詩所說的：「春宵一刻值千金，花有清香月有陰。」（邵毅平，2005：274）。文人在上述所說有許多對物癖好，有人愛書，有人愛錢、有人愛茶、有人愛美女，可見當對某些追求目標鎖缺乏時，寧可選擇轉而充實精神生活。正因為有了這些癖好，有了可以寄託處，所以世俗中的人們不會因文人一時的失意而看不起他們，陰間的鬼神也不會因其潦倒而譏笑他們。（布丁，2000：252）

四、文人癖好與文學創作的關係

王羲之的傳世名作〈蘭亭集序〉創作於晉穆帝永和 9 年（西元 353 年）。這年的暮春 3 月，初渡浙江並有終焉之志的王羲之，參加了在會稽山陰的蘭亭舉行的一次盛大集會。與會者都是當時的風流名士，王羲之飲酒賦詩、縱情盡歡後逸興勃發，當時趁著酒興欣然命筆，用蠶繭紙、鼠鬚筆即席書寫了一篇詩敘。於是中國書法史上的千古絕唱〈蘭亭集序〉便問世了。據記載：王羲之書寫此序時酒酣耳熱、胸無罣礙、心手雙暢、一揮而就，在微醉之中似乎若有神助。其筆底流露出的書法意態，恰如其詩序本身的內容一樣沖淡、空靈、瀟灑、自然。那柔中帶剛、含而不露的線條，那言不盡意，流美俊逸的筆法，有一種迷濛纏綿的永恆，一種得意忘形、超塵拔俗的快慰，又略略帶著一些對人生易老的無奈和淡淡的哀愁。縱觀蘭亭序帖，通篇氣勢貫穿、生機勃勃，用筆剛柔相濟、綿裡裹針，所流露出來的情緒和而不流、哀而不傷，都集中地體現了中國古代傳統的最高審美法則中和之美，而這種美則完全依賴於下筆時所醞釀的那種有意無意之間的創作心態來完成。據說王羲之本人次日酒醒後也對蘭亭書法取得的成功相當驚喜，「他日更書數千百本、終不及此。」原因是以後所書時，過於理智、過於清醒而經意，以致心手不能雙暢，是故難以有成。（趙建玉，1997）

王羲之這篇〈蘭亭集序〉，無論是從文章的本身講，或是自書法而言，都是他傳世的代表作品。這篇文章是他在微醺之際，隨興之所至拿起筆來一揮而就的，可是卻寫得「飄若浮雲，矯若驚龍」，遒媚勁健，有如神助，這或許就是所謂無意求功，而功不可及吧！以後他雖然照樣再寫了幾遍，但終沒有一篇及得上這無意信筆寫來的一篇。（方時雨，1986：9）

　　陶淵明不僅是晉代最偉大的詩人，在整個中國文學史上，也很少有人能夠比得上他所以能有這樣的成就，應該歸功於他率真的性情。他不拘虛偽的禮俗，加上能避開現實的宦海是非（做官雜事多不能靜心寫作），隱遁於田園自然。（鄭惠文，1986：64）如余光中在中山大學任教以來，常覺得沒有適度的閑情來做自己，因為他說退休三年以來，在西子灣仍然教課，要演講、翻譯、備課，這些紛繁的雜物，既不古典。也不浪漫，只是超現實，「超級的現實」而已，不料雜物越來越煩，兼任之重早已超過專任。只是退休後不再開會，真是一大解脫。自己也非常感嘆的道出：「啊不，我不要做什麼三頭六臂、八腳章魚、千手觀音。我只要從從容容做我的余光中。」（余光中，2005：191-199）魏晉之際，權爭激烈，士大夫稍有不慎就會捲入政治勢力的混鬥中，往往會因此覆家喪命。因此，尚怪務虛的竹林七賢，也未必個個都「苟全性命於亂世」，還是有人最終人頭落地。所以好怪佯狂的行狀，確實可以被人目為異類；然而文人的怪異以極大的熱情確立這一文化樣式，成為另一個可供馳騁智慧的領域，可以孕生實用知識的母體，成為精神翱翔的天地，可以聚攏人心的號召，和善惡操行的鏡子。（林在勇：151、179）

　　再來回顧一下李白的詩歌成就：從創作方法來說，李白詩歌的最大特色是浪漫主義。李白繼承並發展了屈原和莊子所開拓的浪漫主義傳統，創造了典型的浪漫主義詩風。李白的詩歌絕大多數是抒情詩，具有強烈的自我表現的主觀色彩。他在詩中很少對自己的生活經歷作具體的詳盡的記述，他所要抒寫的不是具體的生活歷程，而是他對生活的感受、他的理想和愛憎。他並不追求對自然景物的精細刻劃，而是選擇自己感受最深的方面，藉助於比喻、擬人和高度誇張等表現手法，把景物的特徵呈現在讀者眼前，並在景物描繪中鮮明地表現他的性格和思想感情。

　　如〈月下獨酌〉：「間一壺酒，獨酌無相親。舉杯邀明月，對影成三人。月既不解飲，影徒隨我身。暫伴月將影，行樂須及春。我歌月

徘徊，我舞影零亂。醒時同交歡，醉後各分散。永結無情遊，相期邈雲漢。」

又如〈將進酒〉：「君不見黃河之水天上來，奔流到海不復回。君不見高堂明鏡悲白髮，朝如青絲暮成雪。人生得意須盡歡，莫使金樽空對月。天生我材必有用，千金散盡還復來。烹羊宰牛且為樂，會須一飲三百杯。岑夫子，丹丘生，將進酒，君莫停。與君歌一曲，請君為我側耳聽。鐘鼓饌玉不足貴，但願長醉不願醒。古來聖賢皆寂寞，惟有飲者留其名。陳王昔時宴平樂，鬥酒十千恣讙謔。主人何為言少錢，徑須沽取對君酌。五花馬，千金裘，呼兒將出換美酒，與爾同銷萬古愁。」

李白喜歡飲酒，酒可以激發他的創作靈感，也成為他詩歌的意象。古代詩人中寫飲酒詩比較多的，魏晉之際有阮籍、東晉劉宋之際有陶淵明。阮籍的飲酒帶有強烈的苦悶與苦澀，陶淵明的飲酒也在曠達中透露出深沉的苦悶。李白的飲酒表面看來是豪放的，而其深處則是難言的憂愁。對於深感人生路途崎嶇不平的李白來說，酒是解愁的良方，〈將進酒〉一詩充分表現了這種意思。（何美鈴，1986：159、163、170）

又如〈宣州謝朓樓餞別校書叔雲〉：「棄我去者，昨日之日不可留；亂我心者，今日之日多煩憂。長風萬裏送秋雁，對此可以酣高樓。蓬萊文章建安骨，中間小謝又清發；俱懷逸興壯志飛。欲上青天攬明月。抽刀斷水水更流，舉杯消愁愁更愁。人生在世不稱意，明朝散髮弄扁舟。」說和幻想形式，這些表現手法靈活自如地運用，使他的詩歌特別富有詩意，產生激動人心的藝術魅力。在詩歌形式方面，李白最擅長、貢獻最大的是七言歌行（其中多數是樂府詩）。他的許多代表作幾乎都是用這種形式創作的。他的五、七言絕句也有傑出的成就，創作了不少膾炙人口的名篇。他的五絕和王維的五絕，他的七絕和王昌齡的七絕，被後人奉為唐人絕句的典範。對比之下，為唐人所競相製作的近體律詩，李白卻寫得很少。他的五言律詩只有七十多首，七言律

詩更少,只有十二首。李白所以少寫律詩,主要原因是律詩限於格律,難以錯綜開闔、抒寫熱烈奔放的思想感情,塑造雄偉壯闊的藝術形象。

李白在中國文學史上的地位,千餘年來,早有定評。「李杜文章在,光燄萬丈長」(韓愈〈調張籍〉),他和杜甫的詩歌一向被人們看作是古典詩歌的最高典範。歷代的重要詩人,都不同程度地受過李白的影響,從他的詩歌中吸取豐富的營養。(王運熙、李寶均,1991:114)

景佑三年,歐陽修受范仲淹的牽連,被貶夷陵作縣令(今湖北宜昌)。當時任知州的朱慶基是歐陽修的舊友,他在州府東邊為歐陽修建了一所新房。歐陽修把寓居命名為「至喜堂」,取「至而後喜」之意,並作〈夷陵縣至喜堂記〉一文,其中寫道:「夷陵風俗樸野,少盜爭,而令之日食有稻與魚,又有桔柚茶筍四時之味,江山秀美,而邑居繕完,無不可愛。」足見他對茶的喜愛。

歐陽修與北宋詩人梅堯臣相交深厚,兩人都愛品茶,經常在一起品茗賦詩,互相對答,交流品茗感受。一次在品新茶之後,歐陽修賦詩〈嚐新茶呈聖喻〉,寄予梅堯臣,詩中讚美建安龍鳳團茶:「建安三千五百里,京師三月嚐新茶。年窮臘盡春慾動,蟄雷未起驅龍蛇。夜間擊鼓滿山谷,千人助叫聲喊呀。萬木寒凝睡不醒,惟有此樹先萌發。」詩中對烹茶、品茶的器具、人物也有講究:「鞍泉甘器潔天色好,坐是揀擇客亦嘉。」可見歐陽修認為品茶需水甘、器潔、天氣好以及共同品茶的客人也要投緣,再加上新茶,才可達到品茶的高境界。梅堯臣在回應歐陽修的詩中稱讚他對茶品的鑑賞力:「歐陽翰林最識別,品第高下無欹斜」。(曉晨,2005)

在關漢卿的作品中,我們可以看出一個投身戲劇工作者風流的形象,但是整日在脂粉堆裡打滾,在劇場工作,也豐富了他的社會見識,使他能洞察人生百態,因此在他筆下出現的人物,無一不生動,反映了當時的真實情況,同時廣泛的反映出了元代政治的黑暗混亂以及社會的不合理現象,使雜劇充滿感人至深的藝術力量。(鄭惠文,1986:193)

　　袁枚論詩，反對模擬雕琢而主性靈，他認為詩是表現性情的，因此作詩不可以無我，無我的詩只是抄襲別人的作品，缺乏真實情感與個性的表現，所以他認為詩只是各人性情的自然流露，無所謂唐宋。他的這種主張正是承繼晚明公安派袁宏道等人的浪漫文學思潮。（鄭惠文，1986：216）

　　倪雲林生前是以詩著名的，但後代卻推崇他的畫，成為元畫的代表人物。明王世貞《藝苑卮言》說：「宋人易摹，元人猶可學，獨元鎮不可學也。」他那蘊含著深情厚意的皺紋點子，單憑功力是不易摹擬得來的。（方時雨，1986：91）

　　茨威格就像是一隻展著受傷羽翼而長途飛行的野鴿，帶著和平與人道的信箋，在始終尋覓不到落腳之地而力竭墜地，但是他即使在絕望於個人前途時，還是念念不忘人類的未來。在來不及寫完的長篇遺稿〈青雲無路〉（又譯為〈醉心於變形〉、〈富貴夢〉）中說道：「人和動物相比，唯一的優越之處在他什麼時候想死就可以去死，不只是到了非死不可的時候才死。這也是人的一生偷不去的、搶不走的、一直可以享用的、唯一的一點點自由吧，這就是毀滅生命的自由。」

　　茨威格出身於藝術氣氛濃郁、生活溫文儒雅的維也納，終身維持一種「維也納情調」，一種厭惡政治軍事，崇尚精神享受，唯藝術至上的文化風格；一種既喜愛模仿貴族身段，但也不吝於對貧窮弱小付出關心憐憫的行事態度。（宋國城，2010：82）

　　在文學創作上，茨威格基本上繼承了從亨利‧菲爾丁（Henry Fiekding，1707～1754）以來的文學傳統，這種傳統強調尊重自然的本性，致力於揭發醜惡和虛偽，重視對「人物性格」的刻畫，反映人的自然本性。然而，茨威格又受到當時處於非主流地位的佛洛伊德「深層心理學」的影響，這種觀點強調從人的內心世界，包括欲望、性本能、創傷、壓抑、替代、轉移、模仿等等心理現象，來反映外部現實。（宋國城，2010：89）

西方俗諺說：「在隧道盡頭總有光明再現」（there is always a light at the end of the tunnel）。1963 年的《鐘形罩》（The Bell Jar，另譯為《瓶中美人》）寫於普拉絲自殺前三個星期，不僅風靡當時的歐美文壇，並且被視為美國文學史上女性悲情抗議的指標性著作。小說第一部分描寫女大學生艾斯特・格林伍德（Esther Greenwood）在紐約的生命經歷到返回故鄉波士頓；第二部分描寫艾斯特對故鄉傳統生活的厭惡、精神崩潰和自殺經歷；第三部分描寫艾斯特接受精神治療、等待復原。

小說取名《鐘形罩》，本是指醫院中存放胎兒標本的罐子，這些胎兒通常是因為母親吸毒或嗑藥或基因突變，而導致畸型早死。因此，「鐘形罩」是一個具有驚懼與死亡的象徵，透過罐中的死體標本，象徵人生的夭折、窒息、束縛、變形。對普拉絲而言，「人就像困在罐中的嬰兒，一絲不掛、面無表情；這個世界就像那裝滿福馬林液體、寒酸發中的鐘形罐子，就像一場噩夢」。（宋國城，2010：208）

五、相關成果在語文教育上的應用途徑

中國的書法是一種特有的藝術，但到了王羲之的手上，才達到登峰造極的階段。在書法上他與三國的鍾繇同被稱為南山派的開山祖。他的書法是天才加上苦練的工夫。他傳授後人一種學習楷書的方法，是教人從「永」自練習開始，因為「永」字包括了八種筆法，任何中國字都離不了這八種筆法的範圍。直到現在，研究書法的人，還是照著這種方法來練習的。（方時雨，1986：14）王羲之永字八法基本書寫方式，一直深深的影響到現代的中國人，那是書法的基本功，非常重要的一環。元代大畫家倪雲林在他的某首詩中說：「從來書畫貴士氣，經史內蘊外乃滋。若非拄腹有萬卷，求脫匠氣焉能辭？」假如無知無識，書畫將難脫俗氣。要寫出好字，首先要有高尚的人格。而人格的

修煉，主要又在於心靈的淨化，胸襟曠達，超然物外，視功名、權勢、富貴為身外之物，以虛靜之心反璞歸真。（布丁，2000：103）

　　有一種表面以隱逸為名而實際是要用世的刻意遁世，它就不忌諱把自己藏匿起來，而有了所謂的反向操作的身體／權力模式。嚴格來說，只有在氣化觀型文化傳統中才會發生刻意遁世的現象；創造觀型文化中所見的「隱修」或「崇尚自然」以及緣起觀型文化中所見的「瑜珈行」或「避世修鍊」等等都搆不上這種別有目的的隱逸方式。氣化觀型文化中的人只能關注人際關係的情況下，必有得志和不得志兩種型態；不得志時如果不明哲保身就會給自己惹來許多麻煩。而明哲保身除了以自導性的癲狂「隱於市朝」，事實上還有刻意遁世的一個途徑。這種刻意遁世可以是「真隱」，也可以是「假隱」。前者（指真隱）是為了消遙自適，純屬一種倫理的抉擇；後者（指假隱）則是意有所屬，已經過渡到政治場域而為反向操作的身體／權力模式的一個環節。（周慶華，2005：176）如最為人所熟悉五柳先生陶潛：「陶潛……以親老家貧，起為州祭酒，不堪吏職，少日自解歸。州召主簿，不就，躬耕自資，遂抱羸疾。復為鎮軍、建威參軍，謂親朋曰：『聊欲絃歌，以為三徑之資可乎？』執事者聞之，以為彭澤令。在縣公田悉令種秫穀，曰：『令吾常醉於酒足矣。』妻子固請種，乃使一頃五十畝種秫，五十畝種秔。素簡貴，不私事上官。郡遣督郵至縣，吏白應束帶見之，潛嘆曰：『吾不能為五斗米折腰，拳拳事鄉裏小人邪！』義熙二年，解印去縣，乃賦〈歸去來辭〉。」（《晉書·隱逸傳》）

　　既然自絕官宦生涯（大多隱姓埋名），那麼他們也就不可能「委屈求全」再來一次相關的塵念（雖然在他們的骨子裡也不會缺少「希望有更多人一起出世」的弱式權力慾求）。（周慶華，2005：179）

　　所以「飲酒賦詩」是陶淵明生活的寫照。酒與陶淵明已結下不解之緣，不只生活中不能沒有酒，詩中也是酒氣薰人。據統計，在其一百二十六首詩之中，與飲酒有關的文字，有「酒」、「醪」、「酤」、「醉」、「醇」、「飲」、「斟」、「酌」、「餞」、「酤」、「壺」、「觴」、「杯」、「罍」

等，總共出現九十幾次，其中「酒」字有三十二次。所標詩題與飲酒有關的也不少，計有〈連雨獨飲〉一首、〈飲酒〉二十首、〈述酒〉一首、〈止酒〉一首，約佔全集五分之一。這純是嗜酒而詠酒嗎？怕也不然。蕭統〈陶淵明集序〉說：「有疑陶淵明之詩，篇篇有酒；吾觀其意不在酒，亦寄酒為跡也。」應是知言之論。（朱恪超，1991：59）

詩人的隱居，本是不得已的，但他眼見當時官場充滿了虛偽和貪婪，才能出眾、秉公正直之士不但受到誹謗，而且常常橫遭不測。詩人不願意、也不善於在這樣汙濁的宦海中浮沉。他對這種不合理的現實感到悲憤、困惑，但根本無力去改變它。逃避到田園中去。雖然比較清苦，但尋得了心靈的相對自由。他把歸隱視為生命的寄託與歸宿，因此才把田園生活寫得那樣平和、淳樸、美好。陶淵明歸隱了，但並不可能全然脫離現實，他的思想感情和作品仍然受著時代、社會的制約。這種心情，在組詩〈飲酒〉、〈雜詩〉等作品中多有表現。（林世禎，1994：251）

在唐代詩人中，對李白最為佩服的，當推杜甫。杜甫與李白交情深厚，曾經寫了不少關於李白的詩篇，從這些詩篇中，可看出杜甫對李白的佩服之情：〈不見近無李白消息〉：「不見李生久，佯狂真可哀。世人皆欲殺，吾意獨憐才。敏捷詩千首，飄零酒一杯。匡山讀書處，頭白好歸來。」〈杜甫──飲中八仙歌〉：「李白一鬥詩百篇，長安市上酒家眠；天子呼來不上船，自稱臣是酒中仙。」這都虛假不來。（何美鈴，1986：195）

李白是「狂傲」的謫仙人，曾恃寵辱及高力士，也為此得罪不少人（所以說「世人皆欲殺」），杜甫只是以一個知交的角色說出他對李白的看法，認為他並非真的狂傲，而只是一種文人有志難伸的佯狂罷了。

關漢卿的作品《感天動地竇娥冤》，提及當時社會陷入黑暗之中，善良的老百姓過著悲慘的生活，婦女們被凌虐更達到慘不堪言的程度。為了揭露黑暗，明辨是非，在當時來說，可以寓宣教於娛樂之中的，就莫如戲曲了。關漢卿不是苟且圖生之流，「是簡蒸不爛、煮不熟、

捶不扁、炒不爆、響噹噹一粒銅豌豆」（〈不伏老〉）。在他創作的戲曲汪洋大海裡，喚庸愚、警懦頑之心，昭然若揭。這就是關漢卿所以從事戲曲活動的主要原因。

多才多藝的關漢卿投身到戲曲道路上，就以全副精力展開活動，在戲曲活動中是個非常活躍的人物。他在一段自白式的〈南呂一枝花〉曲詞裡表示：

> 我玩的是梁園月，飲的是東京酒，賞的是洛陽花，攀的是章臺柳。我也會吟詩，會篆籀，會彈絲，會品竹。我也會唱鷓鴣，舞垂手，會打圍，會蹴踘，會圍棋，會雙陸。你便是落了我牙，歪了我口，瘸了我腿，折了我手，天賜與我這幾般兒歹症候，尚兀自不肯休。則除是閻王親自喚，神鬼自來勾，三魂歸地府，七魄喪冥幽。天哪，那其間才不向這煙花路兒上走！

關漢卿的創作力極為充沛，是個古今中外罕見的多產作家，在雨後春筍般的元代著名戲曲家所寫的全部優秀劇作五百多種中，關漢卿的作品佔了六十種以上，比英國大戲劇家莎士比亞所作，幾乎多出一倍。現存下來的有十六種。

關漢卿的創作態度是非常客觀的，真實的反映了當時的社會情況。這些作品，氣魄是雄大的，結構是嚴謹的，藝術手法是高明的，文字語言是雅俗共賞的。所以明人韓邦奇把他比作文章中的司馬遷，近人王國維把他比作詩歌中的白樂天。（丁志堅，1967：84）

自導性的癲狂在反向操作的身體／權力模式中仍有它的一定的地位和功能。得從「癲狂」這關鍵詞談起：癲狂是瘋癲癡狂的簡稱，它被視為一種「大腦機能活動紊亂，導致認識情感、行為和意志等心裡活動發生嚴重」的精神疾病。（陳國強主編，2002：182）而從人類學和社會學的角度看，「某些精神疾病人可以視為拒絕現存的社會組織，對具有標準化團體價值的社會事物持不同看法者，他們似乎站在他們

『自我的文化立場』上另有一套獨特的觀念系統；他們跟普通人的差別是巨大而激烈的，因而被後者視為精神分裂患者。」傅柯認為癲狂應該是唯一種文化建構物而不是一種自然事實，並不是疾病和治療的問題，而是自由和控制、智識和權力等問題。(傅柯，1998) 這種巧為偽飾的「佯狂」或「裝瘋」的特殊行為，表面上跟實際可能的癲狂沒有什麼不同，但骨子裡卻是別有用心而彼此大相逕庭。(周慶華，2005：148、146)

「自導性癲狂」，它的反向操作的身體／權力模式是一個近於「哀兵」姿態的。在這種「欲得先怯」或「欲伸先屈」的佯狂或裝瘋過程中，當世人仍然是以「精神上優勢」自居的；只是它的代價太過「昂貴」，稍有差池可能就會「人」「權」兩失。也就是說，(假如) 它在西方很容易就會遭到「誤判」而被強行關進精神病院 (療養院) 接受「治療」；而在東方傳統中國也不見得可以「撈到好處」。(周慶華，2005：152) 像古代文人這樣經常裝瘋賣傻，以免卻當政者疑心，可以說是處世有道；而它的反向操作已取得影響力或支配力作用的機會也強過他人 (至少他所得自主人的賞識和恩賜就遠比別人深厚)。以中西傳統的情況為例，西方人受創造觀影響，基本上不會認可癲狂的「正當性」(不論實際的癲狂被當作是因為惡魔作祟或體液失調或妄想引發。) 自然也不可能自導癲狂來「自取其辱」或「常陷險境」，以至自導性的癲狂種種反向操作的策略就會受到社會主體和文化主體有意無意的壓抑而不及中國人那樣可以「自任其行」。中國人信守氣化觀本身就有「氣」的柔度和彈性的體驗 (實際上如果有癲狂的行為，那也不過是稟氣「駁雜」或但以精氣存在的鬼神「捉弄」所致而已，根本毋須大驚小怪)，而自導性的癲狂既然是一種不得已的「哀兵」策略，那麼容許它並且給予必要的「發展」空間，也就是一件特能體諒有志難伸者苦哀的美事。(周慶華，2005：154、155)

受到佛洛依德的影響，茨威格的鍊條小說都是以探討人的內心世界為主題，以人的情感世界的幽邃糾結、情欲之海的波濤起浮、道德

徬徨下的迷失和怯弱為形象意識。在他筆下，欲望與激情，一種企圖擺脫社會枷鎖和道德的壓抑而尋求主體自由的解放，一直是茨威格筆下對人性觀照的聚焦點。然而，茨威格對於他筆下的人物，總是採取「男性／罪的救贖」和「女性／愛的昇華」這種寬厚的模式。負情和背叛的男性，總逃不開良心的追討，悲慘和絕望的女性，總是以最徹底的犧牲來反照人性的光輝。再怎麼罪惡的人也有贖罪的機會，再怎麼墮落的人也會在最後時刻發出道德醒悟的微光。在某種意義下，「善無可善終」的思想是茨威格對那個「由樂轉悲」的歐洲社會的深沉透視，這導致了茨威格筆下至善至良的人物，無不充滿著執善的孤獨、壓抑的激情、痛苦的絕望，他們在黑暗的社會中找不到出路，他們喚不醒身邊執迷不誤的人，躲不開少數狂人主宰歷史的乖離命運，因為個人高尚的品德永遠挽救不了這個重病不起的社會，只能在自求超越的形上理念中無盡的流亡。（宋國城，2010：90、114）

相較於任何其他死亡方式，自殺更能顯示主體的自覺與意志，反應出人對自然規律或社會際遇的抗爭與反判，普拉絲也許從未真正尋死——永遠的告別。然而，藝術家自殺具有一種實現、模仿、投身於自己書寫的想像世界的傾向。藝術家不同於常人，它們會把自己的生命獻給自己的作品。

多次「成功的自殺」（或者說「自殺未遂」），對普拉絲而言好像是一種「詩隱」（poetic addiction），透過對詩的沉溺語癡醉，普拉絲用它來與生命歷程的各種絕望進行影舞式的搏鬥。例如在描寫自己死亡經驗的絕命詩〈邊緣〉（Edge）中，普拉絲以身體分裂、人影分離的方式，跳出了垂死的自己，宛如是深情款意的觀賞他人的死亡，但她又隨即人影重合地進入了自己，進入自己的作品，與自己的死亡融合為一。對許多藝術家來說，這種融合帶來了紓放和解脫，一種為美的清涼。普拉絲以她有限生命中，以極其強烈而鮮明的藝術形式探索死亡體驗。（宋國城，2010：202、227）

如果不是基於特殊的理由，自虐行為的出現也是不可想像的。表面上是一種自虐待或自我褻瀆的「心理自殘」或「生理自傷」，實際上則是別有目的而可以同歸在反向操作的身體／權力模式裡。自導性的癲狂到某種程度雖然多少都會涉及自殘或自傷。（周慶華，2005：157）史蒂兒在《戀物癖》中就舉了很多案例，證明這個世界上就是喜歡束腹、鐵鍊、穿洞、火烙、捆綁，這更有助於驚人的藝術創作。（同上，159、162）

還有當人可以用武力來造成高度壓迫的影響或支配優勢時，已經註定了還會衍生出一個「破壞」的反向操作的身體權力模式。主要是武力的手段是明顯的而破壞的手段卻可比是隱藏的。破壞，基本上是一種脫序的行為；而脫序的行為一向被認為是有相當程度的「不由自主」性。脫序是因為缺少了適當的社會和道德的管理所造成的結果，而且還可能造成一些沮喪、異常的狀態出現、在一些極端案例中，甚至會導致自殺或殺人。（同上，167、168）有關文化主體居中協調藉使的問題，可從莫頓認為新教倫理有如下三條原則：（一）鼓勵人們去頌揚上帝，頌揚上帝的偉大是每個上帝臣民的職責；（二）讚頌上帝的最好途徑，或者是研究或認識自然，或者是為社會謀福利，而運用科學技術可以創造更多的物質財富，所以大多數人應該去從事科學技術和對社會有益的職業；（三）提倡過儉樸的生活和辛勤勞動，每個人都應該辛勤工作，為社會謀福利，以這一點感謝上帝的恩德。（潘世墨等，1995：114）新教徒所以要這類的現世成就，一方面是想藉它來尋求救贖（冀望可以獲得上帝的優先接納而重回天堂）；一方面則是想展現自己的本事而媲美上帝的風采，像這種行為也只在創造觀型文化中才會滋生蔓延。（周慶華，2005：174、175）

從前面所述許多文人的種種癖好來看，可進一步從中探討作品的特殊或值得玩味處。有一些文人對某一些器物特別有興趣，如王羲之愛鵝成癖，就是一例。當他沉浸在其中時，可從中體會出書寫手法的韻致，進一步對自己的作品能有更高一層的領悟。後代人們在玩味他

們的作品時，如果不明白其中緣由，及這些文人不為人知的癖好，就看不出為何他們的作品產出是如此的驚人且富有想像空間，不僅是一般人所達不到的境界，後人也是無人可出其左右。又如陶淵明和李白，在我們看來他們和酒是畫上等號，但探究原因，也正是因為有酒、愛酒、嗜酒、無酒不歡、無酒就沒辦法寫出如此撼動的感人作品，更是可以讓我們從中領略到這些偉大創作的背後動機是正面的。癖好本來並沒有對與不對，而從不同的面向去看待，更可以啟發我們多向思考。每個人多少都有不為人知的癖好，只是很可惜沒有好好的利用這些癖好；它是人類心靈創造未來的一部分，是特殊且又與眾不同的，無法仿傚，因為那是靈感的來源。但不同的癖好所帶來的靈感每個人的感受性也都不同，所以這樣的特殊方式也可成為後代人們自我培養的一種模式。任何人都有癖，癖無不當，如能為己所善用，定有源源不絕的創作，也是另一種文學創作的途徑。靈感能打破人的常規思路，為人類創造性思維活動忽然開闢一個新境界。（陶伯華、朱亞燕，1993：4）而靈感從何而來？「靈感」最早是文藝、美學理論中的一個專有名詞。原只表示文藝創作中一種特殊的精神現象，以後才被廣泛運用於科學研究等創造性領域。（同上，155）可見沒有一定的規則可循，不請自來，有時就是刮腸搜肚也無法創作出來。但是對於靈感是可以培養的，所以文人才會出現各種特殊癖好，作品於焉產生。如陶潛在詩中寫道：「有酒有酒，閑飲東窗。」而酒仙李白的詩寫：「三杯通大道，一鬥合自然。但得酒中趣，勿為醒者傳。」不同身世、不同經歷、不同志向者，對酒中趣的感受和理解是不同的。（布丁，2000：184）即使是一樣的嗜好，在人們心中所激發出的創作種子是不相同的。又如愛書癖的袁枚，在其著名〈遣興〉詩中道出詩人主觀「靈性」對捕捉、領悟、點化感性物象的決定作用：「但肯尋詩便有詩，靈犀一點是吾師，夕陽芳草尋常物，解用都為絕妙詞。」（陶伯華、朱亞燕，1993：45）便是肯定主觀意識的「靈」與客觀的「物」（可解為對一些事物的特別有興趣），兩樣相互影響作用著，因此使這些文人可以有源源不斷的靈

感。換個角度想，一般人是否也能如古人多培養自己的癖好或愛好，將這些特殊癖好運用在語文創作上？

創作看似是你自己與筆之間的關係，或許偶爾會覺得孤單，但其實是豐沛生命的陣陣脈動，以有規則的韻律在紙上躍動著。在進入創作的歷程中，你會發現你與你自己原來可以輕易的一分為二，可以抽離出來看自己，所以創作是一種與心靈深深對談的渴望。

六、結語

在袁枚的諸種癖好中，他自以為「與群好敵而書勝」。理由是：「色宜少年，食宜飢，有宜同志，遊宜晴明，宮室花石古玩宜初購；過是則少味矣。書之為物，少壯老病、飢寒風雨無勿宜也，而其事又無盡，故勝也。」如此說來，袁枚終身不改之癖不是對書的愛好；他是名符其實的書癖，別的種種「癖好」其實只是某一段人生階段的興趣而已。（揚帆、陳文新，1995：73）意指一個人如果沒有癖好，則表示待人接物沒有感情；清人張潮也在《幽夢影》一書中寫道：「喬木不可以無藤蘿，人不可以無癖。」在他看來，人與癖就和山與水的關係類似，意指人們心目中的世界是否鮮活靈動。

宋朝開國宰相趙普對《論語》嗜之成癖，每當他有重大問題時，便取出《論語》苦讀一番，就能解決。從癖好的角度論述，每當趙普讀起《論語》，心緒及思路便隨之平靜、清晰，問題也就迎刃而解了。由此可見，趙普讀《論語》未必獲得什麼解決問題的技巧，但透過這一項癖好。卻能時時獲得一份好心情。（孫凱欣，2008）

癖好是情趣的表現，讓閒暇變得豐富、生命變得深刻，明朝不少文人墨客都有繪春宮畫的癖好。例如明代中期的吳門畫派代表人物唐伯虎、仇英都是當時有名的繪畫者，而當時人也以擁有春畫、看春宮畫為榮。文化大學史學系副教授周健表示：「古人的癖好千奇百怪，有

些甚至還很變態,像竹林七賢之一的劉伶喜歡醉酒裸奔。雖然許多古人多有怪癖好,但人都有雙面,不能輕易就對一個人蓋棺論定。」(孫凱欣,2008)癖有如金錢,本身無善惡,修身也好、喪國也罷,全看人們將它擺放在生活中什麼位置。成與敗,關鍵在於自己,有節制的癖好不是負擔,反而應大力提倡,一旦偏離了「於己有益,於人無害」原則的癖好,帶來的就是苦痛甚至災難。

因為在中國人際關係中,受氣化觀型文化的影響,氣是無形的,無法分你我,是混沌的,非線性的,不可隨意強出鋒頭,不居功,更不可能刻意彰顯自己的功勞,不可與其他人表現的不一樣。所以這些行為正是文人處世求知的雅興和聰明之處,他們憑藉著這些行為來脫俗,從難斷的對君王天下事、生前生後名的世俗之念中暫時擺脫出來,以馳騁想像、神遊古今、超脫功利的雅癖閑情作為人生的另一種寄託,取得人格理想的平衡和精神的平衡。(布丁,2000:254)

在本文中提示了許多文人不同的癖好面貌及類型,看出文人在文學創作上有一定的關係存在,是政治壓迫還是社會因素都有可能,使得文人須投向得以寄情的事物上。

在文人癖好與文學創作的關係,是不可用一般世俗的規範道德來約束他們,應該給予文人們更多的自由空間,給予創作的國度,雖在人們眼中是種另類印象,但對文學上的貢獻有不可抹滅的一頁。可以保留多一點彈性空間來對待那種看似不正常、離經叛道的行為。每個人有自己的觀點與立場,不能說和自己不同就是怪。有創作才能的人,作品並不會直接不請自來。語文創作是漫長的道路,我們要有一定的包容力,不能因此扼殺其才華,要讓文人的癖好得以發洩。

在最後藉文人種種癖好祈使能夠激發學生們不同的火花,讓他們更有想像力、創造力,用不同的角度來看待事物。在教學內容上透過豐富生動的文字語言,讓學生培養多元的學習面向,也懂得在學習中尋找樂趣。最後期待在繁瑣的教育工作當中,且讓我們還能保有心靈的能量,用教學的魔法,召喚每一顆充滿可能性的文學種子;而在未

來也期待這文人們一段段的怪癖史可以看成是人類的一部文學瘋狂史，並從影響後代文學家們的身上及重要地位，可以找出人類創作的脈絡，並重新建構文學在發展史上的創作歷程。

參考文獻

丁志堅（1967），《中國十大戲劇家》，臺北：順風。

大師（2006），〈李白的酒中世界〉，網址：http://tw.knowledge.yahoo.com/question/question?qid=1406012400007，檢索日期：2010.03.03。

山中人（2010），〈唐伯虎點秋香是真還是假〉，網址：http://lsw1230795.mysinablog.com/index.php?op=ViewArticle&articleId=2196999，檢索日期：2010.03.15。

王序（1974），《中國文學家小傳》，臺北：河洛。

王運熙、李寶均（1991），《中國古典文學基本知識叢書：李白》，臺北：萬卷樓。

方時雨（1986），《中國文學藝術家傳記：中國藝術家故事》，臺北：莊嚴。

布丁（2000），《文人情趣的智慧》，臺北：林鬱。

朱恪超（1991），《古今巧聯妙對趣話》，臺北：雲龍。

何美鈴（1986），《中國文學藝術家傳記：曠世謫仙李太白》，臺北：莊嚴。

杜寶元（1992），《晉書》，臺北：錦繡。

餘光中（2005），《余光中幽默文選》，臺北：天下遠見。

宋國誠（2010），《天國的崩落》，臺北：唐山。

林世禎（1994），《古典文學三百題》，臺北：建宏。

林在勇（2005），《怪異：神乎其神的智慧》，臺北：新潮社。

邵毅平（2005），《詩歌：智慧的水珠》，臺北：新潮社。

周慶華（2004），《語文研究法》，臺北：洪葉。

周慶華（2005），《身體權力學》，臺北：弘智。

姜伯純（1986），《竹林七賢》，臺北：莊嚴。

徐昌才（2005），〈古典瞬間：杜牧的風流艷詩〉，網址：http://paper.wenweipo.com/2005/09/07/WH0509070003.htm，檢索日期：2010.03.27。

孫凱欣（2008），〈古代文人詩癖：癖到極致品自高〉，網址：http://www.peopo.org/pccujou/post/25326，檢索日期：2010.04.02。

張振華（1993），《雋思妙寓的智慧》，臺北：潮社。

陶伯華、朱亞燕（1993），《靈感學引論》，臺南：復漢。

揚帆，陳文新（1995），《袁枚的人生哲學》，臺北：揚智。

趙建玉（1997），〈妙在有意無意之間從王羲之「蘭亭序」的創作成因管窺書法創作時的心態〉，《天水師專學報》第 4 期第 17 卷，6-14。

潘世墨等（1995），《現代社會中的科學》，臺北：淑馨。

蔣武雄（2009），〈中國古人的生活──以洗澡、睡覺、夜市為例〉，《東吳大學人文社會學院第 26 屆系際學術討會》，2-8，臺北：東吳大學。

鄭惠文（1986），《中國文學藝術家傳記：中國文學家故事》，臺北：莊嚴。

曉晨（2005），〈文人茶趣：歐陽修的茶詩茶文〉，網址：http://www.epochtimes.com/b5/5/11/3/n1106471.htm，檢索日期：2010.03.17。

饒宗頤（1969），《世說新語校箋》，臺北：臺灣時代。

現代圖象詩的音樂性

江依錚

國立臺東大學語文教育研究所

摘　要

　　探討現代詩中關於圖象詩的音樂性，包含文字與符號所組成的圖象其所代表的意涵，與其中所涵蓋的節奏、旋律以及整體的音樂性，跳脫以往研究圖象詩的意象表徵，而是找到另一個不同的方式去連結圖象詩中的情緒與內容起伏。

　　關於圖象詩的研究，學者多半討論其圖象的表徵與意象的研究，對於其文字的音樂性較沒有提及，而詩的結構中存在著時空性，本研究將由現代圖象詩的圖象技巧開始分析，再從文字的排列與組合當中找到其節奏與旋律，再藉由節奏與旋律的研究，找出其整體的音樂美感。

關鍵詞：現代詩、圖象詩、音樂性

一、前言

「圖象詩」又稱「具象詩」（Concrete Poetry），指的是利用漢字的圖象特性與建築特性，將文字加以排列，以達到圖形寫貌的具象作用，或藉此進行暗示、象徵的詩學活動的詩。（丁旭輝，2000：1）漢字為單音獨體的文字，利用這樣的特性，可以進行任何形貌的搭配組合；中國文字本身的圖象基因與建築特性，可以讓其圖象表現無阻礙的呈現，組合排列出來的圖象詩。簡單的說，也就是林燿德所定義的：「利用文字記號系統的具象化表現形式。」（林燿德，1988：45）圖象詩的發展，使得利用文字排列以模仿實物或藉以進行暗示、象徵的詩學活動的技巧滲透到其他類型的詩歌寫作中。

圖象詩給人的印象，是由文字或是符號排列而成，作者使用文字與符號結構圖像，讓讀者除了閱讀其文字外，在欣賞文字排列與符號組成時，可以更具象的理解詩的內涵。自古以來就有圖象詩的產出，如迴文詩、寶塔詩等，作者由文字的堆砌與圖象的構思出發，希望能將詩的語言用另一種具體的方式產出，以圖象帶動讀者閱讀文字的深刻性。本研究旨在探討臺灣現代詩中，其圖象詩的音樂感受，以不同的角度去探討圖象詩展現意象之餘所流露出的節奏、旋律等音樂性。

關於圖象詩的研究，學者多半討論其圖象的表徵與意象的研究，對於其文字的音樂性較沒有提及，而詩的結構中存在著時空性。本研究將由現代圖象詩的圖象技巧開始分析，再從文字的排列與組合當中找到其節奏與旋律（節奏指的是文字的排列，旋律指的是文字所創造出來高低起伏的美感），再藉由節奏與旋律的研究找出其整體的音樂性。

　　人們往往根據時空關係將藝術分為三種類型：一種是時間藝術，包括詩歌、文學和音樂；一種是空間藝術，包括繪畫、雕刻和建築；一種是時間和空間相結合的藝術，主要有戲劇和舞蹈。(王次炤，1997：109) 而音樂是一種流動的建築，在建構圖象詩的過程中，音樂可以代表其情緒、起伏、思考過程等。本研究的目的旨在找出圖像詩的音樂技巧。文字的排列是生硬的，文字與文字的組合間似乎有一種特別的情緒從中流過，這便是其節奏或是旋律，要怎麼去歸納、整理，很值得深思索味。音樂與語言雖然有不同的表現特徵，但它們在內容的構成方面仍然有某種一致性。

　　現今網路發達，網路上有許多圖片排列而成的詩作，或是雜入聲光、繪畫、影像等的「視覺詩」。這些「視覺詩」強調了視覺符號的精采書寫，已非純粹的詩了，這樣子的詩作暫不在此研究範圍內。如楚戈的界說：「圖畫詩是把詩用文字排成圖畫的形式，視覺詩則是圖畫詩的擴大，完全用視覺效果來表達詩意。」(楚戈，1984：14) 藉此我們可以定義，如果文字的意義不存在，就無法理解成「詩」。「文字的意義」是否存在，可以作為「視覺詩」是否為「詩」的判斷依據。本研究的重點擺在使用了文字語言於其中的詩，運用了圖象技巧在創作上，發展出來的文字具有圖象意義的圖象詩。

二、研究方法

　　確定了研究的目標後，就要找到適合的研究方法。圖象詩與現代詩最大的不同，在於其文字與符號的排列，有某些特殊的意義，使用哪個文字，代表哪些情緒起伏，都有其特別的配置。有鑑於此，要探討其中的差異與組合手法，用結構主義的方法、符號學方法與美學方法去整理它，極力使其完備。

（一）結構主義方法

　　結構主義方法是從整體出發對語文現象或以語文形式存在的事物進行結構研究的方法。它又可以分為非發生學結構主義方法和發生學結構主義方法。（周慶華，2004：55）結構主義在解讀文本的時候，並非使用一個其所經驗過的語文現象或是語文形式存在的本質，去理解文本當中所存在的內在結構，它是一種理性的給予觀念與概念，讓我們透過先驗的概念或是模式去理解文本，組合成圖象詩的結構，彼此之間是有相關聯的。要把整首詩看成同一個結構或是組合模式，才能夠去深刻理解到圖象詩的相互聯繫性與整體結構。整體大於部分，那麼相互聯繫的整體所具有的意義並不能從個別成分中找到，因此它的關係也比單獨的關係項更為重要。

　　聯繫整個圖象詩的結構，不能只單單從部分去看全部，而是要從整體結構，去理解圖象詩要帶給讀者的想法與意念，再輔以部分角度去理解作者如何選用這方面的材料去建築圖象詩。倘若單以個別成分去看待解讀，會破壞其中的相互聯繫關係，也未必能從中找到合宜的連結並予以理解。對於解讀圖象詩時，運用結構主義的角度去剖析，也可以使文字語言的理解更加完備。

（二）符號學方法

　　符號學方法，是研究符號的方法。關於圖象詩，許多組合詩的素材，除了文字，往往輔以不同的符號排列，使整個詩作富含創意。有時符號更能夠代表文字，可以更具象的表達思想。符號的類型，包括一般符號和語言符號；而一般符號，又包括自然物的表像以及人為的記號等等。符號學方法要研究的是該符號的本質及其發展變化規律，還有該符號的意義以及該符號和人類多種活動之間的關係等等。（周慶華，2004：61）

符號是心理、社會、歷史文化等機制綜合作用下的產物，沒有一定的性質，也沒有絕對的客觀性，最多只有相互主觀性。（周慶華，2004：67）透過符號學的解讀，可以從另一個面向去發掘圖象詩的美感；除了從整個結構去看待，也能夠從符號的精心挑選與排列之中，看出作者的巧妙安排。

透過符號學方法的角度去研究，也可以歸納出文字外顯的符號性與其在圖象詩中發揮的建築特性。倘若單就符號而言，是無法完整或壯觀的表現出某些思維，但倘若配合詩的語言與作者的巧思安排，去思索文字與符號的最大延展性，就能夠理解運用符號所排列出的節奏性與音樂感受。

（三）美學方法

美學方法是用來評估文學現象或以語文形式存在的事物所具有的美感成分（價值）的方法。（周慶華，2004：132）文學即為一種藝術，透過美學方法來評估文學現象，會讓文學的美感浮現。由於語文成品凡是藝術化後「都具備一定的形式；這一定的形式的構成，一般稱它為美的形式。由於不是一切的形式都是美的形式，而是符合某種的條件的形式才是美的形式，所以對這一美的條件的探討就屬於美學的範圍。」（周慶華，2004：135）符合美的形式的詩作，再去探討其中的規模，歸納出來的有：優美、崇高、悲壯、滑稽、怪誕、諧擬、拼貼等。

優美指的是形式的結構和諧、圓滿，大多數的文學作品都可以使讀者產生如此的美感；崇高指形式結構龐大、變化劇烈，文字的經營會使讀者情緒沸騰、飛揚；悲壯指形式的結構包含有正面或英雄性格的人物遭到不應有卻又無法擺脫的失敗、死亡或痛苦，可以激起人的憐憫和恐懼等情緒；滑稽指形式的結構含有違背常理或矛盾衝突的事物，可以引起人的喜悅和發笑；怪誕，指形式的結構盡是異質性事物

的拼置，可以使人產生荒誕不經、光怪陸離的感覺；諧擬指形式的結構顯出諧趣模擬的特色，讓人感覺到顛倒錯亂；拼貼，指形式的結構在於表露高度拼湊異質材料的本事。（周慶華，2004：138）

　　現代詩的寫作模式，大多為前現代的寫作手法，作品多半會讓人產生崇高或悲壯之感；但諧擬與拼貼的後現代境界，也慢慢的被開發。大抵圖象詩的美感，除了會帶給人崇高與悲壯的美學感受，加入大量的文字拼貼與遊戲性，也讓圖象詩比起一般的現代詩多了創意的展現。因為透過異質材料的裝置，會讓文字排列的原本結構有所變化，這樣子的變化也帶給了圖象詩的內容更為豐富與精采。以這樣的美學基礎，我又將圖象詩的旋律歸納出抒情樂、交響樂以及熱門音樂；抒情樂會讓人有優美的感受，交響樂則是會使聽者感到崇高的優越感；而流行多變的熱門音樂，則表現出滑稽、怪誕、諧擬等。透過這一層的音樂分類，我們可以更具體的瞭解圖象詩所表現出來的音樂美感。

三、圖象詩的圖象性

　　圖象詩的圖象手法，在詩中可見一斑：圖象詩用文字的排列與堆砌，產生了新的詩的寫作技巧，呈現的詩形多變且有趣，夾雜創意與遊戲性，每個不同的作品都是一種對新思維的試探，這也是現代詩與古典詩最大的不同與挑戰。就像是聞一多提出最著名的「建築美」的主張：我們的文字是象形的，我們中國人鑑賞文藝的時候，至少有一半的印象是要靠眼睛來傳達的。原來文學本是佔時間又佔空間的一種藝術。既然佔了空間，卻又不能在視覺上引起一種具體的印象——這是歐洲文字的一個缺憾。我們的文字有了引起這種印象的可能，如果我們不去利用它，真是可惜了。（引自楊匡漢，1991：124）聞一多的說法，指出了中國文字的可塑性，但可惜的是他只將「建築美」的主張放在他所提倡的格律詩上，工整而嚴謹。直到四十年代的詹冰所寫

作的「圖象詩」開始，經過五十年代林亨泰、白荻的鼓吹提倡，形成
一股風潮，才讓圖象基因與建築特色所共同熔鑄而成的圖象生命，藉
著自由無拘束的排列而在現代詩中釋放能量。(丁旭輝，2000：12〜13)
下麵這首詩是詹冰的〈山路上的螞蟻〉(引自丁旭輝，2000：36)

　　螞蟻螞蟻螞蟻螞蟻螞蟻螞蟻

　　　　　　　　　蝗蟲的大腿

　　螞蟻螞蟻螞蟻螞蟻螞蟻螞蟻

　　螞蟻螞蟻螞蟻螞蟻螞蟻螞蟻
　　　　蜻蜓的眼睛
　　螞蟻螞蟻螞蟻螞蟻螞蟻螞蟻

　　螞蟻螞蟻螞蟻螞蟻螞蟻螞蟻
　　蝴蝶的翅膀
　　螞蟻螞蟻螞蟻螞蟻螞蟻螞蟻

　　「螞蟻」一詞中的「螞」、「蟻」都屬形聲字，就文字元來看，連
外形、筆劃都相似，聚合在一起密密麻麻的景象，確實很像一群螞蟻
匯集。而我們對螞蟻這種昆蟲的理解，不外乎是團結合作，因此詹冰
的圖象排列也成理。初次看到這首詩，相信都會直覺體會出詩意。

　　「螞蟻」的文字意義，不止是代表一種昆蟲，也能夠具體的呈現
螞蟻這種昆蟲的性格，因為螞蟻每次出現的時候，總是密密麻麻群集
的樣子，去找取食物，這樣也是「勤勞、團結」的指稱。看到這個符
號，我們很自然地聯想其隱喻。對應螞蟻的渺小，所以要變成螞蟻的
食物，勢必是要遭到支解的，所以蝗蟲的大腿、蜻蜓的眼睛以及蝴
蝶的翅膀，這些動物的部分身體，就淪為這群螞蟻雄兵的食物了。
螞蟻在這裡也代表著一種支解食物的力量，牠們的排列方式是直直

的一排，就好像是一把把的刀子，分解了比牠們還大的昆蟲，變成自己的食物後，再同心協力的搬運著牠們，走著整齊的步伐，回到牠們的巢穴。

詹冰用了文字的建築特性，去建構了一個圖象，顯示了那種團結力量大的精神，特別是排列整齊的意象，為了目標而團結，團結齊聚只為了搬運牠們的食物。文字的建築性在在令人震懾，作者一連用了六個「螞蟻」的排列組合，兩直行為一個單位，整齊又單一的搬運前進著。六個文字的組構就足以令讀者感受到結集的力量與成效，牠們成功的搬運了牠們支解的食物，也搬運了讀者對這個情境的轉動，就好像真的看到了一排排的小螞蟻，辛勤的工作，不停的搬運著，走動著。

文字建構出來的圖像是流動的，而非靜止不動的，排列的文字顯示出了圖象所引起的崇高之感，螞蟻的生存狀態躍然紙上，辛苦的結集在一起為的就是要把過冬的食物帶回巢穴。「螞蟻」密密麻麻的排列出了不停往前的流動感，也讓人體悟辛勤的工作就是要不間斷地努力，汲汲營營的工作才能夠有收穫。但不能夠只透過單隻螞蟻的付出，因為倘若是只有一隻或是兩隻的螞蟻，是不足以表像出整體的美感與壯觀，表現不出密麻的象徵也無法具象的呈現。透過這樣的安排，文字立體的感染力可說是不言而喻。

圖象詩的圖象性在此詩當中可以看得出來，文字在排列的時候加入了作者的巧思之後，精心的安排，整構出了單行文字所不及的美感；透過重整、排列，顯象的好像真的把螞蟻搬運食物的樣貌清楚的呈現了。圖象詩的圖象技巧運用的淋漓盡致，卻又不會讓文字只是流於單方面的文字遊戲。文字本身的聲音與節奏感，在排列的過程中也漸漸地釋放出能量，感染著每個閱讀這首詩作的人，透過螞蟻的生存方式也可以檢視自己的生活並獲得啟示。

又如羅門的〈咖啡廳〉（羅門，1995：89～90）：

一排燈
　排好一排眼睛
一排杯子
　排好一排嘴
一排椅子
　排好一排肩膀
一排裙子
　排好一排腿
一排胸罩
　排好一排乳房

一排眼睛
　排好一排月色
一排嘴
　排好一排泉香
一排肩膀
　排好一排斷橋
一排腿
　排好一排急流
一排乳房
　排好一排浪
　夜
　便動起來

　　圖象的構圖，在簡單的排列中，生動了起來。這樣看似機械的、生硬的排列，就足以代表我們所看到的咖啡廳裡頭的事物，一排、一排的展示出咖啡廳井然有序的擺飾，生動的把空間感表達完備，也讓我們在閱讀的時候，除了單就文字去瞭解咖啡廳的內部狀況，也透過

文字的排列讓我們在腦中構圖與理解出深刻印象的排序。這種利用文字的堆疊所產生的空間感，就讓圖象詩的圖象技巧發揮了最大的效益。在羅門所建築的咖啡廳裡面，我們可以看到所有的東西都井然有序的排著，一排、一排、一排，我們在這樣的文字裡，也隨之定位著我們自己的想像，但這樣的排列看似單調平凡，細細咀嚼文字，又加上變化的泉香、斷橋、急流、浪等因素，流動的美感曜然紙上，在拘謹的城市裡，好像隱藏著蠢蠢欲動的不安；夜，也在這樣的沉寂裡，騷動起來。

四、圖象詩的節奏與旋律表徵

旋律的定義早已有了，然而隨著時代的變遷，人們對旋律的含義也隨著產生變化。而在現階段，我們或許可以給「旋律」下一個定義：旋律是由人類所精心創作的，它以一定的結構為載體作為表現的手法，在一定的節拍和速度的基礎上，將不同樂音或噪音與用不同時值（包含強弱、快慢、高低等）組成的節奏結合成為單聲部的集合體，透過這樣的形式來表現各種形象和表達各種情緒，旋律也是音樂中最富表情的聲部和最重要的要素。這樣的旋律，也可以再細分成三種不同的類型，分別是抒情樂、交響樂以及熱門音樂。抒情樂給人優美的感受，透過這樣的旋律，我們可以感受到優美的音樂美感；交響樂的氣派磅礴，交織的樂曲讓聽眾獲得莫大的感召，使人有崇高的美感；熱門音樂的變化與型態讓人難以捉摸，但總是會帶給人輕鬆、愉快的感覺。

圖象詩的寫作，作者透過文字的排列，讓節奏隱於文字組合之中，配合文字的分行書寫模式與跨行技巧的靈活使用，再加上留白的技巧的運用等，除了表徵了圖象詩的圖象部分之外，也外顯了圖象詩的節奏感。透過這樣的節奏分析，讀詩或是研究詩作時，可以更具象的表

顯出詩帶給人的美感。這樣的旋律是文字本身所賦予的，並非外力強加而致。如管管的〈車站〉（管管，1986：275～276），這首圖象詩的文字排列不僅僅是文字部分，也呈現出了某種獨特的節奏：

車站上的臉是
    一張   一張   張
  一張   一張   一張
       一張一張   張

                一張
一   張
的舊報紙
雖說每個版面都有不同的新聞
卻都是一條一條落滿蒼蠅的臭魚了
只有跑過來的那張小孩的臉是張
     號
       外！！！

　　城市的冷漠，深刻的刻畫在每個路過的人的臉上，就像是舊報紙，即使想去忽略它的內容，還是無法忽視到其中那一串串好似烙印在上頭的蒼蠅文字。這裡一條一條掛著的臭魚用來指稱的就是一則一則的舊新聞；而發臭的東西伴隨著的，就是擾人的蒼蠅。蒼蠅似乎伴隨著臭魚，環繞著的同時也書寫著這些臭魚的種種過往；而每個路人的臉是舊報紙，具象顯示了疏離、冷漠、毫無新意的人生旅途。在每個人來人往的街頭交會時，保護自己的過往，對於其他人總是隔著隱形的一道牆，對別人無法真的敞開心房去交流，但臉上掛著的表情，就像是一條條的舊新聞，不時的湧出於自己的臉孔表像。既然是舊新聞了，就算是有心人想趨前互相交談、彼此寒暄，卻又會因為是舊新聞了，

似乎沒有再繼續談論的必要，於是每個人臉上累積了自己的舊新聞，在人來潮去的交通轉輸站擦肩而過。詩作到此，似乎鋪陳了一個平淡無奇的開端，緊接著的是打破這樣子平靜的出現：小孩的臉，對照著舊報紙，年輕有活力的象徵，衝破了平板的規律節奏，就好像是一則即時新聞般插播進來，擾亂了這個城市看似呆板無奇的城市樣貌。既有衝突性，又有突破感的加了進來，也讓這樣的景象多了一種親切感與希望的象徵。

一張，一張，一張，這樣的文字書寫交織而成的節奏是平穩而有規律的。漸漸地、慢慢地，就好像是一個古老的大鐘一樣，照著自己的頻率緩緩的拍打著，一聲一聲敲著沉重且緩慢的聲調。一張，一張，一張張，文字的排列組合慢慢有了變化，節奏好像開始變得緩慢，似乎在預告著什麼，也顯示出了車站裡每個陌生人的臉孔，像極了一張張的舊報紙，沒有新意，就像是固守自己崗位的鐘擺，照著被支配的節奏擺動著，做著自己的事情，互不交涉，互不侵犯，互不干擾，建構城市的疏離冷漠。這樣的節奏倏地有了轉變，衝出來的小孩，就像是個無意間發生的聲響，打破了這樣看似平淡無奇的和平，也顯得這個小孩的安排是多麼的不同，就如同報紙當中的「號外」。

圖象詩的節奏呈現，由文字的排列可以看出端倪。這樣旋律的變化，讓讀者在讀這首詩作的時候，除了文字的感染力之外，配合著音樂的潛質特性，更具象顯現了描繪出來的氛圍，是如此的平板無奇。二者互相搭配，建構了一個完形的空間，讓圖象詩的發展不僅僅限制在文字遊戲的嘗試，也滲透了音樂的感染力與節奏的新意，解讀詩的面貌又多了一個不同的思考方向。

管管的這首詩作，便是典型的熱門音樂的代表，旋律的跳動帶給讀者輕鬆感，沒有負擔的彷彿聽著時下最流行的音樂，解讀著時下再正常不過的現況。而陳黎的〈戰爭交響曲〉則如它的詩名一樣，讓讀者感受到悲壯的崇高感，文字與樂符交織的感染力不言而喻；而羅門的〈咖啡廳〉則展現出了每種排列恰如其分的和諧美感，這也正是抒

情樂帶給我們的優美感受與啟發。圖象詩所表現出來的節奏與旋律，透過分類與詮釋，更具象的呈現並刻畫音樂表現在圖象空間的影響。

五、圖象詩的整體音樂美感

音樂的感受除了從文字本身的聲音發源，也可以從整個圖象詩建築的形狀去獲得。中國文字的獨特性在於其本身可以是繪畫，也可以是聲音的發源，作家一方面建構圖象詩的繪畫性，也加入了聲音的音樂性，相互參作，發揮創意的最大效益。如陳黎這首有名的圖象詩作〈戰爭交響曲〉（陳黎，1995：112～114），把組合成詩的語言唸出來，會感受到悲壯的音樂性：

兵兵兵兵兵兵兵兵兵兵兵兵兵兵兵兵兵兵兵兵兵兵兵
兵兵兵兵兵兵兵兵兵兵兵兵兵兵兵兵兵兵兵兵兵兵兵兵
兵兵兵兵兵兵兵兵兵兵兵兵兵兵兵兵兵兵兵兵兵兵兵兵
兵兵兵兵兵兵兵兵兵兵兵兵兵兵兵兵兵兵兵兵兵兵兵兵
兵兵兵兵兵兵兵兵兵兵兵兵兵兵兵兵兵兵兵兵兵兵兵兵
兵兵兵兵兵兵兵兵兵兵兵兵兵兵兵兵兵兵兵兵兵兵兵兵
兵兵兵兵兵兵兵兵兵兵兵兵兵兵兵兵兵兵兵兵兵兵兵兵
兵兵兵兵兵兵兵兵兵兵兵兵兵兵兵兵兵兵兵兵兵兵兵兵
兵兵兵兵兵兵兵兵兵兵兵兵兵兵兵兵兵兵兵兵兵兵兵兵
兵兵兵兵兵兵兵兵兵兵兵兵兵兵兵兵兵兵兵兵兵兵兵兵
兵兵兵兵兵兵兵兵兵兵兵兵兵兵兵兵兵兵兵兵兵兵兵兵
兵兵兵兵兵兵兵兵兵兵兵兵兵兵兵兵兵兵兵兵兵兵兵兵
兵兵兵兵兵兵兵兵兵兵兵兵兵兵兵兵兵兵兵兵兵兵兵兵
兵兵兵兵兵兵兵兵兵兵兵兵兵兵兵兵兵兵兵兵兵兵兵兵
兵兵兵兵兵兵兵兵兵兵兵兵兵兵兵兵兵兵兵兵兵兵兵兵
兵兵兵兵兵兵兵兵兵兵兵兵兵兵兵兵兵兵兵兵兵兵兵兵

兵兵兵兵兵兵兵兵兵兵兵兵兵兵兵兵兵兵兵兵兵

兵兵兵兵兵兵兵兵兵兵兵兵兵兵兵兵兵兵兵兵兵
兵兵兵兵兵兵兵兵兵兵兵兵兵兵兵兵兵兵兵兵兵
兵兵兵兵兵兵兵兵兵兵兵兵兵兵兵兵兵兵兵兵兵
兵兵兵兵兵兵兵兵兵兵兵兵兵兵兵兵兵兵兵兵兵
兵兵兵兵兵兵兵兵兵兵兵兵兵兵兵兵兵兵兵兵兵
兵兵兵兵兵兵兵兵兵兵兵兵兵兵兵兵兵兵兵兵兵
兵兵兵兵兵兵兵兵兵兵兵兵兵兵兵兵兵兵兵兵兵
兵兵兵兵兵兵兵兵兵兵兵兵兵兵兵兵兵兵兵兵兵
兵兵兵兵兵兵兵兵兵兵兵兵兵兵兵兵兵兵兵兵兵
兵兵兵兵兵兵兵兵兵兵兵兵兵兵兵　　兵兵兵　　　兵
兵兵　　　兵兵兵兵　　兵　　　兵　　　　兵兵
　兵　　兵　　　兵　　　兵
兵　兵　　　　兵兵　　兵　　兵　　兵　　兵兵兵
兵　兵
　　兵　　兵　　兵　　兵兵　　兵　　兵　　　兵
兵　兵　　　　兵
兵　　　　　　　兵　　　兵　　　　　　兵
　兵　　　　兵
　兵　　　　　　兵　　　　　　兵
　　兵　　　兵
　兵　　　　　　　　　　　　　　　兵

丘丘丘丘丘丘丘丘丘丘丘丘丘丘丘丘丘丘丘丘丘
丘丘丘丘丘丘丘丘丘丘丘丘丘丘丘丘丘丘丘丘丘
丘丘丘丘丘丘丘丘丘丘丘丘丘丘丘丘丘丘丘丘丘
丘丘丘丘丘丘丘丘丘丘丘丘丘丘丘丘丘丘丘丘丘

丘丘丘丘丘丘丘丘丘丘丘丘丘丘丘丘丘丘丘丘
丘丘丘丘丘丘丘丘丘丘丘丘丘丘丘丘丘丘丘丘
丘丘丘丘丘丘丘丘丘乒丘丘丘丘乒丘丘丘丘丘
丘丘丘丘丘丘丘丘乒丘丘乒丘丘乒丘丘丘丘丘
丘丘丘丘乓丘丘丘丘丘乒丘丘丘丘丘丘丘丘丘
丘丘丘乓丘丘丘丘丘丘丘乒丘丘丘丘丘丘丘丘
丘丘丘乓丘乒丘丘丘丘丘丘乒丘丘丘丘丘丘丘
丘丘丘乓丘丘丘丘乓丘丘丘丘丘丘乒丘丘丘丘
丘丘丘丘乓丘丘丘乒丘丘丘丘丘乒丘丘丘丘丘
丘丘丘丘乓丘丘乒丘丘丘丘丘丘乒丘丘丘丘丘
丘丘丘丘丘丘丘丘乒丘丘丘丘丘丘丘丘丘丘丘
丘丘丘丘丘丘丘丘丘丘丘丘丘丘丘丘丘丘丘丘

　　這是一首怵目驚心的詩作，作者雖然只用了四個字元「兵」、「乒」、「乓」、「丘」，重複排列堆疊的意象呈現出了一開始打仗的時候士兵的士氣威武而雄壯，整齊的排列，就像是沒有自己意識的符號，唯一的目標，就是打敗共同的敵人，不停地前進，鼓動著小兵的驍勇善戰。在詩的中段，「乓」、「乒」這兩個字加了進來，其所引起的文字感受，多加了外力的影響，士兵在戰爭的過程好像少了肩膀、斷了腿骨、丟了兵器、失了性命……等，文字的排列也從整齊劃一的隊形漸漸地產生了變化，士氣也跟著隊形的散離而開始渙散，慢慢的缺手缺腳的士兵數量越來越多了，生存的也越來越少了，最後剩下的傷殘擄兵，已經不足以整構出當初那出征時的隊形，也沒有辦法回到那種士氣高張的最初。最令人嘆息的，是戰爭過後的場景，剩下的是一塚塚的墳墓，再悲壯的歌曲，也不足以歌詠戰爭過後的悲哀。「丘」象徵著墳墓，墳墓的排列仍舊回到了整齊的錯置，同時也對應了先前出發的時候的場景，回歸了肅敬之後，在戰爭底下犧牲的士兵一個個成了無言的小山

丘，或對坐、或相擁，彼此在另一個不同的時空中互相取暖，感嘆著戰爭的無情，如泣如訴的悲嘆著戰爭的殘忍與無奈。

「兵」、「乒」、「乓」這些文字的聲調是上揚的，一開始是整齊的節奏描繪出雄偉的軍紀，然後交戰，兵器的聲音、打鬥的聲音，不斷地交織在隊伍之中，聲音流在圖象詩之中產生了滲透的變化；慢慢地，打鬥的聲音越來越彰顯，士兵的氣勢也越來越萎縮；漸漸地，打鬥的聲音消散，伴隨著的是士兵的傷殘、死亡，止息與絕望的氛圍，終止在一小堆一小堆的小山丘。「丘」的聲音表情，表達了殘忍交戰過後無奈的平靜，這樣的平靜是用一個一個士兵的性命換來的，或許還有諸多委屈，許多抱怨，就留著在夢裡說吧！這個讓人長眠的溫床，是戰爭下的產物，即使心有不甘，也只能感嘆時局的作弄。戰爭的最後，瀰漫著死亡的氣味，令人發顫！

又如詹冰的〈山路上的螞蟻〉裡頭，我們可以輕易的瞭解文字除了透過堆疊，聲音密密麻麻的穿透了每個環節，文字除了可以構圖，也可以帶給讀者不同的音樂感受。圖象詩的音樂性是存在於文字當中的，只要細心的去思考，就會感受到那股節奏與旋律的感染力，是文字組構圖象之外的另一種影響力。作者運用了大量的形符、聲符，讓文字不只是文字，還帶有語言的功能，好似講著這樣的圖象不能光只用圖形的象徵涵括全部的意念，透過整體音樂性的感染，加速節奏的撞擊在閱讀者的心中蔓延、迴盪，餘韻猶存。

六、圖象詩的發展限制

羅青在〈論白話詩〉就紀弦的定義，提出對於現代詩的一些想法，倘若從時間上來考量什麼是現代詩的話，時間的推進是無法確切斷定何謂「現代」，何為「古典」的。（羅青，1999：1～13）現代詩只是奉行現代主義的詩，是流派的一支，不能成為詩的通稱。這樣狹義的定

義之下，羅青便主張「現代詩」一詞只適合用在具有「現代」素質的詩。現代詩與以往最大的不同，便是在它的取材與體制上有不同的創新，且不受格律聲調等八股的限制束縛。而羅青在《從徐志摩到余光中》一書提到，圖象詩的創作其範圍雖不如自由詩來的那麼無拘無束；不過，有些題材與構思還是適合用圖象的方式來表達。但如果是敘事題材及抽象思維過多或過於繁複的神思，就不適合以圖象詩的方式來創作。（羅青，1999：1～13）也就是說，圖象詩的發展也許會為了突顯圖象感而限制了創作詩時的自由心靈，但是倘若能夠發揮文形組合的最大效益於圖象詩，建構出一套自由行詩之外的體例或是圖象，會讓作者想要表達的意象更加鮮明。但倘若過於追逐文字遊戲的試探，會流於只重形式而忽略其詩的本質內涵。在創作圖象詩的時候，應該避免過度的圖象技巧應用所帶來的流弊。

七、結語

　　圖象詩的圖象性是其與其他現代詩最大的不同與特色所在，我們在讀詩的時候，也會採用不同於以往讀詩的方法。這樣的技巧往往較先前更新奇與細膩，也能夠讓我們體會現代詩中更細膩的美感。在研究的過程中發現有的圖象詩無法去特別找出其旋律與節奏等音樂性，僅能從聲音、與文字排列的緊湊度去理解。先前諸多理論多鋪陳圖象詩的意象方面，本研究加入了音樂性的討論，希望能讓圖象詩的解讀有多一份不同的理解方式，也使研究圖象詩的面向更為廣闊。

　　圖象詩所透露出來的音樂性，是從其符號排列與文字結構部分來論述。一般我們在讀詩的時候，可以很容易的找出圖象詩的意象，而這也是圖象詩最引人津津樂道的地方，但倘若一味的只探究圖象詩的意象，卻忽略其中可能存在的音樂性，這樣解讀詩的技巧是不夠完備的。漢字的建築性與聲音性，讓圖象詩的發展能有多種不同的樣貌，

呈現出有別於以往押韻與對句的美感,發揮了流動的音樂旋律帶給讀者的震撼感受。期許這樣的研究可以更加完備,對於圖象詩的音樂性作最大可能的研究與評價。

參考文獻

丁旭輝（2000），《臺灣現代詩圖象技巧研究》，高雄：春暉。

王次炤（1997），《音樂美學新論》，臺北：萬象。

周慶華（2004），《語文研究法》，臺北：洪葉。

林燿德（1988），《不安海域》，臺北：師大書苑。

陳黎（1995），《島嶼邊緣》，臺北：皇冠。

管管（1986），《管管詩選》，臺北：洪範。

楊匡漢（1991），《中國現代詩論・上編》，廣州：花城。

楚戈（1984），《心的風景》臺北：時報。

羅青（1999），《從徐志摩到余光中》，臺北：爾雅。

羅門（1995），《羅門創作大系・卷二》，臺北：文史哲。

金銀紙信仰的秘辛

楊評凱
國立臺東大學語文教育研究所

摘　要

　　金銀紙，是漢民族道教信仰中的一大特色，其歷史淵源流長，在民間信仰中佔有舉足輕重的角色，舉凡日常生活節慶以及生命禮俗，都可見其被廣泛使用。每種節慶、每個禮俗，都有各自適用的金銀紙種類，由此可知金銀紙的種類繁多。

　　由於使用的對象不同，民間信仰賦予金銀紙的功能以及冀求也有不同，最顯而易見的地方便是金銀紙上的圖像與裝飾的差異，每種圖像與裝飾都有其代表的意義，是金銀紙在民間信仰上值得探討的地方。

　　我們可以利用期刊文獻探討的方式，從金銀紙的歷史淵源著手，藉由歷史脈絡探討從古至今金銀紙在民間信仰上所被賦予的功能及跨界冀求，在此基礎上進一步深入分析每種金銀紙上圖象與裝飾所代表的意涵。接著從人與神、人與鬼的角度切入探討民間信仰中「燒紙錢」活動被漢民族賦予的倫理觀。

　　有鑑於臺灣教育在宗教習俗上的教學著墨不深，也可說完全沒有。因此，想藉由以上的探討，盡一步的將其應用在語文教育上，希冀能讓語文教育發揮其跨領域性。

關鍵詞：金銀紙、倫理觀、裝飾、語文教育、圖像

一、前言

　　道教孕育於中華傳統文化的土壤，是中國本土的傳統宗教。「道教是中國社會歷史發展和道家自身演變的產物，是黃老思潮結合神仙思想、陰陽數術、鬼神觀念，並吸取宗天神學、讖緯神學等而由『道』統率的、龐雜的思想體系。」（張澤洪，2003：5）按照宗教學的理論，宗教活動是宗教的四大要素之一，它的核心是祭祀。而道教的祭祀無論是敬天、謝神、祭祖，都會準備金銀紙作為敬獻祭拜對象的供品之一。

　　臺灣金銀紙的前身，是中國紙馬。當年墾民過臺灣謀取生存，把原鄉的生活習俗延伸出來，金銀紙便是其中之一。（張益銘，2006：18）隨著先民移懇臺灣至今已數百年，原來的中國紙馬文化與臺灣現實社會生活需求，融合而發展出臺灣在地的金銀紙。（同上，22）隨著人民祭拜的對象不同，敬獻的金銀紙種類也不同，目前民間信仰中常見的金銀紙種類就超過數十種。

　　然而，目前臺灣對金銀紙研究的專書以及論文卻相當的稀少，絕大部份都是單篇文章，主要探討的部分侷限於歷史淵源、種類，對金銀紙上圖象與裝飾方面的探討也都只侷限於其規格及圖像名稱，並無對圖像與裝飾的意涵作深入的探討。倘若要找出一本對金銀紙探討最詳細的專書，大概就屬苗栗縣政府出版的《金銀紙藝術》（1996）。它雖然內容有探討到圖像與裝飾的意涵，但也只點到為止而已，並沒有深入探討。

　　本文採用文獻探討的方式，以過去的研究成果為基礎，進而開拓金銀紙研究的新面向。本文共分五部分，第一部分主要是在整理推論文獻上記載金銀紙的歷史淵源；第二部分為探討金銀紙的功能以及漢民族想藉其向神鬼表達冀求；第三部分以前人對金銀紙上圖象與裝飾的意涵的探討為基礎，再探討更深層的意涵；第四部分從人與神、人與鬼的角度切入探討民間信仰中「燒紙錢」活動被漢民族賦予的倫理

觀；第五部分以前面四部分的研究為基礎，將其應用於學校的語文課堂上，希冀能讓語文教育發揮其跨領域性。

二、金銀紙的歷史淵源

金銀紙源自大陸紙馬文化，更可追溯至新石器時代的仿貝殼、仿貨幣祭祀。（張益銘，2006：19）近代學者分別從經濟、宗教、民間傳說……等觀點，追溯金銀紙的起源。

（一）經濟觀點

近代學者張捷夫從經濟的觀點切入探討，張氏認為中國在夏商時期之前，當時的人們就有著人死後會到另一個世界的觀念（靈魂不滅說），因此會將死者較為貴重的金玉、銅器、錢幣與生活必需品等作為陪葬品，以便亡者可以在另一個世界使用。而此隨葬品的使用，最早可從新石器時代考古的遺跡中發現，當時已經有利用石頭和動物的骨骸磨製而成的仿貝殼來陪葬。（張捷夫，1995：13-14）顯然中國早在夏商時期甚至更早以前便有貨幣經濟的觀念，進而將人間的貨幣觀念帶進喪葬禮俗中。在考古中可以發現很多仿造貨幣陪葬的案例，如新石器時代以石子或獸骨製成的仿貝殼，及春秋時代金屬貨幣的鉛、銅，以及陶土仿製品等，都屬於冥器的部分，這些仿製貨幣的使用，都和金銀紙的意義相同。（張益銘，2006：19-20）

除了以上的考古發現外，從古籍中探討也可發現許多相關的記載，在史書《前漢書・張湯傳》第二十九中提及：「……會有人盜發孝文園瘞錢……」。宋代高承之《事物紀源》〈吉凶典志部〉中也記載：「今楮鏹也，唐書《王嶼傳》曰：玄宗時嶼為祠祭使，專以祠解，中帝意有所褒，後大抵類巫覡，漢以來皆有瘞錢，後世裏俗稍以紙寓錢為鬼

事……」。（賴宗煒，2007：21-22）以上兩則古籍上的記載中，都有提及「瘞錢」，「瘞錢」就是當時喪葬時陪同死者入土的冥銅錢。

不論是考古的發掘還是古籍探討發現，金銀紙的淵源與中國早期的貨幣經濟觀念脫離不了關係，相信人死後靈魂會到另一個世界生活，其使用的貨幣也與人間相同，子孫為了讓死者到另一個世界方便生活，於是仿製當時的貨幣當作陪葬品。

（二）宗教觀點

學者侯錦朗在 1953 年大陸安陽遺址（西元前十四～十一世紀）的王室官吏墓中，發現死者的口中、雙手以及雙腳上都置有貝殼，依此侯氏提出以下幾種假設：這些貝殼是用來裝飾？或是臨終時所領取的聖物？是否這些貝殼可以保持屍身的完整性？而最後這幾項假設，侯錦朗則是將口、手、足聯想到亡者與外在世界聯繫的溝通管道，因為在後來的道教思想中，口、手、足被稱為「三關」，而且被視為人體內在小宇宙與外在大宇宙溝通的管道，因此這些貝殼似乎有著超越常人理解的宗教神秘力量。（賴宗煒，2007：21）

（三）民間傳說

目前文獻上有關金銀紙起源的民間傳說，大部分都與東漢蔡倫造紙的故事有關，這樣的結果是可想而知的，一定要先有人發明紙，才會有金銀紙出現。無論是大陸或臺灣的民間傳說，都會有一則傳說會談到蔡倫，雖然傳說版本不同，但其內容大同小異。我從賴宗煒（2007）及施晶琳（2004）兩人的碩士論文探討金銀紙起源的章節中，擷取歸納整理出七則民間傳說，前四則為大陸地區普遍流傳的傳說，後三則為臺灣地區的民間傳說。本文主要聚集於臺灣地區金銀紙信仰的探討，所以大陸地區的四則傳說只作簡略的敘述。

1.河南社旗縣的傳說

主要是說蔡倫的哥哥蔡莫和其妻子的故事，因蔡莫造紙技術不好，所造出來的紙相當粗糙，沒有人願意向其買紙，為了讓紙的銷售成績轉好，其妻便想出一個燒紙可以讓死者復活的手法，讓鄰居誤以為燒紙真的有這麼大的好處，於是都向蔡莫買紙，去各自的祖墳焚燒。

2.東北一帶流傳的說法

張財和張義兩兄弟是販賣黃紙的商販，由於兩人都是第一次到關外做生意，不知關外的冬天非常寒冷，弟弟張義挺不住惡劣的天氣，凍死在雪地上。哥哥便將眼前的兩堆黃紙焚燒，一瞬間，烈焰沖天，張義被薰醒過來。

張義胡謅亂編說是哥哥焚燒的那兩堆黃紙，讓見錢眼開的閻羅王釋放了他。哥哥張財信以為真便在客棧裡大肆宣傳，並且一代傳一代。後來有各好事者，發明一種印版，開始印製紙錢。

3.山東的傳說

有兩個人看到別人很有錢，心裡很不服氣，想到一種辦法賺錢。他們將稭草、麥桿輾爛混合製成草紙，到處叫賣，都沒有人要買。於是想到一個計謀，叫小夥計裝死躺進假墳中，當路過的人較多時便嚎啕大哭並燒草紙。路過的人好奇的問他為什麼要焚燒草錢，大夥計便說：「他弟弟托夢給他說：『閻羅王想要錢，得在第七天、第十四天多燒些火紙，便能復活』」，剛開始過路人不信，當越燒越多時，假墳裡發出聲音，大夥計於是將假墳敲開，他們看到小夥計復活，便將此說法流傳下來，此習俗也一直保存至今。

4.苗族燒紙錢的由來

寫蔡倫和郭統起初一起造草紙，銷路不錯。後來，兩人更進一步造出了白紙，大家都搶著買白紙，草紙從此滯銷。為了提高草紙的銷

售量，於是他們想了一個辦法，叫蔡倫裝死躺在棺木裡，便跟蔡倫說他會連續燒九天的草紙，然後他再從棺木裡爬起來。當人們問蔡倫為什麼會死而復生，他便會說因為他利用郭統燒給的草紙買通大鬼和小鬼，他們才放他回來的。

5.東漢蔡倫

東漢蔡倫總結前人的經驗，始用樹皮、麻頭、破布等原料做紙，世稱「蔡侯紙」。新產品一推出，世人不解其妙處，導致滯銷。蔡倫為了大量推銷自己的產品，夥同妻子串通設計。首先由蔡倫向黃帝告病返鄉，不久就詐死臥躺在無底棺材內，他的妻子在棺木前不斷燃燒事先準備好，上面貼有銀箔的長方形紙錢。一些前來祭弔的親朋好友甚惑，問明原由，他的妻子說：「此為陰間通用貨幣，在靈前燒此紙錢，可助亡者在陰間疏通獄卒，賄賂閻王，如再繼續燒紙錢，或許七日後可清醒復活。」而蔡倫在七日後從棺木中復活，眾人大驚，咸信燒紙錢可積功德，延長壽命，從此紙燒紙錢的風氣，相沿成習至今。（苗栗縣政府，1996：2）

6.唐高祖李淵

相傳唐高祖李淵，於隋末，趁全國大動亂，乘機起兵政變，自稱太上皇。在這一連串的爭霸中，李淵離鄉多年，等天下底定，返鄉見慈母已先逝多年，在廣大的墓園當中，遍尋不著先母的墳墓，聽說此時，唐高祖將攜帶前來的紙錢，分置在各墳墓上，上香禱告。禱告不久，但見其中一墓的紙錢倏而消失無存，因而斷認此為唐高祖母親的墓。（施晶琳，2004：19）

7.唐太宗

唐太宗為了魏徵斬龍王的事情，昏睡數日，傳說中他在這數日內遊了地府。行經枉死城，遇見自己打天下時，因南征北討而喪命的軍

魂、無辜犧牲的各地百姓。冤魂們逼迫太宗施捨，免除其倒懸之苦；此時太宗一愁莫展，只好借了開封府民林良，平時因行善好施，僧侶以其名燒紙錢所積存的多座陰間銀庫之一，分發施捨，才得以全身而退。太宗還魂後，差人攜所欠銀錢及聖旨到開封府歸還林良。林良不敢收下，太宗便以這筆錢舉行水陸廟會，建廟修祠，超渡冤魂。至此世人更加確信燒紙錢能讓往生的先人收到，能夠幫助先人在另一個世界過得好。（苗栗縣政府，1996：2～3）

不論是從經濟觀點、宗教觀點還是民間傳說切入探討金銀紙的起源，可將其歸納兩個共同點：（1）與喪葬禮俗有關；（2）貨幣經濟思想。比較值得一提的民間傳說不難發現，大陸流傳的四則傳說都建立在人死後多燒紙前便能復活的思想上，而臺灣地區流傳的傳說面向顯得較多元，有多燒紙錢便能復活的思想，也有人民相信先民死後在另一個世界能收到陽間燒的紙錢，並利用那些紙錢過更好的生活，此思想也是本文往後會探討到的一部分。

三、金銀紙的功能及其跨界冀求

「燒金」、「燒紙」是民間祭儀結束前的最後一項必要活動，主要源於早期中國紙馬的貼、供、掛、焚、帶、藏等六種用途中的「焚」。「焚」就是像往生咒、冥幣、紙錢、金紙等等，經過祭拜後焚燒，誠奉獻，保平安，也有將神佛、財神等經過拜儀後焚燒。（張益銘，2006：43）

據臺灣耆老林天樹口述：「民國四十年之前，貼、供、藏、掛用途的紙馬還可以見到，當時稱為『南華神媽』，焚的已經臺灣化了，通常祭拜神明的稱『燒金』，給往生者的或祭拜好兄弟稱『燒紙』。後來臺灣經濟轉好，普通人家就有神尊供奉，貼的、掛的都彩色印刷，連經符也機器印刷。」（張益銘，2006：46）

近三十年來，學者張益銘在田野訪查中，發現金銀紙在臺灣更誇大被使用著，用途至少就有十項，包括寶、貼、供、掛、焚、帶、藏、洗、吃、撒。（張益銘，2006：46）足見中國紙馬傳入臺灣後，隨著時間、社會、經濟等條件的影響下臺灣化了。根據耆老林天樹口述內容中所言「焚的已經臺灣化了」，哪方面臺灣化了？林氏並未對其進一步說明，我懷疑林氏口中的臺灣化其一便是經濟功利主義。臺灣人於傳統觀上相當重視現世功利，而愛財與求財心態更為露骨。臺諺所謂：「為錢生、為錢死、為錢走千里」，就是此一經濟功利主義的註腳。當然這種功利慾同樣投射於臺灣民間宗教的善男信女行為上，常言道「有錢，使鬼會推磨」，這句話可為佐證。（董芳苑，1996：286）

可見臺灣人將經濟功利主義帶入信仰中，只是「新臺幣」無法在神界及鬼界流通，其通行的為「金紙錢」以及「銀紙錢」兩類，兩類合稱為「冥紙」。一般來說，金紙是燒給玉皇及諸神明的，銀紙則是燒給祖宗和鬼魂的。但是其間仍有很大的差別，其差別可從下表看出來：

表 1　金銀紙的種類

冥紙	金紙	盆金、大中小的天金、頂極	玉皇大帝、三官大帝
		壽金、福金、中金、刈金	諸神明
	銀紙	大銀（箔銀）	祖先
		小銀（透銀）	鬼魂
		金白錢、庫錢	

（整理自李亦園，1986：129；董芳苑，1996：288）

人類對神靈或超自然存在最基本的態度，不外乎認為神是善的或惡的；或者更嚴格一點說，認為神是能保佑給恩惠予人的或者是會懲罰作祟於人的。人認為神的懲罰作祟是無常的或者是因為人犯過、不遵守規則而引起的；同樣的，人也認為神的保佑賜福是無條件的或者是因為人的行為滿足了神的要求而帶來的。而有條件的保佑賜福又可分成以下兩個方面：（一）消極性的，也就是只要人虔誠服從，就可得

到神的保佑。（二）積極的，也就是依賴人舉行各種儀式以祭神，才能得到神的恩惠。有些儀式是屬於巫術性的，其帶有強迫性地要求神靈給予人所希望要的東西，有些儀式則屬於祈求性的，祈求神的憐憫而賜福的。（李亦園，1986：10-11）根據學者李亦園提出人類對神靈或超自然存在的最基本態度，可知民間信仰「燒金紙」，主要建立在人普遍認為神是善的、可以保佑賜福及滿足人的行為，再加上「有錢，使鬼能推磨」的思想，當祭儀快結束前「燒金」、「燒紙」，此信仰行為帶有強迫性的要求神靈在「拿人錢，忠人之事」的觀念下，必須替他們完成其祈求之事；也有人以賄賂的觀點來看待此事，導致民間信仰裡有燒金越多越能獲得神靈的保佑的想法。這無疑是臺灣政治生態中「提錢來講」的心理投射，將神靈人格化、汙名化了。

總結以上所說，金銀紙是神靈世界所流通的貨幣，就是生活於陽世的人為了對「萬物都有靈」有所求，與其連繫、溝通所焚燒的金銀紙錢，無論是信仰世界或現實世界，都充分反映人生真實面。（張益銘，2006：62）我們可以將祭儀中「燒金」、「燒紙」的行為，定義為人基於心靈的欲求和物質、精神的需要，藉由儀式及金銀紙，向不可知的神秘世界尋求安慰與期望。（同上，65）

四、金銀紙上圖像與裝飾的意涵

中國哲學中陰陽五行學說，自古以來影響我們甚深，不僅是中醫、天文、政事、膳食……等等。金銀紙也受陰陽五行學說的影響而可分成三大類：

表 2　金銀紙與陰陽五行的搭配類型

名稱	陰陽五行	種類	特徵	對象	用途
金紙	陽中之陽	太極天金、大百壽金	錫箔漆金藥呈金黃色，正面	天地、神佛、祖靈	祭祀、奉獻、祈福平安

	純陽	壽金	或側邊蓋有紅印。		
	陽中之陰	福金、四方金、二五金、刈金			
銀紙	純銀	銀紙	沒漆金藥，保留錫箔原本的銀色外觀。	祖靈、陰界、陰靈	祭祀、奉獻、求平安
	陰中之陰	小銀			
紙錢	陰中有陽	天錢、地錢、水錢、更衣	不一定有錫箔，是以圖案印文來識別用途。	天、地、人間的諸神靈（法師指派用）	祭改儀式、趨吉避兇
	陽中有陰	壽生原錢			

（整理自張益銘，2006：113～115）

　　以上是從陰陽五行的哲學思想將金銀紙分類，並就其所適用的對象以及用途作一概略性的說明。我認為此概略性的說明，不足以道盡金銀紙信仰的深奧處，因此必須對金銀紙的種類一一作詳述。

　　倘若要詳細的述說每種金銀紙的用途及適用對象，不得不探究其上的圖像與裝飾，因每種金銀紙適用的對象不同，其上面所印的圖像與裝飾也會有所差異，代表著人民對天地、神佛、祖靈的冀求。從表2不難發現金紙適用的對象為神，而銀紙適用的對象為陰靈；從顏色的色系來探討，金色屬於暖色系，銀色屬於冷色系，再配以傳統的陰陽五行思想，便能發現暖色系屬陽、冷色系屬陰，因而金紙適用的對象為陽界的諸神，而銀紙適用的對象為陰界的陰靈。從經濟學的觀點來探討，金的價值高於銀，而神的地位高於陰靈，受到中國傳統倫理觀的影響，價值高的金紙適用的對象當然為地位崇高的神，價值較低的銀紙適用的對象則為地位低下的陰靈。

（一）金紙

　　金紙是用於奉祀神佛，因使用範圍與目的不同而有等級上的分別。一般來說，金箔面積越大者，等級越高，覆印其上的圖案也越

顯複雜。(道者，2009：93)分類的標準不一，分別有五種、九種和十二種的說法。(道教全球資訊網，2010)然而，據我搜集到的文獻，金紙的種類多於十二種。現在就對各種類金紙上的圖像與裝飾詳述如下：

1.頂極金

頂極金，顧名思義，乃指金紙中身價頂極者，可分大極與小極兩種。這種最頂極的金紙，自然是玉皇大帝專用的金紙，因玉皇大帝是道教神仙系譜中地位最崇高的神祇，所以在紙上的金箔面積較其他金紙大，是農曆除夕及天公生日拜天公時使用的金紙。上面印有財、子、壽三仙圖，民間俗稱財子壽金，中央為財神，左邊為壽神，右邊為子神。財神賜財物；子神手抱幼兒，象徵賜子孫；壽神通常為一耆老畫像，象徵長壽之義。財子壽三神反映出財祿、子孫、長壽，為人生追求的理想境界。(道教全球資訊網，2010)

2.天金

也稱天尺金或尺金，上面印有「天金」及「祈求平安」字樣，主要的用途是祭祀地位稍低於玉皇大帝的三界公及天上諸神，或者玉皇大帝的部將，民間形式較簡單的拜天公，往往也用天金取代頂極金。(虛擬神宮，2010)三界公及三官大帝，分別是天官、地官和水官；天官賜福、地官赦罪、水官解厄。(大喬，2008：123-124)希望天官能賜福於己、地官能赦免自己的罪孽、地官能替自己消災解厄，祈求自己一切能平安。

3.太極金

也稱財子壽金或大壽金，金箔上寫有「祈求平安」字樣，印有財、子、壽三仙圖，和頂極金的差異處在於其金箔面積較小，是僅次於頂極金的金紙，用於祭拜三官大帝和玉皇大帝。

4.壽金

壽金的金箔小於天金，金箔上印有財、子、壽三神像及壽字紅印。（道者，2009：94）或福、祿、壽三仙，以及「祈求平安」字樣。側面所蓋的印則有多種圖案，不一而足；常見的約有八種：（1）「三童子」字樣：代表福祿壽三位不老仙；（2）「福祿壽」字樣：象徵求福、求祿與祈禱；（3）「財子壽」字樣：與福祿壽同意；（4）「天月德」字樣：通書中記載，天月德為日家吉神，宜祈福、嫁娶、修造上樑，萬事大吉；（5）「足百」字樣：代表份量足夠的意思；（6）「騰」字樣：具有奉獻（騰的臺語讀音近似於「呈」）的意思，也有飛天之意；（7）「囍」字樣與龍鳳花邊；（8）店號或花型吉祥圖案。（苗栗縣政府，1996：31）福祿壽是人生追求的大目標，以「福神」、「祿神」、「壽星」為隱寓想像，透過金紙焚化表達心中的祈求，希望能得到幸福、財富以及健康長壽。（張益銘，2006：121）

有大小兩種尺寸而分為「大花壽」與「小花壽」。「大花壽」用來祭祀一般天神；「小花壽」用來祭祀土地神、山神。近來「小花壽」較少見，大多使用「大花壽」，是最常用的金紙，幾乎任何祭祀都必須用到。（道者，2009：94）

5.刈金

刈金又稱三六金，與壽金一樣都是最普遍使用的一種金紙，是任何神祇都適用的金紙，常用於「犒軍」。依金箔面積的大小，可以分大箔和小箔兩種。（虛擬神宮，2010）箔上印有財子壽三神諸印，側面印有「刈金」字樣，用於祭拜一般神祇、家庭祭祖、店家祭拜地基主或好兄弟。除祭祀外，民間也常用來枕在往生者頭下，或用刈金為往者覆顏。（道教全球資訊網，2010；道者，2009：95）大箔用以祭祀神格較高的神，小金箔大都用於鄉土神祇或許多地位較低的神祇。（虛擬神宮，2010；道者，2009：95）

　　刈金是最原始的金紙，和銀紙互相呼應，恰似天地有陰陽。所以拜拜均要使用刈金，並搭配壽金使用。（苗栗縣政府，1996：28；張益銘，2006：117）除了祭拜的用途外，刈金還有以下三個用途：（1）在神明遶境、施予過路遊神、或在陰險以及十字路口撒路關錢時，也是撒用刈金；（2）割火時使用；（3）調整神桌或香爐、神像的高低時也需使用刈金。（苗栗縣政府，1996：28~29）

6.中金

　　面積很小，裱錫箔，圖有金油，沒有蓋印；僅是在面仔紙上印「中金」兩紅字。使用於玉皇大帝、三官大帝與中壇元帥。

7.福金

　　類似刈金，裱有錫箔及塗金油，但上頭不蓋印，旁側則印有如意吉祥圖案或「福」字。形狀呈正方形，所以又稱「四方金」。（苗栗縣政府，1996：30）使用於福德正神、接引土地公、山神土地公以及過路遊神或司財寶的神明，所以又稱「土地公金」。（苗栗縣政府，1996：30；道教全球資訊網，2010）此外，遇有天災人禍地段，人們會於較易發生事故的地點灑上福金，或是將福金夾於竹片上，插在路旁或樹上以避免災難發生。（道教全球資訊網，2010）在民間信仰裡，土地神的出現，源於農業社會人們對土地的崇拜。我國最早的土地神叫「社」，形成較早。漢代應邵的《風俗通義》說：「社者，土地之主，土地廣博，不可遍敬，故封土為神而祀之，報功也。」（大喬，2008：53）

　　我認為在民間信仰裡，土地公被賦予地方父母官的職責，相當於村裏長的角色，總管此地的一切事務。再加上臺灣早期是農業社會，一切仰賴土地維生，土地公也被賦予財神的角色。因此祭拜土地公時，焚燒福金表達心中的祈求，希望藉著土地公地方父母官的角色賜福，以及財神的角色賜財。

8.土地公金

印有面容慈藹的土地公及金錢、元寶和招財進寶。（金銀紙的種類，2010）由於臺灣早期是農業社會，一切仰賴土地維生，土地公也被賦予財神的角色，藉著焚燒土地公金表達心中的祈求，祈求生意興榮。

9.五路財神金

印有五路財神圖像的金紙。五路財神是從古代的五路神發展而來的。古代的五路神又叫路頭、行神，指五祀中所祭的行神；所謂五路，則指東西南北中。後來，五路神被人格化，附會為元代末年禦寇而死的何五路。到清代，五路神就被當成了財神。姚福鈞《鑄鼎餘聞》就說：「五路神俗稱財神，其實即五祀中門、行中霤之行神，出門五路接得財也。」不僅如此，後來人們更把五路神擴展成了五位，脫離了五路神的原型，而成為眾多財神的集合，這些財神包括中路為武財神趙公明外，其餘四路為東路財神招寶天尊蕭升、西路財神納珍天尊曹寶、南路財神招財使者陳九公、北路財神利市仙官姚少司。（大喬，2008：21）主要用於公司或店家開張時，祈求財源廣進。（金銀紙的種類，2010）

10.盆金

是金紙類中最大，盆金上畫有兩個同心圓，內圓印有「扣答」二字，外圓印有「一心誠敬祈平安」八字，並印有福祿壽的紅色字樣。通常用於酬謝神明時使用。（道教全球資訊網，2010；金銀紙的種類，2010）

11.九金

又名「九刈」、「九刈金」，金箔上印有財子壽三神，金紙本身裱有錫箔，只有金油，沒有蓋印，側面印有「九金」字樣，其用法與刈金相同。（苗栗縣政府，1996：29；張益銘，2006：117；道教全球資訊網，2010；金銀紙的種類，2010）

12.祝壽金

大紅滾邊著色、錫箔金光與紅色圖文互映。其圖為福祿壽三仙及八仙兩種。（金銀紙的種類，2010）福祿壽三仙在「壽金」的部分已經詳細介紹了，在此不再贅述。圖上的八仙是民間傳說中道教的八位仙人，他們的影響十分廣泛，知名度甚至遠遠超過了道教的某些大神。不過，八仙究竟指哪幾個人，說法並不完全一致。明人所繪的《列仙全傳》沒有張果老，卻有劉海蟾；小說《三寶太監西洋記演義》所述的八仙沒有張果老、何仙姑，卻有風僧壽、玄壺子。今天所謂的八仙，指鍾離權、張果老、韓湘子、李鐵拐、曹國舅、呂洞賓、藍采合、何仙姑。明人吳泰《八先出處東遊記》寫到的八仙就是這八位。此後，八仙的組合基本定型。（大喬，2008：137-138）

「八仙過海──各顯神通」是大家耳熟能詳的歇後語，主要是在說明八仙裡每個人都擁有各自的本事。因此，他們組合在一起就像一個小社會，男女老幼、貧富貴賤、文雅野俗都有，就連殘疾人和流浪漢也不乏其人。這樣的組合，具有廣泛的代表性，必然為社會各階層所普遍接受。這個組合中的每一個人都有獨門本領，結合在一起又可以產生一加一大於二的效用，驅邪祈福、賀喜祝壽、娛樂消遣，樣樣都行。由於八仙人本來就是仙人，又定期赴西王母的蟠桃大會去祝壽，所以他們常被取作祝壽的素材。此外，八仙所持的物件──葫蘆、扇子、玉板、荷花、寶劍、蕭管、花籃、魚鼓，稱「暗八仙」，也稱「八寶」。（大喬，2008：139）因此，被用來祝賀神誕，祈求能植福種德、發財平安。

13.天上聖母金

印有媽祖及千里眼、順風耳和吉祥話。此金是拜媽祖時祈求平安用。（金銀紙的種類，2010）天后作為沿海居民祀奉的主要神明，享受著隆盛的禮敬。出海捕魚的漁民要奉祀她，並不從事海上作業的人也要奉祀她；出海時要給她敬香，節日裡、平常時也要給她敬香；不僅

祈求她保佑出海平安，也祈求她賜予其他的福氣好運。（大喬，2008：135）臺灣先民早期主要是從沿海的福建、廣東兩省渡海來臺，因此將原鄉信仰的神祇帶進臺灣，在臺灣形成普遍的媽祖信仰，且將媽祖信仰發揚光大。大陸沿海地區媽祖廟中，媽祖身旁並沒有「千里眼」和「順風耳」，只有臺灣的媽祖廟中能見其蹤跡。

14.觀世音菩薩金

印有觀音大士法像與「卍」字、蓮花等圖樣。（金銀紙的種類，2010）觀世音菩薩從西土傳入中國以後，已經成為道道地地的中國民眾崇拜的神。觀音是梵文意譯「觀世音」的簡稱。也有譯作「觀自在」和「觀世自在」的。觀音是西方三怪之一，又是漢化佛教的四大菩薩之一。據《妙法蓮花金》說，觀音菩薩是大慈大悲的菩薩，能現三十三化身，救十二種大難。在民間信仰中，觀世音菩薩的職司已經不只是籠統的救苦救難，包括許多種，諸如醫病、送子等等，有求必應。（大喬，2008：87～88）

15.天蓬元帥金

上面印有天蓬元帥、吉祥祈語及元寶，又名「豬哥金」。面上印的吉祥祈語為：「橫批寫著『敬奉天蓬元帥』，上聯寫『四時無災，八德有慶』，下聯寫『財源廣進，利路亨通』，在上下兩聯旁各畫有相同的符咒。」由對聯便可發現此金主要目的在祈求天蓬元帥能讓他們生意興榮。此祈求在面上印的元寶便可窺見一斑，元寶上面寫著「貴客滿門」，滿滿的客人替其帶來財富。由於天蓬元帥乃管照特種行業的守護神，此金用於特種行業，以求貴客迎門、財源廣進。（金銀紙的種類，2010）

16.普渡金

是「扣答恩光」的天金與地官金的合用。（金銀紙的種類，2010）學者張益銘在《金銀紙的秘密》一書中對金銀紙業者林啟崇的訪問中

表示：「多種金紙的組合為叩謝神恩並祈求平安。」（張益銘，2006：159）從這句話中可知，普渡金即為多種金紙的合用。用在普渡、慶讚中元。

17.太極顯得天金

屬天金的一種，形制大小與天金相似，圖樣則不同。（金銀紙的種類，2010）

18.天燈金

就是刈金，用於施放天燈時作為燃點的燈蕊，祈求平安。（金銀紙的種類，2010）

（二）銀紙

或稱「冥紙」，流通於冥間，所以不用於酬謝諸天神明，僅用於神明的兵將、祖先、好兄弟、或是常見的有應公。（道者，2009：96；張益銘，2006：134）分大、小銀兩種，使用對象不同。只褙錫箔。不塗金油，紙面也不蓋印；但整疊銀紙的側邊蓋以紅色吉祥圖案，有蓋官印認可的涵義。在南部，有些銀紙的面仔紙上也印有「福祿壽」三個字，以表示福祿壽全歸的意思。（苗栗縣政府，1996：46）通常銀紙上不印任何圖案，但庫錢、往生錢、蓮花銀等特殊用的「冥紙」，則會印上圖案。

1.大銀

又稱「三六銀」。銀面上印有財子壽三神，主要用於祭祀祖先、出葬、入殮、祭拜亡魂、普渡或者祭拜陰廟。入殮時，用白布包裹一大疊大銀，作為往生者的枕頭。

2.小銀

紙張與錫箔都比大銀小，表示面額價值較低。（苗栗縣政府，1996：46；張益銘，2006：136）側邊蓋印，普渡時用來祭拜祖先，或用來祭拜陰間鬼差、鬼卒、百姓公、有應公與義民公。常在險彎路或橋頭可見有人撒銀紙祈求行車平安。（苗栗縣政府，1996：46；道者，2009：97）

3.蓮花金

依形式而言，應列入金紙類，因為他裱有錫箔、塗金油與蓋印。其上印有蓮花，與壽金的福祿壽三仙不一樣之外，其他幾乎相同。因蓮花金用於祖靈，所以列入銀紙類。為南部地方用紙，為出嫁女性兒孫使用於祭祖、親人往生作法事、忌日或清明掃墓及撿金（撿骨）時。（苗栗縣政府，1996：46）

4.蓮花銀

裱有錫箔、不塗金油，正面蓋有蓮花圖案。為燒給祖先的貨幣，是南部地方用紙，為男性兒孫使用於祭祖，不管是親人往生辦法事的過程、忌日、清明掃墓或撿金（撿骨）。（苗栗縣政府，1996：46；道教全球資訊網，2010）

（三）紙錢

又稱「準金銀紙」，為陰間較次等的貨幣。紙錢較為繁複，有貼金裱銀的紙錢，也有無圖案的單純紙張，所以不具金銀紙形制，屬不特定用法的紙帛。總之，不一定有錫箔，大多以圖案、印文來識別。（張益銘，2006：139）為陰間次等的「貨幣」，多使用於陰間或往生超渡及祭祀陰間鬼神。（道也，2009：97；道教全球資訊網，2010）

1.黃高錢

又稱「長錢」。為黃色條狀，中間還有數條波狀切口，使用時，從切口撕開，以製造懸掛起來的層次。懸掛時，中間還圈有一條八仙的紙彩帶。使用時要懸掛在「燈座」旁豎立的甘蔗上，也可掛在廟前大柱，家中祭拜時也需先掛起來。用於謝天地（拜天公），祭拜的對象即玉皇大帝、三官大帝或上界神明；主要目的在還願及報恩。在南部地區，和白高錢用途一樣，行喪時懸於門戶或陰事招安。（苗栗縣政府，1996：75；金銀紙的種類，2010；道教全球資訊網，2010）

2.金白錢

是掛紙的一種，以黃色或白（土灰色）兩種為一組，所以稱此，用以祭拜神明的隨身護衛。可以與更衣合用，用以祭拜寺廟的守護神「虎爺」及七爺和八爺。也使用於「掃墓」，所以又稱為「壓墓紙」。使用時將掛紙一角塞入墳土中，或用石子壓著一角，使掛紙另一端露出；依此法將掛紙分佈於墳上。須另留一疊壓在後土（及土地公）的碑上，使用掛紙時不需要焚燒。這些掛紙象徵著屋瓦，具有裝飾、整修作用；也可象徵滿地金錢。（苗栗縣政府，1996：92；道教全球資訊網，2010；金銀紙的種類，2010）

3.白高錢

顏色為白色，形制與黃高錢相同，但沒有圈著八仙帶。行喪時，懸掛於門上；或與燈作搭配使用已消災解厄。用於祭祀一般鬼神或做法事用。（苗栗縣政府，1996：75-76；金銀紙的種類，2010；道教全球資訊網，2010）

4.庫錢

庫錢上印有壽桃圖案與面仔紙上印有「觀世音菩薩三寶印」。（張益銘，2006：150）入殮時將其放入棺木內，通常十五枚為一疊，代表

一萬，用白紙封包，依死亡的生辰不同，放置不同數量的庫錢。一般而言，子歲生者十萬、醜歲三十八萬、寅卯十二萬、辰十三萬、巳十一萬、午三十六萬、未十四萬、申八萬、酉與戌九萬、亥十三萬，以供死者在冥界使用。（道教全球資訊網，2010）因是放在棺內，所以俗稱「內庫錢」。（張益銘，2006：150）

5.外庫錢

就是「功德庫錢」，面仔紙為桃紅色，並印有文字與蓋印。整疊功德庫錢上下還用兩條紅紙帶圈住，代表吉祥。可分「公庫錢」及「私庫錢」，用於作法事、超渡、燒厝時，由法師指派燒給往生者祈求能赦免亡魂之罪，使亡魂能被超渡、迴向、供養。燒功德庫錢時，陽間的子孫必須牽手違成一個大圓圈，將火堆圍繞於其中，以示供自家往生者享用，他魂不可搶。（苗栗縣政府，1996：48；張益銘，2006：151）

（1）公庫錢

相傳人向庫官借錢投胎，往生歸陰後，就必須把錢繳還公庫，這筆錢就叫做功德庫錢。面仔紙上印「佛法僧三寶印」，文字內容是：「照得奉財陽居○○○等誠心具備庫錢拾萬充足碟印封全奉於顯○○諡○○一位正魂自已收領　陰司開封享用　他魂不得紊爭　如有不尊定依靈山法旨究罪施行決不輕放　右仰小鬼知悉　太歲○○年○月○日給奉」。使用時要填寫清楚，並經法師壓印後，燒化給往生者存用。（苗栗縣政府，1996：48）

因不同生肖，投胎費用就有差別。除了肖馬、牛之人需繳八萬，其他生肖各為四萬。庫錢除了繳給庫官之外，還包括擔腳伕的工錢以及補破雜費。總之，公庫錢目的在於償還投胎前所欠，而又因經過法師作功德，所以也等於為將來種善果。（苗栗縣政府，1996：48；張益銘，2006：151）

據《道士文檢》一書內容記載：「肖猴之人屬第一庫杜氏大夫，肖鼠之人屬第二庫李氏大夫，肖龍之人屬第三庫袁氏大夫，肖豬之人屬

第四庫阮氏大夫，肖兔之人屬第五庫柳氏大夫，肖羊之人屬第六庫朱氏大夫，肖虎之人屬第七庫雷氏大夫，肖馬之人屬第八庫許氏大夫，肖狗之人屬第九庫成氏大夫，肖蛇之人屬第十庫紀氏大夫，肖雞之人屬第十一庫曹氏大夫，肖牛之人屬第十二庫田氏大夫。」（苗栗縣政府，1996：48）

（2）私庫錢

面仔紙上印有「佛法僧印」，文字內容是：「照得奉財陽居○○○等誠虔備私錢○○萬兩充足硃印封全一心奉於○○○一位正魂自已收領陰司開封享用　他魂不得紊爭　如有不尊定依究罪施行決不輕放右仰小鬼知悉　天運○年○月○日奉化」。（苗栗縣政府，1996：48-49），這是給往生的祖靈零用的紙錢。（金銀紙的種類，2010；祭祀禮儀，2010）

6.公庫錢

屬入殮庫錢的一種，和功德庫錢中的「公庫錢」不同。其面仔紙上標明有「庫錢」，並印有「亡者○○○一位正魂收領」、「拾萬倆整」、「陰司開封使用　他魂不能亂爭」、「陽居報恩奉化天運○年○月○日」，使用時要將死者的名字及使用時間寫上。（苗栗縣政府，1996：47）用途是納入地府的「公庫」中，帶有「設籍」的意味。也就是說，必須繳納公庫，才能成為「合法公民」，有錢可用，不致流落街頭。使用時置入棺木內，而非焚燒用。（苗栗縣政府，1996：47；張益銘，2006：150；金銀紙的種類，2010）

根據《道士文檢》所載，每種生肖需繳的數量不一樣：「肖鼠之人繳六萬，肖牛之人繳二十八萬，肖虎之人繳八萬，肖兔之人繳八萬，肖龍之人繳九萬，肖蛇之人繳七萬，肖馬之人繳二十六萬，肖羊之人繳十萬，肖猴之人繳四萬，肖雞之人繳五萬，肖狗之人繳五萬，肖豬之人繳九萬。」（苗栗縣政府，1996：47）

7.私庫錢

屬於入殮庫錢的一種，和搭配七旬金使用的「私錢」或公德庫錢中的「私庫錢不同」。面仔紙上標明有「私錢」，並印有「亡者○○○一位正魂收領」、「拾萬倆整」、「陰司開封使用　他魂不能亂爭」、陽居報恩奉化天運○年○月○日」，使用時要將死者的名字及使用時間寫上。這是給往生的祖靈零用，使用時置入棺木內。（苗栗縣政府，1996：47）

8.庫錢通寶

有分「天庫、地庫」和「天庫、地庫、水庫」二種。（金銀紙的種類，2010）面仔紙內包的是小錫箔的壽金或刈金。〈天庫〉代表天官，〈地庫〉代表地官，〈水庫〉代表水官。（張益銘，2006：148）天、地、水這三官分掌不同的職責：天官賜福，地官赦罪，水官解厄。（大喬，2008：124）。這是使用於祈福、補庫的紙錢。

9.地府錢

印的是地府中各種情景，有許多不同版本。用於歲數六、十八、三十、四十二、五十四、六十六和七十八歲的人，其流年犯「死符」易破財，花錢不當。（金銀紙的種類，2010）

10.花公花婆錢

印有一公一婆，中間還有一瓶花。花公花婆和童子一樣，職責在於守護花叢。（苗栗縣政府，1996：71）就是守護小孩的聲生命樹，所以被視為小孩的守護神。舊時人們向花公花婆求早賜麟兒。（張益銘，2006：154）用於小孩補運，照顧花叢，保佑兒童成長。（苗栗縣政府，1996：71；張益銘，2006：154）

11.火神錢

印有火神圖像。祂常扮演兩種不同角色，一是掌管火政的神明，一是釀成火災的火精；所以通常火神具有兩種形象，為神則正派威風，為精則近乎惡煞野蠻。用以制化「水火關」、「夜啼關」與「湯火關」三種關煞，以前也用來當醫藥治療燙傷及燒傷。（苗栗縣政府，1996：63）發生火災後，也有人燒火神錢用以祭火神、壓火煞，防止火災再起。（苗栗縣政府，1996：63；金銀紙的種類，2010）

12.山神土地錢

印有持笏板或提燈籠的山神與持枴杖的土地公。用來制化「急腳關」，還可以使用於冒犯、褻瀆自然的時候。這種對天地自然的信仰崇敬，顯示了大自然自有一種令人不得不敬畏的力量，一向為中國人深信不疑。由於山神掌管墳場山頭，土地則是墓地的守護，而民間俗信，倘若是因祖靈目的有問題而使其不得安穩，則會影響到陽世子孫的運氣；所以在解運時，法師有時也會指派使用山神土地錢來賄賂山神、土地公，請祂們多多關照。（苗栗縣政府，1996：60-61）

13.三官大帝錢

印有三官大帝圖像及字樣，分為「天官錢」、「地官錢」和「水官錢」。（金銀紙的種類，2010）「水官錢」印有持笏板的水官與其部屬諸將，使用於水厄制化。另外，水官就是三官大帝中的「下元解厄水官三品洞陰大帝」，用於補運解厄。（苗栗縣政府，1996：61）「天官錢」印有多位持笏板的天官，從「天官賜福」俗諺中，改厄消災。「地官錢」印有四位持笏板的地官，似是地府中的四位判官。主要的功用在驅逐邪煞，改厄消災。（苗栗縣政府，1996：71）

14.陰陽錢

大多的陰陽錢都用太陽和月亮的圖案來顯示。（金銀紙的種類，2010）在陰陽五行思想中，「太陽」屬陽而「月亮」屬「陰」，用來祈求本命陰陽福氣，達到陰陽調和。另外，也具有溝通陰陽之用。說明白一些，就是用來買通陰陽，以祈求本命中陽世陰間的福氣。（苗栗縣政府，1996：70）

15.本命錢

又稱「陰陽錢」、「解厄錢」、「補運錢」、「買命錢」……是一種印有小人圖形或錢幣的紙錢。（道教全球資訊網，2010；虛擬神宮，2010）當人運氣不好時，或遇上兇神惡煞，需解運時，可用來祈求好運、驅邪逐煞。對於命不好的人，可用來增強本命。（道教全球資訊網，2010；虛擬神宮，2010；金銀紙的種類，2010）

16.轉輪錢

印有象徵陰陽轉輪的銅錢，還有三個輪迴道。輪迴道分別為：人、鳥、獸。事實上，輪迴道共有四生六道，四生是指胎生、卵生、濕生與化生；六道是天道、神道、人道、畜牲道、地獄道、餓鬼道。四生六道，包括了天地眾生。（苗栗縣政府，1996：70）為協助亡靈在六道輪迴中投胎到天道、人道等較好的地方而燒的紙錢。（金銀紙的種類，2010）

17.往生錢

中間印有「往生神咒」四字，周旁印著往生咒文，在排列成圓形咒文的四角印有「極樂世界」四字及蓮花圖案。講究一點的版本，更於四周印上蓮花、蓮葉、蓮蓬、桃葉與壽桃等吉祥圖案；在壽桃中還印有「給付○○○收炤」，使用時須填寫給付的對象。（苗栗縣政府，

1996：84）此咒文包含現世與來生的雙重期待，為佛陀的根本咒，是能拔一切業障根本得生淨土神咒的通行名稱。（張益銘，2006：140）用於喪葬禮俗，超度先人往生之用。燒用時大多整束連同銀紙焚燒，或折成蓮座狀，祈求亡魂腳踏蓮花往西方，早日往生投胎。（金銀紙的種類，2010）後人焚燒蓮座，乃希望藉著這種觀音座下的法器，將逝者送往西方極樂世界。（虛擬神宮，2010）

18.前世父母錢

印有一男一女，代表前世父母。在民間信仰中，由於靈魂轉世輪迴說深植人心，都相信有所謂「三世因緣」。這前後三世之間，既有關係，就免不了恩怨情仇，而且這些關係會延續牽連。前輩子的父母和我們更少不了這些關係，不管是前世不孝或緣份未盡，這些恩怨，需要今世償還。（苗栗縣政府，1996：64）主要目的是燒給前世父母，為補償前世債務的錢。（金銀紙的種類，2010）也可用以制化深水關，有時小孩出生後體弱多病、哭鬧不休，法師通常會表示這是因為前世父母捨不得孩子轉世投胎，所以作祟糾纏；這時也可以使用前世父母錢，與之溝通、請求，來擺脫糾纏，救回小孩。（苗栗縣政府，1996：64）

19.花仔錢

以印有花紋的彩紙包著黃色毛邊紙，捲成圓形條狀，以十個或十二個紮在一起為單位來使用；更講究的也有用紅紙包著頭尾，使整體成為方塊狀。（苗栗縣政府，1996：97）用於「栽花換斗」，也就是所謂的求子嗣。也可用於「探花叢」，具備補運的意義。另外，民間相信，孩童的成長需要仰賴神明的庇護，包括註生娘娘、七娘媽、媽祖等女神；所以花仔錢也可作為神明衣料使用於女姓神明，為小孩補運，作為小孩的補運錢。

20.壽生緣錢

中間印「壽生緣錢」，周旁印著壽生咒文。（張益銘，2006：139
～140）四個角落上印有「福祿延壽」四字。講究一點的版本，更於四
周印上蓮花、蓮葉、蓮蓬、桃葉與壽桃等吉祥圖案，而且在壽桃中還
印有「信士〇〇〇敬奉」，使用時需填自己的名字。（苗栗縣政府，1996：
81）使用於佛神作壽的場合，或是用來與佛神結緣。（苗栗縣政府，
1996：81；金銀紙的種類，2010）也有人用來還冥債當庫錢使用及給
亡者祝壽用的。（張益銘，2006：40）

21.報恩錢

印有「叩答恩光」、「祈求平安」或「福祿壽」等字樣。面仔紙印
有蓮花吉祥圖案，底色是紅色。因地育域不同而略有差異。用於玉皇
大帝、三官大帝或諸神，以報答神恩。（金銀紙的種類，2010）

經過以上對每一種金紙、銀紙以及紙錢的詳述之後，我發現金銀紙
上的圖像與裝飾雖各自代表的意義不同，但其藉由圖像及裝飾所賦予的
意涵，大致不脫「祈求平安」、「消災解厄」及「答謝神靈」這三項。

五、從金銀紙透視人鬼神的倫理觀

「倫理」一詞，則見於《禮記‧樂記》。《樂記》雲：「樂者通倫理
者也。」鄭玄注：「倫，類也。理，分也。」這裡所謂倫理，泛指倫類
條理，還不是今日所謂的倫理。（張岱年，1991：1-2）

倫理學又稱人生哲學，及關於人生意義、人生理想、人類生活的
基本準則的學說。倫理學也可稱為道德學，就是研究道德原則、道德
規範的學說。「道」與「德」本係兩個概念。孔子說：「志於道，據於
德，依於仁，遊於藝」。道是行為應當遵循的原則，德是實行原則而有
所得，也就是道的實際體現。（張岱年，1991：2）

中國古代倫理思想有一個顯著的傾向，就是肯定人在天地之間的重要地位。（張岱年，1991：6）想要深入瞭解中國倫理思想，不妨從「文化」著手。文化為一種更包容和集體性的範疇：文化代表著社會中知識和／或道德發展的狀態。這個立場把文化和文明的概念相連，是由達爾文的進化論所啟發的，後來由一群現被稱為「早期進化論」並為人類學研究先驅的社會學家所接收，提出了「退化」和「進步」兩種彼此競爭的概念，進而跟十九世紀的帝國主義相連。然而這種觀念卻將文化概念納入集體生活的領域，而非個人意識層面中。（周慶華，2006：202引）

這裡所欲探討的靈異（人鬼神），也可被理解為是一種文化；但它真正要指涉的卻是靈異只是一種經驗類型，只有當它進入文化各次系統的運作才有文化性。（周慶華，2006：201）如下圖所示：

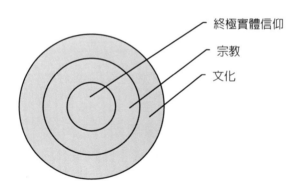

終極實體信仰
宗教
文化

圖 1　文化、宗教和終極實體信仰關係圖

（資料來源：周慶華，2006：218）

在這個關係圖中，宗教成立後內蘊的終極實體的信仰會衍發為文化的各次系統，固然不可言喻；但文化的各次系統在發展的過程中也會反過來對宗教的組織形式有所「促進」或「激勵」，而造成宗教和文

化在相當程度上會有論者所積極揭露的「相互影響」的事實。（周慶華，2006：218）各文化又可以依終極信仰、觀念系統、規範系統和行動系統等分列的方式調理出他們的要點特徵：

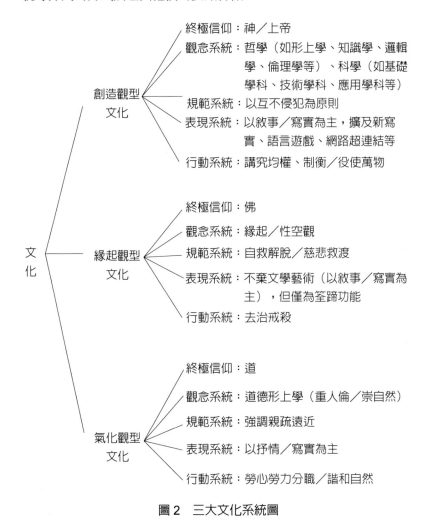

圖 2　三大文化系統圖

（資料來源：周慶華，2006：221）

從上圖的終極信仰、觀念系統、規範系統、表現系統和行動系統等五個次系統中可發現，中國自古以來深受儒道思想的影響，屬於氣化觀型文化。要探討氣化觀型文化中的倫理學（倫理觀），不得不從此四方面探討：

（一）終極信仰

其內涵是指一個歷史性的生活團體的成員，由於對人生和世界的究竟意義的終極關懷，而將自己的生命所投向的最後根基；而漢民族所認定的天、天神、道、理等等，也表現了漢民族的終極信仰。（周慶華，2006：204）

（二）觀念系統

指一個歷史性的生活團體的成員，認識自己和世界的方式，並且由此而產生一套認知體系和一套延續及發展該認知體系的方法。（周慶華，2006：204）中國自古以來深受儒道思想的影響，其中受儒家的思想影響最深，儒家主張「有等差的愛」及「長幼有序」的觀念，與道德形上學中的重人倫不謀而合；更具體的表現在宗教信仰及祭祀上，從寺廟中正殿與兩側所供奉的神祇，便可略窺一二。在道教神祇有自然神的崇拜，如山神、地神、水神……等等，以及金銀紙上印有蓮花及壽桃等圖案，它們都被人們賦予不同的功能，顯現了漢民族對自然的崇敬。

（三）規範系統

指一個歷史性的生活團體的成員，依據他的終極信仰和自己對自身及對世界的認知而制定的一套行為規範，並且依據這些規範而產生

一套行為模式。（周慶華，2006：204）此系統受觀念系統的影響，而孔子主張「有等差的愛」，和此系統強調親疏遠近的觀念不謀而合，強調因對象的不同而給予不同的愛。

（四）行動系統

指一個歷史性的生活團體的成員，對於自然和人群所採取的開發或管理的全套辦法。（周慶華，2006：204）在氣化觀型文化中的道教，跟儒家思想相呼應，上至玉皇大帝，下達靈界，分別給予不同的職責、賦予不同的功能。神祇所擁有的功能與職責來自於玉皇大帝的授予，此種層層分責的組織與中國古代政治運作的觀念相同。

六、相關成果在語文教育上的運用

現行中小學實施九年一貫課程的基本理念是「教育之目的以培養人民健全人格、民主素養、法治觀念、人文涵養、強健體魄及思考、判斷與創造能力，使其成為具有國家意識與國際視野之現代國民。本質上，教育是開展學生潛能、培養學生適應與改善生活環境的學習歷程。因此，跨世紀的九年一貫新課程應該培養具備人本情懷、統整能力、民主素養、本土與國際意識，以及能進行終身學習之健全國民。故爾，其基本內涵至少包括：（一）人本情懷方面。（二）統整能力方面。（三）民主素養方面。（四）本土與國際意識方面。（五）終身學習方面。」五大基本內涵中「本土與國際意識方面」包括本土情、愛國心、世界觀等（涵蓋文化與生態）。（國教社群網，2010）而本文探討的信仰與宗教則包含在文化這一廣大的領域中。

《國民中小學九年一貫課程綱要》中也頒布十大基本能力，包括（一）瞭解自我和發展潛能；（二）欣賞、表現和創新；（三）生涯規

劃和終身學習;(四)表達、溝通和分享;(五)尊重、關懷和團隊合作;(六)文化學習和國際瞭解;(七)規劃、組織與實踐;(八)運用科技和資訊;(九)主動探索和研究;(十)獨立思考和解決問題。(國教社群網,2010)「文化學習與國際理解」基本能力所強調的是:尊重並學習不同族群文化,理解與欣賞本國及世界各地歷史文化,並深切體認世界為一整體的地球村,培養相互依賴、互信互助的世界觀。因為文化所涵蓋的層面極廣,包括科學、語文、藝術、宗教、道德、法律、風俗、習慣等,因此「文化學習與國際理解」基本能力的培養,有賴於活潑多元的教學設計與情境佈置,讓學生在「感同身受」的探究學習活動中,激發愛鄉愛土情懷、養成文化同理心、並且拓展國際視野,實至名歸的達到鄉土教育與多元文化教育的訴求,進而追求世界觀教育的理想。(國教社群網,2010)

　　我認為要達成九年一貫課程綱要中「本土與國際意識方面」的內涵與「文化學習和國際瞭解」的基本能力,七大領域中除了社會、藝術與人文等兩個領域中可實行外,也可在語文領域中來達成此目標,主要是因語文領域的跨領域性,包含了人文學科、社會學科和自然學科,而本文所探討的內容屬宗教學的部分,其涵蓋了人文學科及社會學科,所以我認為倘若想達成「本土與國際意識方面」的內涵與「文化學習和國際瞭解」的基本能力,應藉由語文領域的跨領域性來達成此目標。語文的跨領域性如下圖所示:

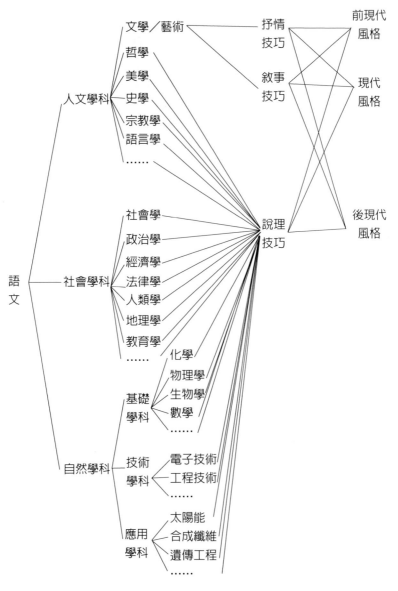

圖3　語文領域圖

（資料來源：周慶華，2004：3）

　　日前教育當局欲編列大筆經費推動品德教育，挽救現今世代品德的頹喪現象，引起學者專家以及握有經費審查權的立委一片的撻伐聲浪。我認為要推動品德教育不需投入大筆的教育預算，只要在現行課程實施及教學上稍作改變即可，而語文領域的跨領域性便是實施的最佳對象。現行過內在語文領域的教學方面，從小學到大學，長期以來都只聚焦在語言學、史學以及文學等三部分，其他的部分只偶而被提及。然而，在宗教學的部分則完全被忽略及遺忘。主要是因為臺灣的正式教育制度內沒有宗教教育，甚至說宗教教育是被禁止的。（詹德隆，2002：3）雖然臺灣有許多由宗教團體所創辦的學校，但除了大專院校外，這些由宗教團體所創辦的學校都不許提供宗教課程，也不許聘請「宗教」學歷背景的教師。這些學校比一般公立或私立學校更重視倫理，甚至有時候以倫理課程的名稱提供宗教教理知識。（同上，4）然而，國內的教育機構還是以公立學校及非宗教團體所辦的學校為大宗。臺灣大部分的小學生及中學生就是在這種學校讀書。到目前為止，他們得不到任何宗教教育，無論是一般性的或某一宗教的。（同上，6）反觀在西方世界，他們對宗教教育的重視起源甚早，1944 年英國公學校開始要求學生必修宗教教育，而且每天都要聚會崇拜。（同上，6）而西歐國家公立中小學及初級中學都必須提供宗教教育。基督教與天主教合作提供宗教課程，學生有選或不選的自由。宗教團體利用校外時間補充學校內宗教教育不足的部分。（同上，7）說到此，或許你我都會有一個疑問，品德教育和宗教教育有關聯嗎？二者之間的確存有關聯性。

　　在宗教界裡，教育的本意是幫助人學習完整的一種生活方式。今日一般學校裡的教學模式與各宗教傳統的教育理想不太一樣，現在的教師會努力解釋理由，設法說服學生的理智，不用太多的情感。但宗教的傳承不能只靠教室內的講學，而需要一些其他的活動和體驗。（詹德隆，2002：7）我認為推動品德教育最有效的方法，不是光靠教師在教室裡努力講授品德的意義，還要搭配其他的活動和體驗，才能有效

的達成品德教育的目的。而本文探討的第四部分從金銀紙透視人神鬼的倫理觀，裡面所探討在氣化觀型文化下的倫理觀念，將此觀念透過教學設計一連串的活動與體驗，讓學生瞭解中國自古以來歷久不變的倫理觀。在語文教學上可以透過安排閱讀教學活動的方法（包括講述法、討論法、探究法和創造思考法等等）和安排寫作教學活動的方法（包括講述法、自然過程法、環境法和個別化法等等）隨機單取或綜取來運用；然後再選擇發生學方法、結構主義方法、系譜學方法、現象學方法、文化學方法、比較宗教學方法和解構主義方法等等，完成語文教學所連帶負有的「教化」的使命。（周慶華，2007：245）

七、結論

　　以上探討道教信仰中普遍使用的金銀紙，只要來自中國的紙馬文化，隨著早期大陸沿海移民而傳入臺灣，歷經幾百年的兩岸分治，演變出許多具有臺灣文化特色的金銀紙，而每一種金銀紙適用的對象都不同，大部分的金銀紙從其上的圖案與裝飾便可知其適用的對象。雖然每一種金銀紙所代表的意涵不同，但大致說離不了「祈福」、「消災」、「解厄」等冀求，其背後也隱含著氣化觀型文化下的倫理規範。

　　將氣化觀型文化下的倫理規範應用在語文教育上，不啻是現今熱門的品德教育最好的教材，何必編列大筆的預算去推動有品運動呢？本文建立在前人的基礎上進一步發言，但還有許多值得開拓處還沒有深入探討（如金銀紙實際的「溝通」作用，金銀紙在靈界的「運作」情況等）；而即使有探討到的部分，也還是有許多不足處（如金銀紙的「幣值」改革之類），這些都是未來可以再行發微的地方。

參考文獻

大喬（2008），《圖書中國祈福神》，北京：中國社會科學。

李亦園（1986），《信仰與文化》，臺北：巨流。

李秀娥（2004），《臺灣民俗節慶》，臺中：晨星。

吳瀛濤（1992），《臺灣民俗》，臺北：眾文。

周慶華（2004），《語文研究法》，臺北：洪葉。

周慶華（2006），《靈異學》，臺北：洪葉。

周慶華（2007），《語文教學方法》，臺北：里仁。

金銀紙的種類（2010），《種類》，網址：http://library.taiwanschoolnet.org/cyber
　　fair2007/maioli/story_03.htm，點閱日期：2010.04.12。

苗栗縣政府（1996），《金銀紙藝術》，苗栗：苗栗縣政府。

施晶琳（2004），《臺南市金銀紙錢文化之研究》，國立臺南大學臺灣文化研究
　　所碩士班論文。

國教社群網（2010），《課程綱要》，網址：http://140.117.12.91/，點閱日期：
　　2010.04.16。

張岱年（1991），《中國倫理思想研究》，臺北：貫雅。

張捷夫（1995），《中國喪葬史》，臺北：文津。

張澤洪（2003），《道教神仙信仰與祭祀儀式》，臺北：文津。

張益銘（2006），《金銀紙的秘密》，臺中：晨星。

祭祀禮儀（2010），《祭祀禮儀》，網址：http://temple.lujou.com.tw/web/p04-01
　　sacrifice-02.html，點閱日期：2010.04.12。

黃文博（1998），《站在臺灣廟會現場》，臺北：常民。

虛擬神宮（2010），《金銀紙種類》，網址：http://www.twv.com.tw/vzar/r002.htm，
　　點閱日期：2010.04.12。

葛兆光（1989），《道教與中國文化》，臺北：東華。

董芳苑（1996），《探討臺灣民間信仰》，臺北：常民。

楊偵琴（2004），《「紙馬」（金銀紙）圖像之研究——納天地神靈於方寸之間的民俗藝術》，國立彰化師範大學藝術教育研究所碩士班論文。

楊偵琴（2007），《飛天紙馬：金銀紙的民俗故事與信仰》，臺北：臺灣書房。

趙弘雅（2002），《怪力亂神的民間信仰》，臺北：前衛。

詹德隆（2002），《宗教教育：理論、現況與前瞻》，臺北：五南。

道者（2009），《好神，拜出好運氣》，臺北：采竹。

道教全球資訊網（2010），《金銀紙》，網址：http://www.twtaoism.net/index.php，點閱日期：2010.04.12。

賴宗煒（2007），《紙錢在臺灣道教過關渡限儀式中之象徵意義及功能》，南華大學宗教學研究所碩士班論文。

臺灣原住民族漢語文學的語言運用

——以原住民飲酒文化為例

江宏傑

國立臺東大學語文教育研究所

摘　要

　　飲酒在世界許多民族中，是普遍存在的文化傳統，但是在飲酒文化中，不同的地方有不同的差異。飲酒在中國歷史是很早就出現的文化，後人會用酒來祭祀祖先來表示誠意，或是獨自藉者飲酒自得其樂、或是慰藉抒發、或是與好友把酒言歡、吟詩作對，可見飲酒在中國文化中佔有重要地位。對臺灣原住民族（以下簡稱原住民）來說，飲酒也常常出現在很多場合。從臺灣原住民族漢語文學作品來看，也可以看到在原住民的歷史故事、神話傳說、傳統祭典及生活文化中有關的飲酒活動。所以在原住民文化中，飲酒具有許多特殊的意義。因為飲酒文化在原住民漢語文學作品中，能真實反應原住民的神靈信仰與生活習俗，所以本文希望透過原住民漢語文學作品中，認識原住民飲酒的原因、習俗及特色，也探討飲酒活動如何運用在節慶祭典，並瞭解有關飲酒的描述、飲酒的禁忌、飲酒在神

話傳說中扮演的角色及作家們對酒鬼形象的修辭,最後再提出個人
對原住民飲酒的淺見。

關鍵詞:飲酒文化、臺灣原住民、原住民漢語文學、神話傳說、酒鬼

一、前言

　　我常常在交際應酬的場合中，聽到「你是原住民，應該很會喝酒啊」；「原來你是原住民，難怪都不會喝醉呢」；或是被稱讚「原住民都是好酒量啊」。在部落參加家族聚會時，酒也是不可或缺的飲品，所以酒在原住民族人之間的互動，存在著微妙的關係。在臺灣原住民漢語文學的作品之中，也常出現飲酒的行為，也反映出原住民的生活習俗。

　　傳統農業時代的原住民，在飲酒上有一定的規範，平常是不能喝酒，只有在特定的日子族人才能喝酒，像是傳統祭典、生命祭儀、節慶豐收等。早期的原住民都會自己釀酒，酒的種類大致可分為米酒、糯米酒、小米酒和水果酒。如果部落男人在在打獵後，或是秋季收成農作物時，為了慶賀豐收，男人們則會聚在一起飲酒高歌，暢談打獵時的英勇的事蹟與心得，部落女人們則是規定不能喝醉，因為還要處理家事的工作。原住民在飲酒前，會有一個動作，就是用手指從酒杯灑幾滴出來，這個動作代表敬天、敬地和敬祖先，表示後人要懂得感恩並尊敬神靈。（陳明珍，2004）後來進入工商業社會後，部落因為求職不易，原住民大多離鄉背景去外地工作，早期平地漢人或是老闆對原住民還帶有些種族歧視，認為原住民學歷低，頭腦比較笨，也會叫原住民是山地人或是蕃仔，老闆也常會以各種理由給較低的工資，所以原住民常會喝酒解悶。後來政府引進外籍勞工後，因為外籍勞工的工資較便宜，使大多從事勞力階級的族人失去工作，於是就回到部落老家，但是家鄉又沒有工作可做，只好整天藉酒消愁，加上公賣局販賣便宜的米酒、維士比或保力達等，於是部落很多族人養成了酗酒的習慣，不但嚴重危害族人健康，也造成家庭失和和就業的問題。不過近年來原住民部落在政府的勸說下，普遍展開戒酒運動，還設立戒酒專班，所以喝酒已稍有改善。

二、臺灣原住民族漢語文學的小說與飲酒文化的關係

（一）藉飲酒文化紀錄部落的生活

「你能想像一個一百零三歲的老阿婆，由他當里幹事的曾孫扶著走二個小時的山路，為的只是和我這個貴客喝幾竹筒米酒，唱幾首以近絕傳的泰雅魯情歌，是何等的情義嗎？」（吳錦發編，1987：序）吳錦發在所編《悲情的山林》中提到曾經到原住民部落作客的經驗，並有深刻的感動。可見飲酒在原住民的觀念中，認為是最佳的待客之道，也就是將自己所珍藏的酒與遠道而來的客人分享是令人快樂的事。（陳明珍，2004）有道是「貴客」配「佳釀」，本來就是天經地義的事，所以對初訪的客人來說，是何等的尊貴。在原住民部落中有很多事都能和酒沾點關係，部落的族人在農閒時刻時常會到別人家拜訪，也總是哪裡有酒就往哪裡去，因為原住民認為今天你喝了我的酒，下次我就要到你家把酒喝回來。

1.《悲情的山林·我的朋友住佳霧》

> 晃到了晚上，就和幾個放暑假回來、在山下唸高工的小夥子一起喝酒、打打麻將……他們有時會聚在此喝酒，摸摸麻將，幫她打發寂寞。
>
> 我們到時，桂姐正端出一盤青菜，放在桌上……桂姐笑著招呼我坐後，說正炒著什麼肉給我們下酒，她說了個我聽不懂的獸名，回身進廚房去了。
>
> 我們剛喝了幾杯，約好的小夏帶了個尖下巴的男子進來，泰雄介紹時說他是王老大。他的臉已經紅紅的，看來不知在何處已喝過一趟了。（吳錦發編，1987：298～299）

「伊林！」是固依！下午他剛給我個他們族裡的名字。他帶來了幾瓶啤酒。好久沒喝啤酒了，住在泰雄家時喝的都是五加皮、紅標米酒什麼的。上次大喝啤酒時是在放榜那天晚上……一群人只有基歪考上了。我們大夥給他慶祝……平常喝得很少的基歪那晚喝得最多，並且說一定要請客，要老闆再切些海帶、豬頭皮來，我們攔著他時才發現他已醉得渾身無力了。（吳錦發編，1987：305～306）

「有什麼事？泰雄。」「找你們喝酒。」顯然愛耍寶的泰雄，不找人聊天是會很難過的。天氣漸漸涼了起來，三個男子都一致欣然同意：這時候喝點酒是合適且必須的。我們往泰雄家騎去，一路上我腦子裡都縈繞著剛才的歌聲。還有比都愛邀我一定要來參加他們的豐年祭，我答應後，她臉上露出燃燒似地滿意的笑容。（吳錦發編，1987：322～323）

2.《悲情的山林‧碧嶽村遺事》

「米──酒──」小老頭咬著不對腔的國語，將一瓶米酒和一隻杯子放到桌上，就在一旁猛搓著手。

「他叫布浩。」老人依舊搓著手，敬佩地說：「他是我們碧嶽村最好的木匠。」

「西南！」布浩惱羞地叱了一聲：「你少囉嗦！」

「呵！我們還是坐下來吧！」范良敏乾笑了一聲，拿起酒瓶：「大家喝喝酒，聊聊天。」（吳錦發編，1987：201～202）

原住民無論是到別人家串門子打發時間、與三五好友聊聊天、或是心情不好，總是有理由可以喝酒。就如同平地的鄉村生活一樣，在廟口的大樹下，總是圍了一群喝茶，下棋的村民。（陳明珍，2004）而部落裡也有相同象徵指標性的集會地點，例如雜貨店、卡拉 OK 店、自家門

口走廊等都是族人聚眾飲酒的地方。所以對原住民來說，飲酒本來就是
生活的一部分，似乎就像是呼吸一樣自然又重要。原住民飲酒時，會習
慣輪杯，一方面增進彼此感情，一方面傳達長幼有序的倫理關念。

（二）藉飲酒文化傳達祖先的智慧

1.《情人與妓女・安魂之夜》

> 「勞恩，酒不但使你的手腳不靈活，你腦裡的東西也很雜亂。
> 是吃了家鼠才不敢過橋，害怕掉入水中，因為家鼠不會游泳，
> 犯禁忌的人會咳血而死。偷了東西才會變禿頭，不要再隱瞞
> 了，閃閃光光的頭就在你頸子上，騙得了我們嗎？」一位長老
> 指著勞恩的頭叫道。
> 勞恩無法與他們爭辯，向前倒一杯酒，與旁邊的老人交杯酒。
> （田雅各，1992：36～37）

　　田雅各描寫著布農族老人對勞恩說的話。布農族人會以長輩所說
的話為依據，就算有不合理的地方，年輕人也不能有任何意見，如果
直接糾正長輩是極不禮貌的行為。因為長輩總是會說誰先看到太陽
的，你就要尊敬他，就像漢人長者總會對年輕人說我吃的鹽比你吃的
飯還多。所以在布農族部落中長者仍然有崇高的地位。

（三）藉飲酒文化瞭解酒在生命祭儀中的角色

1.《那年我們祭拜祖靈・失手的戰士》

> 領袖把包首級的山羊皮袋放在敵首棚（Patpaisan）的地上，一
> 面用酒潑灑在上面，一面說：「歡迎你們來，你們是很重要的

客人，所以我的族人會上山去打獵，請你們吃很多的野味，並且釀很多的酒讓你們喝，所以你們應該讓你們的家人都讓我砍回來，因為你們在這裡會很寂寞。」敵人的首級處理完畢後，部落的族人接著有六天的狂歡慶祝，年輕人負責部落的巡邏和防守。督布斯看到族人繞著敵人首級唱歌跳舞，舞罷飲酒，酒醒再跳，由早晨跳到晚上，由黑夜唱到天明。（霍斯陸曼‧伐伐，1997：109）

早期原住民在出草後，會將割下的敵首掛在門口，並用米酒招待他，除了感謝他能保衛族人的平安，也祈求族人不被外族侵略。我的阿嬤說過她在年紀小的時後，當時原住民仍有出草的習慣，她就曾經看過她的阿公拿酒請被割下的敵首喝酒，並念念有辭，那個敵首喝了酒臉部也會紅通通。

2.《黥面‧獵物》

達瑪‧烏瑪斯將曬乾的樺木斜靠在客廳的牆壁，然後左手拿著裝滿小米酒的葫蘆瓢，並用右手的兩隻手指沾滿酒汁灑向樺木，口中輕輕的祝禱：「opikaunan！這隻槍在往後的歲月裡，將隨著主人的眼睛瞄到哪裡，射到哪裡！每次擊發必定射中奔跑的獵物。我在這裡祈求，這隻槍絕對不會誤射族人的生命，從此之後，槍的主人擁有著如 Savah 一樣高的地位。」達瑪‧烏瑪斯一邊祈禱一邊將瓢上的酒汁全部潑灑完畢。（霍斯陸曼‧伐伐，2001：56）

3.《黥面‧獵物》

空地上，獵團成員將獵槍整齊的排在中央，達瑪‧布袞手中握著小米酒粕，上下灑放酒粕於獵槍上，並帶領獵團成員唱著只與天神對談才吟唱的 Dusause：

> 「什麼東西到我的槍口？」
>
> 「所有的山鹿、山豬、山羊、山羌都到槍口前面來！」獵人們
> 以雄偉、高亢的和音回答。
>
> 「什麼東西到我的槍口？」
>
> 「所有的野獸全部到槍口前面來！」獵人們虔誠的唱出心中的
> 希望。（霍斯陸曼‧伐伐，2001：108）

　　對獵人來說，「酒」是上山打獵必備的物品，像是打獵出發以前，
獵人會先在獵槍灑米酒，祈求獵物都能自動到獵槍的槍口倒下。原住
民在祭典前也會準備豐盛的祭品，「釀酒」就是重頭戲，家家戶戶都
會在祭典前幾天開始釀酒，等到祭典時才能取用。（陳明珍，2004）
所以釀酒是部落婦女必須具備的技術，尚未出嫁的年輕女子，一定要
先學會釀酒。如果酒釀得香醇，可說是具備了「好女人」的條件。

4.《那年我們祭拜祖靈》

> 嬰兒祭（Indohdohan）首先由家族長者向天神（Dehanen；或自
> 然現象）祝禱，接著父母給嬰兒掛上項鍊，項鍊是以苧麻纖維
> （Diiv）編織而成，父親用手指沾酒潑灑小孩，祈望他長大不生
> 病；母親則將樹根嚼爛（Mapapah Lamis）並抹於孩子頭上，以
> 驅除一切邪惡的精靈（Makawn Hanido），並藉此儀式防止小孩
> 被鬼打。這種儀式除了父母的祝福外，並感謝祖先對於初生嬰兒
> 的眷顧，並透過具有交換意味的款宴過程，希望族人能給初生嬰
> 兒繼續給予照顧，並把小孩介紹給族人，而成為聚落的一份子。
> 該族認為精靈是由柔弱而至壯大。（霍斯陸曼‧伐伐，1997：277）

5.《黥面‧獵物》

> 達瑪‧烏瑪斯祝禱完畢之後，用手沾取酒汁抹在嬰兒的嘴唇。
> 儀式結束後，觀看的族人陸續走到嬰兒的面前，輕握著嬰兒

> 的小手，口中說著最虔誠的祝福。畢馬從達瑪的口中得知：
> 握著嬰兒的手是代表整個部落的族人承認了嬰兒成為部落的
> 一分子，也承諾著嬰兒成長期間若遭遇苦難，族人將盡一切
> 力量扶持嬰兒平安的走向未來。（霍斯陸曼・伐伐，2001：
> 114）

新生兒對原住民有傳宗接代、生生不息的意義。因為新生兒的抵抗力較弱，容易被不好的靈入侵，原住民希望藉酒的氣味能驅趕邪惡的精靈，也藉酒的味道接納與認同新生兒成為族人的一份子。所以對原住民的新生兒來說，將來的一生中也無法和酒脫離關係。內容將一個布農族父親，為自己的小孩舉行嬰兒祭的情形描寫出來，充分表達了父親對於小孩誕生的喜悅及興奮之情，整個儀式也代表著族人歡迎新生命的加入。

6.《那年我們祭拜祖靈・布妮依的婚禮──被詛咒的婚禮》

> 大人人在臨時架的工寮（Taluhan）裡進行著結婚的儀式，男方
> 的族人恭敬的將宰割成塊狀的豬肉（Ginulut）和小米酒交給女
> 方的長輩檢查，雖然有不滿意的叫罵，但是滿意的狂笑聲讓男
> 方安心了許多。（霍斯陸曼・伐伐，1997：39）

酒對所有原住民的婚禮來說佔有重要的角色。從狂笑聲來看，男方的表現雖然使人不滿意，但還可以接受，這樣的情景在緊張的氣氛中帶有趣味，可見布農族人可愛純真的一面。在布農族的婚禮中，「小米酒」及「豬肉」是必備的聘禮，所以在婚禮前要接受女方家長的檢查，因為這些聘禮也要分送給女方的家族親戚。倘若男方準備的數量充分，做岳父岳母的就會很有面子，倘若準備的數量不夠，就會引來批評為人小氣或是對女方的愛很少。

7.《那年我們祭拜祖靈・部落小丑──小丑物語》

「稻拔氏在舒巴里的家喝酒，還叫幫忙處裡喪事的族人一起喝酒，酒醉的人就在死人的旁邊吵吵鬧鬧。」從喪家幫忙做事的哥哥，一回來就向大家宣佈。部落古老的規定：喪家五天內不得喝酒、吃肉、糖、鹽、辣椒等東西，也不准打掃房間、洗澡和洗面，同氏宗族也跟著遵行；部落的族人都會幫喪家豢養牛、羊、豬等家畜表示哀悼。（霍斯陸曼・伐伐，1997：180）

8.《那年我們祭拜祖靈・山林物語》

五天不出門、不吃肉（Chichi）鹽（Hasila）、甜、辣椒（Mahav）的日子終於過了。塔瑪・布哀拿著木灰在全家四周撒放，藉此趕走家中所有的鬼魅，然後端著裝酒的葫蘆（pitahul）帶領手拿著芒草結的族人走向屋外。塔瑪・布哀一路灑著酒，口中自言自語的說：「過世（Nas）的爸爸！我們現在要送你出門，喝了這些酒可以增加你的力量，好好的走回祖靈住的地方，不要擔心也不要回頭看我們，我們會按著你走過的日廣繼續在這片土地上認真的活著（MIHUMIS）。」（霍斯陸曼・伐伐，1997：205）

原住民普遍也有「死者為大」的觀念，對過世的族人是相當敬畏。原住民在喪禮期間規定不能喝酒、吃肉、吃甜食、清掃屋子或沐浴，而且最重要的是在這禁忌期間不能出門或工作，否則後果會相當嚴重。（陳明珍，2004）布農族在葬禮時的灑酒行為，目的是希望幫助過世的族人能走回祖靈住的地方，就如同漢人在往生人的口中放置米飯，讓他在黃泉路上好走一般。由此可見，「酒」在布農族喪禮中的重要等同米飯。

（四）藉飲酒文化塑造獵人的形象

1.《最後的獵人・拓跋斯・搭瑪匹瑪》

經過一家雜貨店前，那沾滿灰土的櫃子裡沒有幾樣貨品，但一年四季從不缺酒類與檳榔，老板是一對客家夫婦。

「嘿，俺要兩瓶米酒，三包青檳榔。」他停下車，以客家話向老板叫道。

「你要買什麼？關上引擎再告訴我好嗎？」老板把頭伸出門外，露出滿是皺紋的頸子，像烏龜般害怕地問比雅日。

「兩瓶米酒、三包檳榔，聽到沒有？」

「知道啦，怎麼不買高粱呢？我有賣金門的高粱酒，我自己也喜歡喝，米酒太淡了。」

「不要。烈酒是給快死的人喝的，留著吧，賣給那些悲傷的人，酒精可以洗去他們的痛苦，我只要清淡的老米酒，這是三十元。」比雅日摸摸口袋，幸好只有這三十元。

動身之前，他再檢查袋子裡的東西，鹽、火柴、米酒、檳榔，然後點點頭讚美自己的謹慎，且滿足於擁有這些可養活他在森林裡的糧食，他感到活潑、強壯且快樂，他重新發動引擎。（田雅各，1987：50～51）

獵人在原住民族群中本來就有崇高的地位。酒也是獵人狩獵的必備品之一。上山打獵不是一件很容易的事，尤其是山區的天氣變化莫測，獵人為了要在狩獵時保持輕快的步伐，所以出發前的配備都很簡陋，但是酒卻是獵人的精神糧食，它不僅可禦寒，又可使人精神百倍，是不可或缺的必須品。然後獵人到達狩獵的地方時，也一定要先用米

酒敬拜土地的祖靈，祈求祖靈能帶給獵人好運，讓土地上的獵物能自動跑到槍口下。所以獵人在形象的塑造上都不能沒有酒。

（五）藉飲酒文化瞭解飲酒造成家庭的問題

1.《那年我們祭拜祖靈‧部落小丑》

「我捕獲的野獸最多；在部落裡是最有能力的獵人，族人都會用酒來表達他們對我的尊敬；尊敬擁有強大能力的人是布農族千年不變的習俗，所以我就喝多了。」畢用的瘋言瘋語總會帶來夫妻的戰爭。

畢用酒醉回來和媽媽摔角是常有的事，布衰總是習慣的和哥哥帶領著弟弟妹妹到因兄妹長期尿床而雜草叢生的床底下躲藏；事後，吉娜沒受傷，畢用摔完也安靜的睡覺。因此，看到父母親吵架，布衰就像等颱風過境一樣的沉著。（霍斯陸曼‧伐伐，1997：166）

2.《那年我們祭拜祖靈‧部落小丑──爸爸拜樹根的朋友》

每次從山下回來，爸爸一定會把漢族送的酒（Davus）喝光，媽媽總是對他叫罵一番的說：「那種酒不要喝，明天整個人又會像中毒（Basun）一樣的顫抖。」「喝這種酒醉得比較快，讓人容易忘記大樹倒下呻吟聲（Dadalin），可以睡得比較安穩。」爸爸的醉言醉語每次引起夫妻的戰爭。（霍斯陸曼‧伐伐，1997：168）

在原住民部落中酗酒常常是造成夫妻吵架的原因之一。原住民雖然給人天性樂觀的印象，但是原住民在工作或生活上遇到不開心的事，往往都不會輕易說出來，似乎只有喝酒才是根本的解決之道。我

小時候也曾經歷父親沒工作時，常常喝酒醉，而母親總是被通知要去哪裡把醉倒的父親帶回家。回家後父親也總是要和母親吵一架，吵架後就是打架，而我們兄弟姐妹也只有束手無策的放聲大哭，但是我們的哭聲總是淹沒在大人的吵架聲中。幾次後我們就學會躲起來去暫住親戚家，但是那種感覺回想起來既糟糕又狼狽。所以很多酒鬼在視酒如命、或是美酒當前，六親不認、或是小孩開學的註冊費、看病錢買酒喝了等原因之下，飲酒就很容易產生家庭的問題。

3.《最後的獵人‧拓跋斯‧搭瑪匹瑪》

> 笛安緩緩地說：「高比爾‧松魯曼那，你整天喝酒，說是讓靈魂得釋放，不管米桶是否填滿，甚至讓田地荒涼，你太太乳房愈來愈小，兒女的額頭愈長愈暴露。造物者不會祝福白天沉睡的人，玉米也不長在沒有汗水的泥土，比起烏瑪斯你更沒良心。」高比爾聽笛安喊他家族的姓，臉更紅，他認為笛安不應該連松魯曼那一起責備。
>
> ……如果高比爾你注重靈魂，那瓶酒也是用有生命的米粒釀成。所以要生存就要建立自己的勢力範圍，也就是跟低等生命博鬥，預防異族的侵略。老巫婆曾告訴我這些。」大家一直沒插嘴，笛安演獨角戲而有點累。（田雅各，1987：33）

酒在原住民部落中，是日常生活常見的飲品，因此在日常生活中，也常被拿來當作警惕的物品。（陳明珍，2004）因為整天喝酒的人確實會讓人語無倫次、神志不清，也無法照顧田裡的農作物。所以「造物者不會祝福白天沉睡的人，玉米也不長在沒有汗水的泥土」，正暗喻酗酒的人浪費生命，不事生產，沒有食物可以分享給族人，也就不會受到神靈的祝福。文中的酒鬼不做農事，整日只有喝酒，「那瓶酒也是用有生命的米粒釀成」，酗酒等於扼殺了「米粒」的生命，也糟蹋了用來延續族人生命的糧食，所以會被族人責斥。「酒鬼」是原住

民社會中很普遍的綽號。因為飲酒風氣盛行，所以日常的用語和問候語中不免加入與「酒」有關的詞彙，例如「要不要喝一杯？」的招呼語；如果聊天時不小心說錯話，也會有人開玩笑說「你喝酒啊！」（就是醉酒之意）。

（六）藉飲酒文化瞭解飲酒導致意外的發生

1.《悲情的山林・我的朋友住佳霧》

「卡邦，是誰？」我勉強搭上腔。

「卡邦是我姊姊的男朋友，他前幾天喝醉酒騎車！結果『ㄔㄨㄚˋ』一下，衝到山裡去了，幸好勾到一棵大樹上。」她邊說著邊用手勢表演，似乎感到有點滑稽地，著嘴笑了起來：「卡邦最——愛喝酒了。」我們也笑了。（葉智中，1987：316～317）

2.《悲情的山林・燕鳴的街道》

「你別他媽藉酒裝瘋，你把她看成聖女啊，我告訴你，她我玩得都不想玩了，你還把她當做寶？老子今天想玩她，還算是她的運氣！」小劉轉過身，輕佻地摸著她的臉蛋說。幼瑪猛地把他的手拍開，大叫著說：「你別碰我，你這骯髒的東西！」「你罵我什麼？爛東西，妳敢罵我！」說著狠狠一巴掌把幼瑪打得顛了好幾步。我怒吼一聲，掙開小鄭拉我的手，衝上去，冷不防地，把酒瓶狠狠地迎著他的臉幹了下去。小劉慘叫一聲，倒下來了，鮮紅的血，迅速漫滿了他的臉。（吳錦發，1987：289～299）

近年來，常常看到原住民因喝酒導致的意外及受傷事件的報導。最常見的不外乎酒醉駕車及酒醉打架鬧事。也常聽聞平地漢人的老闆

或朋友總是會說原住民真的很愛喝酒，也都沒有節制，有時候今天工作，下班領了工錢後，隔天就沒有來上班，直到二至三天後才又出現，有的人甚至還會醉醺醺的來上班。早期在原住民部落的鄉公所門口，常會看到一個公告，就是寫上班禁止喝酒及吃檳榔的警告標語。因為在鄉公所上班的原住民員工，常常在中午休息外出用餐後，就會順便喝個幾杯，有時不小心喝多了，下午就沒回來上班，導致鄉公所內部唱空城記，來洽公的民眾也總是撲空無法辦事。所以喝酒除了影響工作效率，也很容易發生危險。所謂酒後而亂性，喝酒造成的意外及健康問題傷害了原住民身體，也傷害了原住民的形象，實在令人憂心。

三、原住民族漢語文學的散文、詩與飲酒文化的關係

以下蒐集幾位原住民作家的散文作品，分別節錄其作品中有關酒的文章。

（一）亞榮隆・撒可努《山豬　飛鼠　撒可努》

1. 〈vuvu 們——vuvu〉

VuVu（祖母的姐姐）說她很老了，快走不動了，八十四次小米收割的歲月讓她的頭髮都白了，臉上的皺紋好多、好深。但身體還是一樣的硬朗健康。愛喝酒的她，跟我說，她不再跟公賣局做朋友了。（亞榮隆・撒可努，1998：82）

2. 〈vuvu 們——酒〉

而今，昔日酒的神聖文化不再，族人的不認同及漠視，使過去老祖宗留下來的小米酒文化不再受到族人的愛戴及敬仰，取而

代之的卻是公賣局五花八門，連我也搞不懂的各式各樣的酒；
但我清楚了解、知道，公賣局的酒麻痺了我族人的靈魂和身
軀，也侵蝕傳統原有的文化。

……在時間、環境的壓迫下，原住民真空的世界裡，長期受到公
賣局的出賣，換來的是族人的酒精中毒、腦充血、中風、家庭
的破碎、婚姻的失和；我想，為什麼在過去小米酒的文化裡，
沒有所謂的酒精中毒？腦中風？家庭、婚姻的離異？我真搞不
懂，會讓家庭、身體、靈魂侵蝕的酒，公賣局竟然還要販賣它們。
為什麼不把又香又甜的小米酒大量的釀製，讓所有的人一起
分享？

小米的醉是乾淨的醉，醉得很勇敢，像獵人一樣敏銳靈活。

醉得像長老一樣理智。

醉得像山的小孩那般可愛。（亞榮隆・撒可努，1998：92～93）

3. 〈vuvu 們──臺北記事〉

「VuVu 你來臺北做什麼？」

「我來找我的兒子、他好久沒有寄錢回山上了，我好久沒有喝
酒了，生病都沒有錢看病，家裡的電費、水費都沒有繳，還要
照顧小的 VuVu（孫子），我們都沒錢。」（亞榮隆・撒可努，
1998：175）

　　文中 VuVu 一直到八十四次小米收割的歲月才不再和公賣局做朋
友，在原住民的心中，似乎已經把酒晉升到朋友，甚至是情人一樣的
關係。但是在〈酒〉一文中，作者控訴公賣局（臺灣煙酒公司的前身），
因為「公賣局的酒麻痺了我族人的靈魂和身軀，也侵蝕傳統原有的文
化。」公賣局販賣的酒只會使族人們酒精中毒、腦充血、中風、家庭
破碎。原住民常打趣的說如果公賣局沒有原住民早就倒了。亞榮隆・
撒可努深信唯有排灣族人自釀的酒才是好酒，使喝醉的老人「乾淨的

醉，醉的很勇敢」。原住民對「小米酒」深刻的感情有回憶、有感動，有無奈，更有滿腔的悲憤。「酒」在原住民的社會裡，的確是一種無法言喻的語言。

（二）夏曼・藍波安《冷海情深》

1.〈冷海情深〉

> 一尾六、七斤重的六棘鼻魚被二哥切成生魚片放在男人們圍成圓圈的地板後，二堂哥便把預藏好的酒拿出來，開始談起了雅美男人的海，除了三堂哥在臺灣太久而不會潛水外，客廳裡的男人在被二杯酒灌肚取暖的同時，紛紛地要求我說一遍今天的故事……（夏曼・藍波安，1997：34）

達悟族因為大多種植根莖類的食物，小米和糯米比較缺乏，所以早期就沒有釀酒的文化。（陳明珍，2004）夏曼提到酒在達悟人眼中就像是一般的「飲品」而已，可以用在閒暇聊天、娛樂和慶賀漁獲豐收使用，而且酒並非不好的東西。

（三）夏曼・藍波安《八代灣的神話》

1.〈不願被保送〉

> 一切都變了，變得令人目不暇給，變得使我一時難以適應。族人酗酒日甚、孩童伸手向觀光客要錢、觀光客拋糖、玩弄純潔的童心、滿足他們的文明支配慾、外來資本家利用達悟當地資源賺取利潤。真的，一切都變了，唯有大海沒有改變。除非達悟族的下一代能夠摒除私慾，真心為孤島的前途著想，重整家

園，否則，我真無法知道，達悟族文化是不是還有未來？（夏
曼・藍波安，1992：165）

原本崇尚自然生活的達悟族人，卻因外來的文明入侵，挑起了的
虛榮心態，令夏曼感到惋惜，並對於達悟族文化的困境有深切體認，
夏曼希望採取積極的態度將美好的文化內涵保存流傳，排斥臺灣現代
社會文明帶來的醜陋。如果族人們天真的心一旦被文明的酒精迷惑
了，將無法與海洋搏鬥，而祖先的智慧也將迷失在外來文明的狂瀾中。
「飲酒文化」在夏曼・藍波安的文章中看來，有一些苦悶及哀愁。到
底漢人的文明帶入部落，對原住民文化是否有所助益？

（四）利格拉樂・阿𡠄《穆莉淡 Mulidan──部落手箚》

1.〈穆莉淡 Mulidan──部落手箚〉

自從 Vu Vu 在前年因為小外公愛喝酒而吵著和他離婚之後，向
來都是小外公偷偷摸摸的到家裡來看 Vu Vu，許久沒聽家中的
任何人說過 Vu Vu 會去看小外公的，除非是出了什麼事？果不
其然，當我正這麼猜測的時候，i-nah 就說：「小外公生病了呢？
聽說快死囉！」我被 i-nah 這突如其來的回答給嚇了一跳，「怎
麼會呢？上回回來他不是還好好嗎？」i-nah 憂憂地說：「誰知
道呢？找個時間去看看他吧！」（利格拉樂・阿𡠄，1998：13）

自從下山後，Vu Vu 便一直將自己反鎖在她的屋子裡，任憑誰
去叫她都不理會，就算我們出動了她一向都無法抗拒的「兒童
兵團」，屋內的她卻依然無動於衷，我們都擔心過於堅強的她，
會不會因為上了年紀，在無法接受這種打擊下，做出了什麼傻
事？最後，終於在 i-nah 的同意下，我們撞破 VuVu 那一扇下

算太牢固的木板門，大家憂心地一哄而上，都希望 VuVu 可別
出了什麼事才好，才發現嚇壞大夥兒的 VuVu，早已經平躺在
床上，床腳邊有兩瓶紅標米酒的空罐，原來，她──喝醉了，
大家見到她平地無事，「吁」了一口氣，便輕手輕腳的退出
VuVu 的屋子，只剩下 i-nah 和我留在屋子裡收拾殘餘。（利格
拉樂‧阿鴞，1998：20）

　　VuVu 因為小外公喝酒成性，所以常常吵著要跟他離婚，後來小
外公去世後，VuVu 卻用兩瓶紅標米酒來思念小外公，似乎也為小外
公準備了一罐紅標。以 VuVu 的想法來看，所謂睹物思人，從來不沾
酒的 VuVu 透過飲酒來思念小外公，似乎唯有透過「酒」才能和另一
個空間的小外公對話。

（五）奧威尼、卡露斯盎《雲豹的傳人》

1.《雲豹的傳人‧戀》

　　妳的美如旭日的灼灼
　　妳的情如小米酒的彩虹
　　妳的愛如夕陽的艷
　　妳閃過　　叫人眩
　　妳沈默　　叫人醉
　　妳迴避　　叫人戀（奧威尼、卡露斯盎，1996：4）

　　詩中分別以「旭日、酒、夕陽」來比喻女子的「美、情、愛」，
而「如旭日般的美」令人目眩神迷；「如酒般的情」使人香郁沉醉；
「如夕陽般的愛」讓人陷入愛戀。原住民因為居住於山林之中，與天
的距離很近，以晨光、旭日比喻女人，就好像女人在部落中的地位如同

日月一般的崇高。「情如酒」則表示男人需要女人愛情的滋潤，這種滋味又香又醇，就像「小米酒」在原住民社會中是極為重要，不可缺乏。

（六）莫那能《美麗的稻穗》

1.〈回答〉

> 他們用大量的啤酒作釣餌
> 弄得我們都很興奮
> 他們在臺上一再強調
> 守口如瓶
> 我們在臺下
> 拚命開罐
> 他們說的話語
> 就像肛門放出來的空氣
> 終於，那縣裡來的大人
> 他的架勢很威風
> 說話有精神，他說
> 「……只有消滅山地文化才能使山地人的生活水準提高……」
> 不等他放完
> 我就抓起兩瓶酒
> 把左手的一瓶變成燃料
> 灌進肚子裡
> 把右手的一瓶當手榴彈
> 向講臺上拋擲過去（莫那能，1989：73～74）

　　莫那能在〈回答〉中用「他們用大量的啤酒作釣餌弄得我們都很興奮」表達了縣府大人以為原住民只要用廉價的啤酒就能被買通，卻

是大錯特錯的愚昧。他還用臺上縣府大人要大家守口如瓶,但是臺下大家拚命開罐形成一個強烈對比。最後酒也能變成武器一般丟到臺上,象徵把縣府大人所說的話統統還給他。

2.〈百步蛇死了〉

> 百步蛇死了
> 裝在透明的大藥瓶裡
> 瓶邊立著「壯陽補腎」的字牌
> 逗引著在煙花巷口徘徊的男人……
> 當男人喝下藥酒
> 挺著虛壯的雄威探入巷內
> 站在綠燈戶門口迎接他的
> 竟是百步蛇的後裔
>
> ——一個排灣族的少女(莫那能,1989:160～161)

　　莫那能在詩中指出公賣局的酒、壯陽的藥酒都是有害的。在〈百步蛇死了〉來反應了當時許多原住民未成年少女被騙到城市從事雛妓賣淫的工作,所以百步蛇其實並沒有死,只是以不同方式的面貌重現,離開部落的原住民少女藉男人貪婪的軀體和部落祖靈開始對話。閱讀莫那能的詩,雖然會覺得比較沒有精雕細琢的文字,也沒有靈巧的技巧運用,但是倘若是熟悉原住民文化的,就會感覺詩中充滿著一種來自心靈深處的吶喊,一種來自山林中祖靈的呼喚。

(七)瓦歷斯‧諾幹《想念的族人》

1.〈部落之愛〉

> 流水嘩啦啦唱歌的部落

（唱了千年的悲歌囉！）

高山叢林盤踞的部落

（故鄉在海的那一邊）

小米釀酒的部落

（這原是祖先祭祀的供品）

歌謠唱遍的部落

（歌聲被卡拉 ok 佔領了）

這是我所鍾愛的部落

（一座九○○年代人口急遽流失的部落）（瓦歷斯・諾幹，
1994：124）

2.〈不快樂的母親〉

有一張記載傷悲的臉

有一個看不到的兒子

有一個不勤勞的丈夫

有一塊營養不良的田園

……自從丈夫失去弓箭槍枝

就失去了八雅鞍部山脈

鎮日在商店沽酒買醉

向無知孩童收買昔日光榮

今年以後失去養分的土地

不再生長甜美豐碩的玉米

肥料農藥猛向土地打點滴

玉米仍舊賣不到好價錢

不快樂的母親跪向蒼天

只要田園脫離疾病就好

只要丈夫爬出酒瓶就好

只要兒子逃離大海就好（瓦歷斯・諾幹，1994：150～152）

　　瓦歷斯·諾幹的詩作中〈部落之愛〉寫到有小米酒的部落是他愛部落的原因之一。在〈不快樂的母親〉寫到丈夫因酗酒不再管理田地，也沒有生產農作物，悲苦的妻子只能消極地期望「丈夫爬出酒瓶」就好。母親為酗酒的丈夫憂慮，為遠洋的兒子憂心，顯現出無奈又無力感。

　　原住民的詩集多取材自部落生活中的所見所聞，透過作家對部落生活的觀察，展現出最真實的原住民印象，使「飲酒文化」在原住民文學領域中增添色彩，也為創造了詩與想像的無限空間。以往一般人對原住民的認識常以野蠻、貧窮、酗酒、落伍、好騙（不會說臺語）……等刻板印象來解讀。（陳明珍，2004）由於缺乏溝通，原住民本身也以邊緣民族的心態自居，加上少數民族的自卑心態，通常不知道也不太願意和漢人相處，原住民與漢人之間莫名的隔閡因而產生。漢人對原住民的印象仍充滿著神秘感；反過來原住民也對漢人仍不信任。因此，想要揭開這層神祕的面紗，就要借重於大眾傳播，最直接快速的莫過於報導與評論。

（八）利格拉樂·阿𡠄《紅嘴巴的 VuVu》

1.〈紅嘴巴的 VuVu〉

> 礦工都是輪班的，所以每天二十四小時都有人在裡面挖礦，尤其是趕工的時候，下地人的礦工都不想加班，就剩我們這些要錢的山地人拚命的挖了，身第一件事就是洗澡；有的時候很奇怪，愈累就愈睡不著覺，於是就幾個好朋友，大家抽抽煙、喝喝酒，回想以前在部落的事，愈聊愈傷心，酒也愈喝愈多、愈喝愈凶，實在不是我們愛喝酒啊！誰叫酒都不讓我們醉呢!?(利格拉樂·阿𡠄，1998：134)

「其實我是很不喜歡喝酒的，外面的人都說什麼……山地人愛喝
全部都是胡說八道……我們山地人哪，只有在祭典的時候才喝
酒；在以前，喝酒是件神聖的事情，平時是不可以喝的，如果你
違反祖靈留下的規矩，是會波及族人的，但是現在酒到處買得
到，又便宜，怎麼不會上癮呢……還不都是他們（指漢人）害
的，要不是他們將那套欺騙、壞心腸帶到我的部落，我的族人也
下會將祖先留下來的土地、語言這些無價之寶弄『髒』了。沒有
了倒還好，但是為了生活下去，卻必須把這些寶貝拿出來賣，難
怪我們的祖先要說：漢人的心就像飛鼠的腸一樣彎曲，不是一條
通到底……你說我能不喝嗎？清醒的時候腦袋裡裝的全是漢人的
那套壞東西，只有在喝醉的時候，才知道原來自己的身上還有山
地人的血液在流動；才不必面對祖先對我的指責啊！」語畢，又
是一杯米酒下肚。（利格拉樂‧阿嫗，1998：188～189）

利格拉樂指出「我們山地人哪，只有在祭典的時候才喝酒；在以
前喝酒是件神聖的事情，平時是不可以喝的，如果你違反祖所留下的
規矩，是會波及族人的。」言下之意，傳統的原住民認為喝酒原本是
很慎重的事，並非漢人帶來的壞習慣。文中也提到在部落中隨處就能
買到便宜的酒是漢人害的，並導致原住民酗酒的惡習。山地人為了不
想在清醒時讓自己憂憤難平，只好選擇酒醉，因為醉時不用面對族人
的指責。利格拉樂表達了部落漢化後不滿的情緒及沉痛心聲。

（九）孫大川《久久酒一次》

1.〈久久酒一次之一〉

……後來，年歲稍長，便逐漸發現「酒」不但有助於人之回歸
原始，更可以入詩入畫。從詩經到現代詩，從屈原到李白、杜

甫;「酒」不僅可以成為詩畫的主題,更可以成為詩人墨客創作的媒介;甚至可以溶化在他們人格內部,調節那被喜、怒、哀、樂激盪的敏感心靈。尤有進者,尼采透過希臘悲劇曾精確地指出,酒神戴奧尼索斯(Dionysos)和人類藝術創造力或生命力的內在關聯。的確,就人類精神發展說,「酒」實在不同於一般飲料,其意義不只是在反映人類工藝或科技之水準:它本質上乃是一種「象徵」,喻示人所特具的某種精神向度。

考古或人類學的研究證實,「酒」的發明和人類文明幾乎同其久遠。商代甲骨刻辭中,不但明白地記錄下占卜、祭祀時「酒」的廣泛運用:甚至「以酒祭祀」,也可以獨立成為祭祀的一種。「酒」和宗教祭儀或巫術的緊密關係,顯示「酒」對人類的意義,遠遠超過「社交禮儀」的範疇。現代人飲酒格調的低落,首先表現在將「酒」視為社交宴樂之工具。它不但失去田園飲酒的從容,更談不上藝術心靈的激發。至於,它所隱含的宗教內涵,從現代人的科學眼光來看,只能視為迷信或幻想;誰有耐性去思考「以酒祭祀」與人類精神經驗的內在關聯?(孫大川,1991:24)

本文中孫大川首先陳述自己從小到大對「酒」的特殊情感,他是尊敬酒的。而且對於酒的觀念中有四大功能:「詩人墨客的創作媒介」、「調節那被喜、怒、哀、樂激盪的敏感心靈」、「是一種『象徵』,喻示人所特具的某種精神向度」、「和宗教祭儀或巫術的緊密關係,顯示『酒』對人類的意義,遠遠超過『社交禮儀』的範疇」(陳明珍,2004),以上四點代表身為原住民的作家對酒的認知。他認為以現代人飲酒格調的低落,只是將酒視為社交宴樂之工具,最後淪為麻痺心靈的引藥。孫大川奉勸大家何不「久久酒一次」,將失去已久的傳統飲酒文化感覺重新尋回,改變不正確的飲酒習慣,恢復原住民「酒文化」的真正內涵。

2.〈久久酒一次之二〉

> 將「酗酒」和原住民聯想在一起，隱含一種民族悲劇，也顯示
> 目前臺灣所面臨的日益迫切之社會正義與道德責任之問題。就
> 像世界各地的部落族群一樣，山地飲酒現象原本有它宗教、社
> 會、藝術想像以及集體活動等之豐富內涵。在山地社會未完全
> 崩解之前，飲酒不是「孤立」的行動，它總是和宗教祭儀、婚
> 喪喜慶、歌唱舞蹈等伴隨而生：更多的時候它和勞動生產密切
> 地關聯著。童年記憶裡，每年夏天農忙之際，村子裡常分幾組
> 工作隊伍進行集體耕作，一家一家輪流收割稻米，採收鳳梨、
> 甘蔗等等。大家早出晚歸，在烈日下工作、勞動，整個村子仿
> 彿動起來了，充滿活力與精神。直到農忙結束，舉行「收穫節」，
> 飲酒歌舞，以慰辛勞，這是典型的部落農村生活。
> ……除非我們能深切地覺悟到原住民酗酒現象背後的「死亡」
> 經驗，否則我們無法真正地懷著懺悔、慈悲的心情，和原住民
> 弟兄共建一個充滿生機的社會——因為在他們死亡的經驗裡
> 烙著我們的罪債。多次在山地部落拜訪的夜晚，見到醉倒路邊
> 的弟兄，總想到他們之所以不醉不歸的沉重心靈：「活著幹什
> 麼呢？我什麼也不能做，像是個多餘的人……」常有人這樣
> 說。每回扶起他們，我唯一能說、能想到的一句話是：也許我
> 們應該久久「酒」一次吧……（孫大川，1991：28）

〈久久酒一次之二〉文中，孫大川將「酗酒」視為原住民族的「民族悲劇」，原本「飲酒歌舞，以慰辛勞」典型的部落生活，而今因為原住民社會的崩解而消失了，酗酒是一大元兇，其背後潛藏的因素是值得思考的。「死亡」的壓力，迫使原住民將原始生命力扭曲、消散到自我毀滅的道路上。而傳統文化的「趨死」，導致因嚴重酗酒的「瀕死」，這是無可避免的悲劇。（陳明珍，2004）所以孫大川再次呼籲

族人「久久酒一次」吧！將原住民飲酒文化追本溯源，並將飲酒所代表的意象敘述說明，去除原住民飲酒文化中劣質的部分，喚醒族人及一般人對原住民飲酒習慣的扭曲的看法。閱讀原住民作家的散文著作，往往會有一種特別的臨場感覺，因為故事中的人物、地點是自己熟悉的情境，倘若是具有原住民族經驗的就能體會。

四、原住民文學作品中飲酒文化的寫作特色

（一）特殊的修辭技巧——嘲諷幽默的言語

嘲諷幽默的敘述方式，是由原住民特有的樂觀天性所培養出來的，往往幽默中帶著揶揄，形成鮮明的嘲諷意味。列舉如下：

1. 《最後的獵人‧拓跋斯‧搭瑪匹瑪》

> 小孩的哭聲停止了，嘴被紅紅胖腫的孔頭完全堵住。珊妮慢慢地捍高額頭，真像得意於自己控住兒子的哭聲。
>
> 「珊呢，妳真會哄小孩，好女人理當受人稱讚。他是第一胎嗎？聽他的哭聲，我就知道一定是男人。如果，哈哈……妳的大乳房來塞我太太嘮叨的嘴，嘿嘿……我回家就……」
>
> 「高比爾你這老酒鬼，可不可以少說幾句，躺著想想回家之後如何對付你老婆，我看你今晚睡車上不要回家。」烏瑪斯提獵槍教訓酒鬼。高比爾看到到車內沒有和自己一樣幽默的人，小小笑一聲，又躺下去。珊妮紅著臉瞪著高比爾，想講他幾句。
> （田雅各，1987：21）

文中田雅各以小孩的哭聲暗指「老酒鬼」高比爾老婆嘮叨刺耳的聲音，而一句以「女人的大乳房」來塞「嘮叨的嘴」可說是充滿想像空間，在詞句的用法上相當貼切。一般原住民平時是內向害羞的，一旦酒醉後反而會將平時不易出口的話，不計後果的說出來，所以藉酒壯膽是常有的事。所以撇開酒鬼的藉酒裝瘋、無理取鬧及不按牌理的行為，至少酒鬼的語言是令人開心的幽默。

2.《情人與妓女‧安魂之夜》

> 「勞恩，又是喝酒，前天我上臺北看女兒，由臺中到臺北，我還以為我到了國外，為什麼看不到米酒那種紅色瓶子？看來米酒是專釀製給我們布農喝的，有一次唸小學的孫子，講一個故事給我聽，他由漫畫看來的，說美國也有原住民，他們喝了客人給的酒，土地及食物就被客人佔有了，但他們的兩手已經不能抵抗，我看我們不要太信任這種東西，久美部落那裡有人喝假酒死了，『巴哈玉』不好就輪到你唷。」伊畢家隔壁的老女人說道。（田雅各，1992：36）

田雅各藉著老女人的醉言醉語，敘述日前到臺北的經歷。雖然是為了看女兒，擔憂的卻還是能不能喝到酒。並因為有人喝假酒致死的案例，對已養成喝酒習慣的老女人來說感到憂慮。作者運用嘲諷式的對話，無形中增加了文章趣味，使讀者對文章有更深的體會。

（二）誇張的感官比喻及肢體語言描述

1.《最後的獵人‧懺悔之死》

> 樟木做的門板微微開啟，傳出陣陣含有酒味的談話聲。（田雅各，1987：134）

2.《最後的獵人・懺悔之死》

棉被不能夠通風，利巴吐了十幾口空氣，被窩裡瀰漫著酒精酸臭味。呼吸動作漸漸緩和下來，他討厭剛才的氣味，那是搭目耳混合胃酸味，他開始怪罪搭目耳的魔力，懷疑酒裡摻雜使人亂性的咒詛。該死的酒精！鬆弛他的手腳，支配他的腦與心，使他的眼睛看什麼都不順眼，控制不了自己的軀體，造成他的心不能安定。（田雅各，1987：154～155）

「傳出陣陣含有酒味的談話聲」除了嗅覺聞得到酒味以外，連聽覺中也「聞」得到酒味，令人稱奇。對於飲酒數量，從被窩裡瀰漫著酒精酸臭味可見酒鬼已花了不少時間喝了不少酒。

3.《那年我們祭拜祖靈・部落小丑》

可是畢用並沒有睡啊！酒味重的可以醺死蚊子的畢用竟然記得很清楚。布袞不再頂嘴，他知道沒有喝酒的時候，畢用不但是沉默的大人也是最聽話的朋友，但是酒醉的時候，畢用就像扳不倒的勇士一樣：不允許別人對他的話語產生意見。布袞突然討厭 Davusgivula（小米酒）的存在，小米酒似乎把畢用原本濃濃的父愛沖淡了許多。（霍斯陸曼・伐伐，1997：165）

霍斯陸曼的比喻也令人印象深刻。在〈部落小丑〉文中酒的味道濃厚得可以醺死蚊子，表示他們已經喝了相當長的時間，在小小的空間中，酒臭是不易散去的。原住民文學作品中常見各種誇張的譬喻來描述。作者能運用日常生活的物品，運用此物與彼物間的想像聯結，就創造出絕妙的效果。藉著譬喻使文章更生動有趣。

4. 《最後的獵人・懺悔之死》

> 那時巴路幹也醉醺醺，或許他的大腦已被酒精麻醉了，聰明智
> 慧因多尿而流失，但是在叉路與他分手時，他明明白白地對利
> 巴說「法律就像陷阱……」不像是昏頭昏腦能說的話。
> ……巴路幹是族人公認的憨直青年，小孩們都叫他「巴路幹・
> 耶穌」。他即使醉得穿反衣褲，不曾對年長者大吼大叫，也不
> 曾頂嘴。（田雅各，1987：157）

5. 《黥面・歸鄉》

> 巴尼頓急促的呼吸聲在自己的耳朵中響起，就像酒精在血液之
> 中掀起狂濤的澎湃聲。「酒的後勁真強。」巴尼頓聳聳肩，並
> 且扭動著僵硬的脖子，試圖留住微弱的清醒。站起來之後，才
> 發現自己像風中的蒲公英花，無法控制自己的方向。「是風的
> 力量搖晃著我？還是酒精帶著身體飛舞？」巴尼頓邊戲謔自
> 己，一邊用手撐住額頭，提醒自己必須脫離酒精的駕馭。（霍
> 斯陸曼・伐伐，2001：212）

　　霍斯陸曼以「醉得穿反衣褲」、「像風中的蒲公英花」形容飲酒
者毫無形象，無法分辨衣物的正反面，走路又重心不穩，就像是風中
的蒲公英花，因此酒鬼的形象立刻在腦海中出活靈活現、生動有趣。
所以譬喻除了增強語言的表現力，也使我們獲得深刻鮮明的印象。上
述例句，可以看到原住民作家運用肢體語言的修辭法，使我們對於原
住民飲酒文化有更進一步的認識。

五、飲酒文化所呈現的社會意涵

（一）酒後的心聲

　　原住民作家撒可努的父親曾對他說：「我喝醉後，可以說出很多對事物環境下公平的看法，酒醉的過程很舒服，沒有任何煩惱，所有的煩惱都忘記了，沒有所謂的在意，喝酒可以滿足內心的空虛和矛盾。」（撒可努，2007）由此可見，酒後可傾吐訴怨，因為酒醉的人，可以藉者酒精作怪而大放厥辭，就算說錯話得罪別人，一般人也不會太計較，就當是瘋言瘋語。酒醉的人酒醒之後，還可以把說過的話撇得一乾二淨。對於身在現代的原住民來說，真有不吐不快之感。（陳明珍，2004）控訴不平等及不公是早期原住民文學作品中的基本論調，像是早期的「還我土地運動」、「人口買賣雛妓問題」、「正名運動」，到現在的「爭取祖先狩獵場域」等，因為原住民在教育、經濟、政治各方面仍是相對弱勢的族群，所以為弱勢族群爭取權益發聲，首先就要保障弱勢族群的發言權。

（二）藉酒逃避生活的現實

　　一般來說，酗酒者可能有下列幾個原因：1.對現實不滿；2.對未來生活失望或沒有理想抱負；3.意志薄弱、缺乏主見。（陳明珍，2004）但是原住民酗酒的最大原因，仍是為了逃避現實生活中沉重的壓力。由於漢文化的強勢入侵，部落文化不得不面臨沒落同化的處境，也促使原住民非得去正視認同的問題；而如此引發的焦慮，成為後期原住民文學的創作者所要思考的課題。

1.《最後的獵人‧拓跋斯‧搭瑪匹瑪》

> 「算了吧,獵人誰知道靈魂,這美麗的飛鼠就因為你的野心,
> 靈魂沒有歸宿,牠的身體被你凌辱,你太沒良心了。說你下決
> 心射死牠,又說無意,不要騙人。」高比爾高舉米酒要烏瑪斯
> 喝下,以洗清他的罪,這是酒鬼們的慣例。烏瑪斯接酒喝完,
> 看來有點後悔自己多嘴……
> 獵人為誤殺具有靈性的白鼠而辯解,但為了生計,又不得不獵,
> 如此趨避衝突下難掩無奈之情,只好以酒脫罪;「講話不再有
> 米酒味」,可見酒醒後所言較為可信。(田雅各,1987:32)

在原住民部落中,很多「酒鬼」的前身通常是英勇無比的狩獵高
手,原本意氣風發、無人能敵的勇士,因時代變遷,為求生存,被林
務局扣上濫殺濫砍的罪名。政府對住在山區的原住民實行禁伐禁獵,
對原住民生計造成極大的影響。

2.《悲情的山林‧我的朋友住佳霧》

> 「你以為我們天生愛喝酒?這裡的年輕人常常覺得很無聊,在
> 山上什麼娛樂也沒有,什麼都很不方便。我們常常幾個人在一
> 起,什麼事也做不了,只好喝酒。如果酒也喝膩了,連看著地
> 上螞蟻走成一排,都覺得很好笑。有一次,在我國三的時候,我
> 和一個同學喝了酒,實在找不出好玩的事,就一個人騎一輛摩托
> 車,面對面互衝過來。就像這樣……」(葉智中,1987:343)

整天遊手好閒並非原住民青年所願,但是部落沒有什麼就業機
會,只能枯坐呆想,喝酒就成了藉以排憂解悶之物了。但倘若少不更
事的少年,因為無所事事做出欠缺考慮的驚人之舉,甚至於賠上性命,
確是令人髮指遺憾。

（三）政府政策失當導致山林變色

1.《最後的獵人‧懺悔之死》

「都是一樣，他們不知不覺地吸走布農多少血汗，那天被我撞見，一定摘下他們的頭顱，當酒杯喝酒。」

巴路幹、達魯曼嚇著了，目瞪口呆互相對看，利巴怎麼說出這幾句話，沒有開玩笑的口氣，臉皮繃緊狀似恐怖面具。喝過酒後的利巴一向很關心他人，愈醉愈仁慈，今天他有點反常。（田雅各，1987：135）

2.《那年我們祭拜祖靈‧部落小丑》

霍松是稻拔氏的哥哥，像熊（Tumath）一樣的不喜歡說話，族人跟他說話總是「嗯！嗯！」的發出吼聲；他雖然沉默，卻熬不過弟弟帶有濃濃蜂蜜（Vanu）的兄弟情。在弟弟的催促下，將沾著紅色的手指印在紙張之後，許多的漢人就在他的水田（Pankal）開始勤奮的插著秧苗，一個炎熱的午後，霍松帶著番刀想驅逐在自己土地插秧的人，番刀來不及出鞘，就被等候的員警硬生生的抓走了，後來才知道稻拔氏用那張紙找漢族的朋友交換了很多的錢，然後再到有女人的地方起喝了很多酒。
（霍斯陸曼‧伐伐，1997：181）

對早期的原住民而言，他們受到政府長期的忽略與壓迫，而現今的原住民又因政策問題將原住民無形中走向同化而感到焦慮。自從政府對原住民族推動「山地現代化」，加上所謂的「部落觀光化」，大批觀光客進入山林，使一向平靜的原住民部落，反而面臨生態的破壞，因此抗爭是無可避免的。在原住民文學作品中常有以政治抗爭為主的

題材，在字裡行間裡，可以感覺到對當今政治的不滿及控訴。近幾年來每次颱風造成的土石流，政府則都把原因怪罪到原住民身上，於是限制原住民的使用土地的權利，甚至把原住民趕走美麗家園，這又是情何以堪。

（四）社經地位的弱勢

　　在漢人強勢文化入侵之下，原住民被迫放棄傳統文化，慢慢地融化在漢人社會中。原住民在漢化的歷程中，開始遺忘祖先的語言，傳統的價值觀也開始改變，認為部落是沒有工作機會、教育環境不良、生活不便、落後無聊的地方，使得大批的青年前往都市討生活，但是原住民到了平地社會又因為生活習慣和語言文化的不同，飽受鄙視和輕蔑。在適應不良且無法融入漢人社會的情況下，喝酒便成為唯一發洩、療傷的替代品。

　　1.《黥面・歸鄉》

> 「烏瑪斯，你們兄弟也少喝一點，這裡不是部落，這裡的人對外地來的陌生人本來就存有戒心，若是酒醉更是厭惡，他們內心一定想著：這些人酒醉之後不知又要做什麼危害他們的壞事？」阿麗絲故意帶著怒氣化解老人的遺憾。「沒關係啦，這裡的人也會喝酒，只不過我們在陰暗的空地喝酒，他們則喜歡在華麗的酒店喝酒。」巴樹浪仰頭喝乾了杯中的酒。「對！被酒精擊倒的人都是一個樣子，差別則是他們穿西裝，我們穿勞動服，就這樣而已。」烏瑪斯補了一句。（霍斯陸曼・伐伐，2001：203）

　　霍斯陸曼在〈歸鄉〉中以漢原關係及社會經濟地位的不平等做了這樣的陳述：「這裡的人也會喝酒，只不過我們在陰暗的空地喝酒，

他們則喜歡在華麗的酒店喝酒」、「被酒精擊倒的人都是一個樣子，差別則是他們穿西裝，我們穿勞動服，就這樣而已」。這樣的差異表示原漢關係仍然存在著主僱關係，社會地位是不等的。

2.《悲情的山林‧燕鳴的街道》

> 幾天後的一個下午，我幹下了這輩子最糊塗的一件事情。因為慶祝影片殺青，我和小劉等幾位同事，從中午十二點鐘起就在杏花閣大酒家喝上了，喝到下午四點鐘，大家都已酩酊大醉。小劉建議大家到北投山上的溫泉旅館洗溫泉，於是每一個人都帶著一位酒女上北投山上去，唯獨我沒有女伴，臨上計程車前，我撥了一通電話給幼瑪。到了溫泉旅館，洗過溫泉，酒意稍醒，小劉卻又叱呼著喝上了。……酒喝到一半，幼瑪匆匆趕上山來，面帶憂色地由女侍帶進房間來。「你玩什麼花樣？喝得連電話都講不清楚，我以為你出事了！」她邊拉開椅子想坐到我身邊來，邊抱怨地說。「喂，幼瑪，來來來……」小劉看到她，一把就把她拉住了，硬往自己身上拉。「你放手！我不是來陪你們喝酒的，我是來帶他回家！」她拂開了小劉的手指著我說……話沒說完，幼瑪拿起一杯酒當著他的臉，潑了上去。酒潑到小劉的眼睛裡，痛得他哇啦哇啦大叫起來。（吳錦發，1987：287～288）

由此可見，主流社會不平等的態度、生存環境的改變及刻板印象的歧見對原住民來說一直存在。原住民作家在創作過程中，也以自身成長的背景經驗去思考原漢民族的衝突，他們也不斷努力嘗試對抗主流體制的壓迫，極力表達原住民的心聲。

六、改變大眾對原住民飲酒負面的觀感

（一）解決酗酒問題

　　「酗酒」的確是原住民部落嚴重的問題之一。雖然許多專家學者們針對原住民部落的原住民酗酒問題，做了許多相關的研究，也經過了長期的勸導，但是「一天沒酒就活不下去了」的情形還是嚴重。所以有人用「原住民的肝最硬」來嘲諷原住民。但是從前面所述敘的內容中，我們對原住民族的飲酒文化有些瞭解，事實上酗酒並非原住民的傳統文化。如何在原住民部落中創造出就業機會，讓部落的族人不再離鄉背景當異鄉人，讓部落的族人留在自己的土地上傳承文化，也讓部落的土地不再荒廢，繼續長出美好的果食來提供原住民生活的養分，的確需要政府當局來協助解決。

（二）減少傳播媒體的負面報導

　　我們知道大眾傳播媒體的影響力也是不容忽視的，近年來各家電視臺、廣播節目、雜誌文宣等傳播媒體如雨後春筍般的出現，但是專業程度良莠不齊，報導新聞性內容時有爭議，有時為了讓新聞更好看，其中不乏對原住民負面或不實的報導，所以造成大眾對原住民的印象難免有不佳的觀感。（陳明珍，2004）如果換個角度去想，如果大眾傳媒能多介紹原住民部落的風景及地方人文，將原住民部落之美呈現出來，相信對原住民的印象有所提升。所以媒體應該儘量減低對原住民不良的印象；相反的，加深景點導覽以及風俗文化等節目宣導，相信在正向的積極引導下，對原住民的形象改變就會有所助益。

七、結論

從原住民漢語文學中，我們一方面可以瞭解飲酒文化對原住民的生活習俗是息息相關，一方面重新去面對及體驗原住民傳統飲酒背後所帶來存在的意義。原住民的飲酒文化可說是族群共同的記憶。就如同前面撒可努說的「酒是原住民的社會裡是一種唯一能喝的語言」，這句話道出原住民飲酒在文化傳承上的重要性。酒豐富了原住民神聖的祭典；酒也讓部落男女結合在一起，延續了族人的生命；酒讓結婚的新人情定終生；酒讓初生的新生命獲得保護；酒讓獵人勇氣百倍；酒讓亡者一路好走。「水能載舟，亦能覆舟」，原住民常說酒喝多了會傷身，不喝卻又傷心。所以只要能適時控制，就能體會小酌怡情的樂趣。雖然現在原住民部落常常因酗酒衍生健康、家庭、就業等問題，也造成了許多人無法挽回的傷痛，但似乎未沒有帶給他們太大的衝擊，而且令人擔憂的是現在酗酒的年齡層逐年下降，實在需要有關單位提出有效的辦法來整治。難道會喝酒的人才能叫原住民？如同撒可努所言：酒要喝得有「文化」與「智慧」。在電影「海角七號」中的「馬拉桑」可以知道，只要有好的包裝，原住民的飲酒文化的層次就能提升，只要飲酒文化的層次提升，就能成為原住民文化美感的象徵。

參考文獻

瓦歷斯・諾幹（1994），《想念族人》，臺中：晨星。

瓦歷斯・諾幹（1996），《戴墨鏡的飛鼠》，臺中：晨星。

田雅各（1987），《最後的獵人》，臺中：晨星。

田雅各（1992），《情人與妓女》，臺中：晨星。

吳錦發編（1987），《悲情的山林》，臺中：晨星。

利格拉樂・阿𡠄（1997），《紅嘴巴的 VuVu》，臺中：晨星。

利格拉樂・阿𡠄（1998），《淡穆莉──部落手箚》，臺北：女書。

亞榮隆・撒可努（1998），《山豬、飛鼠、撒可努》，臺北：耶魯。

亞榮隆・撒可努（2007），〈酒〉，網址：http://tw.myblog.yahoo.com/jw!DgndOw2
　　ESEF2MyX_r9oaaUM-/article?mid=387，點閱日期：2010/05/08。

夏曼・藍波安（1996），《八代灣的神話》，臺中：晨星。

夏曼・藍波安（1997），《冷海情深》，臺北：聯合文學。

孫大川（1991），《久久酒一次》，臺北：張老師。

陳明珍（2004），《析論原住民飲酒文化與其文學的關係》，國立中山大學中國
　　語言學系研究所碩士論文。

莫那能（1995），《美麗的稻穗》，臺中：晨星。

奧威尼・卡露斯（2001），《雲豹的傳人》，臺中：晨星。

霍斯陸曼・伐伐（1996），《那年我們祭拜祖靈》，臺中：晨星。

霍斯陸曼・伐伐（2001），《黥面》，臺中：晨星。

電影臺詞在對外華語教學上的應用
——以飲食男女為例

王裴翎

國立臺東大學語文教育研究所

摘　要

　　現今社會約百分之九十的家庭都備有電視機，電視機裡每天播出的電視劇、電影、新聞、綜藝及音樂等節目，已成為現代人生活不可或缺的一部分。上述的內容，用我們的母語呈現給我們自己，可達到訊息傳達及娛樂的效果，但對外來的中文學習者而言，除了訊息傳達與娛樂效果外，還包括了語言學習與文化民情融入的意涵。我們可以在實際的教學環境中，同時實施純紙本教學及電視劇、電影臺詞教學，並檢視學生於日常生活中的運用成效。

關鍵詞：語言學習、紙本教學、電視劇、電影、臺詞教學

一、緒論

　　語言教學隨時隨地都在進行。舉凡書籍、傳單、廣告看板、廣播內容等，都可以是教學素材。其中，電影的臺詞，因具有故事連貫性及能呈現說話者強烈的情緒起伏，更能讓語言學習者留下深刻的印象並自發運用於日常生活中。以我個人的外語學習經驗為例，呈現於紙本的語句，除了方便學習者回顧語句，還可重現因說話快速而產生的連音原形。而電影裡的臺詞，除了可將文字表達於字幕上，還加入了演員的表情、肢體語言、演員聽到臺詞後的反應及這些對話發生的場景前後關係。這樣的媒材可讓學習者在短時間內同時接收到視、聽的刺激，並如親身經歷般體驗語句適當的應用場合。我國最顯著且最多人運用的例子，當屬周星馳的電影。當我們遇到一位其貌不揚或行為怪異的人物，想疏遠他卻又不想太露骨地表達，我們會說：「地球很危險，快回火星去吧！」；當朋友告訴我們一件不合常理的事情、一件令人不想接受的事實或令人不悅的緊急通知，我們會激動地大喊：「這一切都是幻覺，你嚇不倒我的！」。這種在電影裡出現過的臺詞，很容易不自覺地脫口而出。也許句子的構成不合文法，但是只要使用的時機沒錯，不但可以精確地表達自己當時的情緒，還可因句子中幽默的語調而化解當時令人尷尬的氣氛。而當氣氛融洽了，人與人之間的距離也拉近了，距離一旦拉近，互動中出現的火花及新詞彙、新思維將源源不斷地湧出，這是單純的紙本教學較難達成的效果。同理，當一個外來的中文學習者初融入中文的世界，是否也可藉著電影臺詞來增加自己對中文的敏感度？而這樣的語言教學方式，可以幫助他們的語言學習達到什麼樣的效果？又或者會帶來什麼樣的阻礙？這是我的研究動機。

（一）研究動機

　　2009 年夏天，我到韓國進行為期一個月的華語教學。在那段期間，我發現韓國的電視節目是沒有字幕的。有時綜藝節目為了加強娛樂效果，會在一些特殊的發語詞或疑問句出現時加上字幕，但除此之外，電視螢幕下方並不會逐字配上字幕。這和臺灣有很大的不同。原以為電視上有字幕是天經地義的事情，直到韓國學生問我：他們（電視劇裡的角色）都講我們的母語，每一句都聽得懂，為什麼還需要有字幕？才讓我發現不同語系的國家，在日常生活中存在著這麼大的不同。再者，因為這幾年從事華語教學，本能地在這衝擊中體會到，這樣不同的語言使用習慣，對於一位外來的語言學習者而言應該會有更深刻、更不同的感受。所以比較兩種不同的學習方式，進而修正或增加教學模式，給學生更好的學習環境，成了此次的研究動機。

（二）研究目的

　　我過去的學習生涯中，有一位老師特別重視「教學者是否有從學習者的角度來看待教學」這件事。他說，有時施教者一股腦兒地要把知道的事情統統都告訴受教者，但是或許因為份量沒有掌握好、或許因為表達的方式不清楚，也或許是因為當時環境中其他不良因素幹擾，而致使受教者完全無法吸收。這個道理看似簡單，但是古今中外有多少教育學者探討著「教學技巧的改善」、「教學理論」、「課堂上的EQ」等等與教育相關的議題，而且這麼多年從不間斷，就可知道適時、適地、適人的教學有多麼不簡單，多麼重要。大班的教學較無法顧及每一位學生的個別差異，但是利用一些方法或者修改一些教學模式可以讓我們找出學生學習的弱點，進而協助他們，這就是這次研究的目

的：改善自己的教學方式，並將研究所得的些許新知加以推廣，協助
學習困難的學生。

（三）研究問題

此研究將探討的問題有以下幾個：

1.哪一種學習方法對於事件順序的記憶較有幫助？

2.哪一種學習者可以較正確地將語句與情境作連結？

3.哪一種學習者可以作出較接近正確答案的回答？

（四）研究範圍和限制

在研究範圍方面：

1. 本研究所使用的電影以國語發音的電影為限，紙本的文字為繁
   體中文。

2. 本研究所使用的電影為《飲食男女》，片長約 2 小時，由李安
   導演執導。片中每一位角色都用國語發音，發音還算清晰，應
   該不干擾理解。

3. 紙本組使用的材料為遠流出版社出版的《飲食男女：電影劇本
   與拍攝過程》中劇本的部分。全文都為繁體中文，沒有圖片，
   也沒有故事以外不相干的文字。

4. 劇本組與電影組的學習時間不易控制。所以不規定兩組學生同
   時離開受測場所，只要看完自己的資料或影片就可自由離開。

5. 個組別複習內容的便利性不同。紙本組的學生看完了第一遍想
   再複習內容只需翻動紙張即可。但電影組的學生倘若離開了電
   腦，就無法複習了。所以為了解決這樣的問題，施測時規定兩
   組學生只能看完一遍就要離開現場，離開現場時不可攜帶紙
   本，也不可攜帶影片。

在研究限制方面：

1. 這次的研究由於時間限制，只挑選了一部電影為樣本，實在是太少了。下次有機會得再有多一點的樣本。

2. 學生對於影片喜愛與否等心理因素也許也會影響施測的結果。

3. 由於每一部影片所敘述的故事常由多種不同角色演繹，而每一個角色都有其特殊的背景及目的，這些不同的背景關鍵著語言的表達方式，所以劇中角色的發音標準與語調輕重對學習者存在著相當程度的干擾。

（五）名詞釋意

TOP	Test Of Proficiency-Huayu 臺灣華語文能力測驗，簡稱 TOP。
事件順序記憶	本研究將此定義為能夠記住事情發生的先後順序。
紙本	本研究將此定義為印有繁體中文，且內文為《飲食男女》劇本的數張紙張集結而成的書。沒有圖片及其他與故事不相干的文字。

二、文獻探討

本研究的目的在於探討同樣的學習內容，用純紙本和用電影的方式呈現給學生，哪一種可以對學生產生較強的學習效果？人類天生就有一種追求進步的本能，對於很多事物，總是會以最有利的方式來呈現，而對於記載各類知識的媒體也不例外的因著各種不同需求，許多媒體遂一一的被發展出來。（黃羨文，1997）紙本和有影音效果的電影是兩種不同的媒體，首先要對二者清楚定義。

（一）電視／電影字幕的功能與由來

　　不知大家是否有注意過，自己看國語發音的電視或電影時，眼睛是否總盯著字幕看？以我及我家人為例，全家四口人，只有我一人在看國語發音的電視或電影時會一字不漏地看著字幕，深怕錯過任何一句臺詞。我問家人：什麼時候會想看字幕？他們回答：聽不清楚的時候。再問劇情，不看字幕的他們，理解的也不比我少。因此，字幕的存在是為了什麼？

　　在我國有電視節目播出的初期，由於現場的節目比較少，所以國外的影片便成了主要的節目來源。而那時電視製作的技術，尚未有雙聲帶的設備，為了解決語言不通的問題，所以才在影片播出時加上中文字幕的說明。後來自製的戲劇節目增加，為了便於使用方言的觀眾欣賞國語節目，或為了僅懂得國語的人觀賞方言節目，大部分本國自製的劇情節目也加上了字幕輔助。（黃坤年，1973）

　　由此可知，字幕最早的功能是幫助觀看者理解劇情內容的。但是並非每一個國家的電視或電影都配有字幕，這樣的國家（例如：韓國）人民在語言學習上慣用的學習方式是偏重聽覺、觸覺等的刺激嗎？視覺刺激的需求較少嗎？所以在對韓的華語教學上，要使用較多的視覺以外的刺激嗎？這只適用韓國嗎？越南？這也是需要探討的議題。

（二）語言理解

　　一段語言學習的過程，常常是聽、說、讀、寫一同進行，因為學習一個新的語言，都以「應用」為最終目的，只是應用的場合、環境有所不同罷了。倘若將聽說讀寫單獨抽離，除非是有特殊的需求，不然對於語言學習者在日常生活中應用一個新的語言，幫助是很小的。

「聽」和「說」是口語溝通的兩大要件，也是學習的重點。說話的人提供訊息，聽話的人則設法瞭解訊息。

當中瞭解訊息就是一種工作記憶，工作記憶通常被運用在一連串心理活動中，例如：閱讀理解、推論歷程或是問題解決等。而在閱讀理解的過程中，工作記憶則被視為一種基礎的認知能力，主要是在個體的閱讀理解歷程中，能夠將訊息暫時儲存並且等待進一步運作處裡的能力。（林慧芳，2002：12）

至於人類的儲存記憶方式，則又分為「短期記憶」和「長期記憶」兩種。短期記憶的主要功能是提供最初的登錄，以便為你希望記住的資訊提供短暫的貯存。而長期記憶通常可以持續終身，是你從感官記憶和短期記憶所獲得的所有經驗、事件、資訊、感情、技巧、文字、範疇、規則和判斷的貯藏室。（游恆山編譯，273～277）

由於學生看完自己的資料後，將立即接受訪談，所以使用的是立即測試的模式，因此文獻探討以短期記憶為主。但不管是短期記憶還是長期記憶，語言的感知和理解都很重要。

（三）紙本與電影

此研究將學生分為兩個組別，一為閱讀紙本的紙本組；一為看電影的電影組。紙本內容和電影內容一樣，但以繁體中文形式呈現於紙張上，沒有圖片或其他文字以外的註解。而電影組選擇的電影以國語原音發音的電影為限，字幕為繁體中文，不限大陸電影或臺灣電影。此研究選擇的電影為李安導演的《飲食男女》。紙本的部分，本研究選用遠流出版社出版的《飲食男女：電影劇本與拍攝過程》的劇本部分當作材料。劇本中包含人物介紹、場景描述及每一個角色的每一句對話，但沒有圖片及故事以外的文字。

《飲食男女》是李安執導的第三部影片，內容拓展的是今日臺灣的生活步調，這些生活包括感情生活、日常生活、性生活。李安

運用種種暗諷的手法，提醒觀眾們某些既存的社會現象。這些事件
反映出一個跟著感覺走的年代：家珍、家寧的沒有徵兆就結婚；朱
爸的老少配；家倩的感情生活，藉著種種荒謬卻合理的劇情，讓觀
眾去重新思考在這個都市生活所必須面臨到的新的社會面向。故事
的要角是一位當了一輩子廚師的老先生，這個家庭裡的成員所有重
要的情節和重大事項的宣佈都發生在餐桌上，這和我們悠久的中華
文化相呼應。民以食為天，吃飯是大家圍在一起吃，要宣佈事情，
也要選在人都到齊的時候說。好消息大家一起慶祝，壞消息大家互
相安慰，如此兼顧了語言的學習與文化的薰陶。故事鋪陳很有新意，
人物個性鮮明、節奏快速，結局出乎意料，是一個適合給中文學習
者觀賞的故事。

（四）語句與情境的連結

本研究的第二個問題為「哪一種學習者可以較正確地將語句與情
境作連結？」此處提及的連結，是指一個中文學習者在接收過特定的
紙本或電影的文字、聲音、影像的刺激之後，脫離故事情節回到真實
生活中，倘若遇到類似或相關的情境，是否可以快速的連結記憶中已
有的語言學習經驗，進而應用到實際的狀況中以解決問題或回應對方
的發問。而這裡的連結只單純就中文學習者的中文反應而言。

三、研究方法

本研究採質性研究法。質性研究法是實證研究的模式之一。它相
對於量化研究這種「量化」取向的實證研究來說，特別重視參與觀察
和深度訪談，以便取得相關的語文資料而形塑出一套理論知識。（周慶
華，2004：203）質性研究注重的是對背景脈絡的瞭解。以語言學習來

說，封閉式量化的問卷恐怕無法完整呈現教學與學習的狀況，因為複雜的變因，許多教學與學習的歷程無法於問卷中呈現出

（一）研究對象

此研究對象為通過臺灣華語文能力測驗（TOP）考試中級以上的外籍學生，為依研究者地利之便，以就讀臺東大學的越南籍學生為研究對象。

1.學生個別簡介如下表：

化名	性別	年齡	就讀系所	TOP 等級	組別
明明	男	1989 年生	臺東大學資工系三年級	TOP 中等 3 級	紙本組
美美	女	1985 年生	臺東大學語文教育研究所	TOP 高等 7 級	紙本組
成成	男	1989 年生	臺東大學資工系三年級	TOP 高等 6 級	影片組
雲雲	女	1989 年生	臺東大學華語系三年級	TOP 中等 4 級	影片組

2.實務驗證研究說明如下：

研究對象	說明
就讀臺東大學的越南籍學生且通過臺灣華語文能力測驗（TOP）考試中級以上。	臺東大學目前仍在學的越南籍學生約有 20 位，中文程度都在初級以上。本次研究篩選標準為：（一）仍在臺東大學就讀的越南籍學生；（二）曾參加 TOP 測驗，成績在中等以上的學生。本對象的篩選，排除了中文學習方面表現良好但沒有經過正式測驗並得到認證的學生。根據上述篩選標準，共選出 4 名學生（二男二女）作為本研究的教學對象。

（二）研究工具

知名的出版社 Live ABC 有一套教材「互動英語電影院」，依不同的主題精選六部知名電影，其簡介中提及：「套書提供劇中人物介紹、賞心悅目的彩色電影劇照及圖文連結、相關句子及常用句型範例，讓

英語生活化，字彙與片語的解說，還能讓你瞭解語言背後的文化涵義。」同樣的「看電影學華語：飲食男女」除了能任意切換中英文對白，每個單元都有臺灣師範大學華文所編寫的「字彙」、「語法」、「文化」三大教學內容可供學習者反覆強化練習。但因性質不同，本研究將不採用此套工具。本研究將比較有字幕的電影教學與不含影像刺激的純紙本教學，在語言學習上會造成的學習成果差異。以《飲食男女》為例，一以劇本純文字的方式敘述整個故事；一以附有字幕的影片呈現故事的進行，再比較二者對故事內容的記憶。

　　依研究所需，將搭配符號學方法、文化學方法、訪問調查法等，來探究問題。

1. 符號學方法，是研究符號的方法。符號包括一般符號及語言符號；所有的溝通活動都是以符號為媒介，而所要研究的就是該符號的本質及其發展變化規律，還有該符號的意義及符號和人類多種活動之間的關係。（周慶華，2004：61）本研究的教學媒材：劇本和電影，用語言符號傳達一個故事。純文字元的媒材與兼有圖片動畫輔助的媒材，哪一種可以給中文學習者在某些學習上帶來較大地學習效益？是本研究要探討的問題。

2. 文化學方法，是評估語文現象或以語文形式存在的事物所具有的文化特徵（價值）的方法。（周慶華，2004：120）在語言學習上，學習者的母語與第二外語的文化背景所帶來的互相干擾或相互助益，常常影響著學習的成效。所以輔以文化學方法探究其原因。

3. 訪問調查法，研究者就想調查的事項，主動與被訪者作面對面（face to face）的實地訪問，以獲取實證資料，就是訪問調查法（interview survey）。訪問調查可採錄音、攝影，得到第一手資料。訪問是一種質性研究常用的方法，可以用來探知觀察不到的事實與現象，也可以用來檢核已經觀察到資料的真假、虛實。（林生傳，2003）語言的學習很需要與環境和學習者的需求作連結。有時候低落的學習氣氛或低成就的學習表現，不光

是因為語言本身的問題，也可能涉及學習者當時的心情、不佳的天候或人際關係的緊張。這些可能的變因，可以靠訪問調查法獲得，以作為成效評估上的參考。

（三）施測步驟

1.將研究對象分為電影組和紙本組。
2.完成時間以看完一次為限。
3.看影片及劇本前先填答一份問卷。
4.看完影片及劇本後再填答一份問卷。
5.根據結果進行分析並獲得結論。

（四）資料蒐集

資料蒐集來源包括觀察、研究對象檔資料（前後測問卷）。茲分述如下：

1.參與觀察：

(1) 研究者：在本研究的情境中，我扮演了參與者與觀察者的角色，一方面是教學者，同時另一方面也在觀察學習者，蒐集有關學習者的反應及學習情形。

(2) 學習者：活動進行中學習並填寫前後問卷的學習者們。

(3) 協助觀察者：華語班其他教師。

2.研究對象檔資料：

(1) 前測問卷：在二組學習者接觸自己的學習媒材前先填寫的一份問卷，以瞭解學習者的先備知識及對此學習是否有概念性的瞭解。

(2) 後測問卷：在二組學習者接觸自己的學習媒材後填寫的一份問卷，以瞭解學習者在「事件順序記憶」、「語句與情境的正確連結」及「回答的正確與精準」三項目中的表現。

(3) 訪談摘記：在二組學習者接觸自己的學習媒材後簡短的訪問，以瞭解學習者對於此次學習的心得。

3.個別訪談：

在訪談上，與學習者將採非正式的會晤訪談，在雙方閒聊與互動的過程中，讓問題自然顯現；並採半結構性訪談，訪談者提供一組提綱挈領的問題，引發訪談情緒，使其在有限時間內自由的探索、調查與訪談。

4.三角檢測：

藉著與其他華語教師的觀察交流，以校正與啟發，並校正研究者的分析與解釋。

四、結果與討論

依據會談中所問的問題及學生的回答情形，對照此研究想探討的問題，設計出簡單的後測問卷如附件二。得到以下的結論：

（一）哪一種學習方法對於事件順序的記憶較有幫助？（附件二，七～九題）

1.紙本組：一位全對，另一位 3 題中錯 2 題。

2.影片組：二位都全對。

順序的記憶有助於學生組構一個完整的故事。能夠記住故事的架構，也有助於較順利地表達出故事的內容。

　　根據問卷的填答狀況來分析：利用純紙本學習的學生，在記憶長篇的故事時，其成效較差於影片組學生。也許這可以說明：動態影像的表演可以在學習者的腦中留下較深刻的短期記憶，相對地在回憶劇情發展順序時，影片組的學生也可以獲得較正確的回憶。因此在順序的記憶一項，影片組有較高的成就。

（二）哪一種學習者可以較正確地將語句與情境作連結？（附件二，十～十一題）

　　1.紙本組：一位全對，一位 2 題中錯 1 題。

　　2.影片組：二位皆都全對。

　　在現實生活中要遇見與劇中一模一樣的場景的機會很小，所以這裡預設受測者達到的目標是能辨別出正確的情緒並加以使用這些語句，不要求複述對話。

　　根據問卷的填答狀況來分析，利用純紙本學習的學生，在作語句與情境的連結時，其成效較差於影片組學生。此次紙本組的素材是劇本。在劇本中，每一個角色的每一句對白都完整的呈現出來，但是角色的表情並沒有被描述出來。所以學習者要判斷一句話的意思與它的使用情境，就必須連結上下文來猜測。倘若這個關鍵句的上下文對於學習者來說都是新的語句，那麼就會對學習者造成理解上的困難。一般學習者遇到這樣的困難時，就會轉而搜索語句中他熟悉的漢字，並依據他對於這個漢字的學習經驗，來猜測整句語意。這就好比那句順口溜：有邊讀邊，沒邊讀中間。而電影組的學習者在對白出現時，可以同時看見說話角色與受話角色的表情與二者之間的氛圍，甚或旁人的表情變化，這些訊息都有助於學習者迅速瞭解語句的使用時機與作用，有時會有一種身歷其境的真實感，這對於記憶的加深也是很有幫助的。因此在語句與情境的連結一項，影片組有較高的成就。

（三）哪一種學習者可以作出較接近正確答案的回答？
（附件二，一～六題）

1.紙本組：一位全對，一位 6 題中錯 3 題。

2.影片組：一位全對，一位 6 題中錯 2 題。

在短期記憶中，單純的文字刺激與聲音影像的雙重刺激，哪一種可以給受測者留下較完整的記憶？在我們的日常生活中，常常會需要幫人傳話。有些人可以一字不差地將話傳達給第三者，有些人卻只能傳達大略的意思。在語言的學習中，這也是一項值得探討的問題。

根據問卷的填答狀況來分析，利用純紙本學習的學生的錯誤包括了不完整的回答和人名與角色的錯搭；利用影片學習的學生的錯誤包括問題的漏答和受話對象的錯搭，施測結果兩組有相近的成果。紙本組的學習全靠文字，沒有聲音及影像的輔助。大量的文字在將近 2 小時的時間中急速丟給學習者，有消化上的困難；電影組的學習由於有聲音及影像的相互搭配，給學生留下了較深刻的單場景記憶，但是由於其快速的進行，較難讓學生準確地重現文字內容。此項結果，可能需要日後更多的樣本數與測驗次數來作更有效用的回答。

後測後訪談：

題號	題目	學生反應			
		明明	美美	成成	雲雲
1	看完這個劇本／電影後，你懂「海蜇皮」、「脫臼」、「藝廊」是什麼意思嗎？	知道脫臼，其他兩個還是不知道。	知道。跟一開始回答的一樣。	還是不知道「海蜇皮」是什麼。	好像是一種菜的名字。
2	你喜歡這個故事嗎？	還好。	結局很奇怪！覺得這個奇怪的結局破壞了前面的美。	有點奇怪的故事。	還可以。
3	你覺得讀劇本／看電影給你最大的困難是什麼？	我看中文很慢，所以看這個很累。	困難？還好，沒有什麼困難。只是很多字，看起來很無聊。	講話速度快的時候聽不太懂。	還好。

（訪 A 摘 2010.05.07）

五、結論與建議

（一）問題回顧

在教學上，我們總是在幫學生尋找對他們最好的學習策略，在語言的教學上也是一樣的。雖然當老師的時間不長，但是當學生的時間卻已經超過二十年。回想自己學生的時期，一定有一些課題給我們帶來很大的挫折，那些課題我們怎麼學就是學不會，看著別人對著老師的講解一直點頭，心裡不免感到慌張。難道是我比較笨嗎？我唸書的時間不夠嗎？總總的疑問不斷浮上心頭。然後我們就放棄了，再也不碰那些課題了。事實上，轉換一下學習的方法，說不定可以給我們帶來不同的結果。

本研究從臺東大學的越南籍學生裡挑出通過臺灣 TOP 測驗中等及高等的四位學生，將其分成紙本組與電影組，施行前後測，並依據問卷填答結果作出結論。但在施測的過程中仍有些不足尚待改進：

1. 受測學生數只有四位，略顯不足。
2. 劇中角色的口音對受測者存在著相當程度的干擾。

　　雖說學習照應該要能克服不同口音對自己帶來的干擾，但本次測驗將樣本分為紙本組與電影組，口音的干擾只會對電影組產生影響，對於紙本組的干擾是沒有的。這樣的變因在以後的施測中應該要避免。

3. 前測問卷第一題：請問你知道「海蜇皮」、「脫臼」、「藝廊」是什麼意思嗎？但是在後測的部分，沒有設計題目檢視學生在看過劇本或影片後是否獲得相關的知識。

4. 學生對於影片喜愛與否等心理因素也許也會影響施測的結果。

　　倘若學生對於故事的情節內容不感興趣，可能會將影片或紙本分段閱讀，分的越久，其短期記憶就越薄弱，間接就會影響測驗的結果。這也是需要注意的變因。

5. 單用一部電影，並沒有改善外籍學生的中文發音。

　　平時發不好的音，回答時仍然沒有發好。倒是表情很到位，這可以解讀為他確實瞭解這句話的含意及使用的場合，但似乎對其發音上沒有太大的幫助。而紙本組反應，他看著劇本，在腦中默唸著，用自己認為的方式去唸，所以也不知發音、抑揚頓挫對不對。所以訪談結束，卻沒有得出這一題的答案。

　　從此次研究過程中可以發現：電影因為有聲音、影像、特效的輔助，在觀賞的過程中給學生較多的感官刺激，振奮了學生的精神。且因為有聲音，程度較好的學生甚至可以在觀賞的過程中閉目養神，只靠聽覺延續學習。但是紙本組的學生就不行了，他們必須從頭到尾盯著劇本看，因為他們只有一種資訊可以接收，就是文字。這在日後的教學上需特別注意。對於識字困難的學生，儘量避免給予純文字的教材，多給予其他的輔助，建立其學習的自信心後，再逐步加強其文字的接受度。

（二）未來研究的展望

1. 本研究只進行一個多月，研究效果是否具有保留性，需要更長的時間觀察，倘若能延長時間追蹤學習者，驗證的成效將更具可靠性。

2. 本研究礙於時間限制，使學生表現了短期記憶的成效，卻無法顯示長期記憶的效果。但語言學習目的在於熟悉並活用於日常生活中，倘若長期記憶效果不佳，其教學方式也需再被討論。因此長期記憶的彰顯與否，宜於下次努力。

3. 對於什麼樣的學生，要多給予多媒體的刺激？什麼樣的學生，要多使用靜態的教學模式？這些問題，待日後有更長的學習時間，更多的研究樣本，更完備的研究準備再進行探討。

參考文獻

生活小閒談（2009），〈50 句電影經點臺詞〉，網址：http://www.wretch.cc/blog/
　　womans/12111442，點閱日期：2009.12.26。

林生傳（2003），《教育研究法》，臺北：心理。

林慧芳（2002），《國小六年級低閱讀能力學生工作記憶與推論能力之研究》，
　　國立彰化師範大學特殊教育研究所碩士論文。

周慶華（2000），《中國符號學》，臺北：揚智。

周慶華（2004），《語文研究法》，臺北：洪葉。

姜彭生（1983），《電影文學劇本精選》，臺北：采風。

符淮青（2008），《現代漢語詞彙》，臺北：新學林。

陳佩真（2008），《電視字幕對於語言理解的影響──以「形系」和「音系」
　　的差異性為切入點》，臺北：秀威。

陳寶旭（1994），《飲食男女／電影劇本與拍攝過程》，臺北：遠流。

黃坤年（1973），〈電視字幕改良之我見〉，《廣播與電視》第 23 期，70～74。

黃羨文（1997），《紙本書與電子書之比較》，臺北：漢美。

游恆山編譯（1997），Philip G. Zimbardo & Richard J. Gerrig 著，《心理學導論》，
　　臺北：五南。

附件一

前測

一、請問你知道「海蜇皮」、「脫臼」、「藝廊」是什麼意思嗎？請寫下來。

_____

_____

_____

二、從片名「飲食男女」來看，妳覺得這部影片要說的故事是什麼？

_____

_____

_____

（問 A 摘 2010.05.07）

附件二

後測

一、請問這部片的片名是？

二、請問三個女兒分別叫做什麼名字？爸爸的職業是什麼？

三、請問大女兒念念不忘的前男友叫做什麼名字？

四、請問大女兒遇見的體育老師叫什麼名字？

五、請問「妳想得開的話，當初我離婚你就不會哭得死去活來的，也不要怪錦鳳不孝啦！」這句話是誰說的？對誰說？

六、請問第一個離開家裡的女兒是誰？叫什麼名字？

七、請問「老溫過世」和「二女兒發現大女兒對於前男友的感情只是出於幻想」，這兩件事情哪一件先發生？

八、請問「三個女兒的爸爸幫小女孩送午餐」和「小女孩的外婆回臺灣」這兩件事情哪一件先發生？

九、請問「教職員的慶生會」和「二女兒的公司來新員工」這兩件事
　　哪一件先發生？

十、「我現在腦子一團漿糊」這句話，可以用在下列哪一個場景？
　　1.想不起事情的時候 2.討厭一個人的時候 3.與人吵架的時候 4.受
　　傷的時候

十一、說「你這個殺千刀的老朱，你竟然拐我的女兒……」這句話的
　　　人，應該是處於怎樣的情緒中？1.開心　2.憤怒　3.慌張　4.愉快

（問 A 摘 2010.05.08）

附錄

資料編碼表

代碼	資料類型	對象	時間	記錄方式	編碼
A	問卷	四位越南籍學生	2010.05.07	摘記	問 A 摘 2010.05.07
	問卷	四位越南籍學生	2010.05.08	摘記	問 A 摘 2010.05.08
	訪談	四位越南籍學生	2010.05.07	摘記	訪 A 摘 2010.05.07

從小說到電影

——電影《香水》的改編與呈現

陳君豪

國立臺東大學語文教育研究所

摘　要

　　電影《香水》的導演在有限時間內還原了小說情節中幾乎所有細節，而且表現得如此細膩，令人驚歎。可以看出，導演努力忠實於原著。但是恰恰是這一點的追求上導致了電影的遺憾。影像不能完全（或者，完全不能）取代文字，後者可以激發的想像與感情比前者複雜多了。葛奴乙缺乏氣味，所以他創造了香水，香水就是證明它的存在意義與自我價值。最後他自己變成了上帝，葛奴乙這個角色一定程度反映了希特勒的形象。差異在於：希特勒利用國族主義、反猶主義，葛奴乙則是利用香水，使世人臣服於他，拜倒在他的腳下，在此兩人都呈現「自為上帝」的意涵，所以擁有宰割眾生的無上權力。

關鍵詞：電影《香水》、存在意義、自為上帝

一、研究目的

　　主要從小說到電影，探討文本改編與呈現的問題，和其背後的意象與象徵，試圖詮釋電影和原著（小說）中所要呈現的主要關注，和其背後所呈現的文化意義：自己成為上帝，造物主的存在。

二、研究方法

　　主要運用文本間的比較，比較小說與電影間不同的呈現方式，例如：影像呈現的不同。電影中多次運用心理學領域，尤其是精神分析的部分，例如：鏡中自我。更可使用存在主義的方式來研究葛奴乙的自我認同感。最後，採用文化研究方法，剖析文本中的文化意涵。

三、背景分析

（一）作者

　　徐四金在 1949 年 3 月 26 日出生於德國慕尼克近郊史坦伯格湖湖畔的安巴哈（Ambach am Starnberger See），父親是一名記者，除了曾於慕尼克大學研習中古及現代史外，他也曾在法國的普羅旺斯埃克斯（Aix-en-Provence）求學過。

　　身為國際暢銷作家的徐四金早在求學時就開始嘗試散文與電影劇本的創作，1981 年時他以單人舞臺劇本《低音大提琴》（Der Kontrabass）

開始受到注目，但真正讓他享譽國際的卻是 1985 年出版的小說《香水》
（Das Parfüm），是本擁有 27 種以上語文譯本的暢銷作品。

徐四金現居於慕尼克與巴黎，並從事電影劇本的創作工作。雖然
他是位知名度很高的作家，但卻以行事低調甚少願意接受訪問而出名。

香水一書則是他對於巴黎的氣味而產生的作品，他騎著偉士牌機
車一個人從慕尼克跑到法國南部「帶著墨鏡幾乎啥也沒看到……嗅覺
也就成了我坐在偉士牌時，唯一可以掌握的感覺了。」（徐四金，2006：
8）而描述巴黎具體氣味的段落，在小說中馬上就出現了：

> 我們正在談論的這個年代城市裡到處充斥著一股對我們現代人而
> 言，簡直難以想像的臭味。街上飄著馬糞狗屎味兒，後院裡傳來
> 一股尿騷味兒，樓梯間散發木材黴味混合著老臥室裡夾雜著油膩的
> 床單、受潮的羽絨被和夜壺的嗆鼻腥臭味……那是因為在十八世
> 紀，細菌的腐化能力絲毫不受限制的緣故，人類的一切活動，無論
> 是建設性的還是破壞性的，生命的一切表現，無論是萌發還是衰
> 亡，全都伴隨著一股揮之不去的臭味。（徐四金，2006：18～19）

徐四金作品：
- 1981 年──《低音大提琴》（Der Kontrabass）
- 1985 年──《香水》（Das Parfüm）
- 1987 年──《鴿子》（Die Taube）
- 1991 年──《夏先生的故事》（Die Geschichte von Herrn Sommer）
- 1995 年──《棋戲》（Drei Geschichten）

（二）導演

對湯姆提克威而言，拍攝《香水》所必須面臨的極大挑戰是外界
所無法想像的，尤其是在人員的動用上，提克威必須使用四種語言，

隨時需指揮 350 多個工作人員，有時一次就用上將近一千位臨時演員，是一件非常不容易的事情。最值得一提的是電影中一段整個大廣場充滿憤怒人群等待男主角被處決的畫面，當眾人聞到男主角身上那股絕世香氣時所表現出的忘我境界，甚至群起脫衣擁舞作樂的畫面更是影史上少見，實際上在當時的廣場上有 750 個臨時演員，當中還有歐洲知名的「La Fura dels Baus」舞團團員經過許多小時的排練下，眾人開始集體沉迷陶醉，脫衣裸體到達渾然忘我的境界，進行所謂的「集體性交」所呈現出的那種天人合一畫面，已經非一般言語所能形容，是影史上的一大突破，也更展現了導演的功力。

（三）時代背景

創作於第二次世界大戰後，作者的背景又是德國人，想必一定對發動二戰的德國元首希特勒（Adolf Hitler）有著一定程度上的反思，所以葛奴乙這個角色一定程度反映了希特勒的形象。（徐四金，2006：7）差異在於：希特勒利用國族主義、反猶主義，葛奴乙則是利用香水，使世人臣服於他，拜倒在他的腳下，在此兩人都呈現「我就是上帝」的意涵，所以擁有宰割眾生的無上權力。（徐四金，2006：272-273）

四、小說到電影：電影呈現的限制

（一）呈現

電影與小說最大的不同，就是「電影影像稍縱即逝的特質，大約是電影與小說在外在形式方面最大的差距」（劉森堯，2001：361），小

說中閱讀的過程可以中斷，但是電影不行，必須要在一定的時間限制下，將故事完整呈現。

導演合乎想像地運用各種視覺效果表現嗅覺。與眼前幻化出花園美女、一滴香精如炸彈般綻放相比，那氣勢如虹馳騁萬物之間的深深一嗅，那精準如衛星定位穿山越嶺的嗅覺捕捉，紅髮少女突然有所感覺的回頭，才是真正寫意。主角猶如惡魔，給任何與他有關的人帶來厄運，攫取氣味隨心所欲操縱人心的奇異能力，吊足我們的好奇心。這一切跌宕起伏在平靜的旁白聲中娓娓道來，增添了講述與聆聽氛圍。

導演在有限時間內還原了小說情節中幾乎所有細節，而且表現得如此細膩，令人驚歎。可以看出，導演努力忠實於原著。但是恰恰是這一點的追求上導致了電影的遺憾。

小說中，主角通過氣味感知、理解並處理與世界的關係。為了追求符合他理想的完美香味，他無顧道德規則，漠視生命，殺人只是獲取香味的途徑。因為謀殺，所以小說的副標題叫做《一個謀殺犯的故事》。這是障眼法，是對故事傳奇色彩的附加說明，小說本意並不在道德批判。寧願將其當作對「真」的終極追求。進而「美」的追求。某方面來說，真與美的極致似乎也可以視為一體。

他憑藉人的氣味來避開所有他不想接近的人，恰如我們憑直覺和面相辨別他人。他可以辨別出萬千味道，卻發現自己沒有味道。沒有味道意味著他不存在，或者說不應存在，也可以解釋為他為人類社會所不容。每個人都具有獨特味道，象徵著每個人明確的身分與位置。他能奪取各種氣味，借助各種他製造出來的香水來獲取任何他想要的身分，甚至用那最完美的香味達到被膜拜，引發所有人的迷狂，隨心所欲操縱人們的心，可這些都不是他本身所具有，他不能無中生有，他只能借用、奪取。實際上他一無所有。也就是說，他沒有靈魂。這種悖謬中顯示出悲劇性，也同時是對不辨真假容易被迷惑被操縱的現實的諷刺。

所以他所經過的地方，所接觸的人，在他離去後他們的非自然死亡，並非要顯示他的邪惡。著意描繪這些，雖然凸出了戲劇性和傳奇色彩，卻淡化了主角身上的兩重性。

最關鍵之處，也是電影最難表現的地方，是他避開人世，在遠離一切氣味的山洞中度過的七年。（徐四金，2006：138-157）這七年是他的自覺完全清醒的時期，這七年只有感覺和心理，沒有情節。正是在這個封閉的與世隔絕的環境中，他突然發現自己沒有味道，他真正意識到自己存在的荒謬性和缺乏理由，促使他作出人生最高目標的決定。這是整部故事也是主角個人的轉捩點。它解釋了他的動機，傳達了他人生的意義。但是因為沒有情節，於是電影匆匆而過，用一個噩夢性場景，暗示著他的初戀情結。那麼他操縱眾人的狂歡場面，對他的造型的誇張就顯得過於造作和厚重。電影變得頭腳龐大，身體出奇地小。我們可以看到附在肌膚間的細小血脈，甚至裡面的血液流動，卻看不到他的心。最終電影只演化成一部傳奇，原著的精神流不到毛細血管裡。

忠實於原著，是否需要大而全，或者圍繞原著靈魂進行再創造，這是很有趣的問題。這部小說翻拍成電影本來就是一項近乎不可能的任務。

（二）幾個文本與小說明顯不同的呈現

1.旁白的加入。

2.葛奴乙的童年大幅精簡：保母與皮革廠老闆的結局也大幅改變。

3.罪刑被揭發的原因：呈現人體氣味的那隻狗。

4.增加迷宮的情節。

5.增加拷問的情節。

6.女主角璐兒父親戲分大幅增加：父女互動的增加。

7.闖進璐兒家。

8.多了採薰衣草少女的情節。

9.刪除「活力流體」情節。

10.多了放入提煉精油容器，且險被發現的情節。

11.驅魔的情節。

12.敘述順序的大幅變更／交錯跳躍的敘述。

13.十三個女孩與二十六個女孩。

14.埃及法老香水傳說。

15.香水基調／和絃。

（三）限制

> 在法國最荒涼的山裡，在地底五十公尺的地方，有如躺在自己
> 的墳墓裡。他這輩子從來不曾感到這麼安全，連當時在娘胎裡
> 都沒有……他開始默默哭泣，不知道該感謝誰使他這麼幸福。
> （徐四金，2006：141）

這份狂喜的、催眠的、強烈的孤絕，是電影鏡頭無法捕捉的。當然，這是電影語言本身的限制：第一，通俗片無法負擔長期的「無聲」狀態（默片也要有配樂），為了怕觀眾無聊（就先別討論這樣是不是太寵觀眾了），自然會有旁白，但「旁白」就是一種「他者」，一種額外的存在，就算他唸的是徐四金自己的文字也是一樣，因為我們心靈裡的聲音不是透過聽覺來感知的；第二，更牽涉到電影的本質的是，電影，作為一種透過「鏡頭」的敘事方式，是一直有「觀者」的，鏡頭的存在隨時提醒著我們螢幕上的人物不可能是孤身一人的，因為我們在盯著他看──和閱讀時不同，閱讀時我們沒有看到具體的形象，我們只在自己腦中刻畫我們自己的葛奴乙。

電影還有另外一個限制：它不能重現味道。

葛奴乙的王國，由氣味構成的美妙世界，和影像構成的視覺王國不同。電影只能給你發出味道的物或人的影像，但徐四金給你細膩、曖昧的描述，給你充滿想像（與誤導）的比喻──紅髮少女的味道可

以像牛奶、像絲、像一條『牽引葛奴乙的緞帶』。想想電影若真的拍出這條緞帶有多可笑。對於表達葛奴乙「嗅聞」的精密與豐富層次，電影也只能讓他閉上眼睛、誇張地抖動鼻翼，但其實他的功力應當是像內力極高的武林高手一樣，呼吸吐納之間全無殺氣才是。男主角的演出仍然精采萬分，他有種讓人窒息的熱切眼神，有讓人打冷顫的天賦。

徐四金證明影像無法完全取代文字，後者可以激發的想像與感情比前者複雜多了；他們用自己獨特的敘事風格，讓故事不只是故事，而是無限可能的開端，這就是電影的獨特的生命。

五、精神分析

《香水》一書，絕非單純的悲慘青年獲取成功的立志小說，對於葛奴乙而言，他能夠嗅出、分析、製造萬物的氣味，但是他自己本身卻是無味道，沒有他自己感受的人類味道，於是他在味道裡追尋，透過一張張味道面具，證明己身。

（一）建立自我主體

充滿黑色魔幻的文字，在驚悚謀殺事件下，徐四金巧妙的將原我、本我、超我的心裡狀態，寫入小說之中，葛奴乙的本我是無味的，他卻期待成為一個受歡迎、掌權力的超我境界，卻在追尋的同時，慢慢顯露收到慾望控制的原我，一顆越往人群越顯孤單的心靈。

建立自我主體，成為書中的主軸，一如拉岡的鏡像說（林逸鑫，2008：66），葛奴乙在鏡中看見自己的理想型態，卻沒看見受到慾望注視的自身，於是他開始殺人，一連殺害二十六個女子，他認為收集這些女子的特殊氣味，將能製造出終極的香水，那種味道不是單純的芬芳香味，而是被認同的的慾望。

　　換個角度來說，葛奴乙的認同慾望中，揭開認同課題缺失的一面，被認同的慾望，就是拉岡鏡象說的慾望之眼（拉普斯萊，1997：105），或是後殖民的他者觀看，縱使葛奴乙從受迫害者，成為操弄氣味的殖民者，在尋找認同、創造認同的背面，依舊受到被認同的慾望／他者所操弄，這種被認同的慾望，不是世人的眼光，而是原我中孤寂不盡的人類心靈。

　　這也就是為何在徐四金充滿魔幻的筆調下，有著強大力量的葛奴乙，一個人世之王，卻是在書中顯露如此孤寂，深受慾望所狹弄。在書中，葛奴乙為了找尋自己，他進入一切空無的山區，躲藏山洞裡期待自身顯明，但是那樣的自我圓滿是孤絕的，甚至難以忍受，他需要被認同，一種他從別人目光裡的認同肯定，縱使他必須失去一些原初，以謀殺製造香水擬態，也是再所不惜。

　　如此一來，成為一種錯置的主體，乍看是追尋，其實是失去，葛奴乙力量強大獲得一切，但他也失去一切，當無氣味隱喻一種人生的純粹之時，葛奴乙不斷製造氣味，像後殖民的學舌，他可以是眾人之王，卻也是己身慾望的奴隸。

（二）戀物癖與收藏

　　葛奴乙藉由收藏來滿足個人的戀物癖取向，香水是收藏的暗喻，將物品由固體轉換為氣體的昇華過程，不但猶如心理分析上所說的昇華作用，更意味將物體案收藏者的模樣，重新置於收藏者的脈絡中（陳立超，2004b：37）。

　　葛奴乙的收藏，是由氣味開始的：

> 　　就在這夜起，他先是醒著察，然後是在夢中細察，察記憶的一大片廢墟。他檢查其中無數的嗅覺碎片，把他們有系統的分類：好聞的歸好聞的，不好聞的歸不好聞的，精細的歸精細的，

> 粗俗的歸粗俗的，美食的歸美食的……。接下來的那一星期，
> 這些層次越分越細，味道的目錄越豐富，越細，等級區分越明
> 顯。他很快就用推理的方式開始可以築起初奇的味道組合，內
> 在的城堡每天都在擴充、美化、堅固的更近完美。（徐四金，
> 2006：52-53）

　　戀物癖的形成乃是自我從鏡像認同的階段，進入象徵階段時，無
法順利經歷閹割情節因而轉向物神，透過符號的操作來拒絕現實，建
構出想像慾望的結果。（陳立超，2004b：42）就是葛奴乙希望利用香
水，使自己成為他人慾望的對象。一方面否認自己沒有體味／氣味的
事實，一方面利用香水來令他人愛她。

　　萃取香水的過程，相當繁複而冗長。除了製造香水之外，也是葛
奴乙心理上的儀式，就是從實際物品轉換成收藏品的過程儀式。而葛
奴乙的收藏品就是一瓶瓶的香水，不僅展現了他的支配慾望，也創造
了他的「香水帝國」。

　　在小說的結尾，葛奴乙將那瓶最完美的香水灑在身上，讓周遭的
流浪漢因為慾望、仰望或是愛，將他撕裂吞食，自己選擇存有與死亡
的意義，結束了自己的生命。收藏發展至最終的結果，就是自己也成
為收藏品（陳立超，2004b：50），人的其他性質消失了，人成為了慾
望的本身。

六、為何而存在：用氣味來認識世界

　　佛洛伊德認為嗅覺是退化的知覺，如同盲腸可有可無，但是這反
而是通往文明的道路，壓抑嗅覺等於壓抑野蠻的性衝動，舉手投足變
得益發有教養。（吉伯特，2009：85-86）也就是說，性衝動用另一種
形式而外顯，嗅覺變成滿足的另一種管道。

（一）存在意義

葛奴乙有著過人的嗅覺，可是就不能找出自己的氣味（徐四金，2006：153），明顯就是有關於「存在」的隱喻。存在主義有所謂，「存在先於本質」（高宣揚，1993：71），根據沙特的意思其實就是在說明「人首先存在著，面對自己，在世界中起伏不定——然後界定他自己」。意思就是「人的存在先於他的客觀本質」，也就是說明人並不是先被賦予什麼意義而被製造出來。因此，也就是說人的存在並不是為了達成預先設定的什麼目的。而由於我們存在之前並沒有被定下我們的目的、意義，因此我們的存在是先於任何的目的，也因此，人是不可能從自身之中找到自己的存在意義，所有的目的、意義也要從外在探求。因此，故事中的主角也被設定為沒有體味（沒有預先設定的存在意義）的個體。而不同的人有著不同的氣味不正是表明了人的獨特性，那不就是存在主義所強調的獨一性嗎？

葛奴乙發現了自己沒有體味之後的瘋狂、徬徨、無助，正好反映了活在當下的人的無奈。（徐四金，2006：153-157）我們生活在世，不知為何勞勞碌碌，沒有被設定好存在的意義令我們可以自由，也因此令我們陷入了虛無及無助之中，在內外也找不到自己的意義，形成了「被拋擲而存在」、無可依靠的狀態。然後他為自己建立了意義，在電影的末段賦予了自己氣味（存在的意義）。

（二）人生三境界

一個存在的個體最重要的特質就是要當一個主觀的思者。當一個主觀的思者必須要做的就是「抉擇」的問題，可是要成為一個主觀的思者其實須要經歷三個階段，齊克果稱為「人生三境界」（或稱為存在辯證）。它們分別為感性、倫理及宗教階段。（蔡美珠，2002：17-35）

　　感性境界一：指人會對各種的可能性作試探，但不會下定決心將
自己投入其中，作出選擇。（蔡美珠，2002：19）從故事來看，我們可
以界定由開頭至主角在染廠工作為這一階段。主角有著過人的嗅覺，
正常而言應該會對臭味有更大的反感，可是主角並沒有如此對氣味選
擇，反而對所有的氣味，包括花、水果、人、以至死老鼠，都懷著好
奇去嗅清楚所有氣味，不懷好感及反感。這正是對所有東西作試探的
最佳反映。

　　感性境界二：感性形態的存在會造成煩悶、憂鬱，最終導致空虛
及絕望，絕望也可解釋成希望的落空。（蔡美珠，2002：20）從主角第
一次到城市遇上第一個令他瘋狂的女性至他在洞穴中察覺自己沒有體
味而深感絕望可解讀成這一個階段。他想留住女性的香味因此拜 Dustin
Hoffman 飾演的香水師為師，希望可以永遠保留氣味。可是後來他失
望了，香水師無法教導他留住香味，造成第一次的失望。然後一個人
在洞穴中發現自己並沒有氣味，造成他最大的絕望。

　　倫理／道德境界：絕望令人進入實踐的階段，為了實踐，因而有
了抉擇（抉擇包含著投入的意味）。抉擇正是倫理階段最主要的命題。
有了抉擇就能帶令人進入「真實的存在」，也從一無所有的境地之下發
現了自己。（蔡美珠，2002：22-23）全片最主要的抉擇出現於主角開
始尋求「脂存法」，路上他失去了目標因而停留了在洞穴之內，發現了
自己沒有體味之後，經歷絕望，他重新開始去學習「脂存法」的路，
他因此做了他一生中最重要的抉擇，亦因此開展了他「真實的存在」
之路。

　　宗教境界：其實宗教階段應定為「倫理／道德──宗教」階段更
為合理，因為宗教階段在倫理階段的基礎上──即抉擇和投入──再
加上上帝的意志。祈克果解釋這問題的時候曾題及過亞伯拉罕的故事
（蔡美珠，2002：28），故事大意為上帝為試探他命他以兒子作獻祭，
而他也順從了上帝的要求。在此他其實遇上了一個兩難的局面：順從
上帝；順從不可殺生的規條。因此，在此階段更包含了一種「順從上

帝」的含意。在故事發展至將主角送到斷頭臺的時候正好可體現這階段，最明顯的莫過於劊子手說出的一個字——「天使」，另外引入了主教這些人物也側寫了這意義。女兒被殺的父親下不了手，也可視之為他瞭解主角是依從上帝的意旨行事，因此放棄殺他的念頭。至此，電影也完成這「人生三境界」敘述。

（三）性與慾望

再說說「氣味、嗅覺、慾望」的問題。電影多個地方都有關於「慾望」的描述。如以買賣兒童為生的婦人、染廠的老闆、香水師，全都是追求金錢（物質慾望）的奴隸。另外，當然就是主角對氣味的追尋，他並不是為了金錢，只是真真切切為了自己的「存在」而追求。

對於葛奴乙來講，嗅覺可以自我滿足，不僅證明自我的存在，同時也滿足了自我的性。氣味可以引發費洛蒙，使得對方能夠沉浸於美好的催眠之中，使得嗅覺像心靈發出信號。（赫茲，2009b：142）葛奴乙保存女人的氣味，他就獲得了滿足，不僅是個人的存在，也是性與欲望的滿足。

電影以一個荒誕的形式作結尾，搬出整個城市的人在集體性交及讓主角最後被街坊的流浪漢整個吃掉，就一般而言，的確不明所以。可是放在這電影之中，不就正好表明了人類對「存在」的追求其實是如此的本能性，主角對「存在」以本能地追求，人們對他也報以本能性的活動作答覆。正所謂「食色性也」，正好就反映出「本能」這一點。最後主角（以及先前所提及的三個角色）以死作故事的終結，其實也從另一方面表現了「存在」，死亡其實就是存在的一個特徵，或許可說為一種反證吧！

七、宗教／文化上的驗證：自比為上帝

　　略施手段就讓自以為是的人們上了大當，在他看來，人不過是愚蠢的動物，其他什麼都不是。他們憑呼吸思考，而氣味卻跟呼吸捆綁一起。氣味能夠刺激神經將其和感情或者經歷聯繫在一起，以影響人的心理和生理。葛奴乙認為只要控制人的呼吸，便可控制人心。人的氣味遠遠無法滿足他，他要超越它。他要製作一種香水，一種凌駕於任何氣味的香水，這種香水使人入迷甚至激發愛慾。而他，就是這種香味的載體。（徐四金，2006：272；276）

　　對於這種香味他再無法忍受只能存於記憶。他要佔有，哪怕最終失去。這香水，需要等待、需要雕琢、需要犧牲。對於後者，他毫不在乎，反覺理所當然。根據佛洛伊德的陳述，葛奴乙的行事規則幾乎是本我的「快樂原則」。

　　絕世的香味使他獲得滿足感，同時激起他從未有過的愛欲（徐四金，2006：276）；以這香味為主體的香水又是他證明自己存在，並折服眾人的關鍵。這是他所有行為的直接動機，也是慾望的源泉。而「自我」不過是處理他在達成目的過程中與外界規範發生衝突時的協調機制。他不喜與人交往，卻遊刃其間；他儘量避開人類，只當他的目標存在不得不跨越的鴻溝時，方與人磨合。

　　香水的代價是二十六名少女，花一般的生命。她們被摘掉時，香味在最全盛的時刻凝成點滴的精華。正如格雷諾耶構想的那樣，香水激發了人類靈魂裡最原始的愛慾。這一刻，在萬人面前，他確實證明自己真的存在了，因為眾人正深深地愛著他，神化著他。他應該滿足還是狂喜？不，他反而嘲笑和憎恨。他的目的確已達到，人們臣服於他偉大的香水，宣佈他的無罪與神聖。（徐四金，2006：275-277）但與其說人們愛上他，不如說愛上這種香味。除卻表層的浮華，暴露的

還是那個醜陋、無味的內裡。他創造了這情愫，如今恨不得摒棄它。他們因香水而愛他，而他對他們絲毫沒有愛，只有恨。但無論他怎樣恨他們，在香水的作用下，他們只能愛他。

葛奴乙得不到真實的感情，更無法容許它虛假的存在。憑這香水，他可以為所欲為，但他反覺已鑽進了死胡同，前方再無路可走。於是他回到巴黎，在全年最熱的一天，像他出生時一樣，所有臭味以最大程度傳播，以這香水的儡力結束他的生命。

少時的經歷對一個人一生的塑造作用極大。葛奴乙後來的排斥、憎恨，以及對這個世界的諸多疑惑與這段時期的慘澹生活不無關係。他的一生充斥了數不盡的矛盾與衝突。他渴望愛，卻無法享用，絕望後他將對愛的追求轉化為對人類的憎恨。他本身沒有氣味（儘管一開始他渾然不知），卻對氣味情有獨鍾。他厭惡人的氣味，卻仍渴望擁有它，像個正常人，於是他仿製這種氣味。當他帶著上帝賜予的天賦和撒旦贈與的靈感周旋於世時，他決心用香水愚弄、報復所有人，卻仍無法像個常人般愛與被愛，只能在恨與被恨中滿足。（徐四金，2006：262）

在他的一套氣味理論中，葛奴乙一直試著向自己解答一個問題，就是「我是否存在」。但他無法解答，直到最後仍在困惑。他從扁蝨開始，逐漸成為旁人心中一個偉大的存在，卻最終無法被自己接受，歸於往來的塵土。因為他可以創造香水，香水可以控制眾人，使眾人愛他，成為上帝。（徐四金，2006：260-261）

參考文獻

吉伯特（2009），《異香：嗅覺的異想世界》，臺北：遠流。

拉普斯萊（1997），《電影與當代批評理論》，臺北：遠流。

拉貝爾（2004），《佛洛伊德看電影：心理分析電影理論》，臺北：遠流。

林逸鑫（2008），《圖解佛洛伊德與精神分析》，臺北：易博士。

徐四金（2006），《香水》，臺北：皇冠。

高宣揚（1993），《存在主義》，臺北：遠流。

陳立超（2004b），《從戀物癖的觀點看收藏心理：以小說《香水》為例》，國立臺南藝術學院博物館學研究所碩士論文。

湯姆‧提克威導演（2007），電影《香水：一個謀殺者的故事》，臺北：中藝國際。

赫茲（2009b），《氣味之謎：主宰人類現在與未來生存的神奇感官》，臺北：方言。

蔡美珠（2002），《齊克果存在概念》，臺北：水牛。

劉森堯（2001），《天光雲影共徘徊：文學‧電影及其他》，臺北：爾雅。

宣傳與偶像明星及故事情節

——最近幾年國片熱賣的原因探討

許瑞昌

國立臺東大學語文教育研究所

摘　要

　　臺灣最早的電影是出現於日治時期，到光復之後，真正以國語為主的影片才逐漸成形，期間由廈語片所帶動起的臺語片曾風靡五〇、六〇年代。

　　1985 年起，在各種因素導致下，國片製片量一路下滑，票房也跟著慘澹。2006 年，國片於臺灣市佔率僅存 1.62%，票房更佔全部臺北電影票房收入不到 1%，縱使獲得許多國內外影展獎項也無法掩蓋臺灣電影全面崩盤的事實。直到 2008 年《海角七號》以五億三千萬的票房榮登最賣座的華語片及臺灣影史最賣座影片後冠殊榮，2009 的《聽說》同樣也創造可觀的票房，而今年春節期間上映的《艋舺》更是在短短六天內票房破億締造國片新紀錄。

　　才三年期間不到，國片市場迅速攀升，是起步的開端或僅僅是曇花一現，都值得從不同的角度去作完整性探討，包括宣傳、偶像明星

加入演出陣容和故事情節脫俗等。最後，將國片產生的美學經濟效益及其與語文教學上的結合運用作總結。

關鍵詞：電影、票房、國片、《海角七號》、《聽說》、《艋舺》

一、引言

隨著經濟快速發展、國人追求生活品質下,電影儼然成了生活中不可或缺的娛樂之一。臺灣的電影市場這幾年來幾乎都被外來影片所淹沒,國片即使在國際上獲獎無數卻是叫好不叫座。不可否認的,長期以來我們對國片的印象,不是劇情差就是了無新意,看國片就好像不理智的做法一般,使得這種最貼近臺灣文化背景所拍攝的影片,一直得不到國人的支持與共鳴。直到 2008 年《海角七號》上映後,濃厚情感的在地文化、毫無冷場的經典對白,顛覆了國片既往的形象,為國片市場帶來生機並帶動後續支持國片的熱潮。就過去來說,國片票房要破千萬是很難得的事,但在《海角七號》票房高達五億元的新紀錄後,票房破千也就變得輕而易舉。倘若以《海角七號》為時間點,我們不難發現前後的差異所在,從劇情或行銷手法等,都有著不同以往的創新,但在電影產量又快速成長的同時,不禁讓人擔心會不會無法兼顧品質而重蹈八○年代覆轍的新電影時期,只是曇花一現罷了?希望能藉由本研究,發現其中問題與價值所在,提供國片未來方向的參考依據。

二、臺灣電影產業的概況

(一)臺灣電影簡史與發展

臺灣的電影從日本的殖民地時代開始(1895 年),一切都在臺灣總督府(日本統治臺灣的據點,也就是殖民地政府)的管理下營運,

以殖民地教育宣傳媒體的姿態，在殖民地支配下的皇民化運動以及日本文化和日語的全面推廣中，電影都擔任著重要的角色。（川瀨健一，2002：2）

在李道明〈日本統治時期電影與政治的關係〉中指出，1907 年高松豐次郎接受臺灣總督府委託，自日本召集一批技術人員，帶了兩萬呎底片，於 2 月 17 日起在全臺灣各地拍攝官府與民間的各種實況。拍攝這部影片的主要目的是要送去當時在東京舉辦的博覽會的臺灣館中放映。《臺灣實況的介紹》是目前所知臺灣有史以來第一部自製的影片，內容包含臺灣政治、經濟、風俗文化等各方面題材，同時述說臺灣統治的必要、重要性，是作為臺灣總督府政治宣傳的工具，使得電影在臺灣一開始就註定要和政治宣傳脫不了關係，但影片在全臺各地放映，還是具有一定的社會教育性存在。（李道明，2009）

臺灣光復之後，國民政府治理臺灣，為了阻絕日本文化在臺灣的影響，並服膺於國家語言文化統一的政策，臺灣當局就積極推動國語政策。又以 1949 年之後，中央政府遷臺，這個統一國家語言的策略就執行更為徹底，影響所及，也連帶使得國語影片成為國家機器認可的主流電影表現形式，當然這種以國語為主的影片，更是負載國家意識形態的重要工具。（李天鐸，1997：120）事實上，當時臺灣聽得懂國語的人並不多，加上僵硬的政策宣導，因此一般人很少進入電影院，大眾娛樂則以「歌仔戲」及「布袋戲」為主。（張昌彥，2007）也在 1949 年臺灣從香港進口了第一部廈語片《雪梅思君》，三年後產量逐漸增多，是因為語言和臺灣的閩南語相通，所以在臺灣大受歡迎。1956 年廈語片進入臺灣的數量達到高峰，全年上映高達二十五部左右。香港廈語片在臺灣受到市場的青睞，許多臺灣片商投資於這些影片的製作，後來臺語片興起，片商遣派臺語片演員赴香港拍攝廈語片，或延請香港的導演拍攝臺語片。因此，廈語片的大量進口與受到臺灣觀眾歡迎，刺激了臺語影片的出現、資金與人才的互相流動，為臺語片發展初期打下了基礎。（李天鐸，1997：125～126）

　　有識於這種現象，1955 年邵羅輝導演以都馬劇團團員為班底拍了一部 16 釐米的戲曲片（部分彩色），但因燈光不足，在臺北上映三天就下片。1956 年何基明受麥寮拱樂社女子歌仔戲團長陳澄三所託，拍攝第一部 35 釐米的臺語戲曲片《薛平貴與王寶釧》賣座造成轟動，因此掀起臺語片的熱潮，直到 1981 年楊麗花的《陳三五娘》在叫好不叫座的情況下，終於結束了臺語片二十六年的歷史。臺語片時代的發展對後來所謂的「國片」（國語片）的提升，有著不容忽視的影響，像「健康寫實路線」的代表導演李行、李嘉都是來自於臺語片的導演。名演員柯俊雄、歐威、「臺製之寶」張美瑤，甚至遠至紹氏發展的凌雲（臺語片的歐雲龍），還有國聯的郭南宏導演也都是臺語片出身。另外，蔡揚名、李泉溪、林福地等導演在國語片圈或電視劇上也都有傲人的成績。1982 年興起的主要演員鶯鶯、阿匹婆、陳秋燕、陳淑芳、金塗等無一不是從臺語片轉來的演員，他們自然而不做作的肢體語言，也為新電影創作出寫實的清新風格。（張昌彥，2007）

　　綜論國語影片與臺語影片的消長興衰，國語片由 1949 年開始，幾經起伏，發展至 1988 年以後開始迅速滑落。而臺語影片則由 1955 年開始，至 1956 年迅速爬升，以迄 1968 年衰退。其中，國臺語影片在 1969 年換手。這一年，國語片首次超越臺語電影，並且從此不再落後。可以說，臺灣電影從這一年開始，真正進入了國語電影的時代。（盧非易，2003）

　　七〇年代除了出現由李小龍主演的《唐山大兄》及《精武門》帶動起功夫武打片熱潮外，愛國政宣片、瓊瑤文藝片也都在此時期出現一段期間。緊接著臺灣新電影產生於八〇年代初年，和臺灣政治、經濟的重大轉型期有著相當直接的關係。（黃建業，1995：40）此時期電影打破原本臺灣政治與電影保守勢力，創造出風格清新獨特、意識開放進步的「臺灣新電影」，尤其以臺灣作家黃春明改編而成的《兒子的大玩偶》更被視為「臺灣新電影」開端之一。1989 年的《悲情城市》及 1991 年的《牯嶺街少年殺人事件》都有著舉足輕重的地位。同時，

相較於香港電影的成功，臺灣市場漸漸出現對新電影浪潮的批判聲，八〇年代末期起，在各種因素下導致產量與發行量雙雙下滑，縱然臺灣電影在國際影展上獲獎無數，也無法改變臺灣電影全面崩盤的事實。

就這樣長達二十年左右，國片市場一直處於萎靡不振，直到 2008年由新秀導演魏德聖所執導的《海角七號》上映，臺灣國片票房出現令人不敢置信的大逆轉。在短短不到四個月的上映期間，全臺總票房創下五億三千萬元的驚人成績，更創下臺灣華語片有史以來的票房紀錄，可說是臺灣電影界史上奇蹟，而《聽說》、《艋舺》等片均締造不凡佳績。

（二）臺灣電影產業現況與銷售量

綜觀臺灣的國片票房，從八〇年代末期起就嚴重下滑，受到外片強勢的入侵，加上觀眾挑片的習性改變以及網路下載盜版等因素，藝術類型的臺灣新電影已無法滿足臺灣民眾的胃口並走向沒落的命運。

1999-2010.4 臺灣市場電影准演執照發照部數概況

年度	國產片	香港片	大陸片	外國片
2010.4	17	9	6	105
2009	48	25	10	348
2008	36	21	10	351
2007	39	23	9	342
2006	27	32	11	302
2005	40	44	14	309
2004	25	39	9	246
2003	14	40	8	222
2002	21	38	7	246
2001	17	100	5	222
2000	38	117	10	280
1999	16	121	8	327

整理自臺灣電影網（2010a）

　　從上表可以清楚發現近十多年來國內外電影，在臺灣准演執照發照部的統計數量，2005年以前的國片產量平均都在一、二十部左右，外國片的產量則是一直維持兩、三百部左右的龐大數量，而這一年開始，外國片的數量從三百部一路上升到三百五十部，國片也不遜色，產量開始有了翻倍的突破，站上四十部的產量，甚至在2009年有近五十部的成績，相較之下，港片則從1999年到現在近十年間，由上百部迅速下滑至個位數的悲慘命運，大陸片則在這十多年間，在末座苟延殘喘。

臺北市首輪院線映演國產影片、港陸影片暨其他外片之票房歷史統計
（1999-2010.04）

年度	國產影片		港陸影片		其他外國影片	
	票房統計	百分比	票房統計	百分比	票房統計	百分比
2010.4	139,749,098	13.09%	36,380,894	3.41%	891,450,462	83.50%
2009	62,492,627	2.30%	56,945,655	2.09%	2,601,596,904	95.61%
2008	305,426,019	12.09%	176,307,967	6.98%	2,044,388,015	80.93%
2007	198,820,828	7.38%	59,692,517	2.21%	2,436,621,127	90.41%
2006	43,392,928	1.62%	99,174,172	3.70%	2,535,874,266	94.68%
2005	42,469,745	1.59%	102,889,020	3.85%	2,526,747,432	94.56%
2004	29,062,110	1.13%	90,759,255	3.52%	2,456,416,731	95.35%
2003	6,024,055	0.3%	125,883,471	6.2%	1,876,909,632	93.5%
2002	52,165,562	2.21%	33,867,465	1.43%	2,274,628,072	96.36%
2001	3,696,865	0.2%	90,926,750	4.1%	2,134,341,395	95.8%
2000	121,578,255	4.65%	26,084,320	0.99%	2,469,485,895	94.36%
1999	11,053,275	0.4%	75,345,745	3%	2,441,649,765	96.6%

整理自臺灣電影網（2010b）

　　由臺北票房統計來看，國產影片是在2007年才開始有成績出來，當時臺北票房大約兩億元，市佔率7%，和先前約2%的市佔率足足翻

漲了的三倍。這一年，國際知名導演李安所拍攝的《色戒》拿下臺北
一億三千六百萬元的票房佳績。倘若撇開知名國際導演不說，由周杰
倫首部執導並主演的《不能說的秘密》也拿下可觀金額兩千六百萬元，
以及《練習曲》八百九十萬元、《刺青》七百一十萬元。由於全臺票
房統計不易，臺灣年度總票房習慣以北市票房的二倍來估算的話，這
些並不是當年最熱賣的國片也都有著以往難得一見的千萬票房。隔年
2 月，一樣是由周杰倫主演的《功夫灌籃》依舊在臺北市賣出千萬票
房，但關鍵性的是在同年 8 月 22 日國片《海角七號》上映到下片不到
短短四個月的期間，全臺總票房五億三千萬元的驚人成績，創下國片
有史以來的票房佳績，在原本一片死寂的國片市場中，扭轉國人對於
國片的成見，並帶動起《囧男孩》、《一八九五》取得不錯的票房。
當時，很多人形容《海角七號》是「後新電影浪潮準國片復興」。隔年
2009 年，除了搭著聽奧順風車的《聽說》及蔡明亮導演的藝術片《臉》
有著兩、三千萬的票房外，其餘均沒有預期中的理想，國片票房市佔
率水準，掉到 2007 年 2%的慘況。但相隔一年後的春假檔期，由火紅
偶像明星阮經天、趙又廷主演的《艋舺》締造出另一波億元票房紀錄，
讓人不禁想問：國片是否開始復興了？

（三）承先啟後的《海角七號》

低靡不振的國片市場長達二十多年之久，國人似乎忘了國片市場
曾經風光過，即使這中間偶有在民族情感或其他因素號召下而付費進
院，但一次又一次失望的走出戲院後，取而代之的是對國片的不信任
和排斥，最終看國片幾乎和浪費錢畫上等號。

從 2008 年 8 月 17 日《蘋果日報》的電子新聞標題〈范逸臣金蟲
衝腦，胡吹包辦海角億元票房〉、諷刺的內文，直接反映出民眾對國片
真實的想法。

阿霞這陣子環島旅行，怪怪，真是見鬼，走到那都可以遇到《海角七號》范逸臣等一票人，不是遇到他們在高雄夜市吃「剉屎冰」，就是在西門町吃木瓜，昨阿霞到東區逛街你猜我遇到誰？又是范逸臣。原來昨天導演魏德聖生日，他與女主角田中千繪諂媚地為他慶生，問小范送什麼大禮？他誇下豪口：「億萬票房！」

根據魏德聖的估算，《海角七號》預算5千萬元，全省票房必須1億元，電影公司才可能賺錢，但范逸臣卻拍胸脯說：「沒問題，票房包在我身上。」

雖然電影很好看，小范的表現也不錯，但基本上本土國片要破億幾乎是不可能的事，不知道該說他初生之犢不畏虎，還是太臭屁！靠他扛票房，還不如把8月22日全省上映的紅布條，掛在全裸的阿霞身上，全省跑1圈來得有效。（阿霞，2008）

　　不只我們，連經驗老到的記者都看走眼了，這部完全由臺灣本土製作的電影《海角七號》，一開始或許在「國片」形象的陰影下，並沒有太驚人的表現，但是一個禮拜、兩個禮拜過去，才一個月時間票房就突破億元大關，且持續快速成長，造成全臺轟動。從上映到下片不到短短四個月時間全臺總票房五億三千萬元的驚人成績，創下臺灣華語片有史以來的票房佳績，是臺灣影史票房上亞居，僅落後於1997年《鐵達尼號》所締造的紀錄，可說是臺灣電影界史上奇蹟，出乎大家預料之外，也撫平了人們心中對國片的那一塊遺憾，用「後新電影浪潮準國片復興」來形容《海角七號》一點也不為過。

三、宣傳在臺灣電影產業產生的效益

一部電影倘若沒有宣傳行銷，很難大賣，有了完善的包裝行銷，卻沒有內容也不可能大賣，所以一部賣座的電影，電影行銷和電影內容是相輔相成的。（林伯龍，2009）

電影行銷是導演預計拍攝一部電影時，與觀眾之間關於這部片的「溝通過程」。因此，從電影一開始的內容策劃到發行，都有必須行銷的工作任務，例如拍攝的主題、類型、內容等，都得符合當今市場需求，才能產生票房上的回收。（吳佳倫，2007：29）在電影的行銷宣傳小組主要成員為行銷企劃、行銷公關，負責工作為規劃整部電影的行銷計畫及實行。（林伯龍，2009）電影宣傳的管道及手法，考量於電影編列預算時，有多少比例預算在宣傳上，這些預算用在行銷宣傳上都是為了創造電影票房的極大化，而臺灣電影宣傳的管道主要分為下列幾項：

（一）海報

宣傳海報設計，是每一部電影的必備製作物，一張好的海報設計，除了會強調導演、大牌明星外，同時也要明確傳達出電影所要表達的主題。

以《艋舺》海報為例，鬥大的電影名稱置中，以兩位男主角趙又廷、阮經天分站最前方左右兩側，並將兩位人名用白色字體和底色形成強烈對比，凸顯兩人人氣偶像的地位及影響力。最後用「我混的不是黑道，是友情，是義氣」強而有力的文字標語，除了深刻又明確地傳達整部影片的故事主軸，還造成年輕人競相模仿的口頭禪，間接造成另一種宣傳手法，成功達到要民眾花錢進院的行動。

（二）媒體廣告

臺灣電影常使用的媒體略可分為以下幾類：

1.電子媒體

包含電視、廣播、電影、網路等。電視的宣傳除了電視廣告、電影節目或新聞的介紹，各大綜藝節目也是國片宣傳常用的手法之一，《完全娛樂》、《得獎的事》、《大學生了沒》、《百萬小學堂》、《娛樂＠亞洲》、《國光幫幫忙》以及擁有廣大年輕人市場的《康熙來了》都經常可以見到各國片劇組宣傳的身影；雖然廣播的影響力沒電視效果來的大，卻一樣可以經由廣告及節目來達到宣傳的目的；在電影方面，電影都會將預告片提前一到三個月，甚至半年前就放置其他電影開頭來作宣傳，而通常會在半年前就放預告片的電影，都是耗資相當大的成本所拍攝的，這也會間接的讓觀眾充滿期待，但有一缺點是，半年過後觀眾是否還會記得電影的上映日，將會是一大考驗（林伯龍，2009）；而隨著網路的無遠弗屆以及使用人數日益攀升，藉由網路資源從事行銷已越來越普及，甚至是不可或缺的要件了，無論是各大入口網站、BBS 站、介紹電影網站、電影官方網站和爆紅好一陣子的臉書這類部落格，都是低成本又深具影響力宣傳的效果。

2.平面媒體

包括報紙、雜誌、宣傳、DM 等等。由於目前年輕觀眾，很少像往常一樣透過報章雜誌來搜尋電影相關資訊，網際網路已逐漸取代平面媒體，因此發行商開始將重點轉移到網路，報紙及平面廣告就成為附屬的資訊了。（吳佳倫，2007：117）

3.戶外媒體

包含看板、戶外電視牆、公車與捷運車體、車廂內廣告等。看板、戶外電視牆通常設立在人潮、車潮較多的百貨商圈，而公車及捷運這種類型的大眾運輸系統，大都出現在大都會地區，所以這些戶外媒體的共同特點，均屬運用在人潮眾多的大都會地區。今年 5 月 28 日即將上映的《拍賣春天》一片，由四個辣妹舉著「拍賣春天」牌子的宣傳手法，引發網友熱烈討論及新聞報導，確實成功吸引民眾的注意以及製造出討論話題，但是否能帶動票房令人期待。

4.其他

包含跑馬燈、氣球、贈品廣告、產品包裝、周邊商品等。贈品廣告就是以印有電影海報的物品當作贈品來宣傳；而產品包裝的宣傳方式，較多是該產品的製作公司贊助電影的一種方式，最普遍看到的產品包裝為在電影院中銷售的飲料、爆米花，幾乎每一個飲料杯和爆米花盒上，都會印有電影的海報宣傳。（林伯龍，2009）周邊商品以《艋舺》來說，除了常見的電影小說、寫真書、原聲帶外，還有日常生活用品的T恤、面紙、背心、戒指、人字拖、火柴盒、滑鼠墊、悠遊卡、溜溜球、金牌項鍊等等，這些東西不僅有額外收入及造成影迷爭相收藏外，也達到間接宣傳的手法。

（三）通路宣傳

包括電影院、DVD 出租店等。通路宣傳其實可以與以上幾類的宣傳方式作結合，例如電影院通路中的立牌擺放、海報張貼以及 DM 發放，飲料杯、爆米花盒這類的產品包裝都算是通路宣傳；另外電影的預告片，常會在影廳外部及電影院中電影開頭時播放，電影公司也會舉辦首映會或影迷見面會等活動來拉近與觀眾的距離。（林伯龍，2009）

　　電影《聽說》進入北一女校園、面對最可能的觀影族群而舉辦的電影座談會，直接和學生面對面的方式，造成千人擠爆學校百人會議室，立即吸引年輕學子的注意；但如果沒有彭于晏、陳意涵這樣的偶像明星，即使前進校園也很難達到宣傳的效果。

（四）名人加持

　　電影公司可藉著電影本身具有一些特殊的屬性，舉辦一些活動，達成宣傳效果，知名人物推薦或代言是經常可以看見的策略之一。國片《海角七號》擁有政界和影視名人的推薦，從演員胡婷婷、賴雅妍、吳中天、莫子儀到綜藝界大姊大張小燕、知名製作人王偉忠、名導侯孝賢、鈕承澤、臺北市文化局長李永萍也先後加入推薦行列。《1895》也不遑多讓，除了主持人黃子佼、澎恰恰、許效舜、演員太保、李志希、李志奇、導演朱延平、鄧安寧、知名作家李喬、廖輝英、屏風表演班藝術總監李國修、閃靈樂團 Freddy、影評人梁良景、翔藍祖蔚、王麗莎、前行政院副院長葉菊蘭、前副總統呂秀蓮外，還有現任總統馬英九的大力推薦，必然有一定效果出現。

四、偶像明星給臺灣電影產業帶來的生機

　　「偶像」一詞最早原為神偶之意，是因為宗教信仰而塑造，用以膜拜泥塑、木雕或其他材料所製的神佛塑像。隨著時代潮流演進，社會結構變化、經濟發達以及朝向個人主義與多元發展的風氣下，「偶像」已因個人喜好，任選一個人物作為崇拜的偶像，從原先的神像轉變到現今的作家、運動員和明星。

　　在一個娛樂色彩越來越濃厚的時代，娛樂對於市場各個層面的滲透幾乎是無所不在，從產品銷售、品牌塑造到市場推廣，娛樂營銷成

為了無往不利的武器，而利用明星的娛樂性力量去拉動營銷，儼然成為許多企業進行營銷推廣時經常使用的手段。（林景新，2007）

基本上明星被經紀公司塑造出風格，並靠著自身演藝才華或外表，是會投射出一種完美形象，再藉由其電影所扮演的角色後，更加散發出迷人及個人化的想像。雖然這一切幾乎都是虛構而成的，但由於符合人們的夢想或想像，例如美感、才華洋溢、英雄人物、豪門生活，投射出當下人們所汲汲追求的價值觀點或夢想，因此明星就成了電影業追求利潤極大化的手段之一。所以好萊塢往往也願意花上十年左右的時光，去培養一個巨星。（曾西霸，2001）

如果這些仰慕者對偶像明星產生高度情感與行為涉入，其偶像崇拜與消費行為大致可分成三步驟：首先是認同，不論是偶像的內涵或是外在，都有可能是他們所喜愛的原因；接著便開始主動搜尋、注意偶像明星的相關資訊；最後，化行動為力量，開始消費相關周邊產品，進院看片也是常見的支持行為。而本文將國片中的偶像明星大致分為一般大眾喜愛的歌手、模特兒、電視劇演員。

（一）模特兒

最近這幾年來，臺灣藝人市場隨著有線電視頻道開放、數位平臺開發等影響而需求增加，不同以往演藝人員的新面孔應運而生，「名模藝人」也早就習以為常了。而名模藝人除了具備走秀的長才外，要進入演藝圈前是得經過經紀公司一番挑選與塑造。因此，在強調視覺效果的鏡頭前，他們修長的身材、俊美的外貌，無疑是他們吸引觀眾的魅力所在了。

說到臺灣第一名模，無庸置疑為林志玲莫屬，有著高學歷、良好的儀態及談吐外，最重要模特兒必備的外在更不能少，如此一來才能緊緊抓住時下年輕男女的目光。林志玲第一部國片作品為朱延平主導、周杰倫飾演男主角的《刺陵》一片，很多人衝著她姣好的容貌進

院，在元旦假期首周票房光臺北就有五百萬元，遠遠超越《海角七號》的四十六萬元。但在不純熟的演技及其他因素下，全臺上映四十二天草草下檔，總票房一千四百萬元與當初耗資五億元不成正比。這也顯示影迷倘若是衝著偶像光環進院的，在首周票房是可以看出端倪，所以「明星的外型和銀幕性格是吸引成千上萬影迷的絕對要素，如果明星剛好會演戲，那算是附贈品。」（李達義，2000：67）所以林志玲或許是因為劇情等因素所造成的特例而已。

這些名模跨行拍片的優點就是外表，但缺乏經驗是掩蓋不了的。不過當偶像劇崛起後，模特兒先從戲劇累積足夠經驗，再轉往電影發展似乎會順利的多。同樣由模特兒出道的阮經天與溫昇豪，在轉往電影發展前，早已在偶像劇市場累積一定的名氣與經驗。以阮經天來說，從早期《米迦勒之舞》、《綠光森林》、《花樣少年少女》、《熱情仲夏》、《我在墾丁*天氣晴》、《命中註定我愛你》、《無敵珊寶妹》到《敗犬女王》都是知名的偶像劇，其中《命中註定我愛你》更以超過13%的分段收視率創下臺灣偶像劇的收視紀錄，受歡迎程度不言而喻。所以相較於《刺陵》，《艋舺》和《一八九五》會如此賣座也不是沒有原因的。

（二）歌手

就歌手來說，他們的音樂類型必須被大眾接受並造成音樂廣為流傳的流行音樂，以獲取最大的商業利益，除了販賣音樂，同時也販賣歌手，從中創造更高的附加價值。（林念葦，2008）

以現今國語流行唱片來看，歌手大致可以分成具創作實力的實力派以及完全採取包裝致勝的偶像派歌手，這兩種歌手最大的差別就在於對唱片音樂的參與。也就是說，實力派歌手的音樂是自己創作，相較於偶像派歌手是依照唱片公司對歌手定位的音樂來說，實力派歌手可以說對音樂更深刻的體會、更能實際表現音樂忠實的原貌。（李逸

歆，2001）倘若就現今流行音樂歌手所扮演的角色而言，偶像派與實力派歌手不再是截然二分的個體，而是唱片公司企圖在市場經濟邏輯下，以能吸引大眾市場最大化的考量下，所培植的「全方位藝人」。「全方位」意味「色藝雙全」，不僅要會唱歌、跳舞，甚至戲劇、主持樣樣俱全，才是所謂的「全方位藝人」。（黃顗穎，2003）雖然歌手的形象分為人與音樂兩大部分，對於歌手的形象包裝，最終還是要回歸到歌手其音樂本身，才能感動人心並稱得上歌手。

就《不能說的秘密》來說，男主角周杰倫從片中開始到結束，不斷大秀歌手常會的樂器長才，高超的彈琴技巧呈現出聽覺與視覺的雙重享受。歌手范逸臣在《海角七號》裡直接符合自己的身分飾演樂團的主唱，以嘹亮又有爆發力的歌聲述說動人愛情故事，用情歌賺人熱淚，最後中日歌手跨國界的合唱，古典、傳統與現代樂器的結合，營造出一首和諧美麗的樂曲，輕易擄獲人心。

這兩部電影都充分利用音樂這最簡單、真誠，卻又最直接的世界語言，表達出語言及文字所無法表達的複雜情感，以優美音符，譜出一則美麗動人的愛情故事。

（三）電視劇演員

電視劇是一種適應電視廣播特點、融合舞臺和電影藝術的表現方法而形成的藝術樣式。在臺灣，「電視劇」一詞泛指不同類型的電視製作，包括單元劇、連續劇、偶像劇、類戲劇等，但基於臺灣的文化及語言環境，臺灣當地所製作的電視劇一般較常以「連續劇」一詞稱呼；至於美國、加拿大及歐洲所製作的電視劇，只要是以電影方式拍攝，都以「電視影集」稱呼，或簡稱為「影集」。（維基百科，2009）

電影的消費市場大多以時下年輕男女為主，所以國片的男女主角大多會從青年為主要演員的偶像劇中挑選。偶像劇以年輕人的友情、愛情為主軸，製作精良、劇情緊湊、人物鮮明、情感傳遞準確、豪門

生活、以及曲折唯美的愛情故事，彌補了真實世界上不大可能出現的殘缺，滿足了觀眾對愛情的憧憬與渴望；如癡如醉後，英雄式的人物性格使得演員在觀眾眼中就更加充滿幻想。另外，演員除了俊美的條件外，最重要的是他們有著一般歌手和模特兒不具備的戲劇經驗，演起電影技巧自然會較為順手純熟。

以《聽說》演員為例，男主角彭于晏在這之前，從《愛情白皮書》、《戀香》、《仙劍奇俠傳》、《海豚愛上貓》、《我只在乎妳》、《少年楊家將》、《我在墾丁＊天氣晴》、《協奏曲》已拍攝高達八部偶像劇，再加上《六號出口》、《基因決定我愛你》、《愛的發聲練習》等七部電影經驗，自然又不做作的演技明顯可以和林志玲及經驗尚淺的新人比較差異所在。老牌演員馬如龍在《海角七號》、《艋舺》兩部熱賣代表作中，雖然沒有年輕俊俏的外表，但靠著精湛的演技，把江湖霸氣的鮮明性格展露無疑。如果兩部影片少了這位靈魂人物，肯定失色不少。

五、故事情節在臺灣電影產業創造的價值

摩林・莫黔特（Moelwyn Merchant）指出，英國詩人拜倫在《唐璜》一書說：「所有的悲劇都以死亡作結束，所有的喜劇都以婚禮為收場。」（轉引自 Moelwyn Merchant，1981：2）似乎替喜劇與悲劇作了最簡單明瞭的界定。

（一）喜劇

喜劇是戲劇的一種類型，大眾一般解作笑劇或笑片，以誇張的手法、巧妙的結構、詼諧的臺詞及對喜劇性格的刻畫，從而引人對醜的、滑稽的予以嘲笑，對正常的人生和美好的理想予以肯定。基於描寫對象和手法的不同，可分為諷刺喜劇、抒情喜劇、荒誕喜劇和鬧劇等樣

式。內容可能是帶有諷刺及政治機智、社會批判，或為純粹鬧劇和滑稽劇，喜劇在衝突的解決上一般比較輕快，往往以代表進步力量的主人公獲得勝利或如願以償為結局。（維基百科，2010）所以說，喜劇具有其特殊價值，因為它在某方面而言具有治療人心的功用。（Moelwyn Merchant，1981：9）

我們知道悲劇和喜劇是兩種很常見的戲劇類型，但相對來說還是以悲劇比較有可看性（或說比較能給人深刻的啟發）；而悲劇所受的評價一向也高於喜劇。（周慶華，2002：333）或許正因為如此，自從早期以朱延平為大宗的喜劇電影後，這幾年國片很難看到有純喜劇的電影類型出現了。雖然今年五月剛上映不久以描述外勞故事的喜劇《臺北星期天》，在臺北市區內只有光點戲院和信義威秀兩家戲院上映，10天來仍創下 96 萬元的票房成績，但是和悲劇、悲喜劇國片票房相比，似乎弱了點。

（二）悲劇

悲劇是對一個嚴肅、完整、有一定長度的情節的模仿，它的媒介是經過「裝飾」的語言，以不同形式分別被用於劇的不同部分，它的模仿方式是借助人物的行動，而不是敘述，透過引發憐憫和恐懼使這些情感得到疏洩（後人所謂的淨化說）。〔亞里斯多德（Aristotle），2001：63～65〕所以觀眾在看電影時，可以從劇中人物身上反過來看到自己的弱點、人生或遭受苦難的可能，而畏懼的情感就從內心浮升。但觀眾並沒有忘記自己局外人的角色，而悲劇使人適度體驗畏懼與憐憫，讓他們情感經過這一場鍛鍊後，心理變的強壯，不至於在現實中遇到相似的事件不懂得理智面對而表現出荒唐的行徑。

另外，悲劇的作用還有像尼采（F.W. Nietzsche）所說的能讓人重新肯定生命的悲劇精神而積極的對人生世界充滿樂觀的希望。（轉引自周慶華，2002：334）當然，這都只是針對西方的悲劇而說的；西方

人所信守的創造觀,已經命定他們要被「拋擲」到塵世來承受各種苦難,以至正視人生的這種悲劇並設法從中「解脫」,也就成了西方人所能追求的理想;反觀中國的悲劇,在氣化觀的前提下,作者自居高明或道德使命感的促使而為人間不平「補憾」的結果,實際苦難還是得勞當事人自我「寬慰化解」而無法別為寄望。(周慶華,2002:334)

現今國片似乎逐漸有意跳脫這種中式團圓收場的結局。以《艋舺》來說,劇中太子幫和尚與蚊子、志龍等五人原本情同手足,但在和尚「發現」志龍老爸 Geta 當初背叛自己的父親而當上角頭老大的位置後,氣憤不平之下,劇情的「突轉」就在一連串的殺戮行動展開,而最後的「苦難」就是蚊子為了替兄弟猴囝仔的重傷向和尚報仇,卻慘死和尚手下,而和尚也被從後突襲的志龍殺害身亡,用一股瀰漫著悲慘命運的兄弟之情作為悲劇收場。符合複雜悲劇的情節結構所必須包含的三大部分:突轉(劇情突然向相反的方向轉變)、發現(主人公由不知到知的醒悟或頓悟)和苦難(毀滅或痛苦的行動,如死亡)。而一部悲劇的精華就在突轉,是描寫主角由順境轉入逆境的關鍵性行為,並達到最佳的悲劇是突轉與發現同時發生,最理想的悲劇也是運用突轉和發現達到結局的行動複雜悲劇。(游智卉,2008)

(三)悲喜劇

有關悲喜劇,據研究至少有三種解讀方式:第一種方式無關整個故事,而是攸關某些孤立的插曲;第二種解讀從悲喜劇裡保有的只能算是便於記憶的公式,也就是那些提供陳腔濫調和老套的妙語和諺語,且這一解讀絕對無法在讀者和被看得懂的事物之間,建立起個人的關係網絡、個別的聯繫,而這些就是在這一解讀過程中獲得的;第三種解讀則是從它複雜的整體性來領悟悲喜劇文本,而且不會將它僅僅化約成某一情節的插曲或許多則客觀的格言。(轉引自周慶華,2002:341)倘若用一種簡單清楚的定義來說的話,悲喜劇不像悲劇或

喜劇只有單一元素，而是將二者成分融合和延伸出去，相對可看性也較大，最後再以喜劇的圓滿結局來收尾。

最近兩部熱賣的國片在形式的表現上，也都走向這路線。《海角七號》的愛情故事主線由男主角幾經波折到圓滿落幕；另一條主線，是那一封日據時代留下來長久未送達的情書，最後喜的是信件送達，悲的是人事已非。《聽說》的主線男女主角以甜蜜順利交往收尾，而重要的支線是關於女主角一直忙碌工作，替自己最心愛的聽障姊姊打理四年一次的聽奧比賽，不料中途全心全意練習的姊姊因傷而成績落後，被迫取消參賽，姊妹倆為此遺憾起了爭執，也在觀眾心中留下遺憾。

六、其他次要因素對臺灣電影產業的影響

（一）新聞局輔導金

電影開拍前，首先得面對的問題是資金的來源和多寡，而不是要靠這部戲賺多少錢。臺灣這幾年來國片產業一直慘不忍睹，導致很少人願意投資這個賠錢的生意，於是「民國 77（1988）年間，中華民國電影事業發展基金會董監事會議提議設置國片輔導金以協助業者拍片，藉以提升國片產量，該會於 78（1989）年度辦理一個年度輔導金案」（中華民國行政院新聞局，2006a），而輔導金就成了臺灣電影產業另一條主要的資金來源。雖然輔導金的實施辦法有著許多爭議與問題存在，但它對臺灣電影的發展重要性不可否認，從早期《魯冰花》、《囍宴》到近年的《盛夏光年》、《刺青》、《練習曲》、《囧男孩》、《海角七號》、《聽說》及《艋舺》都拿了四百到八百萬元的電影輔導金。

在〈有關輔導金制度之效益與興革措施——輔導金制度的實質效益〉文中整理出國片輔導金制度的效益（中華民國行政院新聞局，2006b）為以下四點：

1.提高國片產量

國片輔導金的資金協助拍攝，大幅降低投資風險，自然提高導演的拍片意願。從 1990 年度以輔導金補助業者拍片以來，迄今已有一百一十四部輔導金電影片完成拍攝，佔 1990 年至 2002 年國產影片產量的 29.84%，對每年國產影片的量產上有一定的助益。

2.增加工作機會

電影屬於創意產業，而人才乃電影產業的最大資產。為確保國內電影從業人員的工作機會，自 1992 年度起於輔導金要點中規定，獲補助的輔導金電影片，應聘請一定比例的國內電影從業人員擔任製片、編劇、導演、主角、配角、攝影、錄音、剪接等工作，並規定獲補助的電影片，其攝影、沖片、印片、錄音或剪接應部分在國內處理，以增加國內電影從業人員的就業機會，也有助於電影相關技術與經驗的傳承。

3.培育人才

諸如李安、侯孝賢、楊德昌、蔡明亮、賴聲川、吳念真、張艾嘉、萬仁、陳玉勳、鄭文堂、白冰冰、楊貴媚、金素梅、趙文瑄、李康生、蔡振南、劉若英、伊能靜等，均因此揚名國內外影壇，開創個人電影事業的巔峰，輔導金電影在國際影展舞臺上揚眉吐氣，「輔導金當然具有一定的貢獻」。

4.輔導金影片屢獲國際影展肯定

近幾年我國為增進與其他國家電影文化的交流，經常選片參加國際影展，普獲好評，許多國際影展單位紛紛主動邀請我國選片參展，

以 1987 年為例，我國計選送二十二部國片參加四十一項國際重要影展，大幅提升國片的國際地位、增加我國在國際社會上的能見度。

（二）從眾效應與口碑效應

從眾行為的產生包含兩個面向：規範性社會影響，是為了避免遭他人排斥處罰或引起他人反感；訊息性社會影響，主要是因為我們覺得他人對情況更瞭解，握有更多與情境相關的重要訊息。（陳皎眉、王叢桂、孫蒨如，2006：354～355）以《海角七號》來說，當一開始周遭只有一個人、兩個人看過時，你並不會有什麼特別動力想去看，但隨後當越來越多人都進院看片時，你會深怕自己沒看過會落伍、跟不上流行，進而跟隨他人模式用進院行動來獲得認同時，就產生了所謂「從眾行為」。

根據 2010 年「臺灣寬頻網路使用調查」報告指出，截至 2010 年 2 月 12 日為止，臺灣地區上網人口約有 1,622 萬，共計有 16,217,009 人曾上網（整體人口 0-100 歲），比去年（2009）1,582 萬人，增加約 40 萬人；12 歲以上曾經上網人口有 14,669,915 人，曾經上網比例為 72.56%，比去年增加了 1.61 個百分點，其中曾經使用寬頻網路人數為 13,590,123 人，寬頻使用普及率為 67.21%，比去年增加 0.74 個百分點。（臺灣網路資訊中心，2010）

從這份報告可以發現，在現今網路爆炸以及部落格發燒的時代，透過網路部落格的分享，口碑傳播效應的力量也就更不可小覷，它使消費者和電腦另一端認識或完全不認識的陌生人快速交流，而資訊和影響力不再僅止於媒體了。

臺灣本土國片《海角七號》中，男女主角等演員都不是什麼大卡司人物，此片臺北首日票房只有四十六萬元，但多元化的內容以及符合普羅大眾的口味，隨著首批觀眾將觀影心得與周遭親友分享或上網發布，造成一連串的熱烈討論，導致上映一個月後的 9 月 22 日單日票

房驚破一千萬元，倒吃甘蔗、後勢看漲的情況是臺灣影壇難得的盛況。反觀由大牌演員周傑倫、林志玲領軍的《刺陵》，首周票房光臺北就有五百萬元，是《海角七號》的四十六萬元的十多倍，但是觀眾看完之後大張撻伐聲音蔓延開來，自然而然票房後繼無力、慘澹收場，所以這兩部影片的差異與口碑效應自然脫離不了關係。

（三）電影命名與在地情感

電影的片名是給人對影片的第一印象外，也是引起觀眾進院看片的動機之一。綜觀最近幾部國片《海角七號》、《艋舺》、《一頁臺北》都是打著各地地名來命名，這種宣傳手法是可以牽動起臺灣人最熟悉的在地情感，以及對這地區陌生但想要瞭解當地文化的民眾買票一探究竟的。

就在地情感來說，中西是有所差異的。我們屬於氣化觀型文化，終極信仰為道，觀念系統是道德形上學（重人倫、崇自然），規範系統強調親疏遠近，表現系統以抒情／寫實為主，行動系統講求勞心勞力分職／和諧自然（周慶華，2005：226）；而西方則強調個人主義、互不侵犯。

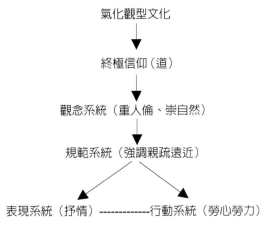

（文化五個次系統關係圖，引自周慶華，2007：184）

　　舉例來說，中國人一直有著落葉歸根的想法，不管在外打拚多少年，老了終究希望能返鄉安享天年；西方人即使退休後，也不願安坐家中，他們依舊不改冒險性格，到世界各地旅遊，享受旅途中的驚奇。二者相較之下，情感濃厚的臺灣人，自然會被這塊土地的一草一木所感動。

　　《海角七號》以恆春這塊土地為背景，用最道地的風土民情，散發出強烈的恆春色彩，自然而真誠，讓人時時刻刻都在感受恆春的味道；《一頁臺北》則以師大夜市、大安森林公園、榮星花園及誠品書店等地方，打造我們最熟悉的不夜城，呈現出臺北浪漫的氛圍，不管我們是不是生在臺北的臺灣人，都會被這不陌生的美景所感動、落淚，並喚醒國人對臺灣這塊土地的認同，但這種臺灣經驗卻是非臺灣人所能理解和感動的。

七、結論

　　隨著臺灣經濟不斷成長躍升，國人也越來越懂得追求與享受生活了，美學經濟也就應運而生。美學經濟一般把它稱為文化創意產業，它的內涵、範圍極廣，一般包括：（一）文化藝術核心產業，如表演藝術、視覺藝術、傳統民俗藝術；（二）設計產業，如流行音樂、服裝設計、廣告、廣播電視製作、室內設計、遊戲軟體；（三）創意支援及周邊創意產業，如展覽、出版行銷、流行文化包裝等。（謝明明，2004）

　　臺灣政府在 2008 年「六年國家發展計畫」中，就把文化創意產業列入重點發展項目。電影屬於文化創意產業，自然就可以創造出可觀的美學經濟。自從《海角七號》帶動恆春大量的觀光效益後，使得各縣市政府對國片產業更為重視，不論行政或資源上的協助，都是希望藉由電影將城市風貌與文化特色一覽無遺的呈現在每位觀眾面前，電影結合城市行銷的手法成了國片發展的另一條道路。從 2008 年 1 月臺

北市電影委員會成立後，到今年 3 月底的短短二十幾個月內高達兩百
三十部影視作品拍攝，扣掉其中二十五部國外影片來臺取景，或與臺
灣合作的跨國製片後，光國片也高達兩百部的驚人數量。透過這影像
不同的詮釋和觀點，臺北的城市意象也隨著行銷國際。

《艋舺》是結合臺北市政府的城市行銷片之一，除了擁有四百萬
元的金額補助外，在拍攝過程中，長時間封街拍攝、大幅降低場館保
證金等高規格的待遇，是以往幾乎所沒有的。片中歷史悠久的萬華、
臺灣廟宇的特色，以及複雜的黑道幫派，都呈現出臺灣多元的文化風
貌，並帶動當地好久不見的觀光人潮。電影不能沒有城市，而城市也
少不了電影，倘若說藉由電影來行銷城市，換個角度來看，城市不也
正在行銷電影嗎？

電影與語文教學具有重要的意義存在。一般觀眾在看電影時，直
接接受到的是電影表層帶出的感受，而忽略了事件或物品背後所隱藏
的深刻意義。例如《海角七號》整體譜出一則動人音樂愛情故事是觀
眾直接所感受到的，但從一開始，男主角由都市返鄉發展音樂，在一
般觀眾看來會認為他失意碰壁，才放棄大眾較看好的臺北商業主流文
化市場；但倘若反過來想，這些鄉下歷史傳承悠久的傳統音樂，雖已
不具商業市場，卻是藝術文化的真正價值所在、所謂的「國寶」；代表
會主席一直反對的 BOT 一案，反映出我們經常用個人自私的觀點去看
待別人，認為恆春就是要建設才能發展起來，帶動觀光人潮，使得這
些身在當地的恆春人難免感嘆和不滿，為什麼在自家看海還要收錢？
對恆春人而言，海就像是上天的禮物、上天的恩賜，為什麼要被他人
作為生財工具？所以我們應該試著用恆春人的觀點來看恆春，才能瞭
解他們的感受；最後，電吉他與二胡、臺灣人與日本人以及天上的那
道絢麗七彩彩虹，代表著臺灣這塊土地的人民應該要不分族群的如同
彩虹般和諧相處。

參考文獻

川瀨健一著，李常傳譯（2002），《臺灣電影饗宴：百年導覽》，臺北：南天。

中華民國行政院新聞局（2006a），〈有關輔導金制度之效益與興革措施——輔導金制度之源起〉，網址：http://info.gio.gov.tw/ct.asp?xItem=29161&ctNode=3622，點閱日期：2010.5.8。

中華民國行政院新聞局（2006b），〈有關輔導金制度之效益與興革措施——輔導金制度的實質效益〉，網址：http://info.gio.gov.tw/ct.asp?xItem=29162&ctNode=3622&mp=1，點閱日期：2010.5.8。

李天鐸（1997），《臺灣電影、社會與歷史》，臺北：亞太。

李道明（2009），〈日本統治時期電影與政治的關係〉，網址：http://techart.tnua.edu.tw/~dmlee/article5.html，點閱日期：2010.3.29。

李達義（2000），《好萊塢・電影・夢工場》，臺北：揚智。

李逸歆（2001），《臺灣流行音樂行銷策略之研究》，私立世新大學傳播研究所碩士論文。

吳佳倫（2007），《電影行銷》，臺北：書林。

亞里斯多德（Aristotle）著，陳中梅譯（2001），《詩學》，臺北：商務。

林伯龍（2009），《臺灣電影價值鏈與賣座案例之探討：以海角七號為例》，私立雲科大企業管理所碩士論文。

林念葦（2008），《迷群解讀傳媒訊息與形塑歌手形象之研究——以流行音樂歌手之網路新聞為例》，國立臺北教育大學教育傳播與科技研究所碩士論文。

林景新（2007），〈明星廣告代言：搭上奧運營銷快船〉，網址：http://media.people.com.cn/BIG5/40606/6709504.html，點閱日期：2010.4.29。

周慶華（2002），《故事學》，臺北：五南。

周慶華（2005），《身體權力學》，臺北：弘智。

周慶華（2007），《語文教學方法》，臺北：里仁。

阿霞（2008），〈范逸臣金蟲衝腦，胡吹包辦海角億元票房〉，《蘋果日報》，網址：http://tw.nextmedia.com/applenews/article/art_id/30864513/IssueID/20080817，點閱日期：2010.5.3。

張昌彥（2007），〈尋找和風吹拂的痕跡〉，《2007 臺中學研討會：電影文化篇論文集》，臺中：臺中市政府文化局。

陳皎眉、王叢桂、孫蒨如（2006），《社會心理學》，臺北：雙葉。

曾西霸（2001），《電影時代》，南投：南投縣政府文化局。

黃建業（1995），《楊德昌電影研究──臺灣新電影的知性思辯家》，臺北：遠流。

黃顗穎（2003），《流行音樂歌手形象、偶像崇拜與消費行為關係研究》，國立中山大學傳播管理研究所碩士論文。

游智卉（2008），《紙飛機──性格悲劇運用於影像創作之研究》，私立輔仁大學應用美術研究所碩士論文。

維基百科（2009），〈電視劇〉，網址：http://zh.wikipedia.org/zh-tw/%E9%80%A3%E7%BA%8C%E5%8A%87，點閱日期：2010.5.5。

維基百科（2010），〈喜劇〉，網址：http://zh.wikipedia.org/zh-tw/%E5%96%9C%E5%8A%87，點閱日期：2010.5.5。

臺灣電影網（2010a），〈電影片准演執照發照部數及分級概況──2010/04〉，網址：http://www.taiwancinema.com/ct.asp?xItem=133&ctNode=265&mp=1，點閱日期：2010.5.6。

臺灣電影網（2010b），〈臺北市首輪院線映演國產影片、港陸影片暨其他外片之票房歷史統計：1999-2010/04〉，網址：http://www.taiwancinema.com/ct.asp?xItem=131&ctNode=265&mp=1，點閱日期：2010.5.6。

臺灣網路資訊中心（2010），〈2010 年臺灣寬頻網路使用調查報告出爐〉，網址：http://www.twnic.net.tw/download/200307/1001a.doc，點閱日期：2010.5.8。

摩林‧莫黔特（Moelwyn Merchant）著，安天高譯（1981），《論喜劇》，臺北：黎明。

盧非易（2003），〈從數字看臺灣電影五十年〉，網址：http://cinema.nccu.edu.tw/cinemaV2/squareinfo.htm?MID=13，點閱日期：2010.4.3。

謝明明（2004），〈美學經濟商機無限〉，網址：http://www.cnfi.org.tw/kmportal/
front/bin/ptdetail.phtml?Category=100016&Part=magazine9308-3 ，點閱日
期：2010.5.8。

電影鏡頭下消失的性別界線

葉尚祜

國立臺東大學語文教育研究所

摘　要

　　政府擬從 2013 年以二八〇億臺幣，打造臺灣成為亞太文創產業匯流中心。而文化創意產業中又以電視電影掛帥，由此可見，電影已成為政府重視的一項產業。電影是文學、是語言、也是藝術，將抽象文字轉換為具體影像，提供另一個角度的思考，讓讀者得到視覺的刺激，讓電影中的文學性更奔放、讓讀者情感更投入，兩者相輔相成，這也是近來學校及坊間熱衷影像教學，藉著討論電影劇情達到情意教育的主要原因。我們能夠藉由電影鏡頭來分析其故事、內容、情節、畫面……深究其中蘊含的課題。如電影背後所存在的文本價值，電影所反射現實問題……並藉由電影欣賞來瞭解社會的某些現象。

　　2009 年底的金馬影展，在參展影片清單中，更是新設了一個性別越界的項目，這波由《斷背山》所帶起的風潮，是否反映著全世界的某種趨勢，過去的生物性別慢慢轉變為社會性別，而各種性別越界的現象也如雨後春筍般冒出，許多中性的藝人崛起，如同志遊行慢慢的光明正當化、國際熱門歌手 LADY GAGA、受年輕人喜愛的蘇打綠主唱青峰或選秀比賽脫穎而出的張芸京、內地選秀的超女李宇春、劉力

揚等，都是具有中性特質的藝人，藉由參展的影片，能深究性別越界後的社會現象，比較東西方處理的態度，且將成果運用在教學領域的省思。

關鍵詞：電影、金馬影展、性別越界

一、前言

二十一世紀是資訊蓬勃發展、科技爆炸的時代，現代人的生活模式在逐一的改變，從平房變成高樓大廈，雜貨店慢慢被便利商店取代，從過去的都聽廣播，風潮慢慢的轉變為收看八點檔電視劇，一直演變到現在的大螢幕電影，帶給現代人更高層次的震撼以及體驗，為什麼人們喜歡看電影？不僅僅是電影院內的聲光效果比起電視要來的精采，主要的原因是透過高科技的聲光設備，讓自己可以更專注在電影情境中，更能夠將自己本身投射到電影故事裡，甚至體驗故事主角的生活經驗，藉此來引發更深一層的內在省思，有的更是會被電影的情節感動，進一步的去探討電影的背景或者是文本。

電影，也稱映畫或映畫戲，是一種視聽藝術，利用膠卷、錄像帶或數位媒體將影像和聲音捕捉，再加上後期的編輯工作而成。（維基百科，2009a）電影藉由聲光效果呈現出社會現象、或大眾所想體驗的故事（舉凡愛情、冒險、史詩……），從中得到心理上的紓解及滿足。而鏡頭，能夠捕捉瞬間的畫面，畫面會拉出連串的泡沫想像，連串的畫面可以描繪出故事情節。一般拍攝，總是以高角度往下的俯視鏡頭，就好像上蒼的俯視，是漠不關心、還是關愛憐憫著，那渺小化的世界，會讓我們有剎那的優越感。

對於生物學意義中的生物性別，已經漸漸地有另外一種認同的方式。我們現在所處的世界，正邁向所謂的跨性別時代。所謂的跨性別，就是否決本質論的絕對觀念，男性應該強壯、理性、性主動的；女性則是應該柔弱、感性、性被動的。也許是因為女性主義的突起，使得這個男權至上的社會，產生了極大的顛覆；或是是因為其他性別者，不想再躲在衣櫃中，勇敢做自己，似乎已經成為這個跨時代的標語。一個人的總體性別是很複雜的，包含了外表、言語、動作、心理等等

各方面的特質。總體性別較不容易作簡單的分類，性別意涵是在不停的演化的。比如說，粉紅色在 1900 年代初期被認為是陽剛的顏色，而現在則被視為是陰柔的顏色，而藍色的情況剛好相反。（維基百科，2009b）隨著風氣開放，性向不再是禁忌，社會性別或性別特質，才是現今社會的趨勢。

社會性別指的是一個在社會中的人，其自身和其所處的環境對性別（生理上的）的期待。這些期待將在這個人的行為（以及環境中的群體的行為）中充分體現出來。（維基百科，2009b）比如，一個男性可能被教育成要具備陽剛氣質，而社會中的人也會用這樣的眼光去看待他：他需要具備陽剛氣質。有時候，這樣的看待會成為群體活動。比如，某社區的眾人會對一個具備陰柔氣質的男性予以鄙視甚至漠視。人們期待這樣的行為能改變這個男性。

在臺灣，跨性別向來不是陌生的東西，京劇、歌仔戲、黃梅調及野臺戲常常有風靡大街小巷的男扮女、女扮男的跨性別主角；近年來，紅頂藝人、Drama Queen 和綜藝節目的扮裝秀也激起一股風潮；許多或幽默風趣、或發人省思的跨性別電影、小說，也越來越直接地點出性別多元的觀點，漸漸開闊了我們的性別視野。而電影，是一種視聽藝術。透過無數個畫面、聲音在震撼觀眾的心，反映出現實生活中存在的問題，虛幻與現實，二者衝擊產生了許多的發微，世界在輪轉中，使得文學更添顏色。

在民風保守的時代，金馬影展曾是國內影迷難得一窺同志電影的聖地。隨著跨性別時代的來臨，同志電影的能見度與產量越來越多，甚至一度成為臺灣顯學，從李安所導演的《斷背山》奪得西方世界的七十幾座來看，便可得知。同性戀或者其他性別戀者，已經不再被視為禁忌，而是某種風潮的趨勢；電影劇本可以常見越來越多中性角色（社會性別），或者以同志角色來呈現喜劇。而這次 2009 年的金馬影展，影展片單中更是新增了性別越界的項目，還有多達 13 部同志電影。這些走在前端的電影，不約而同從情慾撞擊更大的社群與議題，

內容的豐厚度，暗示了同志電影另個紀元的開始。(2009 臺北金馬影展，2009)

　　研究範圍取自 2009 年金馬影展，劃分為「性別越界」項目下的 13 部同志影片中的 5 部，來探討跨性別時代的來臨，所反映出的各種社會現象，並且更與東方的社會現象來稍作連結。此外，更從電影中分析更多的議題與社群，並以美學方法、社會學方法、女性主義、性別研究、文化學為基礎，深剖同志心理及社會大眾對於同志的觀感，以及所謂的「性別越界」現象、是否存在完美的性別、性別教育。而在範圍之外的同志相關影片，則不會多加著墨，留待下次再處理。

　　美學，或稱感覺學。是以對美的本質及其意義的研究為主題的學科。它原作為一門獨立學科，但是同時被文學所包裹，也能附屬在哲學之下。

　　美學主要研究審美，就是心理學的分支學科。而美的對象，就是自然美、藝術美、社會美等等，無論是主觀，還是客觀的研究，都是經過人的感性、理性作用之後的結果。不同的藝術品（文學作品）會產生不同的美感，不僅形式上不同於自然美，而且不屬於純淨的、積極的快感，（它是）在快感中混雜了或哀憐恐懼、或滑稽突梯、或荒誕怪異、或曖昧朦朧成分。(周慶華，2003：53) 本文是以此基礎下，分析各影片所帶來的審美類型。

　　社會學方法，原是指研究社會現象的方法（雖然該社會現象也都要以語文形式存在或創發為語文形式才可被掌握）。但在這裡是特指研究語文現象或以語文形式存在的事物所內蘊的社會背景的方法。這一「原指」和「特指」的差別，也可以這麼說：原社會學方法已經形成了一個相對獨立的方法系統，並且體現在社會學研究的具體過程中。(周慶華，2004：87)

　　所謂社會學的方法論、社會學的研究方式和具體方法、社會學的研究技術等等的規畫，不啻是要對社會現象予以「包山包海」式的關照和衡量。但在探討語文現象或以語文形式存在的事物所內蘊的社會

背景上也無法「全數轉移」,而得改為綜採社會學方法中對於社會和社會關係以及社會規律重視方式而有點「冒用」似的自稱是「社會學方法」。(周慶華,2004:88)

　　語文現象或以語文形式存在的事物所內蘊的社會背景的解析,大體上有兩個層面:一個是解析語文現象或以語文形式存在的事物是如何得被社會現象所促成;一個是解析語文現象或以語文形式存在的事物又是如何的反映了社會現象。這二者都可以稱為「文本社會學」(周慶華,2004:89),而本文也從此一基礎下發展。

　　此外,有應用到女性主義的幾種類型及性別研究中的酷兒理論。女性主義理論的目的在於瞭解不平等的本質以及著重在性別政治、權力關係與性意識(sexuality)之上。而女同志身兼兩種身分,女性及同性戀的兩者,更常用基進女性主義(radical feminism),認為父權是造成社會最嚴重問題的根本原因。(維基百科,2009c)

　　這個流派的女性主義在第二波女性主義很受歡迎,儘管在今日已經沒有那麼凸出。不過,還是有許多人將「女性主義」這個詞完全等同於基進女性主義所提出的觀點。有些人覺得傳統基進女性主義思想中將男性壓迫女性視為優先的考量,以及認為有一個普世的「女性」概念,太過於全面化了,而且其他國家的女性與西方國家女性感受到的「女性」經驗絕對不會是一樣的。西方國家女性可能會覺得性別壓迫是她們所面對的壓迫根源,但是在世界其他地方的女性可能會發現她們受到的壓迫是來自於種族或經濟地位,而不是她們的女性地位。(維基百科,2009c)

　　有些基進女性主義者提倡分離主義(separatist feminism),也就是將社會與文化中的男性與女性完全隔離開來,但也有些人質疑的不只是男女之間的關係,更質疑「男人」與「女人」的意義。有些人提出論點認為性別角色、性別認同與性傾向本身就是社會建構(父權規範heteronormativity)。對這些女性主義者來說,女性主義是達成人類解放的根本手段(意即解放女人也解放男人,以及從其他的社會問題一起解放)。

　　酷兒理論是一種 1980 年代初在美國形成的文化理論。它批判性地研究生理的性別決定系統、社會的性別角色和性傾向。酷兒理論認為性別認同和性傾向不是「天然」的，而是透過社會和文化過程形成的。酷兒理論使用解構主義、後結構主義、話語分析和性別研究等手段來分析和解構性別認同、權力形式和常規。米歇爾・福柯、裘蒂斯・巴特勒、伊芙・科索夫斯基・賽菊寇和麥可・華納等是酷兒理論的重要理論家和先驅。把酷兒理論應用到各種學科的研究被稱為酷兒研究。（維基百科，2009d）

　　同性戀文本分析的主要特點有二：一是建構主義，旨在說明性別傾向是後天形成，性別特徵是社會建構的產物；二是建構主義，就是從異性戀文學經驗裡讀出同性意蘊。必須注意的是不要把這種閱讀策略簡單化，同性戀文本閱讀不全是只改變文本屬性而已。（朱剛，2009：526）新一代的酷兒理論不僅解構性，而且還分析文化的各個方面，但是在這個過程中總是聯繫到性別和性別角色，尤其是批評其中的壓迫成分。在這個過程中酷兒這個概念不斷被重新定義，來擴展它的含義，擴大它包含的人群。但是正是由於這個概念定義的不清晰性和任意性，它也受到各種不同團體的批評。

二、鏡頭下的美學發微

　　美學的形式，不僅止於畫面的呈現之上。在臺詞、聲音的呈現上，也能衝撞出許多美感。以同性戀為題材的電影，在美感的呈現上也不遑多讓。譬如在坎城影展引發討論的《大開色戒》（Eyes Wide Open），描述已婚的肉店老闆，被大學生勾起同性慾望後，身為一家之主及虔誠的猶太教徒的他，要面臨自己也常扮演道德糾察隊的矛盾，以及傳統社群、嚴苛教義的挑戰。同性戀在現今世俗的觀點，有人蔚為風潮，但也有人視為禁忌，片中兩位男性之間的同性愛，有著這樣的臺詞，

Aaron 說：「我們不能再這樣下去了，我有老婆我有孩子。」Ezri 說：「但我只有你！」Ezri 還是離開了。而 Aaron，雖然對老婆說著，我沒有把不潔帶進家中，那是邪惡的我，那不是我……終於，一切還是結束在 Aaron 到冷泉去浸禮。這一浸，就再也沒有起來。Aaron 到最後所說的那句話，是否也反映出當時對於同性戀的觀感，是邪惡、不潔的，這樣地劇情陳述出，不同於異性戀的悲壯愛情美感。

西班牙片《性福農莊》（Ander）也從一個巴克斯區的農夫和他的祕魯外籍移工之間，探索了同性情慾困境，除了面對性別以外，還有階級、種族的摩擦。片中拋出兩個問題：愛很簡單，誰說的？當面臨著不被大眾所能接受的愛情，想簡單卻也不能簡單。主角安德從一個不會愛的人到懂得愛人，諷刺的卻是一段斷背情。愛情本身沒有錯，錯誤總是別人所賦予的，那麼我們應該如何抉擇？是要同世俗的價值隨波逐流？還是應該聽從自己的心聲？兩相衝突之下，會看出人性的矛盾，進而從鏡頭下窺探出絲絲愛情的淒美。而它充滿悲憫與誠懇的結局，則感人至極。

廣受各大影展觀眾熱烈歡迎的《派翠克，一歲半》（Patrik1,5），則從一對同志情侶領養小孩的過程開始，但他們想要領養的 1 歲半小嬰兒，卻陰錯陽差的變成了 15 歲而且叛逆、厭惡同性戀、有犯罪前科的青少年。兩組人馬於是被迫生活在同一屋簷下，卻也在彼此之間逐漸地搭起溝通橋樑。處理了同、異性戀接納彼此、以及代溝問題。電影當中塑造了許多情境告訴我們，沒有十全十美的家庭，就算是大家眼中的「正常家庭」也一樣；而導演不給這些弱勢族群太多的自怨自艾，點出的社會現實並非太過殘酷或太過美好，告訴了我們或許社會給予這些人群的可能需要更多。也就是說，就算是在這樣的環境當中，彼此的互相體諒還是能夠讓所有的不平等和歧視慢慢消弭。繽紛多彩卻不誇張的畫面、平實的故事題材，告訴我們：這些我們不曾注意的人、事、物，其實都在我們身邊，我們能夠過著正常的一般生活，那麼他們也可以，特別的是西方電影拍出東方所深蘊的淡如水的美感。

　　《母獅的牢籠》（Lion's Den）是這次 2009 年金馬影展中，以女同志為議題的電影，在描述美麗的女大學生被指控謀殺男友，卻帶著身孕入獄，按規定產後可以照顧孩子到四歲。母子同監的奇觀，成了本片震撼又溫暖的另類刻劃。但她不僅要面對男友同性友人的抹黑而難以減刑，又遭母親帶走孩子不肯歸還，煙友間的同性情誼反而成為黑暗中的一抹希望。在這邊論及了三種不同的情愫，男性與女性、女性與女性、以及母親對孩子的感情，細膩的刻劃出女性對於這樣的表現，有此樣的女同性戀、有彼樣的女同性戀；有此地的女同性戀、有彼地的女同性戀。但是女同性戀的核心首先是具有感染力的形象，所有女性都以此自居。女同性戀是一種精神能量，它使一個女性所能具備的最佳形象具有活力和意義。（朱剛，2009：522）

三、性別越界的社會現象

　　跨性別的文化現象，在 2010 年的今天已經很普遍，你常能夠看到城市裡大幅的廣告旗幟，可能裡頭的人物是中性裝扮的呈現，在街頭，男不男、女不女——這種景象已經是稀鬆平常，假如你仍覺得噁心不自在，那麼也許是你心中存在著僵化的刻板觀念。有許多的異性戀者，常常覺得同志是非常少數的族群，也常認為自己身邊沒有同性戀的朋友，但是當你自覺大家理所當然是異性戀的同時，那麼是不是就沾染了二元觀的色彩，為什麼你會以為自己是個正統的「異性戀」？就因為如此，你看不到跨性別的人在吶喊，因為他們也害怕跟所謂正統人士來往，而只能夠躲在黑夜的櫥窗中。其實如果能夠將自己的視野放大，這世界並不單純的只有二分，多給彼此點空間，那麼世界便會多點色彩。

　　紐約，素有「全球同性戀首都」之稱，更是石牆事件的起源，所謂石牆事件——這個影響了整個同志歷史的事件，發生在 1969 年紐約

曼哈頓的酒館——石牆酒館，當時係因一群向來對同志不友善的員警進入酒館臨檢，假公務借題發揮，以「違反公共道德」為名，進行逮捕，將當晚的客人惹毛了，引起了一場三天三夜的警民對峙，當時的同性戀族群，飽受社會歧視眼光，早已隱忍多時，石牆事件正好成為最後一根稻草，全美各地的同性戀展開風起雲湧的串聯反制，才促進了此後性別研究的發展。當時壓制同性戀的警界，時隔多年，也有了同性戀員警，甚至紐約市警局還成立了「同性戀員警行動聯盟」，有此可知，西方社會對於新事物的接受度之高。石牆事件不只是被同志當作驕傲的象徵，更是異性戀也能夠狂歡慶祝的象徵。為什麼會有如此的現象發展？創造觀型文化的最終目的為榮耀上帝，而不免的也有其相反的存在。在當同志這個被視為禁忌、邪惡的族群，竟然也能在社會上大辣辣活動的這個時候，此舉不啻更激起了許多想與惡魔締結契約的人士，以及許多想探究這種未知事物的人們的好奇心。但是當接觸同志文化後，他們卻也發現，同志只是一群被社會壓抑的人們罷了，他們只是所謂的性別需求與一般人不同。長久以來，同性戀、扮裝皇后、石頭 T、變性人——跨性別彷彿被當成不光彩的行為而忽視隱藏。隨著不同的力量崛起，如女性主義的發聲、沙文主義被質疑、人權運動等等，不斷因為觀點狹窄，導致社群內部互相排擠所造成的瓶頸。藉著跨性別議題的開拓，是要重新認識石牆事件，還原同志歷史，找回同志運動失去的重要的一角，也還給同志最大的生命空間，去欣然等待一個未知的範疇。

反觀臺灣林國華事件使得臺灣同志被注意。林國華雖然並不完全身為同志，但是身為一個跨性別者，東方傳統保守的社會，還是不能接受如此特別的人，平面抑或電子媒體均報導抨擊著，社會的輿論勒的他無法呼吸，於是林國華選擇了離開世界。林國華在死後終於得到社會的同情和惋惜。只是這樣的關注來的太遲，也太過諷刺。

林國華被這個社會拒絕了兩次。第一次社會拒絕了身為男性的他，因為他不符合這個社會對於一個男性的期待，社會因為他太像女

生歧視他。第二次社會拒絕了身為女性的她，因為社會不能忍受一個男人竟然選擇成為女人。變性前的林國華是隻等待破蛹的蝴蝶，滿心期待手術後自己終於可以生理心理合一，做一個快樂的女人。（臺灣性別人權協會，2000a）時至今日，我們對於性別仍舊停留在刻板印象的男與女，比如男性就應該有男子氣概，女性就應該溫柔婉約。只是性別的差異來自於一種社會建構的歷程，如果過分強調男女之間的生理性差異，以及固有的性別文化特徵，這麼一來將忽略性別內部的差異，也忽略了個人在性別上的能動性。更成為異性戀主流文化用來維持其「性別二元體系」（gender dichotomy）的工具。在這樣的模式下，社會拒絕承認有除了男與女，以及不同性傾向的人存在。變性（trans-sexual）則透過現代醫學的手術，將自己從某個性別完完全全地跨進另個性別。對於跨性別（trans-gender）這種直接打破男與女界線，完全不屬於二元體系的人，在主流社會來說根本是一種極為刺眼的存在。性弱勢族群因為汙名化的結果，承受了龐大的社會壓力。形成弱勢族群的首要原因，是文化的歸類，將某一個特殊的團體歸在低等的位置。把不同類別的人加以歸類，尤其是根據性別、種族、社會的性偏好等加以歸類，經常會讓弱勢族群的成員掉入他們無法掌控的負面生活之中。（維基百科, 2009b）臺灣的社會只能接受絢爛燈光下的跨性別者。臺灣可以接受紅頂藝人，可以接受楊麗花扮皇帝，可以接受陳俊生穿女裝逛百貨公司，可以接受同志扮裝，對於這些演出臺灣民眾可看的樂不可支。但是這群妖嬈／壯碩的男女倘若從舞臺上走下，真實在他們周遭生活並存在著，臺灣的社會就彷彿身上長了一塊怎麼也好不了的癬，癢的難受又無法除之而後快。

　　體制化下的社會只會拒絕，拒絕不瞭解的事物，拒絕不瞭解的人。有人說，林國華做出變性的決定便應該有心理準備要面對社會拒絕、以及批判的眼光。但是不同性別的選擇究竟是種犯罪、還是道德上的錯誤？當臺灣說自己是個多元民主的社會，卻又何以不見容不同性別、不同生活型態的選擇？社會的不停拒絕與阻隔，只不過更凸顯了整個社

會對於異己無知的恐懼。社會選擇了以沉默但嚴厲的眼光，與嗡嗡的竊語聲拒絕了這隻美麗而獨特的蝴蝶在這社會翩然起舞的機會。

2006 年宗教領袖介入政治，從市議院到立法院，從反對同志婚姻、反對市府編列同志活動預算、反對婦女墮胎自主權、反對就業服務法納入反性傾向歧視的就業保障條款。2007 年令人錯愕的是，我們竟然看見保守力量繼續出擊，於 1 月 4 日進行的《優生保健法》審查，部分立委建議增加第七條之二：「政府應結合學校教育資源協助家庭，於國中、高中學校提供每學期至少四小時守貞到結婚的性教育課程，教導學生等待到結婚才有性行為是建立未來家庭幸福的基礎等觀念。」（臺灣性別人權協會，2000a）

這些保守言論透過民意代表傳送至社會，正一步步的，來自不同議題，表現保守宗教、道德與政治結合的惡例。

很難想像「守貞」會在已經得以討論女性可否擔任國家領導人的此刻被提出。守貞觀念是極其陳腐的父權思想，更是雙重標準，從歷史上來看，從來都是男性享慾，女性守貞。（臺灣性別人權協會，2000a）擁護男人上酒家、入招待所的政壇人物比比皆是，卻不見任何人出來維護女性性自主的權力。

座落於北市有兩座古蹟貞節牌坊，二二八紀念公園的黃氏節孝坊和北投的周氏節孝坊，正是這種守貞文化的歷史遺跡。要能夠立上這樣的貞節牌坊，可是有著嚴格的規矩：一要三十歲之前喪夫；二要守寡二十五年以上。放置現代，我們是不可能同意這樣束縛女性性自主的規條，但是贊成及建議守貞教育的委員們，或是衛道人士，他們可曾理解自己在提倡的正是來自於這樣的歷史脈絡？

臺灣現實的社會，年輕男女早已有成熟的自我與發展空間，性意識的啟蒙、性行為發展的年齡已逐年下降，我們面對青少年的性，應該是以提供資訊、知識、資源的方式，萬萬不可還以教條論述，要求他們禁慾、守貞、約束行為。他們能學習參考的只有成人世界的性壓抑、偽善的性道德，可以想見這只會將青少年陷入孤立無援的處境。

公開談性、認識性多元、性態樣，讓自己有能力為自己的性自主發聲，讓校園成為可以討論的公共空間才是必須努力的方向。

四、完美的性別及暗櫃中的反抗

Carolyn Heilbrun 說陰陽同體（Androgyny）是要將個體從所謂「適切」的圈限中解放出來。它暗示個體可以擁有一套全方位的經驗，身為女性者不妨積極悍勇，身為男性者可以解意溫柔；它同時暗指一輪光譜，在其上人可以自由選擇自身的位置而毋庸顧慮社會成見或社會習尚。但是當社會真的出現雌雄同體時，是所謂完美的性別、還是被社會所拒絕？在封閉保守的美國白色恐怖時代，老牌歌星 Marlene Dietrich 以大膽男裝打扮，成功的颳起一股女性追隨的風潮；Lady gaga 以中性作風及豪放的打扮燃起全世界的風潮，日本寶塚劇團的「男役」塑造了女性所憧憬的完美男性形象，更是讓許多女影迷瘋狂的為之崇拜、愛慕；而這種現象並不是現在才有，過去歌仔戲凌波、楊麗花的反串，也讓當時的女性觀眾瘋狂，根據史料記載，甚至女中豪傑花木蘭，連皇帝也想召進宮中。有趣的是，像《金枝玉葉》的袁詠儀、《東方不敗》的林青霞，這些男扮女裝的偶像全都大紅大紫；而最具代表性的，要算是跨性別電影《男孩別哭》的希拉蕊史旺，獲得奧斯卡獎得青睞，並挾帶著高人氣拿下 2000 年的百大美女。所以當一個人擁有雙性的特質時，且是受喜愛的特質時，是否更容易在這個世界上成功？這顯示多數人的慾望已經被這股跨性別魅力收服，才能在這塊主流價值美感的地盤上備受肯定。

想當然耳，類似的狀況當然也出現在「女性化」的男人身上，如前陣子在康熙來了許多的男藝人，都被冠上「娘娘腔」這個字眼，在過去可能是一個嘲諷的字眼，挾帶著不屑或者是鄙視，但是現在卻反而是平易近人、乾淨、中性聲音的形容詞。前陣子火紅的郭鑫，就是以此為特色，並且靠著親密的男性友人關係作為爆點紅了起來，甚至

現在還開了「娘娘駕到」這個節目，在訪問的漫畫店以往只有少男少女的分類，但是現在可以 BL（BOYS LOVE）這個新的分類，更是隱隱然有聲勢越來越看漲的趨勢，女性甚至比同志更加偏愛看這種 BL 的漫畫小說。但是其原因為何，在此處就不多加探究。在臺灣的樂壇也吹起一股中性風潮，如蘇打綠、張雲京、黃靖倫到最近另類臺灣之光的林育群等，也都是憑藉著跨性別的嗓音征服眾人，從前的視覺系到最近的花美男，不只是受女性歡迎，就算是男性也會喜歡，就好像《王的男人》也引起廣泛的討論、全世界火紅的 super junior 憑藉著花美男的臉孔、輔以其優秀的歌舞能力，更是在國際中為韓國發光，而 super junior 更採用很特殊的操作模式，就是採兩兩配對的方式，更掀話題性，但也更讓粉絲們遐想。這些長相俊帥斯文標緻覷覥的偶像們，被視為浪漫愛情的化身；紅頂藝人、Drama Queen、人妖這些跨性別的族群，更是打破了我們對於性別的認知，展現其極致又媚惑的本事！這些都是我們所能夠看到聽到的公眾人事物，或許是夢幻、或許是未知，讓我們對於這些人存在著某些崇拜。現實生活中，更是不乏例子。許多的男同志都有被異性戀女生喜歡上的經驗，因為女性所喜歡的特質，幾乎是男同志的特質，如乾淨、會打扮、有品味等等。而就算不當情人，女人更是有盛行一句話：「人生中一定要有一個 GAY 的朋友。」因為願意配合逛街購物當健身、願意欣賞奢侈拜物成嗜好、願意分享殺價三塊五毛的娛樂、願意聆聽冗長瑣碎的感觸及抱怨，不會不耐煩、有耐心又貼心、打扮稱頭帶出去很有面子、生活習慣良好又有禮貌、懂得社交又口才良好，這豈不是眾女心中的知己典範？最令人難以抗拒的對象，向來都是能夠揉合被過度區分在男女兩端性別的特質，自然展現在同一個人身上。

　　跨性別形於內在外在的魅力展現在此，雖然會有些負面標籤在身上，但是能活出自己才是最為重要的。其實跨性別的慾望是普遍地存在所有人身上；誰說異性戀男性一定要很 MAN？不能夠做家事？不能夠煮飯燒菜？女性為什麼不能夠豪放自在？為什麼不能夠當保護

者？又不能夠獨立自主？這些過往的束縛，只是過去對於性別規範的範疇罷了。不論是自己想衝破性別藩籬的嚴密監控，還是難以克制地瘋狂迷戀著打翻身體、性格、慾望與形象的性別零組件，重組拼貼出來的「完美性別」人類，跨性別慾望實際存在，並且在鬆動的性別結構中漸漸茁壯。（臺灣性別人權協會，2000a）然而，躍躍欲試的心為什麼需要面對這樣多的批評和壓力？

跨性別其實沒有什麼不同於其他人的地方。換個角度來說，其實就是你吃菜，我吃肉的差別，為什麼要去管別人自我的私領域，這是我們應該要去檢討的。而身為跨性別者，也並不需要自怨自艾的自我掙扎和痛苦；相反的，應該要勇於做自己，依然聽從自己的慾望，繼續過開心快樂的繽紛生活。當每個人都能彼此對待身邊的人時，就可以減少所謂生存在暗櫃中同志，也可以減少那種在性別認同上強迫自己扮演「正常人」的人，又或者是必須藉著特殊裝扮，暫且將現實的壓力忘卻的「扮裝癖」。同性戀在社會中生存，其實不需要再充滿罪惡，又或者聲稱自己正常人，並藉由排斥同性戀來撇清自己的跨性別慾望，其實按照健康的自由意志生活，就是為自己負責任的勇敢行為。

所以建立這些健康的觀念以及爭取生活的權利，其實都是起因於同志戀社群中常常會附帶著更癖好的人，而多過於異性戀社群，才會導致同性戀連帶的被以為有這些難以認同的障礙。如《沙漠妖姬》是扮裝癖，《男孩別哭》是性別角色錯亂，《新宿好 T 們》是變性慾……這些其實在異性戀社群中也有，但是某些社會人士就冠冕堂皇的把這些都分配給了同志戀社群，才導致過去同性戀的生存艱辛，現在性別越界的現象越來越常見，性別的特質也越來越模糊。以後無論是女性、男性或者是跨性別的人，都不需要再遵照刻板的常規來走，長相、身材、年齡、裝扮、工作、身分、休閒、嗜好、品味、性態度、性喜好、性選擇、人生觀、出入場所、性別身分認同……都不是標準，不用把原本就充滿曖昧誘惑、界限模糊、多采多姿的性別認同，硬生生分割成截然不同、不相往來的族群。

　　石牆事件之前，同志們暗自奮鬥了不知道多久。跨性人，如扮裝皇后、石頭 T 等，更是其中最受到打壓的奮戰者，在那個年代，女同志沒穿至少三件女人的服飾，就會被逮捕入獄。從之前女性影展的《失竊時光（應譯為偷情時光）》影片中，我們也看見早在十八世紀的阿姆斯特丹，許多女人以扮男裝來重新建構性別，然而倘若被抓到，將遭受公開審判，被絞刑、焚刑或溺斃，幸運一點的則被終身監禁或永遠驅離；在當時的歐洲，就有數百起審判易服女子的案例。德國納粹分別以粉紅三角與黑色三角刺青識別同性戀、扮裝者等性別逃逸份子，予以監禁或毒氣屠殺，也是納粹時代最早被拿來開刀、納粹時代結束後最晚被平反釋放的一群。目前世界上大部分的社會包括臺灣，歧視的態度也是不分同性戀、易服者等等各種跨性別的族群。很多歷史、很多人的生活不為人知，同志的暗櫃中，更夾層著許多尚未被理解的內容。

　　跨性別的重要性就在於此，在看不見同性戀的時候，無法看見「異性戀」體制的壓迫性。同樣的，在看不見跨性別的時候，就看不見僅此「兩性」的霸權壓迫性。看見跨性別有助於更複雜、細緻地分析異性戀體制的壓迫；它的控制不只浮面地對戀愛對象的性別選擇上，更細微地規範外在的一舉一動、以及內在的自我認同。也就是跨性人不只用他們不外顯的自我認同、更用他們顯眼的外表在對抗社會上的性別控制，就像開了一個天眼讓我們看見另一個層次性別壓迫，更深一層釐清真正的壓力源頭，也刺激我們一點一點去認識豐富多元的性別魑魅魍魎，和自己不守規矩、天生反骨的靈魂。

五、東西方世界的接受度

　　四十年前，紐約市石牆酒吧的顧客和支持者奮力抵抗員警對同性戀、雙性戀以及跨性別（LGBT）社群成員司空見慣的騷擾。由於這

場抗爭運動，美國 LGBT 權利運動得以萌芽。在 6 月，LGBT 的驕傲月，我們紀念 1969 年 6 月的抗爭運動，並且承諾達成美國 LGBT 社群在法律之下享有平等正義。

越來越多 LGBT 美國人今日可以公開身分而過生活，這主要歸功於 LGBT 權利運動的堅持與貢獻。而美國總統歐巴馬更在上任後，慢慢的拉攏此勢力，便可見同志慢慢的在轉變為正當的事物，有許多的異性戀者，更是以身邊有同性戀者的朋友為榮，他們認為同志多具備異性戀所沒有的眼光、美感。

從創造觀型文化下來看，西方社會每個人的價值，是個別獨立的，並且以個人的最高成就為宗旨，最終目的為榮耀上帝，而近 10 年來，美國同性戀社群 LGBT 社群已經並繼續對美國社會做出偉大而影響深遠的貢獻，這些貢獻也持續強化美國的社會經緯。LGBT 社群有著許多可敬的領導人，活躍於各個專業領域，包括藝術和商業領域，也動員全國去正視國內愛滋病的傳播，並在擴大國人重視愛滋病流行的努力中扮演不可缺少的角色，慢慢的成為西方社會所不能輕忽的力量，所以慢慢的嶄露頭角。

> 歐巴馬——美利堅合眾國的總統，藉由美國聯邦憲法和美國法律授予我的權力，在此宣佈 2009 年 6 月為同性戀、雙性戀以及跨性別的驕傲月。我鄭重呼籲美國全國人民積極對抗任何歧視及偏見。我很榮幸成為第一個在新政府上路一百天內就公開任命 LGBT 成員擔任參議院所認可的職務的總統，這些內閣成員擁有我們冀望公僕所應該有的最佳能力，在我的幕僚機關——包括白宮以及聯邦政府機關——裡，公開出櫃的 LGBT 公務員在他們的職務上表現既傑出又專業。LGBT 權利運動已經達成了很好的進展，但是很多事情尚待努力。LGBT 青少年應能在學習中免於騷擾，LGBT 家庭和長者則應該享受有尊嚴、受尊重的生活。我的團隊已經和 LGBT 團體搭檔推出許多不同議

題。在國際間，我加入聯合國的努力，在全球推動同性戀除罪化；而在美國國內，我將繼續支持推動同性戀全面平權的措施，包括加強以法律規範仇恨犯罪、支持 LGBT 伴侶的公民聯姻和公民權、禁止工作場所的歧視、保障領養權、並終止現存「不問，不說」的政策以強化軍隊及國家安全。我們同時也必須承諾減少愛滋病的感染人數、提供全國愛滋病患者照顧與支援服務，以全力阻止愛滋病的流傳。這些議題不只影響 LGBT 社群，也影響整個國家。只要任何公民的平等權尚未完全受到保障，所有的美國人都會受到影響。倘若是我們能同心協力推動實現美國立國時的基本平權精神，那麼所有美國人都會因此受惠。在 LGBT 驕傲月裡，無論你的性向或是性別身分為何，我鄭重懇求 LGBT 社群、美國國會、以及所有的美國人，共同努力，增進所有公民的平等權。（臺灣性別人權協會，2000b）

這項發言連帶的影響其他西方世界，如義大利的外交總理公開同志身分，而有越來越多的同志從事公眾事業，而同性戀的身分，在西方世界已經不再是種罪惡，反而是有能力的象徵，今年美國南灣坎貝爾市議會甚至全票通過了任命華裔副市長羅達倫（EvanLow）為新任市長，公開承認為同性戀並且笑口常開的他，依然被市民和市議員所支持，就此可知同性戀慢慢的正當了。

2010 年世界同志先生在挪威奧斯陸舉辦，而在有相關機構團體的策劃下，中國的同志先生選拔也在北京登場。香港地區的同志先生則日前已經出爐，但是反觀較為開放的臺灣，卻還未有相關活動的舉辦，也沒有自己的同志先生，或許是臺灣人生性害羞，也或許是這個社會給的壓力太大，我們不得而知。東方社會是氣化觀型文化，國是由許多個家族所組成的，而家族更是以母親為主下去組織，社會是個全世界相互關聯的，所以對於同志的這個議題，大大的不能夠接受，甚至

是排斥。但隨著時代的輪轉，東西方文化慢慢在轉移混合，西方社會的文化、意識、電影工業大舉入侵下，有些父母親，因為受西方的觀念影響，可以接受身為獨立個體存在的孩子承認是同志，慢慢的東方社會出現了一群不同的聲音。受氣化觀型文化影響，很多的人觀念也在改變，氣總是那麼的難以捉摸。雖然說東方社會對於同志議題還是不能全盤接受，但已經到了能夠公開談論的地步。在臺灣，是個很多元多樣的社會，我們是東方型態下的西方小社會，居住在臺灣的人五花八門，有的開放、有的保守，彼此不斷地在角力、拉扯。但不論如何，尊重別種型態的生活方式，都不應該被忽略。而這個里程碑，正在慢慢地成型。

六、教學領域上的應用

　　過往的道德，時常使得我們不敢追求任何新意的活動，所有的活動，全部都被過往的禮教束縛包裹。有時候，我們希望能夠嘗試些新奇或刺激的事物；有時候我們想大膽的紀念青春無敵的肉體；也有時候，我們在僵化的日子裡，尋找些許可能幸福的機會。臺灣在表面上，是個與世界接軌並且自由的國家，但是翻面來看，我們的「傳統道德」更是根深蒂固，我們看到全世界都在選同志先生的時候，卻發現所謂自由前衛化的我們，居然沒有屬於自己的同志先生。也許是臺灣人太害羞、也有可能是因為我們比較保守，但是毫無疑問的是，我們假如大膽的表現不屬於這個社會的規範時，可能要先經過「媒體大刀」的處理，並且被國家的保守派輿論封口。

　　經歷 2009 年，性觀念已經不再是如此的保守。身為教育體系下的一員，我們應該從此客體的研究，來影響其他人的觀念，或者就教育下實做，道德觀正在變異。以前的女性不能拋頭露面，嫁人需要三從四德，還有所謂的女子無才便是德……這些都已經成過往，現在露胸

露腿滿街跑，更有需要女性成為大企業公司的高級主管，越來越多的女性投身著作。曾經婚前性行為被人所恥，但是現在男女同居、不婚主義、代理孕母……的事情已司空見慣。外遇事件頻傳，也不禁讓我們懷疑時下的男女，是否還把婚姻這個符號視為神聖的、唯一的夫妻之間的忠貞義務，最基本的還是個人約束，國家的刑罰，只能單單作為輔助工具。這一切，都讓我們看到這個社會快速的轉動著；這一切，都可能使我們承擔「敗德者」的汙名，也有可能在社會熱烈的討論下，徹底的翻轉了社會觀念。

曾幾何時，臺灣就要成為一個「道德」僵固不可改變、「悖德」也沒有個人自由的地方。當我們在教育下個世代的種苗時，我們不應該將我們本身的色彩，沾染到孩子身上，應該客觀的從旁協助並引導孩子自由發展，而不是我們所認為的正常發展。只要不觸及違法或者違反倫理，我們要儘可能的使道德水準與個人自由是互不干涉的。尊重每個人的生活方式，關於性、愛可以正面的態度看待，讓每個人都可以活在沒有拘束的天空下。

我們能夠從電影這種稍稍不同於文學的藝術視角，來看待許多無法用文字所敘述的情感。電影呈現的是主題，是一個「面」，而文學比較能夠表達出很多細節，是很多個「點」。藉由這些電影、這些面，可以看出臺灣是個融合許多民族文化，但是又保留了許多個人色彩的國家。在臺灣，也存在著性別越界的現象，或許不大不明顯，但是卻有越來有蓬勃的趨勢，如 2009 年同志大遊行。在當代的我們，並不能很客觀的評價，也無法完全蓋棺論定的說是好是壞，但是不可否認的這是歷史上緩緩在進展的變革。向來，教師的基本任務被認為是「傳道、授業、解惑」，但我們都知道，目前在教育崗位上的多數教師們都是在父權體制下成長、受教育的，師資養成過程中也缺乏關於「兩性平等」的課程，那麼一位帶著傳統性別刻板印象及父權式思考與行為習慣的教師，要該如何執行非自己本身信念與行為傾向的新教學方案、新師生的互動方式等，都是我們需要去探討的。

在孩童的教育上，可以先讓孩童肯定他們自己的特性，瞭解自己的個性上的優點，並讓他們瞭解每種個性都有其價值及可能面臨的困境。我們未來教育的展望是能夠培養出自我存在價值的人，但不是培養滿足社會觀感——男像男、女像女的人，而是為了增益他們在未來的生活中能夠有更佳的適應力。教育場所並不是反映或複製現實社會，而是要與社會有所距離，才能夠對社會現實有所反思及批判，進行所謂的全人教育。（吳嘉麗等，1999）期盼世界能夠真正成為和諧開放、多元價值的社會，在自由平等的原則下，人人都能保有自己的色彩，追求幸福美好的未來。

七、結論

電影與文學都是一種以感覺活動為主的藝術，但並不是無法被理解被分析，而是說這種理解與分析，所得出的結果是文學性的，且並沒有絕對的標準，終歸還是評價於世俗的眼光中。通常我們觀賞一部影片或文學作品，並不會因為影評人或者文評的理性分析，就會讓你在觀賞影片時，得到相同的感受和感動。每個人所得到的不盡相同，這就是電影與文學美好的地方。

電影語言，是指透過鏡像下的角色形象、造型、對白……做文學語言的延伸，強調聲、影的結合，雖然通常只能傳達出單一觀點或點出大主題，就如此篇所分享的「同性戀在所會存在的價值以及明暗面、並且會對社會所造成的影響」，影片通常並不會非常詳細深入的申論，只會在表面或者經由隱喻引人深思，才能更保留影片的藝術性。

至於文學語言，則著重於描寫，在場景畫面上的傳達較注重留給讀者空白的想像空間。在刻劃心理層面的這部分，並不著重於具體的事物，而是交叉的使用許多抽象或意象，來表達不同程度的內在情感；而在意境上的建立，就完全端看讀者個人的深度。我們透過剖析電影這

門綜合藝術，會發現文學其實是其中借鑑的重要元素，電影劇本自文學
作品中改編的不勝枚舉，但電影有優於文學的部分，如電影中的對話，
密集的資訊可以容易幫助人們建構時空背景、人物角色性格、人物關
係結構……電影中的聲光效果，給人的視覺震撼也較文學作品的強
烈，許多刻劃的不甚清楚的文學作品，在轉換成電影作品時，雖說明
白呈現了文學作品中的場景，也許會扼殺了許多想像空間，但是也會
使觀看者留下深刻感受，以及使感官更集中著重在故事情節裡。電影
和文學是同質但二分的兩種藝術形式，電影中所蘊含的文學性，又有別
於文學本身，這種層疊的曖昧，是人們所以如此喜愛探討它的原因。

當我們以各種方法論聚焦這些影片的同時，自然會發掘出「性別
越界」的這現象，是如何藉由影片表達出社會上的這些現象，更可以
從其中的幾個重要元素，來點出些重點，可以綜合歸納出為什麼同性
戀的題材越來多越多人愛拍攝？而性別越界的潮流又是如何引領的？
我們可以從這幾部電影作品中的人物造型、色彩運用與敘事手法、時
空背景、故事劇情等得知。

《大開色戒》中的兩位男主角，其一設定為已婚且有家庭的肉店
老闆，更嚴苛的是，本身又是位虔誠的猶太教徒，男同性戀本身在世
俗的觀點，就已經為某些特定團體不喜愛，但導演、編劇又在這個身
分上，套用了更多的枷鎖，令這男主角的內心、情慾更加掙扎、更加
生動；輔以另位男主角，為專情單純的男大學生，敢愛敢恨的個性，
更是加強了肉店老闆的負擔。這是人物造型上，運用非常得當的例子。
反射到現實層面來看，以往同性戀，總是以負面且淫亂的形象呈現在
社會面前，但是近年來這些形象因同性戀組織的大力發聲，以及一些
特殊知名的社會人士，使得同性戀的形象慢慢的矯正成正面。又因為
電影拍攝女同性戀的題材，往往加強描繪雙方情感上的深切，也使得
同性戀的愛情，被所謂的社會普羅大眾改觀。

《決戰時裝東柏林》（Comrade Couture）中運用了鏡象與色彩的
關係，它以當時德國封閉的鐵幕背景，來對比同志們運用色彩繽紛來凸

顯自我、反叛歷史，從中透露了時代的更迭與劇情的轉變。這邊也可以看到西方世界典型的創作觀，它以非我的第三人稱敘事手法，使每個人都能平等且勇敢的展現自我，強化了每個身為「我」的思想感情。

《派翠克，一歲半》（Patrik 1,5）所反射出來的社會觀感更是強烈，15 歲是個叛逆且對任何事物都敏感的年齡，由這個厭惡同性戀且有犯罪紀錄的青少年來擔任故事的主旨，來與同性戀夫妻相處。經過時間的累積。同性戀與異性戀彼此慢慢的接納、瞭解。電影中告訴了我們，很多生命中你所不願承受的痛，其實再深思過後或者沒有所謂的絕對。很多同性戀的父母親，一旦開啟了潘朵拉的寶箱後，不願承認自己女兒或兒子為同性戀的現實，並且自怨自艾的關閉了溝通的橋樑；而當在某天覺悟後，會發現現實其實沒有什麼改變，我的女兒還是我的女兒，兒子依然也還是我的兒子，改變的是長久以來社會帶給我們的所謂「正常」。也有可能因為全世界在互相交流的過程中，會慢慢的彼此感染想法、行為。對於同性戀的接受度，往往是西方人比較能夠接受。在創作觀型文化下，每個人為單獨相對的個體，存在只為榮耀上帝，所以也不會太在乎其他人的身分；而比較在乎他人感受的東方社會，或許是因為西方教育思想的摻雜，慢慢地也比較可以接受同性戀，當然絕大部分是發生在別人家庭時能接受。這樣的主題告訴我們，對於其他不同於我們的族群，我們也應該要互相體諒、彼此愛護，這樣的道理雖然簡單，卻是很多電影一直想要表達的主題。

參考文獻

朱剛（2009），《二十世紀西方文論》，北京：北京。

吳嘉麗等（1999），《跳脫性別框框》，臺北：女書。

周慶華（2003），《閱讀社會學》，臺北：揚智。

周慶華（2004），《語文研究法》，臺北：揚智。

許佑生（1999），《優秀男同志》，臺北：陽光。

2009 臺北金馬影展（2009），《性別越界》，網址：http://tghff2009.pixnet.net/blog/post/1303857，檢索日期：2009.12.30。

臺灣性別人權協會（2000a），《性別越界的美麗新世界》，網址：http://gsrat.net/library/lib_post.php?pdata_id=94，檢索日期：2009.12.30。

臺灣性別人權協會（2000b），《2009 年女同性戀、男同性戀、雙性戀、跨性別者的驕傲月美國總統歐巴馬宣言書（2009-06-01）》，網址：http://gsrat.net/library/lib_post.php?pdata_id=216，檢索日期：2009.12.30。

維基百科（2009a），《電影》，網址：http://zh.wikipedia.org/wiki/%E7%94%B5%E5%BD%B1，檢索日期：2009.12.25。

維基百科（2009b），《性別與跨性別》，網址：http://zh.wikipedia.org/wiki/%E6%9D%8E%E5%AE%89，檢索日期：2009.12.24。

維基百科（2009c），《女性主義》，網址：http://zh.wikipedia.org/zh-tw/%E5%A5%B3%E6%80%A7%E4%B8%BB%E7%BE%A9，檢索日期：2009.12.25。

維基百科（2009d），《酷兒理論》，網址：http://zh.wikipedia.org/zh-tw/%E9%85%B7%E5%85%92%E7%90%86%E8%AB%96，檢索日期：2009.12.25。

電影中的文化意象

——以《海上鋼琴師》、《春去春又來》、《那山那人那狗》為例

王文正

國立臺東大學語文教育研究所

摘　要

　　看電影已經是現代人不可或缺的一種消遣方式，然而現代電影缺乏著跨領域的拍攝手法，此一觀點與電影文化學有著不可脫離的關係。電影的完成不單單是文學性的劇本、導演、演員的責任，還包括了許多層面共同的通力合作，而構築一部電影的重要因素之一就是文化意象，這點是常被觀眾，甚至電影工作者本身所忽略的。如果可以分析電影中的文化意象的存在，或許就可以擺脫只包含單一領域的現狀，而往跨領域的電影發展，這對電影工作者本身與觀眾而言，都將是電影界的一大突破。

關鍵詞：電影文化學、文學性劇本、導演、演員、文化意象、跨領域

一、前言

在播放一部電影的過程中，觀賞者往往聚焦的部分都是劇情的鋪陳，卻省略了在電影中還有許多的部分是值得多花一點心思去探討的。如果我們可以運用符號學的方式去觀賞一部電影，或許不難發現每一部電影都有其蘊含在劇情之外的隱藏訊息。

現代人已把看電影當作是一種不可或缺的消遣，不論是真的到電影院觀賞電影，或者是到出租店租賃影片回家觀賞，甚至是從網路的管道下載影片在電腦上觀看，都成了日常生活的一種調劑。只是大部分的人只會將眼神聚焦在電影如何在劇情的部分起承轉合，卻忽略了其實有很多的其他因素也正影響著電影主軸的開展，而這些小小的因素往往以符號的方式在電影的一小角出現。不過這些符號雖然不起眼，卻往往是一部電影背後蘊藏最多意義的表徵。

不過正因為這些小小的因素都以並不顯眼的方式呈現，大部分的人會把這些訊息當作稍縱即逝的片段，忽略了這些符號所真正想要表達的訴求。這一點一點的符號片段，我們可以當作是一部電影的導演心中所真正想要表達的意念，也許在電影的拍攝過程中誰也沒去專心的營造一個意象的呈現，但是卻隱隱約約的把心中最崇高的信仰毫不掩飾的在電影中就自然而然地表現了出來。而這些以符號的方式出現在電影中的訊息，應該是比起看似流暢的劇情之外，更值得每一個觀賞者去細細探討的細節。

基於這樣的觀賞方式，每個人在觀賞電影的同時，多了一個觀賞的角度。在這樣的前提之下，觀賞一部電影時，除了電影本身的劇情演示，瞭解在電影中出現的一些小小的符號、訊息，也變成了觀賞者對於瞭解一部電影不可或缺的步驟。因為透過這樣的認識，我們對於一個執導電影的人心中所崇信的、對於一個寫作劇本並將其轉化成電

影的人的基本信仰，將會有更進一步的瞭解；透過這樣的瞭解，我們可以更加的融入電影所真實演示的劇情及所想要表達的真意。而如果要透過這樣一個觀賞角度去融會貫通一部影片，就非得透過符號學這一法門才能窺得其中一二。而本篇論文，就是透過符號學去解決電影中較鮮為被人所探討、開發的意象，冀盼透過深入的分析，除了讓大眾在觀賞電影時可以多一個賞析的層面，更希望可以讓大眾透過各種不同的符號演示，瞭解更多電影背後所蘊藏的深意。

二、文化意象

在探討到電影中的意象所從屬的文化之前，我們必須有系統的先分列出這世界上到底有哪些文化，以及每種文化之中有哪些代表性的象徵，才能夠分析出每一種意象所從屬的文化系統。這道理就像是在每一個語言中都存在的粗話一樣，如果我們不能理解各個文化的特性，也就自然地不能理解對方所罵的粗話究竟對自身的影響力有多大。（周慶華，2006：90～93）所以在「閱讀」一個意象的同時，先去分辨出它所屬的文化系統，其重要性自然就不言而喻。

當然，在論述文化意象之前，我們必須先對文化有一種定義與分類；在此，我採用的是世界三大文化系統（周慶華，2010：93～96）的論點，把整個世界的文化簡易的分為三種類型的系統——創造觀型文化、緣起觀型文化與氣化觀型文化。這樣一來，不論我們在論述有關於文化的哪種主題，都自然而然的可以得到必要的分解。

在這三種系統的文化之中，論及意象的呈現，都有其不同的代表事物。例如像是大衛像（維基百科，2010），是文藝復興時代由米開朗基羅於 1501 年至 1504 年雕成，用以表現大衛王決戰巨人歌利亞時的神態。高 4.342 公尺、重 5000 多公斤。在這尊塑像裡頭，我們不難發現作者那種想要與上帝創造萬物媲美的心態與動機。因為上帝既然能

夠造出完美的人類，那麼人類便懷抱著挑戰上帝的心態，也創造出人類眼中完美的人體形象。從這樣的角度來看大衛像，自然而然能發現在此雕像背後蘊含的是與上帝媲美、挑戰上帝造物的形象，這自然屬於創造觀文化系統下的一種運作。

再者不論新聞媒體或者許多的旅遊節目都常介紹在印度（佛教的發源地）或者鄰近的幾個國家，常有苦行僧的出現；這些苦行僧藉由困乏自身（不吃不喝、衣不蔽體等）的行為，像要達到一種與佛一般完美的境界。在這樣的事例裡頭我們所看到的，是一些逆緣起的行為；而這樣的行為目的，在於了生脫死，進而達到一念不起，最終可以得到超脫。而在佛教中有提到：「諸法因緣生，諸法因緣滅。」（維基百科，2010）人和其他眾生一樣，沉淪於苦迫之中，並不斷地生死輪迴。唯有斷滅貪、嗔、癡的聖人（佛陀、辟支佛和阿羅漢）才能脫離生死輪迴，達到涅槃（清涼寂靜之意，就是沒有煩惱），也唯有這樣的不生不死，人生才可以得到最完美的解脫。以上這樣的敘述，很明顯的可以發現「苦行」這樣的行為是在仿效著當初創建佛教的釋迦牟尼所經歷過的修煉，更在這樣的行為之中想要找到與佛陀相同的大解脫，以掙脫生死輪迴這個不間斷的系統；所以從這樣的角度來看苦行，便可以知道這是藉由模仿佛陀成佛的過程，很自然的便是屬於緣起觀型文化之中的一種運作模式。

接著我們再看看中國的外丹術，這是中國道教的一種修鍊方法，也是化學的雛形，且同時對中國傳統的醫學產生了很大的影響。（維基百科，2010）相信外丹術的人認為，丹砂可以反覆變化，黃金可以永久，因此用它們製成的丹藥，吃了可以長生不老。煉製外丹，是透過各種秘法，燒煉成丹藥，用來服食，或直接服食某些芝草，以點化自身陰質，使它化為陽氣。另外，道家外丹也可指「虛空中清靈之氣」，陳攖寧說：「外界資助，當然不可少，卻是在虛空中尋求」、「修仙者，貴在收積虛空中清靈之氣於身中，然後將吾人之神與此氣配合而修養之，為時既久，則神氣打成一片，而大丹始成」。李道純說：「外陰陽

往來,則外藥也。內坎離輻輳,乃內藥也。」《天仙正理》認為內藥、外藥都原本先天祖氣,所謂外藥,是指「祖氣從生身時,雖隱藏於丹田,卻有向外發生之時,即取此發生於外者,復返還於內,是以雖從內生,卻從外來,故謂之外藥。」所謂內藥,是指采外藥煉成還丹大藥,「全不著於外,只動於發生之地,因其不離於內,故謂內藥」。「外藥為生而後采,內藥為采而後生,實止此一氣而已」。(維基百科,2010)從外丹術來看,中國古時候的煉丹家、修道者都認為長生不老是人活在世上追求的最高目標,或者即使無法長生不老,至少要在活著的時候立德、立言、立功,這樣才可以益生榮死;而從這樣的觀點來看,死亡這件事並不是必然會發生的,或許可以藉由其他方法達到擺脫死亡的束縛。這很明顯的是崇尚道家的一種思考方式,也是氣聚氣散的思考模型,由此我們便可認知中國(或東方世界)的文化理念屬於三大文化系統中的氣化觀型文化。

諸如上述所提到的,這世界的三大文化系統都有其代表(當然上面提到的只是冰山一角),不僅僅是在生活層面會有這樣的分隔,在各個層面只要用心去觀察、細細的分析每種不同的符號,或許我們就能找出一些蛛絲馬跡,來分辨該符號所代表的文化意象以及背後所蘊藏的真意。

三、電影中的文化意象

既然我們可以從各個不同的符號找出它所屬的文化意象,那麼在觀賞電影的同時,就可以大方地用各種文化意象來分析其分屬的文化系統。但在探究電影中的文化意象之前,我們必須瞭解電影為什麼值得被探討。大部分會被拿來分析的電影,大都屬於文學性的電影;文學性的電影,顧名思義是指電影成品本身帶有文學性質,這類電影大概有三種來源:第一是由文學作品改編成電影成品〈如小說《暮光之

城》改編成同名電影《暮光之城》〉；第二是電影成品改編成文學作品
〈如電影《海角七號》改編成同名小說《海角七號》〉；第三是純劇本
拍攝但具有文學性的電影。正如同電影界的行話所說的：「劇本，劇本，
一劇之本。」充分的說明了文學性的劇本在電影創作中所佔的位置。（顏
純鈞，1994：60）

　　除了具有文學性，電影另一個值得被拿來分析的因素則是「電影
為一種書寫的符號、語言的要素」。（G. Betton，1990：78～81）電影
所以可以成為書寫的符號與語言的要素的理由，是因為它具有和書
寫、語言相同的要素，包括了時間、空間、語言與聲音、其他要素等
表現。其中在時間的部分包括了慢動作鏡頭、快動作鏡頭、停格鏡頭、
倒逆鏡頭、時間的伸縮：現在、過去與未來等；而空間的部分則包括
了特寫鏡頭、取鏡的角度、攝影機的移動等；再者語言與聲音的部分，
包括了對話、音樂等；最後在其他要素包括了佈景、燈光、服裝、色
彩、寬銀幕、景深（立體感）及演員的表演等。基於以上眾元素，電
影就如同符號、語言一般值得讓人繼續深究其中內涵。

　　在電影的諸多特性中，最不容置疑的就是它的綜合性；此一綜合
性是它在歷史中發展的結果。（顏純鈞，1994）從一開始的攝影師就是
一切，開拍時導演找演員來講一講，接著就要演員的即興表演；一直
演化到現在的電影，有劇本、多臺攝影機的多角度拍攝、動畫、剪輯
的運用……的綜合性，甚至除了演員本身的表演之外，透過場景的佈
置、器具的使用……這些也都是電影中意象創作越來越多元的因素。
而在電影的意象越來越多元化的現在，「意象」的概念也就變得越來越
不能被忽視。因為除卻了劇本本身所提示的劇情之外，其中可以融合
許多導演的創作風格，從電影中的時間、空間，甚至到演員們的對話、
表情動作，這些因素如果不能同時被考慮在意象的範圍內，那麼對於
電影的分析多少會有一些不公允的地方出現。

　　再者研究電影，當以其創作方式或者與社會的關係來採取批評論
述。（焦雄屏，1990：8）以此一觀點來看，如果我們在意象的界定上

只侷限於劇本的創作內容或者導演如何編導電影內容的話，所得出的評論或批評，往往會有失偏頗，無法取信於大眾。

所以在討論到電影中的文化意象，我們必須先懂得一部電影當中究竟哪些東西可以當作有價值的意象來分析。像是電影中往往會有一些動物的出現，這裡就出現了動物的符號；而演員之間除了對話以外，往往還有一些面部的表情（像是眉目傳情）、肢體的動作（像是興高采烈的跳躍）；而有時鏡頭會特意捕捉演員或動物身上的一些器官（例如嘴巴、鼻子、耳朵的特寫），或者一些演員使用的道具、場景上的某些佈置、造景等（王紅旗，1996），這些都是具有討論及判辨價值的意象符號。如果在分析時少了這些，那麼對於一部電影的分析，應該就無法做到徹底且有邏輯性的解構。

總括來說，電影中的文化意象，最基本的範圍當然是具有文學性（包括改編劇本或者劇本改編與創作本身就具文學性）的電影顯得較有分析的價值。再者是分析電影的同時，絕不能有失偏頗的只分析導演導戲的理念與呈現方式，以及劇本中的文學性是用什麼方式呈現；而更多的細微末節，如場／佈景的陳列、片中使用的動物、演員的面部、肢體表情、特寫鏡頭等（當然還包括一些雖然在劇中感覺不重要，但是卻有影響劇情走向的過場表現）的運用，這些都是分析電影中的文化意象時不可缺乏的層面。

四、電影中的文化意象的類型

在探討電影中的符號之前，我們必須界定出這些符號是屬於哪種文化體系，以便我們可以更加瞭解每個不同的符號出現在不同文化圈的電影當中，有可能代表著和扮演著怎樣的角色。而「文化」這個概念已經可以從不同的角度來追溯它的類型學上的起源，如：（一）文化為一制式或認知的範疇：文化被理解為一種普遍的心態，當中包含著

完美的理念，就是對於人類個人成就或解放的目標或可望。（二）文化
為一種更包容的集體的範疇：文化代表著社會中知識和／或道德發展
的狀態。（三）文化為一敘述和具體的範疇：文化被視為任一社會中藝
術和智識作品的集合體。（四）文化為一社會範疇：文化被視為是一個
民族的整體生活方式（Chris Jenks，1998：23～25）。由此可知，文化
本身包含了各種層面的意象——諸如語言、科學、歷史、社會學、宗
教學、政治學、經濟學、人類學、史學、美學……甚至本文所要探討
的電影也在文化的行列之中，但是文化的本身卻不能代表任何的意
象，因為文化既然是泛指一切人類活動、行為的統稱，便難以在它本
身再加諸任何意象的概念。

　　不過，因為一個文化的構成，包含了五個系統：終極信仰、觀念
系統、規範系統、表現系統和行動系統（周慶華，2010：93～94），我
們便可以從表現／行動系統來一層一層回推究竟我們所得的符號是屬
於世界現存的三大文化系統中的哪個文化系統之下：

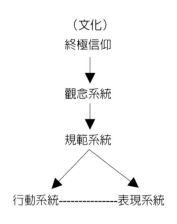

圖 1　文化五個次系統圖

（資料來源：周慶華，2010:94）

透過此一系統的運作，我們可以從各種不同的符號中，瞭解其所從屬的文化類型，例如《海上鋼琴師》一片，片中有較顯著且貫穿整個劇情的符碼，在表現系統的呈現為「鋼琴／抒情樂」，我們便可以回溯其規範系統為「較廣的音域／流傳及創作較多的音樂類型」，而此一規範類型在觀念系統的表現則為上帝（造物主）所創造的「樂器／音樂類型」，我們便可得知此一文化的終極信仰為上帝，而此文化則屬於三大文化系統之一的創造觀型文化，而這可以圖解如下：

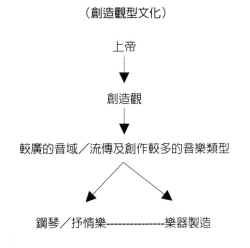

（創造觀型文化）

上帝

↓

創造觀

↓

較廣的音域／流傳及創作較多的音樂類型

鋼琴／抒情樂--------------樂器製造

圖 2　《海上鋼琴師》影片中鋼琴符碼的文化類型圖

除了創造觀型文化的符號有此一解構的可能，分屬三大文化體系的氣化觀型文化和緣起觀型文化也都可以經過這種解構的方式而得以被判斷。像是《那山那人那狗》一片，較為明顯且引導整片劇情的符碼，在表現系統為「父業子繼」，此一規範的觀念是「不信賴外人」，而回溯到觀念系統則為「氣化觀」，終極信仰則是「道」；由此我們可以清楚的明白此一文化為三大文化系統之一的「氣化觀型文化」。

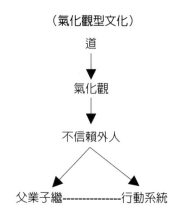

圖3　《那山那人那狗》影片中氣化的文化類型圖

　　再者在電影《春去春又來》中，貫穿全片的表現系統是「去除我執以擺脫輪迴」的隱匿劇情（雖然沒有特意交代，但在影片的進行中不難察覺此一觀念的表白），回溯到規範系統則是「自渡解脫」的逆輪迴觀念，在觀念系統則很明顯的是屬於「緣起觀」，而終極信仰方面自然就是「佛」；由此我們可以清楚的知道此類文化是屬於三大文化系統中的「緣起觀型文化」。

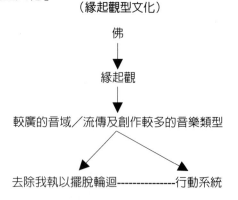

圖4　《春去春又來》影片中緣起的文化類型圖

　　由這樣從文化系統回溯的方式，我們不難從各種不同的意象當中去推敲出該電影中出現的意象所屬的文化系統，而瞭解自己所分析的文化系統是從屬三大文化系統中的哪一類之後，我們便可更瞭解每個意象、符號的安排及呈現方式是為了什麼目的、理由而編排。這自然有助於我們從符號的角度去更深入的探討一部影片的劇情、情節以至於場／佈景的編排。

五、案例舉隅

　　基於上述幾點，可以清楚的分出電影中的意象也可以與文化系統一樣分成三大文化意象的系統；基於符號或符碼運作所依的文化，同時文化也依賴符號或符碼的運用以維繫其存在的形式（John Fiske，1995），我們可以將電影中的符號意象區分成此三大文化系統。以下我就此三大文化意象的系統，各舉一例，並分析影片中較具特色的符號意象所代表的意義：

（一）《海上鋼琴師》

　　此一電影是創造觀型文化之下的代表作品。在電影中第一個且貫穿整部影片的重要符號便是主角的名字（或者可以說是外號）「1900」，大部分的人以此一名號稱呼主角，其中蘊含的意象便是主角可以說是一個時代的代表，其才華及其在音樂上的造詣是別人望塵莫及的，所以可以直接用一個時代來稱呼他。在這樣的意象背面，我們看到的是人類與上帝一樣的永恆不朽，不僅只有上帝可以代表一個不滅的稱號，連人類也有能力背負這麼樣一個代表性的稱號活在這世上，即使肉體滅亡之後也依舊可以使用一個稱號讓後世的人繼續不斷地稱頌他的偉大。這其中榮耀上帝的意味是很明顯且不可抹滅的，而這也是創

造觀型文化之下才會出現的一種表現方式。尤其當「1900」在養父丹尼（Danny）過世之後的一個夜裡，從未學過鋼琴演奏、甚至是基本樂理教育的他便在船上一展他在音樂上的天賦，就如同許多的英雄電影一樣，主角生來就有些別於其他人的特質，而這些特質就是他日後便於讓後人傳頌的特點，這類英雄主義的表現，也是基於「接近上帝」這樣的思考而產生；因為只有上帝是全能的，只有上帝才能夠擁有凡人所不能擁有的創造力，而片中的主角與上帝一般，在沒有接受過任何音樂教育的前提下，他與上帝相同的擁有一股常人不會有的創造力，這樣的手法很明顯地模仿著上帝在世人心目中的樣貌，也清晰地刻畫出創造觀型文化的思考無法擺脫上帝存在其中的影子。

再者提到另一個鮮明的意象便是 1900 常常透過玻璃窗望向外面的世界，就如同玻璃窗隔絕了船艙的內部與外部一樣，站在內部的主角彷彿置身在一個不沾塵埃、不受俗世困頓的高處世界，而船艙外永遠熱鬧、擠滿了人群的世界就彷彿沾滿了塵埃、只是一個紅塵翻滾的世界。此一意象的除了高明之外，代表的是上帝所處的世界是光明潔淨的，就如同主角 1900 所處的船艙內部，在裡頭的人不受世俗的沾染、玷污，在一個清新光潔的樂園裡生活；而在船艙外部的人就如同在紅塵俗事中打滾，身上沾滿了俗世的塵埃，擺脫不了一種紛擾與庸俗。即使主角也曾為了船艙外的女主角而感到怦然心動，也曾為此擠到甲板上只為了送份禮物給將要離船而去的女主角；此時 1900 擠在人群裡，就像是天使墮落凡塵而染上了俗世的塵埃，擺脫不了在人潮中被推擠、隨著人潮移動，而最終禮物仍舊送不出去，代表即使在塵世中庸庸碌碌的過著生活，卻往往還是達不到自己的理想境界。而最終雖然萌生離船念頭，1900 還是選擇了回到自己熟悉的船艙，過著自己安穩且平靜的生活；就如同在人世中走一遭之後，最終還是要回到上帝的懷抱一般，這也是一種榮耀著上帝存在的意象運作，把小小的一艘船劃分為船艙內、船艙外的兩個世界，各自代表著一個清新脫俗的超高境地、一個紛紛擾擾的紅塵俗世。

　　在整個電影的進行中，主要採取小喇叭手麥克斯（Max）講述 1900 傳奇性的一生，這也是一種創造觀型文化的運用手法。因為 1900 在本片中的形象是高不可攀的，藉由別人的口述來形容他的一生，無疑像是人類在傳述上帝的存在一樣，是一種感覺自身的渺小而傳述一種偉大的存在。在片中，我們可以發現麥克斯不論在講述 1900 的故事時或者在面對著 1900 時，該演員的眼神都帶有一種閃爍（這可能是演員本身的特質），而這種閃爍跟人們面對一種未知的力量時會有的反應是一樣的，盡自己的本能掩飾自己內心的不足面，當發現了自身在偉大的事物面前是如此的不值一哂，一種看似不中肯的態度自然的就會出現就如同麥克斯不斷閃爍的眼神一樣；1900 對他而言是一種遙不可及的存在，是他不能用雙手觸碰的偉大，尤其在剛上船時便和 1900 演出一幕「旋轉鋼琴」的戲碼之後，對於 1900 的音樂天分，身為凡人的麥克斯只能流露出自己無限的崇拜，每當他看著 1900 時，神情間流露出的是一種崇拜、敬仰，彷彿他正面對著這世界最美好的事物一樣，就如同凡人在上帝無限的力量面前只有卑微和臣服。在創造觀型文化裡頭，終極信仰的存在就是上帝，透過麥克斯的演出和表現，看得出來他已無形中將 1900 的存在和他心目中的上帝劃上了等號，尤其是他對 1900 那種推崇備至的讚揚，更可以看得出他對 1900 的崇拜以臻至一種將近無以復加的程度。

　　在本片中的另一個特點是抒情樂與爵士樂的對決，這也是 1900 與片中所謂爵士樂的鼻祖傑利（Jelly Roll Morton）之間的一場對決。爵士樂早期的發展是由非洲形成，音樂的形式包含了藍調和福音歌曲等，而抒情樂則是音樂裡頭的大宗，幾乎所有的音樂類型都包含在內，主要是抒發感情的用途。而片中的傑利身為爵士樂的行家，妄圖以爵士樂去撼動抒情樂的地位，這本就是不可能的事情，畢竟音樂與音樂之間除了沒什麼好爭執的之外，抒情樂在樂壇的發展地位早就已經根深蒂固，以有範圍的爵士樂去挑戰無範圍的抒情樂，無疑是以卵擊石的行為。而傑利一度以為自己已經在音樂的對決中佔有上風，1900 只是

淡淡的不想與傑利一般計較；就如同人類在與上帝媲美的過程中，往往會以為自己已經超越了上帝，卻不知道其實自己所做的一切有限的行為仍舊脫不出上帝無限的創造範圍。在創造觀型文化之下，一切有限的挑戰都是渺小且虛無的，像是爵士樂；而由來已久的抒情樂，除了已發展至大宗之外，這是一種包含了所有音樂類型的音樂種類，誰也沒辦法替抒情樂下一個正確的註腳，就如同誰也沒辦法替造物主解釋一切的造物究竟是根源於什麼一樣。所以傑利在片中的行為，無異於以管窺天，還一度以為自己已經勝過了造物者，但實際上卻仍舊脫不了一種「被創造」的程度與範圍。

到了電影的末了，1900 所在的船即將被炸掉，麥克斯（小喇叭手）緊張地上船尋找像是人間蒸發的 1900，想要勸他下船以免被炸藥波及。經過了一番找尋，麥克斯終於找到了他，但是在一番苦勸之後，1900 還是堅持著要留在船上，而麥克斯的反應是尊重他這樣的選擇，既不強求他下船，也不勉強自己留在船上陪伴他。就此表現方式來看，很明顯地這是一種創造觀型文化之下才會有的意識表現。因為在創造觀型文化之下，「互不侵犯」並尊重個體是此一文化的體現；雖然片中1900 的生命已經面臨到炸船的威脅，但是他自己本身並不覺得這樣的事情對他會有什麼影響，而麥克斯雖然抱持著想要勸他下船的想法再度上船去尋找他，但是卻被他幾句話就輕易的將事情帶過，兩個人在相互尊重間完成了劇情中讓觀眾驚訝的部分。因為如果在其他的文化類型之下，遇到同樣情事的反應，想必是死拖活拖的也要將 1900 給拖離即將爆炸的船上，而不是這樣尊重他的想法——甚至在連生命都受到威脅的時刻。創造觀型文化之下的每個人都是獨立的個體，每一種想法都應該要被尊重，不論這樣的想法最終究竟會不會危及自身的安危，既然是自己的選擇就不應該被別人給迫害；麥克斯秉持著尊重1900 的行為的想法，而 1900 也尊重麥克斯因為擔心他的安危而上船找他這件事，彼此的尊重，造就了影片中令觀眾看了或許會為之動容的一幕殉船的畫面。

（二）《春去春又來》

　　《春去春又來》是緣起觀型文化的代表作品。在影片的一開始，由鏡頭拉出一幅壯闊的山光水色的場景，其中有座寺廟漂浮在群山圍繞的湖水上頭，任隨漂浮。在這個場景的運用裡，自然界的景物搭配上一座人為的寺廟，在意象上表現出人類想在修行的過程中，與自然界化為一體的訴求。而身在其中的人應該也要表現出無慾無求的狀態，然而實際上卻與這樣的觀念恰恰相反地，小和尚在成長的過程中不但無法讓自己臻至這樣的境界，反而是墮入了本片由老和尚說出的主題裡：「淫念會產生佔有慾，而佔有慾會帶來殺生。」在緣起觀型文化裡，追求的是逆緣起的解脫，然而小和尚在成長的過程中卻跌進了十二因緣的「愛」因裡，最終還犯下了殺人的罪行；在這樣的對比之下，體現了逆緣起到解脫的困難，更表現出了人要與自然一般清心寡欲的困難。

　　再者在片中有一個很特別的鏡頭，就是整間寺廟裡、外都是開放的空間，但是片中的任何一個角色在行動的時候，都會特意的打開「門」再繼續下一步的動作。這讓人想起在佛門中的三門（三解脫門），也就是代表空門的院門、無相門的房門以及無作門的室門。在每一扇門的功用之下，我們可以發現片中的所有人都依循著一定的規矩在進行任何動作，就像是在社會上每個人都必須遵循著法律、風序良俗一般。但是在少僧（夏時期的小和尚）遇見了少女之後，實在耐不住心中煎熬的他，終於打破了出門、入門的規矩，從老和尚身上跨越、又從無作門旁直接繞過，只為了能夠和少女睡在一起。由這樣的結構來看，可以得到一個結論：影片中的門代表的是一種在佛教寺院裡的規矩，也是我們紅塵俗世中人所應該依循的一種生活規範，「無方圓不成規矩」，如果不遵照著一種規範做事的話，就等同於破壞了規矩。片中的少僧從門的一旁繞過，姑且不論他對少女動了淫念的錯誤，最起碼他

就已經破壞了寺廟裡頭應該要遵循的一種規則。而其實「門」又可以代表著人人心中一種無以名狀的崇高理智；在門內的世界，確實是不同於塵世，裡頭有的只有寧靜、安詳和領悟，而門外的世界，卻是充滿誘惑和七情六慾的混沌。這樣的安排，除了從少女的出現可以看出（想要藉由宗教的力量讓少女能夠達到心理的平靜），也可從少僧的離開、直到壯年男子的歸來，都在在的顯示了一個人的理智的失去與拾回，這也是導演在開門與關門之間的一個巧妙的安排，一種表現在心理層面、良知與慾望相互攻訐的橋段。

　　另外一個在片中的特色就是「船」，寺廟既是浮在湖心上的，那麼「船」自然而然地就成了出入必定要使用到的交通工具。相對於「水」給人一種慾念的印象，「船」則自然地產生了一種「渡世」意象。從一開始由老僧帶領著童僧滑船渡水，接下來老僧再次掌槳則是送走少僧的慾念（少女），第三次由老僧掌舵則是迎回了壯年男子殺妻的消息（壯年男子種下的「因」），而老僧第四次渡水也是將迷途的壯年男子引渡回寺廟中，接著則是去接員警（壯年男子所該承受的「果」），而最後一次則是放下了槳，任船自行漂流、引火自焚時的放下一切。在幾次由老僧掌舵的渡水過程中，我們不難看出其實他真正在引渡的，是一種我們稱呼為「因果」的循環。前前後後，由老僧親自擺渡的次數總共有六次，實則是引出了童僧成長過程中的三次因果以及自身因果循環的終點。從童僧欺凌小動物、少僧與少女犯下的錯誤、壯年男子的迷途知返與老僧的生命終結，「船」始終扮演著一種引導的重要角色。然而相對於水的符號意象，更加深了其實人都在慾海之中載浮載沉的訊息。其中尤以老僧燒船以自焚的一幕更是教人感觸良深，因為焚船，意味著此生因果已息，放下執著，不再將「渡世」的想法懸掛胸懷，並將自己引渡到另外一個更好的境界去，此因、此果到了船的消失而跟隨著消逝，再度歸來的中年男子所要承受的因果，不該是接續著老僧的因果，而是屬於中年男子自己該要去接受自己所種之因、承受自己所該擔之果。

在《春》片中的一個特點，就是運用了許多動物的意象。像是魚給人女性陰部的印象，青蛙給人男性生殖器的感覺，所以在一開始小和尚調皮地在動物身上綁上石頭時，因為小和尚在那年紀還未感受到性慾的衝動，所以魚死去了；然而青蛙卻還活著，對照了小和尚日漸成熟的軀體與慾望。而一開始寺廟裡養的動物是隻狗，這狗的意象就讓人聯想到了精力充沛的小和尚，對這世界的一切感到好奇的樣子就像那動來動去的狗一般。接下來第二種動物是公雞，而公雞給人一種男性的慾望感，就如同在少僧時期，少僧和少女終於發生了不該發生的性關係一樣，少僧在肉體與慾望勃發的同時，就像是公雞的到來帶來了慾望一樣，讓少僧終究犯下錯誤。而相對於公雞代表著男性的慾望，在寺廟前的小池塘中養的鯉魚同時地象徵著女性的慾望，鏡頭帶到這些動物的同時，就彷彿已經預告了充滿慾望的少女與少僧，終將一同犯下錯誤。而老僧養的第三個寵物則是象徵了陰狠的老貓，然而貓雖然象徵著陰狠，卻始終已經老到對世界感到興致缺缺，就如同犯下了殺人罪行的壯僧一樣，回到了寺廟且最終被老僧的教誨給馴服、感化了一樣。這些豢養在寺廟裡的動物，每個都有其象徵的意念，這也是《春》片中一個特殊的意象使用。

回顧影片，在少僧要離去前，他除了帶走公雞，也帶走了佛堂裡的佛像，感覺像是他把佛背負在背上、佛法於他而言須臾不離，即使在殺了妻子而又回到成長的寺廟時，他也依舊不忘把舊佛像給帶回來；而在這期間，老僧並沒有用別的佛像替代被帶走的佛像。由此觀來，對於兩人而言，佛的定義並不同。對於老僧而言，即使面對著空的檯座，他依舊可以誦經唸佛，因為他所信仰的佛已經在他心中，而非一個實際刻畫出來的形象可以取代，所以有沒有佛像，對老僧而言並沒有多大的差別；至於對離去的少僧和歸來的壯年男子而言，他帶走與帶回的佛像，其實正是老僧本身。一個從小將他一手帶大的，只有老僧是他心中最終的依歸，只有老僧的教誨與存在可以讓他的心靈平靜，只要跨越了老僧，他很容易就迷失自我，所以他才會隨時帶

著在他心目中代表著老僧的佛像，而老僧似乎也明白這一點，所以即使他醒著，他也沒有起身阻止要離去的少僧帶走佛像，反而是順其自然的讓他帶走他自己心中的依靠，似乎也間接提醒著少僧在迷失的時候還有這個人是他的依靠一樣；而少僧也的確如此作想，當他終究犯下了殺妻之過之後，他還是帶著自己心中的依靠回來找老僧，企求著一種心靈上的解脫。由此來看，佛像在老僧與壯年之前的男子而言，代表著的並不是一般普羅大眾所認為的「佛」，而是他們彼此心中能讓自己平靜的一種「存在」。

影片最後，相較於棄嬰的出現，中年男子自然而然地變成了當年的老僧。而在此之前，他從壁上的櫃子裡拿出了一尊佛像，赤裸著上身、在腰間綁上了石頭，接著一路拿著佛像往山頂爬去，途中跌倒了兩次、也曾在雪坡上遺落了佛像一次，但是最終他還是緊緊的將佛像抱入懷中，直至到了山頂把佛像放在可以放眼望向世界的至高點之後，而且在佛像之後打坐了一下。從宗教的觀點來看，他似乎要表達了佛法無處不在、佛心無處不存的感覺，因為不論途中遇到了挫折（跌倒）或者偶爾迷失了佛心（佛像的遺落），到最後「佛」這個形象依舊會在不遠處照護著世人（即使距離有時遠的可能肉眼難以得見）。但是相較於較理性的人文觀點來看，在棄嬰的到來之後，中年男子似乎意識到了自己與當年照顧他的老僧已變成了相同的角色，所以他帶著自己心中的「佛」（也就是老僧的存在）、用著當初與老僧相遇的態度（赤裸著身體表示自己的懵懂未知，彷如初生）、在腰間繫上自己將要背負的重擔（棄嬰），往最高的地方爬去，目的是為了將自己心中最終的寄託放置在隨時都可望見他自己的地方，也許也是求自己一個心安；兩次的跌倒，就像是當他還是童僧時頑皮犯的錯（在動物身上綁石頭）和少女發生了性關係，而一次的遺落佛像，就像是他為了追尋少女而離開了老僧（心中一時的被蒙蔽）；而最後在放置在至高點的佛像後面打坐，象徵著要踏上雖然屬於自己的命運、但卻也承繼著老僧當年扶養、教育他的決心。

（三）《那山那人那狗》

　　《那山那人那狗》是一部建構在氣化觀型文化背景的電影，影片中的角色雖然不多，但是每個角色之間的故事連結卻很足夠，這和氣聚的虯結性有著相當大的關聯。在片中除了由人演出的幾個重要角色之外，另外一個特殊的意象就是那條陪著老爸爸和新上路的兒子一起傳遞書信的狗——老二。在大陸的一胎化政策的實施下，每戶人家只得生養一個孩子，但是在氣化觀的影響之下，家族的概念是根深蒂固的，對於只能有一個孩子這件事，在潛意識中是較不符合一個大家族的概念，所以片中的老爸爸養了老二這條狗，看似為了送信時可以多一個伴，但實質上是為了實現心中想要有第二個孩子的想望。這在一胎化的社會常見的現象，以養寵物換取多一份的陪伴。而實質上，老二在片中扮演了老爸爸送信時的好夥伴，這點卻也是無庸置疑的。

　　再者從子承父業這點來看這部影片，在氣化觀型文化之下，一個人對於外人的不相信是自然地想法（家族性強烈），所以在老爸爸將屆退休之際，第一件事就是把自己做了一輩子的事業傳承給兒子而非由政府去決定下一個來接替這份行業的人，這樣的想法剛好與西方世界的作法相反。因為西方社會有制度的保障公務員的運作，所以不必由個人去承擔離職或者無法工作時的責任；相反地在中國社會裡頭，國家幹部為人民的服務是無怨無悔而且周到的，所以當電影中的老爸爸即將卸除職務上的責任之時，還替國家想得周到，想到由自己的孩子代替自己以往的職務，而且除了自己找到職務的接替者之外，還順道替國家省下了培育人才的氣力，由自己親身去培訓自己的孩子，自己去訓練自己職務的接替者。

　　接著在本片中的另一個特色意象就是那條郵路。老爸爸的一生都在這條郵路上，收取信件、投送信件，即便交通、運輸工具已日趨發達，但是老爸爸卻始終維持著一名鄉郵員的尊嚴，堅持著要以雙腳克服

這條蜿蜒在山裡的艱困郵路；然而相對於老爸爸的堅持，兒子卻不認同這樣的想法，認為這樣的作法是種迂腐、為難自己的過程，當有車子經過的時候，兒子就萌生了搭便車的想法。雖然郵路走起來非常的困難，甚至有些地方根本就沒有可以讓人走的路，但是在許多山民與老爸爸的通力合作、互相配合之下，沒有路的地方也變得可以行走。而兒子卻沒有辦法認同這樣的作法，一開始的時候不斷地對老爸爸產生抱怨，甚至覺得這樣是在為難自己。但是在不斷地前進當中，兒子在一旁看到老爸爸與山民的互動，漸漸地雖然不用口頭說明，但是兒子也開始瞭解且認同老爸爸的作法。尤其是在劇中出現的一幕，老爸爸幫瞎了眼的五婆閱讀一封根本就不存在的信件時，兒子在一旁雖然一開始流露出不耐煩的神情，但是卻慢慢地被自己的老爸爸所做出的行為給感動，甚至配合著老爸爸所寫的腳本而演出；接著到了侗族的村落，老爸爸一邊飲酒一邊看著兒子與侗族女子親密的互動，想起了自己年輕的時光，而兒子也想起了自己的媽媽，甚至對老爸爸如何結識、進而與媽媽結婚產生了好奇。這些事件，都讓兒子漸漸地可以諒解、體會老爸爸為什麼要如此的辛苦地奔波在同一條崎嶇的郵路上，也漸漸地讓兒子對這條郵路的存在產生了一種認同感。這條郵路的存在，可以說是老爸爸與兒子之間一開始的鴻溝，讓老爸爸漸漸地不瞭解兒子，也讓兒子不認同老爸爸對工作、家庭的想法；但是同一條郵路，在兒子與老爸爸共同艱辛地走過了之後，變成了讓父子之間能夠交流的一條通道，讓父子倆不再有解不開的心結，甚至在劇中有一幕渡水的畫面，兒子自願背負著老爸爸過河，只為了讓膝蓋不舒服的老爸爸可以不要再一次讓膝蓋浸泡在冰冷的水裡……諸如此類，這條郵路扮演著一個相當重要的角色，可以說是溝通了父子倆許久未曾通暢過的思考，讓父子兩人可以自在地表現對對方的關心與在意。所以這條郵路可以說是父子倆之間的親情聯繫，在無形中化解了兩人心中的冰霜，讓兩人對彼此的無法理解逐漸冰釋。

　　影片中還有一個代表物品，那就是一開始就登場的郵包。對老爸爸來說，這個郵包象徵的不只是他們一家的生計，更帶著許多人的關

心與消息，這是一個鄉郵員的責任所歸，更代表了老爸爸心中對於其他人的交代。而在片中開始沒多久，兒子與老爸爸在山裡歇腳，再度啟程時老爸爸卻失了蹤跡，這令兒子擔心不已，雖然不表現在嘴上，但是卻仍舊著急的四處尋找，就這樣在路上便放下了肩上的郵包，繼續尋找著老爸爸的蹤影；直到看見了老二停在路中間，兒子雖然著急的詢問著不會講話的老二，卻始終沒了老爸爸的下落。就在兒子回頭要繼續尋找老爸爸時，老爸爸從路的一頭就這樣出現了。接著是兒子內心的獨白，再接著老爸爸問起郵包在哪，而兒子急著回頭尋找郵包，雖然尋得了，老爸爸卻還是不免發起了一陣脾氣，而這件事讓兒子體會到了自己即使長大了，卻還是害怕著這樣發脾氣的老爸爸。從這裡頭可以看得出來，藉由兒子內心的獨白，感受到了老爸爸內心的焦急，更何況是老爸爸本身，對於郵包的關心與責任感隨時地充斥在老爸爸的心中，不曾須臾離開。因為郵包裡頭的信件或包裹，每個都代表著人與人之間的聯繫與關心，在氣化觀型文化之下，人與人之間的連結本就較為濃厚，透過郵件傳達訊息又是社會上一貫的方式，尤其在山裡網際網路較為不發達，人與人之間除了採用原始的聯絡方式，似乎也就沒其他管道，所以老爸爸對郵包的關心與重視，除了來自長期的鄉郵員的責任，更來自他對於這份工作的認同，知道這份工作的重要性何在；而兒子經過老爸爸這樣的脾氣之後，對於郵包的重視也漸漸地提升，除非必要或者看得到的地方，否則不輕易的放下郵包。所以郵包這個意象，我們可以視為是一種責任感，而這種責任感，更加緊密地聯繫了片中的老爸爸與兒子。

六、相關研究成果的運用

　　倘若僅將影像視為純然地類似於原形，不啻忽略了從某種角度來說，影響可以是類比性的、機動性的，但從其他角度來說，影像也可

以隨機性的。所以總的來說,浮華世界所呈現出來的影像本身就是符碼化過的。(Robert Stam、Robert Burgoyne、Sandy Flitterman-Lewis,1997：70)從這一段文字可以得知對於電影裡頭充斥著符號的這個想法已經由來已久,只是沒有太多的人重視這樣的訊息,大部分的人還是只會探討導演的執導功力、一部電影裡頭的聲光音效、演員如何演出、劇本是否令人激賞……如果只是這樣,要從電影裡去發掘隱藏的重要訊息可說是困難重重。

「電影開始,在噹噹的鐘聲中的一段旁白,是全片的精神所在：我們不要問是誰死了,因為任何人的死亡都與我們有關,因此何須計較鐘聲為誰想起？」(曾昭旭,1982)就如同這一段話所演示的,如果我們真的衷心地欣賞一部電影,那麼如果出現了什麼特殊情節,其實都影響著後續的情節,不必特別地去在意主要或次要的分別,凡出場的人、事、物,終將與觀賞者所觀賞的內容息息相關;就這樣的觀點來看,電影中的符號所代表的文化意象就顯得更加重要。因為如果不懂電影中的意象所屬的文化背景,又怎麼能準確地去猜測、判斷這些意象真正代表的意涵？於此同時,電影中的文化意象的重要性可就不言而喻了。而既然已經知道其重要性,那麼在面對一部電影——不論是創作者或觀賞者或其他——的時候,我們就不能省略這層面的分析。以下我就幾個電影相關者的角度來看電影中的文化意象：

(一)觀眾

身為觀賞電影者,大部分的觀眾不是衝著電影明星的名氣、導演的知名度,便是對劇本的喜好(尤其是一些知名小說改編電影)而進到戲院觀賞電影。而有些電影也許在名氣的營造上並沒有那麼重視,但電影本身的內容及意象的運用是做足了工夫,但這類型的電影往往還是會被觀眾給省略。不過既然知道了電影中的文化意象的分析,也許有許多電影(尤其是常被誤解為沉悶的得獎電影)在編寫、鏡頭的

運作上具有獨到的工夫的。只要觀眾觀賞電影的角度稍作改變，不要
只是非大明星不看、非有名的導演不賞臉、非拍成電影前就是賣座的
小說不可，也許就會發現，一些小成本或者沒有太高曝光率的電影，
在整個意象的營造上，並不輸給一些大成本、知名導演執導的電影。
而且在觀賞電影的同時，觀眾不僅僅是看著演員如何配合著劇本演
出，也該要多看一下場景的佈置、鏡頭的使用，用心觀察，或許可以
得出不同於導演想要賦予觀眾的感覺。

（二）電影工作者

　　現代的電影工作者，大都只是追求「完美的演出」，而忽略了其實
一些在電影裡的小動作、一些運鏡，都足以左右一部電影給人的觀感。
電影工作者常常為了迎合觀眾、影評的口味，大量的使用了許多修片
的技巧，卻往往會把一些引人遐想的鏡頭給犧牲掉；就像是許多動作
片會使用大量的慢動作鏡頭去強調演員的肢體，卻忽略了演員的面部
表情是如何，這讓人無法體會到一個動作到底有多大的難度；一些文
藝片會強調兩人的愛情如何的甜蜜，卻省略了許多劇中人物的背景、
生活狀況，這讓人以為愛情都是甜如蜜的，完全以兩人為世界的中心
就可以，這樣的安排也未免虛幻過度了些。諸如此類的問題，或許身
為電影的工作者應該要多加一點思考，畢竟每一個動作都是演員好不
容易揣摩出來的，包括了那一顰一笑；所有的劇情都是創作者的巧思，
不應該在拍成電影時被忽略。也許電影工作者可以多加一些思考，以
免浪費了劇組中每一個人、每一個環節的心血結晶。

（三）電影教學者

　　電影教學往往著重於如同影評人那般的觀賞角度，也許教導的確
會讓人學著觀察入微，但是卻往往忽略了意象的使用；大部分的教學

者都是「歸納」出一套又一套的理論去教導學生,也許在論及電影時的確充滿了邏輯性,在教授學生時的確便利了許多,但這一套又一套的理論往往都針對電影的枝微末節和電影拍攝時的儀器、腳本操作,常把一些類似場景、道具等看似較不重要的東西給省略。就電影文化學而言,這樣的教學理所當然是不及格的,因為一部電影的營造不僅僅是用眼睛看得到的部分構成,還有許多是必須用心思去推敲、用感覺去仔細品嚐的部分。所以身為電影的教學者,理所當然的要將不同的電影文化類型當作一種基礎教學,好讓學習者瞭解原來電影也有文化上的分層;再者,對於電影中的文化意象,教學者更要細心計較,好讓學習者懂得每一種不同的意象營造,在不同的文化系統之下,所代表的意義的差異。

(四)電影研究者

研究電影的人著實不少,包括了在學者、教學者、影評人等,不論是學習還是教授其他人或者分析,每一種工作的前提都是要好好的研究電影。而在研究電影的同時,不該太過偏頗的只針對眼見、耳聞的劇情來分析,更應該要能針對「心思」的部分加以探討;因為每一部電影都具有它獨特的地方,即使是翻拍的電影,或多或少在整體氣氛的營造上也會與原著有著些許的不同。而絕大多數的不同並不是眼睛、耳朵就能分辨出來的,多數是該由心裡思考過、分析、歸納之後再發表的,而這類型的多數內容就是電影中的意象。每一種意象在不同的文化系統之下所表達的意義都不同,所以如果是電影研究者,在分析較具獨特性的意象之前,就應該要先分析電影中不同的文化面向,這樣在分析電影中的意象的同時,才能得到較具體、完整的結論。

七、結語

「由於電影被類比為文學，因此他本身有別於文學的特色往往被忽略了。尤其，電影能夠吸引數以百萬計的觀眾甘心樂意地掏腰包到戲院去的事實，就完全不受美學批評的重視。」（Graeme Tumer，1997：16）以上這段話證實了在電影的分析、研究層面，大部分人往往會就一個單一角度進行，而忽略了電影其實並不完全是文學的一種類型，也包含了社會學、經濟學、科學……以至於文化學的層面。而要如何避面這樣的弊病，在分析電影上實在是很重要的一件事，而首先要弄清楚的就是電影的形成不單單是只有一個層面的事情。

一部好的電影，不單單要有好的劇本、好的導演、好的演員、好的聲光音效等，更應該要有蘊藏在電影裡頭，值得讓人深思的隱藏意義。如果一部電影就如同演員所演出的那般，絲毫沒有別的引人遐想的題材，那也未免顯得太過空洞。而相反地，如果在電影裡頭加入許多讓人思考的元素，如果觀眾搞不清楚到底這些意象代表的是什麼，那也沒有意義。為了避免枯燥與無意義，瞭解電影裡頭的文化意象也就開始變得重要。

如果分析不能正確，也就沒有分析的必要；而為了理解電影裡頭深藏的他義，從文化的角度下手會是一個較正確的方向。因為文化是包含在一部電影裡頭最基礎的根本，任何電影的完成，必定經過該文化氛圍的薰陶，所以在電影裡頭的一些基本元素也就自然而然地包含了該文化的特色。在運作上，可以說是將一個文化的精髓濃縮到短短二至三小時的影片當中。追根究柢，電影也逃不過被文化涵蓋的命運，不論怎麼樣想要逃脫文化的束縛，或多或少還是會在呈現的手法上露出一點該文化的影子，畢竟文化是人類一切活動的統稱，任何行為舉止都免不了有文化的痕跡存在裡頭。

　　如果有人可以跨文化的拍攝電影，這類的電影自然會擁有跨領域的特殊性，在各個層面的營造手法上必定更具有突破性，這是現代電影依舊缺乏的一塊，尚未有人可以做到擺脫文化的桎梏，以特殊的手法處理。而電影分析者也是一樣，如果可以考慮到跨領域的部分，那麼必定可以針對電影界到目前為止還不能達到的領域提出有建設性的建議。由此可見，電影文化學的發達，其實和電影界未來的發展具有密切的關係。

參考文獻

Chris Jenks（1998），《文化》（俞智敏等譯），臺北：巨流。

G. Betton（1990），《電影美學》（劉俐譯），臺北：遠流。

Graeme Tumer（1997），《電影的社會實踐》（林文淇譯），臺北：遠流。

John Fiske（1995），《傳播符號學理論》（張錦華等譯），臺北：遠流。

Robert Stam、Robert Burgoyne、Sandy Flitterman-Lewis（1997），《電影符號學的新語彙》（張黎美譯），臺北：遠流。

王紅旗（1996），《符號之謎》，北京：中國國際廣播。

周慶華（2004），《語言研究法》，臺北：洪葉。

周慶華（2006），《語用符號學》，臺北：唐山。

周慶華（2010），《反全球化的新語境》，臺北：秀威。

焦雄屏（1990），《閱讀主流電影》，臺北：遠流。

曾昭旭（1982），《從電影看人生》，臺北：漢光。

維基百科（2010），《大衛像》，網址：http://zh.wikipedia.org/zh/%E5%A4%A7%E8%A1%9B %E5 %83%8F，檢索日期：2010.04.19。

維基百科（2010），《佛教》，網址：http://zh.wikipedia.org/w/index.php?title=%E4%BD%9B%E6%95%99&variant=zh-tw，檢索日期：2010.04.19。

維基百科（2010），《外丹術》，網址：http://zh.wikipedia.org/zh-tw/%E7%85%89%E4%B8%B9%E8%A1%93，檢索日期：2010.04.19。

顏純鈞（1994），《電影的讀解》，北京：中國電影。

文學電影在語文教學上的應用

陳美伶
國立臺東大學語文教育研究所

摘　要

　　語文教學是教育的重點項目之一，在所有領域中所佔教學節數也最多。觀看教育部頒布的課程綱要中，對語文教學期許深厚，為達成這些課程目標，在一般的教學項目中，若能提供不一樣的刺激，加入其他的元素，對教學成效大有幫助。

　　電影是教師經常使用的多媒體，又現有電影中，從文學改編而成的電影不在少數，若教學者擅加利用，把對文學的瞭解及文學電影的認識結合在語文教學裡，也是另一種突破與創新。故從文學電影的特性與描繪談起，找出應用的可能，並提供應用方向與效果評估，建構一套語文教學應用的理論。

關鍵詞：文學電影、文學、電影、語文教學

一、引言

　　語文教學一向是教育的重點項目之一。以學生的學習來說，語文能力的好壞除了影響語文領域學習成就的高低外，更重要的，在學習其他領域時，語文能力也會影響學生對於該領域的認知及理解程度。曾經發生過的真實例子是這樣的：一張數學的定期試卷上，學生在計算部分的答題全數正確，可是在應用問題的答題卻是全部錯誤，顯然的，問題不在於他會不會記算，而是他會不會「讀題」。「讀題」能力的高低，顯示學習者在語文應用能力的強度，所以提升應用能力也是語文教學的主要方向。在教育部國教司（2009）的網站上，新舊版的本國語文課程綱要都詳列了本國語文的課程目標：

（一）應用語言文字，激發個人潛能，拓展學習空間。

（二）培養語文創作之興趣，並提升欣賞評析文學作品之能力。

（三）具備語文學習的自學能力，奠定生涯規劃與終身學習之基礎。

（四）運用語言文字表情達意，分享經驗，溝通見解。

（五）透過語文互動，因應環境，適當應對進退。

（六）透過語文學習體認本國及外國之文化習俗。

（七）運用語言文字研擬計畫，並有效執行。

（八）結合語文、科技與資訊，提升學習效果，擴充學習領域。

（九）培養探索語文的興趣，並養成主動學習語文的態度。

（十）運用語文獨立思考，解決問題。

　　綱要中所列的目標高遠，對學習者有很深的期待。然而檢視目前教學現場的進行的教學活動項目（包含：摘取課文大意、認識生字及新詞、深究課文內容及形式、朗讀課文、說話教學、寫字教學、作文教學、綜合活動）中，學生經常進行的練習多半著重生字新詞的習寫，

如果教學者花大量的時間著重在生字新詞的習寫練習，那麼整個語文教學過程似乎過於強調機械式的練習，而忽略了語文教學的重心與目的。除了上述的教學活動，其實多數的老師都會定期讓孩子欣賞影片，除了藉此調劑身心，同時也能誘發孩子的學習動力，不過電影在教學中的地位只扮演「清粥小菜」的身份，甚至僅是具有娛樂功能，少有老師將電影納入教學考慮，真正在語文課中發揮效益，更別提利用電影輔助教學了。然而，如果在聲光刺激下，能夠提高孩子的學習意願，那麼電影結合教學不失為語文教學的可能方向。現有的電影作品中不乏從文學改編而成的電影，若能將文學、文學電影、語文教學做有機結合，那麼語文教學除了是將既有教材元素做點、線、面的結合外，其深度與廣度也可能在多重刺激下有另一層次的提升。本文嘗試論述文學電影在語文教學上的應用考量，提供教學者另一個語文教學的可能性。

二、文學電影的界定及其特性的描繪

文學電影指由文學作品改編拍成的電影，不是指具有文學性的電影作品。這類型的電影必須有文學的特徵及創作文學時的考量，同時也要具備電影的拍攝手法。

（一）從文學角度考量

首先，從文學的敘事手法來看，故事在被敘述的過程中，必定有個敘述主體在主導著整個的敘述活動，此敘述主體是指敘述活動的實施者，也是實際在現實世界的人，實際主導敘述活動的進程，是整體敘述成果的直接關係人，是作為生活人的作者的「第二個自我」，擁有「希望什麼」和「打算怎麼寫」的選擇權和確定權。他對敘述客體（敘

述活動的實施對象）進行敘述活動，成就敘述文體。雖然在敘述活動中，主導者是敘述主體，但敘述主體並不實際發聲；實際發聲的是敘述者。也就是說，敘述者是一個敘述行為的直接進行者，這個行為透過對一整敘述話語的操縱和鋪陳，最終成就了一個故事、瞭解到世態炎涼。但敘述者不等同於敘述主體。敘述主體根據敘述的需要而創造或虛構了敘述者，扮演敘述活動中「策動者」的角色，而敘述者扮演著「執行者」的角色，屬於虛構的文本世界者。由敘述者發出的話語行為，就是敘述話語。在敘述話語中有一個隱藏的接受者，叫做敘述接受者，可以幫助敘述者更好地塑造人物的性格、闡明故事的主題，還可以幫助敘述主體結篇章，確定總體氣氛和情調。他也是敘述主體所創造或虛構的人物，在作品中擔任著敘述話語的被動接受。但敘述接受者卻不等同於讀者；因為讀者存在於現實生活中，而敘述接受者只存在於作品中。隨著敘述者的身分及講述的方式不同，可以設定不同的敘述接受者。

　　敘述話語包含敘述觀點、敘述方式和敘述結構。敘述觀點指敘述者敘述時所採取的觀察點，是敘事作品一個敘事文本「看」世界的眼光和角度。依著敘述者的類型區別：1.全知觀點：敘述者如上帝般無所不知，無所不曉。2.限制觀點，敘述者倚身在某個人物中，藉他的感官和意念在觀看和感知。3.旁知觀點，敘述者純粹是一個旁觀者，他對所發生的一切，既不加以分析，也不加以解釋，只是將觀察所得報告出來。當敘述者從一特定的觀點看待事件時，同時也得考慮透過何種敘述方式。從敘述語態看，有兩種典型的敘述方式：一種是用講述獨白（講述式的話語形態），一種是用展示或呈現（傳達式話語或轉引式話語形態）。從敘述的時序安排上，也有兩種典型的方式：一種是依照故事情節的時空順序敘述的順序；一種是倒反故事情節的倒敘。另外有非典型的方式，以「預敘」來預期將要降臨的事件。（周慶華，2002：105～188）根據倒敘和第一敘述之間在時間跨度和幅度的不同，可將倒敘分成三種：1.外倒敘，時間起點和全部時間幅度都在第一敘

述時間起點之外。2.內倒敘,時間起點發生在第一敘述時間起點之內,它的整個時間幅度也包含在第一敘述時間以內。3.混合倒敘,倒敘的事件發生在第一敘述開端之前,卻延續並結束在這一起點之後。此外,倒敘幅度的不同,又可將倒敘分成「部分倒敘」和「完整倒敘」。(羅綱,1994:137~139)

敘述結構是整個敘述活動的總稱,包含直接能經驗到的層次,只有由語言組合而成的「語言結構」以及語言結構的內蘊或直指,也就是「意義結構」。在語言結構中要處理的是情節節構、性格結構和背景結構。其中情節結構至少要包括開頭、發展和結局三個階段,複雜一點的,就是在發展過程加入變化和高潮。在性格結構中,人物的個性或習性的塑造也要重要的一環,一般具有人性深度特色的稱為圓型人物,而用一句話就能描述殆盡的稱為扁型人物。另在背景結構裡,生活情趣的意境和景物描寫、塑成的氛圍,都是構成「情趣」所不可或缺的。在敘述結構下的意義結構部分,關心語言由於結構的決定而內在涵義(主題)和語言所指的在語言以外的存在事項(故事),彼此共同結構了語言表面可以直接經驗到的意義。而非語言面意義,則是指隨著語言而來的,包含情感、意圖、關於敘述主體自覺的世界觀、存在處境和不自覺的個人潛意識、集體潛意識等。(周慶華,2002:195~208)以上所述可以一個故事敘述架構呈現:

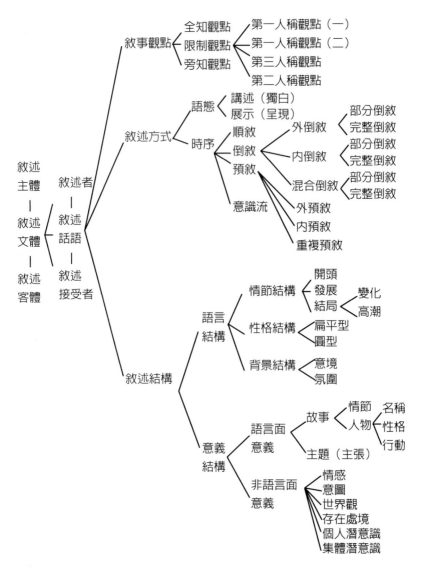

圖 1　敘事性文體架構

（資料來源：周慶華，2002：210）

　　除了敘述手法的鋪陳用心，文學作品也常用「意象」手法傳情達意。意是主觀的認識，像是客觀的事物，象可感可覺，才使「意」落實下來。作者的「意」得要轉化為「象」才能傳達到讀者的心中，讀者再經由此「意」還原作者心中的意。文字所以能感動人就是因為有「意象」。一句「我很痛苦」不一定讓人真的相信他處在痛苦的深淵中，但如果寫他面容憔悴，眼眶深陷，雙眉緊鎖，即使不說話也能瞭解他內心有極大的煎熬。再者如電影《那山那人那狗》中，「水」的意象。每次老郵差回家時，家人都在橋上迎接他回家，隨著時光過去，橋上的年輕的人物變老邁，年幼的變茁壯，橋下的水就代表時光的消逝。將意象具體化的方式，是透過譬喻和象徵的運用。譬喻是讓人具體可感，從舊有的經驗中添加新的經驗，或者是原本的意思不便直接傳達，改以譬喻方式迂迴暗示，借用其他事物的特徵，說明可能產生的結果。象徵是一種間接性的暗示，抽象的意義，一般具有普遍性的意涵。例如：國旗象徵國家；十字架象徵耶穌；花代表女人；暴雨摧花的意象，象徵一個女子被強暴的經過。在文學中可見譬喻和象徵，電影裡還是以象徵為應用的技巧。在中國電影演到男女情投意合時，放下芙蓉帳後，接下來的鏡頭意象往往是空中兩隻蝴蝶翩翩飛舞，或是水面上兩隻鴛鴦交頸而眠，或一陣急雨打在花叢上，這就是電影上的象徵手法，可以達到藝術含蓄的效果。（蕭蕭，1998）

（二）從電影角度切入

　　文本中的人物是由文字敘寫而成，而電影中人物的性格、思想、感情等，不是透過敘述出來，是靠演員代言，由演員的動作顯示出來。因為人物的動作是內在性格特徵的外顯，只有動作才能使人物活起來。（朱艷英，1994）包括角色的走路、站立與坐下的方式，傳達許多人格與態度上的訊息。一般我們對電影的明星的認知世界也決定了敘

事的範圍，譬如演員克林伊斯威特擅長動作片，尤其是西部片和現代都會犯罪電影，他的演技幫助觀眾理解電影的敘述，也就是說，個性掛帥的演員在敘述本質上是一個很好的代言人。（Louis D. Giannetti，2005）有時演員重要的任務不是用逼真動聽的方式唸出臺詞，而是融入角色中，用最適切的面部表情完成表演。臉上最精彩的部分是眉毛、嘴與眼睛，這些部分合起來可以表現出角色如何在劇中情境做出反應。特別是眼睛部分，在電影中具有特殊地但。任何場景，關鍵的故事訊息都來自於角色的眼光方向與眉目形狀。（David Bordwell、Kristin Thompson，2008：159～161）透過演員的詮釋，往往會有比真實人生更真實的演出。

　　有演員出色的表現，也要有合適的具體情境加以襯托。電影除了虛假佈景的運用，也可以把真實的大自然搬上螢幕，使情境更接近真實故事的背景。即使為了操作方便，選用攝影棚營造氛圍，但規模龐大、組織細密的攝影棚常常可以以假亂真，造成觀眾的錯覺。（Ralph Stephenson，1990：208～211）場景的功能不容小覷，「從電影的早期，影評人與觀眾就認為，場景在電影中扮演的角色，比其他戲劇形式都來得活躍。安德列‧巴贊（André Bazin）寫道：『銀幕上的戲劇可以不要演員，一扇砰然關上的門、風中的一片葉子、拍打岸邊的海浪，都會加強戲劇效果。有些經典影片只是把人物當成配件，像臨時演員般或做為自然的比對，而大自然才是真正的主角。』因此，電影的場景便被強調出來。」（David Bordwell、Kristin Thompson，2008：138）然而虛幻的情境如何被營造出來呢？這就得靠多媒體的支援了。例如：大型戰鬥場景、逼真的怪物、魔幻事件、或是主要演員的危險動作，都得經由電腦合成影像（Computer-Generated Imagery）作輔助。不只在拍攝階段如此，後製階段也需要使用 CGI。電影工作人員可以消除鏡頭中多餘的影像，也可以利用專業程式添加細節，使畫面看起來更加精彩。（David Bordwell、Kristin Thompson，2008：212～214）

三、文學電影在語文教學上應用的可能性

（一）文字資訊化，降低文字複雜度

　　如果把文學當作是「高深的學問」，某程度來說一點也不為過。在文學作品中的每的環節，從場景的鋪陳、人物的描繪、情節的敘寫，無一處不是使用諸多文字加以鋪寫而成。為了使焦點躍然紙上，其所使用的文字量、難度、深度，有時對讀者而言也是閱讀上的一大挑戰，多數人苦於這一點而對文字保持「敬而遠之」的態度，不能體會文學之美，實是可惜。然而電影表現手法的基本元素是聲音與影像。當電影被創造時是以虛擬實境的方式呈現，這個虛擬是建構在觀眾與製作者之間的共鳴，架構在我們對真實世界的瞭解與認同，因為人們所處的世界就是由視覺畫面與聽覺環境所共同建構的。單以聲音來說，聲音有引導的作用，使電影說故事的方式產生巨大影響。聲音包含效果聲、對話、背景音樂、主題音樂等使用，都是為了「利用聲音吸引觀眾的注意，並加強故事真實性說服。」「讓電影劇情更接近觀眾日常生活能經驗的世界，去創造一個合理的銀幕虛擬世界。」在故事開展過程，可用聲音來輔助敘事；在情節與情節的串連上，聲音可以作為「暗示」與「對比」之用，預告下一階段事件的到來，使情節合理化。又音樂本身已經蘊含節奏，同時它又可以製造情緒、氣氛，輔助故事的說服力，讓電影富有節奏感，就連效果聲音也是經過特殊安排。效果聲音的功能是提供真實的社會感覺，不論人在何種地方，多年的經驗告訴身體的感覺器官應該是個什麼聲音的場合，這樣潛在的磨合是觀眾被說服的條件之一。（程予誠，2008：167～171）適當的環境聲音會產生舒適的一致性感受，有助對情節的瞭解，那麼讀者所要克服的困難，在電影多媒體的表達中獲得很大的減化，進而減輕讀者的負擔，對讀者而言是一大福音。

（二）演員代言，增加可看性

　　文學所以產生，是從人的角度出發，為所處的時代社會發聲。經典所以成為經典，必然有其文學價值與時代性的意義。然而時代的變遷造成思想上的鴻溝，語言表達的差異也增加作者和讀者對話的困難，如此，文學若不是依著作家的聲望倖存於世，就得靠語文教學者在教學殿堂延續它的生命。不過電影的加入給予文學新的刺激。電影建立於「相信幻影」的基礎上，演員造成的模糊的魅力是電影工作者急切想得到的。一個有行動力又主動的角色，能串連事件，幫助故事主線成形，可以將故事講得更有效力，觀眾也容易認同這類型的人物，因為精力會讓人物充滿希望，希望暗示著開放性的結尾，這就是精力十足的角色受觀眾歡迎的原因。而且觀眾容易認同遭遇挫折的角色，也認同心儀的角色，更認同羨慕的對象。這種認同迅速簡化了觀眾和故事間的關係，觀眾會經由認同的角色進入故事情節。一旦觀眾投入角色之中，就會忽略故事不通的地方並且原諒刻意安排的巧合事件。（Ken Dancyger、Jeff Rush，1994：105～121）可見「充滿魅力的角色會引發我們的機心，並以其激烈的個性及所負之任務來引觀眾。這些人物性感十足，但並非十全十美。他們可能佝僂著背、戴著眼鏡，或身材短小。然而，重要的是，我們很快注意到他們與眾不同，並對他們產生極大的好奇。就平衡某個人物正面與負面的特質而言，魅力是相當有用的，它可引導我們投入那個角色。」（Ken Dancyger、Jeff Rush，1994：128～129）換言之，生動的演出讓文本更加活躍，故事的發展也就更令人期待了。

（三）具體情境，提升理解度

　　「小說雖然可以藉著敘述把距離拉近，可是文字敘述過程中，有時很難捕捉到底是近景是遠景。比如說，現在有觀眾走進來，那麼文

字上就寫說『X 先生走進來了。』從文字上可能無從瞭解這個鏡頭的範圍有多大，也許那個人進來的時候，旁邊襯托著十幾個人，也許可能就是個特寫鏡頭；但是電影就可以看得清清楚楚。有句話說，電影有所謂『臨即感』，把近景跟遠景的鏡頭劃分得很清楚。第二點談的是時間與空間的問題。看小說有時得透過聲音，雖然那也許是沒有發出的聲音，而電影大部分靠視覺。因此兩者的差別就是所謂空間性與時間性的差別。表演一切盡是眼睛所見，在一兩個畫面裡，時間的變化可以一目了然，觀眾似乎在一固定的時間裡看出空間的變化，而小說的閱讀卻要按照閱讀的時間順序，在固定空間中看出時間的流動。因此以賞讀的觀點來看，小說較具時間性，而電影則時間性的流程中顯現空間性。」（簡政珍，2006：209～210）作者在小說中極力描繪，或許只能讓讀者意會幾分，而鮮明的情境、影像卻能在瞬間映入觀眾眼簾，深印在觀眾心中，這樣的理解方式是快速而直接的。

　　從多媒體的應用、演員的代言到具體的情境，似乎電影提供了很大的好處，但不可諱言，因著它的好處，也有些不足的地方。電影在產出的過程，仍有其商業考量，在情節的安排不一定「忠於原味」，是以閱讀電影不一定就代表閱讀了文學；再者，影像快速跳動之時，觀眾不一定能捕捉到電影製作人精心的安排每一個細節，如此勢必會遺漏許多精彩之處；還有文學作品中敘述未盡之處，常是需要靠讀者自行補白以連結的，由電影影像的敘寫後，讀者參與創作的機會也少了許多。不過「電影改編自小說，所不及原作細膩處理人物心理和互動網絡的微妙後所『多』出來的影像化、多感官刺激和演員代言的演技可觀摩等特徵，就足以讓讀者／觀眾欣賞不盡裏頭的詮釋功力和繁衍色彩；而我們刻意善用電影來詮釋文學，可能也會因為電影的風行而帶動起文學接受的熱潮，彼此應了混沌和複雜的變合體觀念而都可以得到『進一步』的發展。」（周慶華，2009）

四、文學電影在語文教學上應用的方向

九年一貫課程綱要中明定「第一、二、三階段教材之單元設計，以閱讀教材為核心，兼顧聆聽、說話、作文、識字與寫字等教材的聯絡教學，以符合混合教學的需要；第四階段，宜採讀寫結合及聽說結合，雙向發展。」把電影應用於教學時，電影即是主要的閱讀教材，那麼就該以電影內容為中心，將聽、說、讀、寫混合融入教學中，以達到課程綱要的要求。在實際應用的方向，以下提供幾點作參考：

（一）配合教材選擇電影

目前的語文教學中已有既定的教材，將電影納入教學時，是希望利用電影輔助教學，故還是須以原本教材為主，電影為輔，如此才不致於增加教師課程安排及學生學習上的負擔。除非教師有意利用電影進行特殊的語文訓練，不然還是得以課本為中心，再從課本延伸到電影，以達相輔相成之效。現通行的教科書中，多以節錄的文學作品或是改寫的文學作品居多，所以在結合上並不困難，只是教師選擇時，必須考慮到教學時間上的掌握，不宜選用片長過長的影片，在難度上也應注意，以免超乎學生的理解範圍而造成反效果。

（二）事先提示觀賞方向

學生喜歡有多媒體刺激的學習是教學者選擇用電影教學的原因之一。若從學生的角度來看，他們重視的是「電影好不好看？」「有沒有精彩可期的動作、劇情？」主要還是以「喜好」為出發點，而教學者重視的是學生「有沒有充分理解內容？」「是否從電影中掌握到關鍵訊

息？」兩者的角度及預期心理是有差距的。為了使學生感受到教師安排的目的與方向，事先提供引導性的問題是必要的。文本中所有的訊息都在文字間傳遞，一旦轉化成電影後，除了電影的對白外，其他的文字都在場景的安排、人物特徵、情節內容、燈光效果、音效配樂中呈現，因此教師得先根據劇情設計幾個問題，讓學生知道要看出什麼重點、聽出什麼訊息，在觀賞同時把答案找出來，另外也建議讓學生用簡短的文字描述觀賞後的心得感想，如此在事後的提問討論也會更有成效。

（三）事後討論分享內容

事後討論分享時，教師應先掌握一般的聽說教學注意要項，如課程綱要所列：1.聆聽能力宜採隨機教學，指導學生養成良好的聆聽態度和禮貌。2.指導學生注意聽得正確，聽得清楚，聽出順序，聽出層次。3.引導學生聆聽時應掌握中心思想，並記憶主要內容。4.指導學生邊聽邊做比較，能分辨不同說話語氣、聽出明顯語病，並判斷訊息的正確性。5.聽與說相結合，宜注意先聽後說。6.聆聽後能複述重點，並能有條理的回答問題。7.注意舊經驗的結合與思維方法的訓練。8.聯絡說話、閱讀、作文教學，利用聽說、聽寫、聽讀等練習。並宜注重聽讀、聽寫，進行隨機聯絡教學。9.教學時宜培養學生發表的興趣與信心，使學生有普遍練習表達的機會，避免有所偏頗。10.配合學生生活經驗，及常用語彙、句型，組成基本句型練習。以有組織的演進語料，學習說話技巧。並懂得依目的和聽話對象，調整說話的方式。11.由聽到說，指導學生說得有意義，說得有道理。並對自己發表的言論負責。12.與聆聽能力、閱讀能力、寫作能力結合，透過各種媒材培養說話能力，以期口頭語言、書面文字學習同步發展。

教師要帶領學生理解電影時，首先得先還原電影中的故事文本，再歸納影片的中心思想。電影是用影像說故事，記敘人、事、物的種

種特徵，包含何時、何地、何人、在何處發生什麼問題，事件的起因、經過、解決、結果等，都要重新形塑，以建構故事原貌。在歸納中心思想時，可比照歸納文章中心思想的技巧：1.題目就是中心想；2.關鍵句就是中心思想；3.重點段就是中心思想；4.綜合各段段意，抓文章主要內容，提煉歸納中心思想。（羅秋昭，2003：138）接著討論為什麼主角遇到問題時會做這樣的決定，還原主角的人物特徵、性格是如何在電影的對白及影像中呈現出來。以上的討論主要放在是文字媒體化後，重塑文字的內容。另外有些成分是因為製成了電影才附加上去的，譬如：「主角出現時的背景音樂、主題音樂、特殊的音效又是如何安排，以達到聲音與影像結合的完美呈現？」「從電影當中有哪些暗示、預告的伏筆隱藏其中？」最後可將討論的重點由電影轉移到觀眾，「我認同主角的做法嗎？如果我是他，我有沒有不一樣的選擇或做法？」從文本和電影共同的特徵，到電影特有的表現，以及讀者／觀眾的反應思考都關注到，那麼詮釋電影的工作也差不多完成了。

（四）分享的記錄與文本的比較

觀賞電影後的記錄是粗略的印象回顧，等到經過一番討論後，學生對電影才有深刻的認識及個人獨特的想法。在討論激盪的過程，不但也汲取了他人的意見，自己也有不一樣的感觸，正當學生文思泉湧之際，教師不妨提供幾個題目／方向，讓學生將其感知到的部分訴諸文字，如此可作為教師評估教學成效的參考，同時也能培養學生「我手寫我意」的能力。

如果有機會及足夠的教學時間，也可以鼓勵學生學生閱讀文學作品的讀本，畢竟電影改編自文學文本，礙於諸多商業考量，加入了原本文學文本所沒有的成分，也刪減了很多文學文本的情節，而文本間的異同比較討論可開展另一個對話高潮，至於是否進行這樣的嘗試，就看教學者如何評估使用了。

五、文學電影在語文教學上應用的效果評估策略

教育的主要目標是教會學生如何學習，如何思考以及如何盡可能在更多方面現才智，培養終生學習的精神。而課程與評量之間的界線並未刻意劃分，也就是說，評量隨時存在並貫穿於課程與每日的教學之中。（David Lazear，2000：26）文學電影應用在語文教學上，主要是透過發表、討論活動來進行，所以實施成效的評估著重在聆聽的能力及說話能力的評量，以寫作能力的評量為輔。在課程綱要中對評量的作法有以下說明：聆聽能力之評量，宜參考能力指標，就態度、主題掌握、內容摘記、理解程度、記憶能力等要點進行評量；說話能力之評量，宜參考階段能力指標，就儀態、內容、條理、流暢、反應、語音、音量、聲調等要點進行評量。又教學的目標是希望學生學會觀察、思考、分享、表情達意，所以成效評估應避免制式化的評量測驗，改以彈性評估的方式進行，包括課堂中參與對話的情況，觀察到的內容，以及最後文字化語言的情況，都可以作為教師評估成效之用。

六、結語

文學電影結合語文教學是新的嘗試，若能有效利用電影的特性納入語文教學中，想必能在既有的教學模式中開創新的天地，讓語文教學更加豐富有趣。本文提供了兩者結合的可能，期待未來有人願意做不一樣的嘗試，在教學中應用、實施，以經驗佐證理論的可能性，那麼理論將能更趨完備，而可供廣泛參考。

參考文獻

David Bordwell、Kristin Thompson（2008），曾偉禎譯，《電影藝術與風格》，臺北：麥格羅・希爾。

David Lazear（2000），郭俊賢、陳淑惠譯，《落實多元智慧教學評量》，臺北：遠流。

Ken Dancyger、Jeff Rush（1994），易智言等譯，《電影編劇新論》，臺北：遠流。

Louis D. Giannetti（2005），焦雄屏譯，《認識電影》，臺北：遠流。

Ralph Stephenson（1990），劉森堯譯，《電影藝術面面觀》，臺北：志文。

朱艷英主編（1994），《文章寫作學》，高雄：麗文。

周慶華（2002），《故事學》，臺北：五南。

周慶華（2009），《文學詮釋學》，臺北：里仁。

教育部國民教育司（2008），〈97年國民中小學課程綱要（100學年度實施）〉，網址：http://www.edu.tw/eje/index.aspx，點閱日期：2009.02.20。

程予誠（2008），《電影敘事影像美學》，臺北：五南。

蕭蕭（1998），《現代詩學》，臺北：東大。

簡政珍（2006），《電影閱讀美學》，臺北：書林。

羅綱（1994），《敘事學導論》，昆明：雲南人民。

羅秋昭（2003），《國小語文科教材教法》，臺北：五南。

社會科學類　ZF0024　東大語文教育叢書 3

流行語文與語文教學整合的新視野

主　　編 / 周慶華
責任編輯 / 黃姣潔
圖文排版 / 陳湘陵
封面設計 / 陳佩蓉

法律顧問 / 毛國樑　律師
出 版 者 / 國立臺東大學
　　　　　臺東市西康路二段 369 號
　　　　　電話：089-355752
　　　　　http://dpts.nttu.tw.gile
　　　　　E-mail：service@showwe.com.tw
製作發行 / 秀威資訊科技股份有限公司
　　　　　114 臺北市內湖區瑞光路 76 巷 65 號 1 樓
　　　　　電話：+886-2-2657-9211　傳真：+886-2-2657-9106
　　　　　http://www.showwe.com.tw
劃撥帳號 / 19563868　戶名：秀威資訊科技股份有限公司
　　　　　讀者服務信箱：service@showwe.com.tw
展售門市 / 國家書店（松江門市）
　　　　　104 臺北市中山區松江路 209 號 1 樓
　　　　　電話：+886-2-2518-0207　傳真：+886-2-2518-0778
網路訂購 / 秀威網路書店：http://www.bodbooks.tw
　　　　　國家網路書店：http://www.govbooks.com.tw
圖書經銷 / 紅螞蟻圖書有限公司
　　　　　114 臺北市內湖區舊宗路二段 121 巷 28、32 號 4 樓
　　　　　電話：+886-2-2795-3656　傳真：+886-2-2795-4100

2010 年 08 月 BOD 一版
定價：420 元

國家圖書館出版品預行編目

流行語文與語文教學整合的新視野 / 周慶華主編.
　-- 一版. -- 臺東市：臺東大學, 2010.08
　　　面；　　公分. -- (社會科學類；ZF0024)(東大語文
教育叢書；3)
　　BOD 版
　　ISBN 978-986-02-4368-0(平裝)

　1. 語文教學　2. 流行文化　3. 文集

800.3　　　　　　　　　　　　　　　99014846